Ford Madox Ford
PARADE'S END
4

서양편 · 780

Ford Madox Ford

PARADE'S END
퍼레이즈 엔드

4

포드 매독스 포드 지음
김일영 옮김

일과 종료 나팔 소리

한국문화사

한국연구재단 학술명저번역총서 서양편·780

퍼레이즈 엔드 4

1판 1쇄	2019년 1월 30일	
원 제	Parade's end	
지은이	포드 매독스 포드(Ford Madox Ford)	
옮긴이	김일영	
편집교정	정지영	
펴낸이	김진수	
펴낸곳	한국문화사	
등 록	1991년 11월 9일 제2-1276호	
주 소	서울특별시 성동구 광나루로 130 서울숲IT캐슬 1310호	
전 화	02-464-7708 / 3409-4488	
팩 스	02-499-0846	
이메일	hkm7708@hanmail.net	
홈페이지	www.hankookmunhwasa.co.kr	
블로그	http://blog.naver.com/hkm2012	

책값은 뒤표지에 있습니다.

잘못된 책은 구매처에서 바꾸어 드립니다.
이 책의 내용은 저작권법에 따라 보호받고 있습니다.

ISBN 978-89-6817-703-3 04840
ISBN 978-89-6817-699-9 (전4권)

이 도서의 국립중앙도서관 출판예정도서목록(CIP)은 서지정보유통지원시스템
홈페이지(http://seoji.nl.go.kr)와 국가자료종합목록시스템(http://www.nl.go.kr/kolisnet)에서
이용하실 수 있습니다. (CIP제어번호 : CIP2018039038)

'한국연구재단 학술명저번역총서'는 우리 시대 기초학문의 부흥을 위해
한국연구재단과 한국문화사가 공동으로 펼치는 서양고전 번역간행사업입니다.

서문

『퍼레이즈 엔드』(Parade's End)의 작가 포드 매독스 포드(Ford Madox Ford)는 20세기 영미 시에 지대한 영향을 끼친 에즈라 파운드(Ezra Pound)의 문학적 스승이었을 정도로 영문학에서 중요한 위치를 차지하는 소설가이며, 20세기 영국의 대표적인 모더니즘 소설가인 조셉 콘래드(Joseph Conrad)와 함께 『후계자들』(The Inheritors), 『로맨스』(Romance) 등의 작품을 저술하기도 하였다.

그의 4부작 『퍼레이즈 엔드』는 랜덤 하우스(Random House)에서 20세기 세계 영문학 100선에 선정되었으며, 2012년에는 영국 BBC 방송과 케이블TV 방송 제작사인 HBO의 합작으로 5부작 드라마로 제작되기도 하였다. 이러한 사실은 이 소설이 문학적으로도, 대중적으로도 가치가 있음을 증명하고 있다.

이 작품은 문학적·상업적 가치뿐만 아니라, 시대적·역사적 가치를 가지고 있다. "앞으로 일어나게 될 모든 전쟁들을 막기" 위해 썼다는 이 작품은 포드가 웰링턴 하우스(Wellington House)에서 1차 세계 대전 당시 복무한 경험을 고스란히 녹여 보여주고 있으면서, 전쟁의 참상과 전쟁을 일으키고 이를 하나의 게임처럼 수행하는 일그러진 인간 군상들의 모습을 적나라하게 파헤치고 있다.

또한 이 소설의 중심에는 시대의 변화가 불러오는 가치의 문제가 자리 잡고 있다. 영국의 빅토리아 시대와 그 이후에 도래한 에드워드

(Edward) 왕조 시대에 영국 사회의 변화와 그 변화의 물결 속에 영국인의 가치관이 어떻게 변화하였는지 이 작품은 잘 보여주고 있다. 이를 위해 이 소설은 "마지막 토리주의자"(Tory)를 자처하는 크리스토퍼 티젠스(Christopher Titjens)라는 보수적 인물과 그의 보수적 가치관에 저항하는 그의 아내 실비아(Sylvia), 그리고 진보적 성향의 사회 운동가이자 여성 권익을 위해 싸우는 발렌타인 워놉(Valentine Wannop)이라는 인물 사이의 관계를 중점적으로 파헤친다. 포드는 이들을 통해 정말로 중요한 인간의 가치는 무엇인지, 특히 티젠스가 대변하는 전통 귀족 사회에서 말하는 전통 혹은 체면과 명예 같은 것이 어떠한 의미인지를 팜 파탈의 전형인 실비아와 남성 우월주의를 거부하는 워놉과의 관계 속에서 보여주고자 하였다.

  1차 세계 대전을 배경으로 한 이 소설은 가치관의 대립 혹은 전통적 가치와 새로운 인간관의 충돌을 넘어 인간 심리의 근원을 파헤친다. 스스로가 17, 18세기적인 보수적 사고를 가졌다고 자처하는 이 작품의 주인공 크리스토퍼 티젠스는 실비아가 자신의 아이(본인도 자신의 아이인지 확신하지 못하는)를 가졌다는 이유만으로 실비아와 사랑 없는 결혼을 하였고, 아내에게 이혼을 요구하는 것은 신사답지 못하다는 생각에 아내 실비아가 그 어떤 행동을 하여도 이를 빌미로 이혼하려 하지 않는다. 하지만 실비아도 티젠스처럼 자신의 감정을 억누르며 살기는 마찬가지다. 실비아는 티젠스를 사랑하면서도 자신의 그러한 마음을 직접 드러내지 못한 채, 남편이 자신에 대해 관심을 갖도록 하기 위해 의도적으로 다른 남자와의 외도를 시도하였고, 더 나아가 남편에 대한 거짓 소문을 퍼트려 명예를 훼손하고자 한다. 이 두 사람의 이러한 행동을 전형적인 '히스테리'와 '강박'에 의한 것으로 정신 분석의 관점에서 살펴보아야 할 이유가 여기에 있다. 더 나아가 전쟁 중 티젼스가 겪게 되는 트라우마는 이 소설이 인간 심리의 근원적인 문제와 더불어 혼란한 시대를 살아가는 어느 누구나 겪을 수 있는 정신적 상처의 문제를 다루고 있음을 시사한다. 이런 점에서 티젼스라는 주인공이 가족으로부터, 사회로부터, 전쟁으로부터 겪게 되는 상처와 트라우마는 오늘날 우리가 겪을 수 있는 트라우마로 티젼스의 이야기는 오늘날 우리의 이야기가 될 수 있는 것이다.

전쟁을 다룬 이 소설에는 군사 용어와 군인들의 말투, 그리고 비속어가 많이 나온다. 군대 용어는 우리나라식의 군대 용어로 바꾸었고, 비속어는 우리말 중 가장 느낌을 잘 전달할 수 있는 용어로 번역하였다. 하지만 문화적으로 다르기 때문에 그 느낌을 정확히 전달하는 것은 불가능하다고 생각한다. 그리고 이 작품에는 다른 작가의 글을 인용한 부분이 많이 나온다. 그 인용 부분에 대한 번역본이 있을 때는 번역본에서 가져왔지만, 대부분 번역본이 없어서 새로 번역할 수밖에 없었다. 어떤 인용문은 맥락을 파악할 수 있어 맥락에 맞게 번역하였지만, 맥락을 알 수 없는 부분 인용은 직역할 수밖에 없었다.

무엇보다 독자들은 이 책을 읽으면서 이해할 수 없는 구절이나 문구를 자주 접하게 될 것이다. 총 4권으로 구성된 이 소설은 시간적 순서에 따라 쓰인 것이 아니기 때문에 본문에 나오는 많은 문구들이 뒤에 나오는 혹은 묘사되는 상황을 알아야만 이해할 수 있기 때문이다. 따라서 작품을 다 읽어야만 앞에서 읽었던 내용이 어떠한 상황을 혹은 사건을 지칭하는지 알 수 있게 되며, 퍼즐 조각을 맞출 수 있게 되는 것이다.

이 소설에는 기존 소설과는 다른 독특한 점이 있는데 그것은 언어 구사에서 찾을 수 있다. 포드가 20세기의 시인 에즈라 파운드의 문학적 스승이었다는 사실에서도 짐작할 수 있듯이, 포드는 이 소설에서 암시적이고 추상적이며 동시에 함축적인 표현을 많이 사용하였다. 따라서 이 소설을 번역할 때 역자는 그런 부분은 시적으로 혹은 압축적인 표현으로 번역하고자 하였다. 그러는 것이 저자의 의도라고 생각해서였다.

4부작인 이 소설은 4권의 소설이지만 사실상 하나의 방대한 소설이다. 1차 세계 대전이 발발하기 전의 영국 사회와 전쟁으로 인해 폐허가 된 영국 사회, 그리고 전쟁이 끝난 뒤의 영국 사회가 어떠한 변화를 겪게 되었는지 보여주는, 즉 영국인의 삶의 파노라마를 보여주는 작품이다. 이런 점에서 이 작품은 전쟁 뒤 유럽 사회가 어떻게 변모하였는지, 더 나아가 어떤 방향으로 변모하게 될지 보여주는, 사실적이면서 동시에 예지적인 작품인 것이다.

마지막으로 이 소설 작품이 워낙 방대하여 같은 용어를 일관성 있게 같은 우리말로 바꾸는 것도 쉽지 않았다. 이처럼 번역상의 일관성을 유지하는 것뿐만 아니라 번역 글의 오탈자를 찾아내는 것도 워낙 작품이 길어 쉽지 않아 여러 번의 교정 작업을 하여야 했다. 이 교정 과정에서 성균관 대학교 박사과정의 정나리 양의 도움을 상당히 컸다. 이에 정나리 양에게 고마움을 표한다.

차례

Parade's end

4권
일과 종료 나팔 소리

서문 · 5
제1부 · 11
제2부 · 205

Parade's end

1권
어떤 이들은 하지 않는다

제1부 · 11
제2부 · 289

2권
더 이상의 퍼레이드는 없다

제1부 · 11
제2부 · 171
제3부 · 289

3권
남자라면 일어설 수 있다

제1부 · 11
제2부 · 87
제3부 · 273

제1부

룩홉은 좋은 곳이다. 나쁜 도둑들이 내버려만 둔다면.[1]

---

[1] Oh Rokehope is a pleasant place If the fause thieves would let it be: 스코틀랜드 방언으로 쓰인 국경 발라드의 일부다. 표준 영어로 바꾸면 "Rookhope is a pleasant place, if false thieves would let it be"다. 여기서 룩홉(Rookhope)은 영국 더럼(Durham) 카운티(county)에 있는 마을이다.

1

그는 누워서 이엉을 묶은 버드나무 가지를 응시하고 있었다. 목초지는 몹시 푸르렀다. 네 개의 카운티가 보였다. 사과나무 가지 옆에는 대강 잘라 다듬어 만든 여섯 개의 작은 오크 나무 몸통이 지붕을 떠받치고 있었다. 그 위로 프랑스 야생 능금나무의 나뭇가지가 뻗어 있었다! 이 오두막엔 벽이 없다.

이탈리아 속담에는 이런 말이 있다. "나뭇가지가 자신의 집 지붕 너머까지 뻗어나게 하는 자는 매일 의사를 불러야 한다." 뭐 그런 (비슷한 의미의) 이야기가 있다. 이런 말에 그는 씩 웃었을 것이다. 그럴 수 있다면 말이다.

전혀 움직이지 않는 사람치곤 그의 얼굴은 기이하게도 황갈색이었다. 탈지유처럼 하얀 베개를 베고 있는 그의 머리는 집시 머리 같았다. 그는 짙기도 하고 희기도 한 머리카락을 아주 짧게 잘랐고, 정성스럽게 면도한 그의 얼굴은 전혀 움직이지 않았다. 그러나 그의 눈은 유별나게 생기를 띠며 움직였다. 그의 삶 전부가 눈과 눈꺼풀 안에 응축되어 있는 것 같았다.

무릎까지 오는 풀을 베어내어 만든 기다란 띠 모양의 길이 마구간에서 오두막까지 이어져 있는데, 그 길 아래로 나이 지긋한 육중한 몸집의 소작농이 몸을 흔들며 걸어가고 있었다. 자신이 완벽해지려면 도끼, 통나무, 그리고 가득 채워진 자루만 더 있으면 된다는 듯, 그는 털투성이 긴 팔을 흔들었다. 엉덩이가 큰 그는 엉덩이 부분이 매우 꽉 끼는 코르덴바지를 입고 검정색 각반을 차고 있었다. 그는 단추를 채우지 않은 파란색 조끼와 땀이 흥건한 목 부분이 열려있는 줄무늬 플란넬 셔츠를 입고 있었고, 정사각형 모양의 검정색 펠트 모자를 쓰고 있었다.

그가 말했다.

"자세를 바꿀까예?"

침대에 누워있는 남자는 천천히 눈을 감았다.

"사과주 드실랍니꺼?"

그는 다시 전과 비슷하게 눈을 감았다. 서 있는 남자는 고릴라 같은 커다란 손으로 오크 기둥을 잡고 몸을 지탱하고 있었다.

그가 말했다. "지가 무본 사과주 중 채고는 영주님이 주신깁니더. 영주님이 지한테 카데요. '거닝'… 관리인이 지키는 우리 안에 암여우가 드갔던 날이었습니더…"

그는 영국 영주들은 꿩보다 여우를 더 선호한다는 사실을 증명할 수 있는 아주 긴 이야기를 하더니 천천히 마쳤다. 그래야 한다! 제대로 된 영국 영주라면 말이다.

"영주님은요, 암여우가 임신 중일 땐… 여우를 죽이지도 않고 놀래키지도 않으싯습니더. 임신한 여우는 꿩 우리에 드가가 무서븐 짓을 할 수도 있습니더… 꿩 새끼 예닐곱 마리는 무야 되니까예.

젠부 다 한창 크는 것들인데… 그캐가 영주님이 지한테 말했심더…"

그러고 나서 그는 사과주에 관해 이야기를 시작했다… "독했심더! 그 사과주는 노랭이 맴씨나 노처녀 혀보다도 독했심더. 향도 맛도 쎘고. 당연합니다. 십 년 된기니까. 영주님 집에선 술통에 10년 이상 안묵은 술은 한 방울도 안 마싯습니더. 그카고 일하는 하인들 무라고 일주일에 양을 세 마리나 잡았습니더. 그뿐 아닙니더. 비둘기도 300마리는 잡았습니더. 비둘기는 벽 안에 난 구멍에 둥지 틀고 살았는데, 둥지는 높이가 한 삼십 미터는 됐습니더. 벽을 한 번 탕 치가 비둘기 새끼들을 잡았다 아입니까. 세상이 바낏지만, 영주님은 아즉도 그래 하십니더. 앞으로도 계속 그래 할끼고예!"

침대에 누워 있는 마크 티전스는 자신만의 생각에 빠져 있었다. 거닝은 육중한 몸을 이끌고 팔을 흔들며 마구간을 향해 천천히 걸어갔다. 마구간은 타일로 보수하고 짚을 얹어 만든 것이라, 북쪽 지역 기준으로 보면 진짜 마구간이라고 볼 수는 없었다. 여기는 노쇠한 암말과 닭과 오리들이 같이 있는 곳이었기 때문이다. 남쪽 지역 사람들은 정리정돈에 대한 개념이 없다. 남쪽 사람들은 천성적으로 깔끔하지 않다. 하지만 거닝은 짚을 깔끔하게 엮고, 울타리 손질도 제대로 할 수 있다. 다재다능한 사람이다. 정말 만능농부다. 그는 많은 일을 할 수 있다. 여우 사냥, 꿩 사육, 삼림 관리(管理), 울타리 치기, 제방 쌓기, 돼지 사육뿐만 아니라, 에드워드 왕의 사냥 습관에 관한 것에 이르기까지 모든 것을 알고 있었다. 줄담배를 피우는 골초인 그는 담배 한 개비를 다 피우자마자, 바로 다음 담배에 불을 붙이곤, 피던 꽁초는 내던졌다…

왕의 스포츠인 여우 사냥은 그 위험도가 전쟁의 이십 퍼센트 정도다! 자신은 사냥을 좋아한 적 없었지만 이제는 아예 사냥을 하지 않을 것이다. 꿩 사냥 역시 좋아한 적이 없었다. 이제 더 이상 사냥을 하지 않을 것이다. 할 수 없어서가 아니다. 단지 앞으로 하지 않을 것이다… 이아고[2] 같은 결심을 하기 전, 이아고가 한 말이 무엇이었는지 확인해보지 않았다는 사실에 짜증이 났다. "앞으로는 절대 말하지 않으리라"… 그런 비슷한 말이었을 것이다. 하지만 그 말을 무운시(無韻詩)[3]로 만들 순 없었다.

어쩌면 이아고는 자신의 결심, 아니 나의 결심을 했을 때 무운시로 이야기하지 않았는지도 모른다… "포피를 자른 개의 목을 잡고 때린다[4]"… 셰익스피어는 참 대단한 사람이다! 어떤 면에서 그 역시 다재다능한 인물이다. 아마 거닝과 비슷했을 것이다. 셰익스피어 역시 엘리자베스 여왕의 사냥 습관을 알고 있었고, 울타리 치는 법, 짚 엮는 법, 사슴이나 산토끼, 돼지 해체하는 법, 영장 발부하는 법, 형편없는 프랑스어로 글 쓰는 법 정도는 알았을 것이다. 십자가 수도회나 미너리즈[5]에 속한 프랑스 가족과 함께 어디선가 기거했는지

---

[2] Iago: 셰익스피어의 『오셀로』(Othello)에서 오셀로를 파멸시키기 위해 오셀로의 아내 데스데모나(Desdemona)와 오셀로 사이를 이간질시켜 결국 데스데모나를 죽음에 이르게 하는 사악한 인물.

[3] Blank verse: 운을 맞추지 않는 약강 오보격을 지칭. 셰익스피어(Shakespeare)의 작품에 많이 사용되는 시 형식으로 이 글의 출처인 『오셀로』도 무운시로 쓰였다.

[4] Took by the throat the circumcised dog and smote him: 셰익스피어(Shakespeare)의 『오셀로』 5막 2장에 나오는 오셀로의 대사.

도 모른다.

언덕 위 연못가에 있는 오리들이 요란스럽게 울어댔다. 거닝은 눈부신 햇살을 받으며 마구간 벽과 라즈베리 나무 사이를 천천히 걸어 올라갔다. 정원은 오르막에 있었다. 목초지 건너에 있는 울타리를 바라보았다. 그들이 내가 누워 있는 침대를 돌리자 저 아래에 집이 보였다. 거친 회색 돌로 지은 집이었다.

그들이 침대를 반쯤 돌렸을 때, 그 유명한 네 개의 카운티를 동시에 볼 수 있었다. 그리고 다시 반대 방향으로 반쯤 돌렸을 때는 큰길에 있는 울타리로 이어지는 풀이 많이 난 가파른 강둑이 보였다. 건초더미 위를 지나, 라즈베리 나무 너머에 있는 거닝이 치게 될 울타리도 보였다… 그들 모두는 나를 배려해 주려고 한다. 늘 내 흥미를 불러일으킬 수 있는 것을 찾아내려고 하면서 말이다. 하지만 그런 배려는 필요 없다. 내 흥미를 불러일으킬 만한 것들은 이미 충분하니 말이다.

울타리 위 저 너머에 있는 풀이 난 언덕길을 엘리엇 집 아이들이 걸어가고 있었다. 아주 긴 담황색 머리를 한 열 살짜리 여자아이와 선원복을 입은 뚱뚱한 다섯 살짜리 남자아이였다. 그 둘은 말할 수 없을 정도로 더러웠다. 여자아이의 다리와 발목은 너무 길었고 머리카락은 축 늘어져 있었다… 전쟁 때문에 어린 시절부터 굶주렸다는 증거다! 그것은 내 잘못 때문만은 아니다. 나는 국가에 필요한 수송을 도왔다. 국가는 식량으로 삼을 만한 음식을 찾아내야 했지만, 그

---

[5] Minories: 런던 시에 있는 교구.

렇게 하지 않아, 아이들의 다리는 길고 앙상해졌고, 가는 팔에 수근골이 튀어나오게 된 것이다. 모든 세대가 다 그렇다! … 내 잘못이 아니다. 난 적절한 방식으로 수송을 관리했다. 내 부서가 그렇게 한 것이다. 임시 하급사원으로 시작해 상임 장이 될 때까지 일하면서 내가 직접 만든 부서가 한 일이다. 30년 전 그 부서에 들어갔을 때부터, 더는 그 어떤 말도 하지 않겠다고 결심을 하게 된 그 날까지, 내 손으로 그 부서를 만들어왔다.

손가락 하나 까닥하지 않을 것이다! 이제 난 이 세상에, 이 나라에 있어야 한다. 이제 난 그들과의 관계를 끝내버렸기 때문에, 이제는 그들이 날 보살필 차례다… 난 이클립스부터 시작해서 펄머터에 이르는 곳에 있는 모든 종마와 어미 말을 알고 있다. 그것만으로 충분하다. 말들 때문에 난 경마에 관한 모든 글을 읽었다. 그러니 나의 흥미를 불러일으킬 만한 것은 충분하다!

언덕 위 연못에 있는 오리들은 요란한 날갯짓으로 물을 튀기며 계속해서 소란스럽게 꽥꽥 울어댔다. 만일 오리들이 암탉이었다면 뭔가 문제가 있어서 그랬을 것이다. 가령 개가 쫓아다니는 일 같은 거 말이다. 하지만 오리들은 아무런 의미 없이 그럴 수 있다. 오리들은 전염병에 걸린 것처럼 다 같이 미쳐간다. 모든 국가와 소들이 그렇듯 말이다.

라즈베리 나무 사이를 어슬렁어슬렁 지나가던 거닝은 라즈베리 봉오리를 한두 개 따 엄지와 검지에 넣고 꼭 눌렀다. 구더기가 있나 보기 위해서였다. 라즈베리 나무에는 연한 초록색 잎이 달려 있었다. 라즈베리 나무는 강한 장미과 식물 중 상대적으로 약한 식물에 속한다. 기근 때문이 아니라 품종상 그런 것이다. 영양공급은 충분하고 효율적으로 이루어졌지만 아무거나 먹는 식물이 아니라서 그럴 수 있다. 거닝은 풀 베는 낫을 예리하고 재빠르게 움직이며, 울타리를 치기 시작했다. 울타리엔 블랙베리 나무가 너무 많아 일주일이 지나면 울타리는 다시 보기 흉해질 것이다.

그들은 행인들이 과수원 안을 들여다보지 못하게 울타리를 높이 치기를 원했을 테지만, 지나가는 사람들을 보며 자신이 재미있어 하게끔 울타리를 낮게 쳤다… 그들이 생각하는 것보다 더 많이, 자신은 늘 행인들을 보고 있었다. 도대체 실비아는 무슨 꿍꿍이속일까? 에드워드 캠피언도 무슨 꿍꿍이속일까? 하지만 자신은 개입하지 않을 것이다. 하지만 분명 무언가 있다… 이전에는 샬럿이라고 불렸던 마리 레오니는 이 두 사람 얼굴을 알지 못한다. 하지만 마리는 분명 울타리 너머를 응시하던 이 두 사람을 본 적이 있을 것이다…

그들은 자신을 배려하는 차원에서 집 왼쪽 구석에 있는 기둥에 넓은 선반을 달아놓았다. 새들이 날아와 자신이 즐거워할 수 있도록 하기 위해서였다. 자신은 항상 큼직한 사냥감을 쫓았다! … 엷은 회색의 바위종다리가 아무 소리도 내지 않고 선반 위에 유령처럼 앉아있었다. 그 새는 날아가 산울타리 깊숙이 숨었다. 자신은 그 새를 미국 새라고 생각했다. 근방에 미국인이 많기 때문에 그런 생각이 들었을 것이다. 한 번도 미국인을 본 적은 없지만 말이다… 가느다랗고 긴 몸통에, 부리가 가는, 낮에는 거의 다니지 않는 새들에게 어울리는 특유의 무늬를 거의 갖고 있지 않은 나이팅게일은 아무

소리도 내지 않고, 울타리 속 깊숙이 살고 있다… 그 새는 주홍글자를 갖고 있는 것으로 보아 미국 새일 것이다. 자신이 미국인에 대해 아는 것 중 대부분은 전에 읽은 책에서 얻은 지식을 바탕으로 한 것이었다. 가령 산울타리 속으로 은밀히 들어가 목사와 문제를 일으키는 바위종다리 같은 여자[6]에 대한 것 같은 것 말이다… 하지만 다른 유형의 사람도 분명 있었다.

몸통이 가느다란 이 종잡을 수 없는 청교도적인 새는 박샛과 새들을 불러 모으기 위해 거닝이 선반 위에 올려둔 고기 기름 속에 가느다란 부리를 넣었다. 박샛과의 소란스러운 새, 박새, 꼬리가 긴 유럽 박새… 박샛과 새들은 모두 고기 기름을 좋아한다. 하지만 바위종다리는 분명 그렇지 않다. 그 따스한 유월 어느 날 고기 기름은 더욱 기름졌다. 부리가 기름 범벅이 된 바위종다리는 아래 부리로 위 부리를 훑었지만, 더는 고기 기름을 먹지 않았다. 바위종다리는 자신의 눈을 응시했다. 하지만 자신이 꼼짝 않고 응시하자, 바위종다리는 길게 경고음을 내뱉고는 소리 없이 날아가 버렸다. 모든 바위 종다리과 새는 사람들이 움직이면서도 눈길을 주지 않을 때 사람을 무시한다. 하지만 사람들이 가만히 멈춰 서서 시선을 고정하는

---

[6] 19세기 미국의 소설가 나다니엘 호손(Nathaniel Hawthorne)이 1850년 출판한 『주홍글자』(The Scarlet Letter)에 나오는 내용이다. 이 작품의 여주인공 헤스터 프린(Hester Prynne)이라는 젊은 여인은 남편이 있는 여자지만 같은 마을에 있는 딤스데일(Dimmesdale) 목사의 아이를 낳는다. 아이의 아버지를 밝히지 않는 헤스터(Hester)는 간통한 벌로 공개된 장소에서 'A(간통이라는 뜻인 adultery의 약자)'자를 가슴에 달고 일생을 살라는 형을 선고받는다. 마크가 떠올린 여자는 바로 헤스터다.

순간, 그 새는 다른 새들에게 위험을 경고하며 날아가 버린다. 이 바위종다리의 새끼는 분명 울음소리가 들리는 거리 내에 있을 것이다. 혹 그게 아니라면 이 경고는 다른 새들과의 협동 차원에서 한 것일 수도 있다.

결혼 전 성이 리오터였던 마리 레오니가 계단을 오른 뒤 길을 따라 걷고 있었다. 마크 티전스는 그녀의 숨소리를 듣고 이를 알 수 있었다. 날염 면으로 만든 긴 원피스를 입어 볼품없어 보이는 그녀는 수프가 담긴 접시를 들고 옆에 서서는 이렇게 말했다.

"몽 뽀브르 옴므! 몽 뽀브르 옴므! 쓰 낄 종 뻬 드 뚜아!"[7]

그녀는 헐떡이며 프랑스어로 말했다. 마리는 몸집이 큰 금발의 노르만족[8] 유형의 사람이었다. 사십 대 중반의 나이에 접어들었지만, 아주 풍성하고 눈에 띄는 아름다운 머리를 가졌다. 마리는 자신과 20년을 함께 살았지만, 영국이라는 "제2의 조국"의 언어와 사람들을 너무도 경멸한 탓에, 늘 영어로 말하려 하지 않았다.

마리는 계속 말을 쏟아냈다. 불그레하고 노르스름한 수프가 담긴 접시를 올려놓은 작은 쟁반을 침대 밑에서 꺼낸 평평한 나무 선반 위에 올려놓았다. 수프 안에는 마리가 종종 꺼내서 살펴보는 반짝이는 의료용 온도계가 들어있었고, 접시 옆에는 눈금이 있는 유리 주사기가 있었다. 마리는 자신이 만든 야채수프를 그들이 먹을 수 없

---

[7] Mon pauvre homme! Mon pauvre homme! Ce qu'ils ont fait de toi!: 프랑스어로 '가여운 사람! 가여운 사람! 사람들이 당신한테 무슨 짓을 한 거예요?'란 의미.

[8] Norman: 프랑스 북부 또는 프랑크 왕국에 자리 잡았던 바이킹 족과 그들의 후예를 지칭.

는 음식으로 바꾸어 놓았다고 불만을 토로했다. 그들은 마리에게 파리 순무 대신 단추같이 생긴 둥근 무를 주었고, 그들이 준 당근은 밑 부분이 흐물흐물했으며, 리크 또한 나무토막처럼 단단했다고 했다. 마리는 사람들이 마크가 육즙을 섭취하기를 바랐기 때문에 야채 수프를 주지 않을 작정인 것 같다고 했다. 그러면서 마리는 사람들이 식인종 같다고 했다. 오로지 고기, 고기, 고기 그러니 말이다! 특히 그 여자 말이다! …

그레이즈인 로드[9]에서 살 때, 마리는 늘 올드 콤튼 스트리트[10]에 있는 야코포란 가게에서 사온 파리 순무를 먹었다. 영국 땅에서 파리 순무를 키우지 말란 법은 없다고 마리는 생각했다. 통 모양으로 생긴 파리 순무는 귀여운 아기 돼지처럼 둥글지만, 그 끝은 꼬리처럼 가느다랗다. 순무를 보면 재미있다. 생각을 바꾸게 하기도 하고 온갖 생각을 하게 하니 말이다. 하지만 그들은, 그러니까 그 남자와 그 여자는 순무를 통해 자신들의 생각을 바꾸지 못한다.

말 중간 중간에 마리는 종종 소리쳤다.

"가여운 사람! 사람들이 당신을 어떻게 한 거예요?"

그녀의 수다는 쇠창살을 넘어 돌진하는 물줄기처럼 마크의 귀를 스쳐 지났다. 하지만 때때로 한두 구절이 그의 주의를 끌었다. 불쾌하지는 않았다. 마크는 자기 여자를 좋아했으니 말이다. 마리는 금

---

[9] Gray's Inn Road: 영국 런던 블룸스버리(Bloomsbury)에 있는 주요 도로.
[10] Old Compton Street: 런던의 이스트엔드에 있는 소호(Soho)를 지나 동서로 이어진 거리.

요일에는 고기를 먹지 않게 훈련한 고양이를 키웠다. 그레이즈인 로드에서 지냈을 때, 다시 말해 리오토 가문 사람들이 그려진 수많은 세밀화와 그들의 옆얼굴이 그려진 그림으로 장식된 큰방에서 지낼 때, 그렇게 하는 것은 아주 수월했다(마리의 어머니와 할머니는 세밀화 화가였다). 마리 레오니는 저명한 조각가 까시미르 바가 만든, 놀라울 정도로 흰 조각상을 보유하고 있었다(까시미르 바는 리오토 가문의 오랜 친구로 음모로 인해 훈장을 받지 못하자, 모든 훈장과 훈장 수상자를 경멸하게 되었다). 마리 레오니는 때때로 까시미르 바가 훈장을 주제로 장황하게 했던 이야기를 반복하곤 했다. 하지만 마크가 국왕에게서 훈장을 받고 나서는, 까시미르 바가 한 말을 덜 반복하였다. 마리는 부모님 세대의 민주주의자들이 갖고 있던 가치를 오늘날의 일반 민중이 갖고 있지 않다는 것은 사실이기 때문에, 국가가 특별히 인정하는 사람 부류에 드는 게 나을지도 모른다고 말했다.

불쾌하지 않은 흥성으로 마리는 계속 이야기했다. 마크는 흔히 어른들이 아이들을 대할 때 갖는 아이러니컬한 관대한 태도로 그녀를 대했다. 정상 근무하는 날이지만, 경마가 없어 종종 집으로 돌아오면 (매주 목요일, 월요일, 그리고 종종 수요일이 그런 날이었다) 그는 늘 편히 쉴 수 있었다. 무능한 얼간이들이 판치는 세상에서 집으로 돌아와 이 똑똑한 여자가 그 바보 같은 세상에 대해 코멘트하는 것을 듣는 게 그에겐 휴식이었던 것이다. 마리는 미덕, 자부심, 몰락, 사람들의 경력뿐만 아니라 고양이의 습성, 물고기, 성직자, 외교관, 군인, 방종한 여자, 성 에우스타키우스[11], 그레비 대통령[12], 식품 공급업자, 세관 공무원, 약사, 리옹산[13] 실크 방직공, 하숙집 관리인, 교살범, 초콜릿 제조업자, 까시미르 바 이외의 조각가, 유부녀의 애인, 하녀 등에 대한 자신만의 견해가 있었다… 사실 그녀의 머리는 서로 전혀 어울리지 않는 도구, 용기, 잡동사니들로 가득 차 있는 찬장과 같았다. 한번 열리면 어떤 물건이 굴러떨어질지, 무엇이 뒤따라 나올지 전혀 알 수 없는 찬장 말이다. 그것은 마크에게 외국여행에 갔을 때와 같은 휴식을 주었다. 그가 외국으로 간 유일한 때는 아버지가 그로비를 상속받기 전, 아이들 교육을 위해 디종으로 가 그곳에서 사셨을 때였지만 말이다. 자신이 프랑스어를 할 수 있게 된 것은 바로 그 때문이었다.

마리의 이야기를 들으면 마크는 늘 즐거웠다. 그녀는 항상 이야기를 시작할 때 정한 주제로 이야기를 마무리했다. 오늘은 파리 순무로 시작했으니 파리 순무에 관한 이야기로 끝날 것이다. 어떻게 그녀가 매번 주제로 다시 돌아오는지 지켜보는 것도 재미있었다. 한번은 철갑함에 대한 자신의 견해를 마무리하려던 참이었는데, 마침 하인이 외출하고 없던 중 초인종이 울려 마리는 갑자기 커스터드 이야기를 할 수밖에 없었다. 하지만 그녀는 다시 초인종을 누르기 전의 화제로 돌아왔다. 그밖에 마리는 검소하고, 상황 판단이 빠르며, 놀라울 정도로 청결하고 건강했다.

---

[11] Saint Eustachius: 로마에서 순교한 귀족으로 후에 성인으로 인정되었다.
[12] Grevy: 프랑스 공화파의 정치가로 제3공화정의 제3대 대통령(1879~1887)이 되었다.
[13] Lyons: 프랑스 남동부의 도시.

마리는 손목시계로 시간을 재며 30초 간격으로 유리 주사기를 이용해 마크의 입 속에 수프를 넣어주면서 가구에 관해 이야기했다… 그들이[14] 객실에 있는 토끼장 같은 가구에 자신이 파리에서 가져온 니스를 칠하지 못하게 했다고 마리는 불평했다. 자신이 진짜 하찮은 의자에 니스 칠을 했을 때, 시동생은 자신이 보기에 진짜 우스꽝스러울 정도로 소란을 피웠다고도 했다. 요즘 오래됐거나 조잡한 가구가 유행일 수도 있지만, 그들은 돌아가신 마리 어머니의 새로 금칠한 안락의자나 니오베[15]와 니오베의 자식들을 조각한 고(故) 까시미르 바의 조각상, 그리고 파리 뤽상부르 정원[16]에 있는 메디치가[17]의 분수를 청동으로 똑같이 재현한 벽난로 시계를 거실에 두지 못하게 했다고 마리는 불평했다. 그건 개인적인 취향의 문제인데도 말이다. 마리는 자신이 그런 정평이 난 물품들을 소유하고 있다는 사실을 그 여자가 몹시 불쾌하게 느껴서 그런지도 모르겠다고 생각했다. 단언컨대, 새롭게 금칠하고 보관까지 잘되어 눈이 부실 정도로 빛나는 프랑스 제2제정 양식[18]의 안락의자보다 구하기 어려운 것은 없을 테니 말이다. 그리고 그 여자가 정원에서 일할 때 입고 있었던 스커트가 좀 그랬다는 사실을 생각해보면 그 여자가 분개하는 건 당연

---

[14] 크리스토퍼 티전스와 워놉을 지칭한다.
[15] Niobe: (그리스 신화) 14명의 아이들이 피살되고 제우스(Zeus) 신에 의하여 돌로 변한 여자.
[16] Garden of Luxembourg: 1612년에 시공된 파리 6구에 위치한 공원.
[17] the Medicis: 15~16세기 이탈리아 플로렌스(Florence)의 명문으로 문예·미술의 보호에 공헌한 집안.
[18] Second Empire: 제2 공화정 후 루이 나폴레옹(Louis Napoleon), 즉 나폴레옹 1세에 의해 수립된 제정(1852~1870).

한지도 모르겠다고 생각했다… 간단히 말해 그 여자 스커트는 진짜 좀 그랬다! 그런데도 그 여자는 그런 치마를 입고 있는 자신의 모습을 목사에게 보여주었다. 하지만 명예를 존중하고 감수성이 풍부하며, 이 세상 모든 일뿐만 아니라 내세의 일까지 모두 알고 있다고 남들이 말하는 시동생이 왜 위대한 천재 예술가 까시미르 바 작품에 대해 꾸며낸 그 진짜 바보 같은 음모를 믿는 것일까? 어려운 상황에 처해 있는 시동생이 그 여자가 불쾌하게 생각하는 작품을 (마크가 관대하게 준 돈과 알뜰살뜰하게 살림한 덕분에 모은 돈으로 자신이 구입한 진주 목걸이와, 세상 사람들이 고전적이라고 인정하는 예술품들과 감각적 취향을 보여주는 값어치 있는 물건들을 그 여자는 갖고 있지 않기 때문이리라) 자기 집 전람회장에 두지 않으려 한다는 건 이해할 수 있었다. 그것은 타당한 일이다. 만약 아내가 결혼 지참금이라고 부르기에 뭐할 정도로 약간의 지참금만 가져왔다면… 자신은 어려운 상황에 처한 사람들을 비난하는 그런 사람은 분명 아니니 말이다… 그리고 그렇게 하는 건 자신에게 어울리지도 않는다. 자신은 긴 세월 동안 정직하고 검소하며 규칙적인 생활을 하면서 청결함을 유지해 왔다… 한 번은 마크에게 이렇게 물어보았다. 비 오는 날 다른 사람 거실에서 자신이 보았던 진흙 자국을 자신의 거실에서 단 한 번이라도 본 적이 있는지… 그리고 계단 아래에 있는 찬장과 부엌에 있는 압착기 뒷부분도 언제든지 보여줄 수 있다고 했다! 하지만 집안에서 일하는 사람들을 관리해 본 적이 없다면, 어떻게 그럴 수 있겠는가? … 긴 세월 동안 자신은 살림을 해 왔기 때문에 그 젊은 여자의 살림에 대해 물론 조심스럽게 해야 하긴 하지만 한 마디 할 수 있는 권한은 있을 것이다. 비록 그 젊은 여자의 상황이 좀 묘해서 특정 사실에 대해 비기독교적인 코멘트는 하지 못할 수 있지만 말이다. 하지만 자신이 보기엔 좀 그랬다. 눈에 확 띄는 석유 얼룩이 세 개나 있는 치마를 입고서, 잉걸불로 구워내기 전 송로버섯에 반죽을 입히듯 진흙이 묻은 장갑을 낀 채, 모든 도구 중에서도 하필이면 그 평범한 정원용 모종삽을 들고… 성직자와 웃으며 농담까지 한다는 것 말이다! … 물론 격식을 차릴 필요는 없는 상황이었지만 그랬다. 일반적으로 성직자들이 누리려고 하는 엄청난 특권을 성직자에게 주고 싶지는 않다. 고인이 된 까시미르 바는 소위 말해 정신적 조언가들에게 그들이 원하는 것을 다 준다면, 우리는 시트도, 털이불도, 베개도, 베개받침도, 등받이도 없는 침대에서 자게 될 거라고 늘 말하곤 했다. 1848년에 일어난 2월 혁명의 영웅 중 한 사람이었던 까시미르 바는 다소 극단적인 견해를 가지고 있었지만, 그의 말에 어느 정도 수긍은 갔다. 교구 목사는 영국에서 여전히 국가 공무원과 같은 존재이기 때문에, 겸손하게 예의를 갖추어 그들을 대해야 한다. 그리고 라빈-보르도 집안에서 태어난 어머니의 딸로서, 위그노교도의 피를 물려받은 나, 마리 레오니(이전 성은 리오토였다)는 개신교 목사들을 어떻게 대우해야 하는지 잘 알고 있다고 남들도 인정해야 한다고 생각한다. 당시 자신은 계단 쪽에 난 작은 창을 통해 그 여자가 목사의 어깨에 한 손을 올려놓고, 모종삽을 들고 있던 다른 손으로 열려 있던 현관문을 가리키는 것을 분명히 보았고, 또 이렇게 말하는 것을 분명히 들었다. "목사님, 배고프시면 집으로 들어가시지요. 티젠스 씨가 거실에서 샌드위치를 먹고 있을 거예요. 오늘 같은 날씨엔 배가 고플 수 있잖아요… 6개월 전 일이었지만 그 여자가 한 말과 손짓은 여전히 마리 레오니의 귓가를 맴돌았다. 모종삽! 모종삽으로 가리키다니! 빵세이![19] 모종삽이 괜찮다면 갈고리나, 쓰레받기는 왜 안 되겠는가? 그릇이라면 더 소박하려나! … 마리 레오니는 재미있다는 듯이 웃었다.

보르도 집안에서 태어난 할머니는 아 바즈 드 뉘[20]에다가(물론 새 거였다) 우유를 가득 채우고는 원하는 행인들에게 무료로 나눠주던 떠돌이 도기장수 이야기를 해주었다. 라보르드라는 젊은 여자가 노이지 레브륑 시장에서 이 도기장수의 도전을 받아들였다. 하지만 그녀의 행동이 과하다고 생각한 그녀의 약혼자는 그녀를 떠났다. 하여튼 그 도기장수는 진정한 익살꾼이었다!

마리는 자신의 원피스 주머니에서 몇 번 접은 신문을 꺼냈다. 그리고 경첩이 달려 열고 닫을 수 있는 이중의 그림 액자를 침대 밑에서 꺼낸 뒤, 두 액자 사이에 신문을 끼웠다. 그러고 나서 초가지붕 밑 마룻대에 달려있는 철사에 액자를 매단 다음 기둥에 달려있는 두 죔쇠로 액자의 오른쪽과 왼쪽을 고정했다. 죔쇠로 액자가 움직이지 않게 고정하면서 마크 얼굴 쪽으로 액자를 약간 기울였다. 팔을 뻗으며 기분 좋게 그를 바라본 뒤, 있는 힘을 다해, 동시에 세심한 배려를 하며 마크의 상체를 올렸다. 그러곤 베개로 그의 상체를 약

---

[19] pensez y: 프랑스어로 '거기에 대해 생각해 보라'라는 의미.
[20] a vase de nuit: (프랑스어) 요강.

간 받치곤 그의 눈이 인쇄된 종이로 제대로 향하고 있는지 확인했다. 마리가 말했다.

"이 자세로 잘 보여요?"

뉴베리[21]와 뉴캐슬[22]에서 열린 여름 경마대회에 관한 기사를 읽어보라는 의미라는 것을 마크는 알았다. 마크는 잘 보인다는 의미로 두 번 눈을 깜빡거렸다. 마리의 눈에 눈물이 고였다. 마리는 중얼거렸다.

"몽 뽀브르 옴므! 몽 뽀브르 옴므!" 마리는 원피스에 달린 다른 주머니에서 오 드 콜로뉴[23]가 담긴 병과 탈지면 뭉치를 꺼냈다. 그리고 탈지면에 향수를 적셔 그의 얼굴과 이불 속에 있던 그의 손을 차례로 세심하게 닦았다. 마리의 그런 모습은 8월 어느 날 교회 문간에서 성모 마리아상의 흰 견수자로 된 옷을 새로 바꾸고 성모 마리아 상의 얼굴을 닦는 프랑스 여자와 같은 느낌을 주었다.

마리는 뒤로 물러서 그의 이름을 불렀다. 마크는 뉴캐슬 경주에서 왕의 암망아지가 버크셔[24] 망아지 상을 탔고, 친구의 말이 시튼 드라발 핸디캡 대회에서 우승했다는 사실을 알게 되었다. 둘 다 예상 가능한 일이었다. 그는 올해 뉴캐슬 경마 대회에 참석하고 뉴베리에도 들르려 했다. 작년 경주 때 뉴베리에서 일이 잘 풀려, 변화도 가질 겸 뉴캐슬 경마 대회에도 가봐야겠다고 생각했던 것이다. 그리

---

21 Newbury: 잉글랜드 웨스트버크셔 행정구(West Berkshire district)에 있는 도시.
[22] Newcastle: 석탄 수출로 유명한 영국 북부의 항구 도시.
[23] eau de Cologne: (프랑스어) 독일 쾰른 원산의 향수.
[24] Berkshire: 영국 남부의 주.

고 뉴캐슬에 있는 동안, 그로비도 둘러보고 그 몹쓸 실비아가 그 집을 어떻게 하고 있는지 볼 작정이었다. 하지만 이제는 다 끝난 일이다. 그들은 자신을 그로비에 묻으려 할 것이다.

마리는 낮은 목소리로 말했다.

"여보!" 마리는 "나의, 신이시여!"라고 말할 뻔하였다. "도대체 여기서 우리는 왜 이렇게 사는 건가요? 이처럼 기이하고 비합리적으로 사는 사람이 있을 수 있을까요? 이것은 마치 차를 마시려고 앉았는데, 언제라도 컵을 빼앗길 수 있고, 디방[25]에 몸을 기대고 있는데, 언제든지 디방이 없어져 버릴 수 있는 그런 상황에 있는 것 같아요. 전 당신이 낮이건 밤이건 밖에 누워있는 거에 대해 뭐라고 하는 게 아니에요. 당신이 여기 누워 있는 건 당신이 바라고 있고, 또 동의했기 때문이란 걸 알아요. 또 당신이 바라고, 동의한 것에 대해 내가 싫다고 하지는 않을 거예요. 하지만 합리적인 집, 그러니까 가재도구를 줄지어 세워놓은 집보다는, 좀 더 적합한 집에서 살 순 없나요? 그렇게 할 수 있잖아요. 당신은 여기서 모든 것을 다할 수 있는 사람이잖아요. 난 당신의 재산이 얼마나 되는지 몰라요. 당신은 그런 걸 말해준 적이 없었으니까요. 당신은 내가 편안하게 지낼 수 있게 해주었어요. 내가 바란다고 한 건 모두 들어주었고요. 물론 내가 바라는 것들이 항상 합당한 것이었지만 말이에요. 그래서 난 아는 게 하나도 없어요. 언젠가 한번 신문에서 당신은 엄청난 부자이고, 또 몹시 검소한 사람인데다가 투자에도 늘 운이 따르고,

---

[25] divan: 등받이와 팔걸이가 없는 낮고 긴 의자.

과도한 투자도 하지 않아, 재산이 다 없어질 수는 절대 없을 거라고 쓴 기사를 본 적이 있긴 하지만요. 사실 난 아무것도 몰라요. 그리고 그런 것들에 대해 물어보는 건 부끄러운 일이라고 생각해요. 물어보는 것 자체가 나에 대한 당신의 믿음을 의심하는 것일 수 있으니까요. 그리고 앞으로 내가 편히 살 수 있도록 당신이 조처를 취했다는 걸 의심하지 않아요. 그리고 그것이 지속될 것이라는 것도 전혀 의심하지 않고요. 내가 걱정하는 것은 물질적인 것에 대한 것이 아니에요. 이 모든 것이 미친 짓 같아요. 우리는 왜 여기 있는 거죠? 이 모든 것은 뭘 의미하나요? 당신은 도대체 왜 이 이상한 집에 사는 건가요? 바깥 공기가 당신 병 치료에 도움이 될지도 몰라요. 하지만 지속적으로 공기가 순환되는 곳에서 당신이 현재 지내고 있다고 생각하지는 않아요. 나에게 모든 것을 맡겼을 때 당신은 편안하고 안락했어요. 또 내가 준비한 것들에 만족하는 것 같았어요. 하지만 당신 동생과 그 여자는 다른 일에도 그렇지만 이번 일에도 좀 미친 것 같아요. 당신은 왜 그만두게 하지 않는 건가요? 당신에겐 힘이 있잖아요. 당신은 여기서 모든 걸 다할 수 있잖아요. 게다가 당신 동생은 당신이 원하는 것이 있는 것 같으면, 늘 어디서건 갑자기 나타나요. 그 여자도 그렇고요!"

손을 뻗는 마리의 모습은 신을 부르는 그리스 여인과 같은 느낌을 주었다. 그녀는 몸집이 크고 아름다웠으며, 머리는 풍성한 금발이었다. 신비와 침묵에 싸인 마크는 상상할 수도 없는 화살을 쏘기도 하고 호의를 베풀 수 있는 신처럼 보였다. 비록 모든 상황이 변했지만 그것만은 변하지 않았다. 오히려 신체를 움직이지 못하는 것이 그를 더욱 신비스럽게 했다. 여기서만이 아니라 두 사람이 함께해 온 지난 세월 동안, 자신이 말할 땐 그는 항상 침묵했다. 주중에 그가 집에 찾아오는 이틀 동안, 그러니까 정확히 저녁 일곱 시에 중절모를 쓰고, 손에는 세심하게 접은 우산을 들고, 가슴엔 경마용 쌍안경을 대각선으로 걸고 그가 집에 들어오는 순간부터, 자신이 중절모를 솔질하여 그에게 중절모와 우산을 건네주는 다음날 열 시 반까지, 그는 거의 말 한마디 하지 않았다. 완벽한 과묵함이란 어떤 것인지 보여주기라도 하려는 듯 그는 거의 말을 하지 않았다. 반면에 자신은 끊임없는 수다와 런던에 있는 프랑스 이주민에 관한 소식 또는 프랑스 신문에 실린 뉴스에 대한 끊임없는 논평으로 그를 즐겁게 해주었다. 그럴 때면 그는 딱딱한 의자에 앉아, 몸을 앞으로 약간 숙인 채 있었는데, 그때 그의 입가에 생긴 주름은 그가 끊임없이 너그러운 미소를 짓고 있다는 것을 보여주었다. 때때로 그는 어떤 경주마에 금화 10실링[26]을 걸어보는 것은 어떻겠냐고 했다. 그리고 가끔은 값비싼 선물을 해주기도 했다. 화려한 무늬로 장식된 커다란 에메랄드가 박혀있는 굵은 금팔찌, 값비싼 모피, 그리고 파리를 방문할 때나 구월에 해안가에 갈 때 쓸 수 있는 고가의 여행가방, 그런 것들을 선물로 주었다. 한번은 자주색 모로코가죽으로 장정된 빅토르 위고 전집과 녹색 송아지 가죽으로 장정된 귀스타브 도레[27]의 삽화가 실린 작품 전집을 선물했고, 또 한 번은 프랑스에서 훈련

---

[26] half a sovereign: (영국) 10실링 금화로 1916년까지 발행되고 현재는 폐지됨.
[27] Gustave Dore(1832~1883): 프랑스의 화가·판화가.

한 경주마의 발굽을 이용해 은을 박아 만든 잉크스탠드도 선물한 적 있었다. 자신의 마흔 번째 생일을 어떻게 알아냈는지는 모르겠지만, 어찌되었든 자신의 마흔 번째 생일날 그는 진주목걸이를 선물하고는, 자신을 전직 프로 권투선수가 운영하는 브라이튼[28]의 한 호텔로 데려갔다. 그는 자신에게 저녁식사자리에 진주목걸이를 착용하고 나오라고 하며, 다만 그것이 500파운드짜리 목걸이이니 조심하라고 당부했다. 한번은 저축한 돈을 어디에 투자했냐고 물어보길래, 프랑스 종신연금에 투자하고 있다고 대답하자, 그는 그보다 더 나은 것이 있다고 말하였다. 그리고 그 이후부터는, 소액을 투자할 수 있는, 특이하면서도 아주 수익성이 좋은 투자처를 종종 알려주었다.

그가 준 선물들이 모두 화려하고 귀한 것이라서 황홀했던 마리는 마크를 이해할 수 없는 방식으로 축복을 내릴 수도, 파멸을 가져올 수도 있는 신으로 점차 인식하게 되었다. 아폴로 극장 밖 에지웨어 로드[29]에서 그가 자신을 처음으로 선택한 이후 몇 년 동안, 자신은 그를 의심의 눈초리로 보았다. 남자는 본래 기질적으로 여자를 배반하게 되어 있고, 여자를 정욕의 대상으로만 보며, 또 비열하다고 믿고 있었기 때문이었다. 하지만 이제 마리는 자기 자신을 악의적인 운명의 여신도 건드릴 수 없는, 신의 동반자로 생각하게 되었다. 마치 자신이 주피터[30]의 옥좌 옆에 있는 독수리 중 한 마리의 어깨에

---

[28] Brighton: 영국 해협에 면한 해변 도시.
[29] Edgeware Road: 런던의 북서쪽을 가르는 대로.
[30] Jove: 로마 신화에 나오는 신들의 왕.

앉아 있는 것처럼 느껴졌다. 불멸의 신들은 인간 중에서 동반자를 선택한다고 알려져 있고, 그 선택받은 인간의 운명은 행운으로 가득 찬다고들 한다. 마리는 자신이 선택받은 인간 중 하나라고 느꼈다.

그가 뇌졸중을 일으켰을 때도 그가 광범위하고도 헤아릴 수 없는 능력을 갖고 있다는 마리의 생각은 바뀌지 않았다. 마리는 그가 원하기만 한다면, 말하고, 걷고, 심지어 헤라클레스와 같은 힘이 있어야 할 수 있는 일도 할 거라는 확신을 버리지 않았다. 그렇게 생각하지 않을 수 없었다. 그의 눈빛은 여전히 생기 있었고, 알 수 없는 그의 눈빛은 여전히 위풍당당하고, 기민했으며 위엄 있게 살아 있었기 때문이다. 게다가 알 수 없는 뇌졸중의 특성과 발병 그 자체가 마리의 잠재의식에 내재된 믿음을 공고히 했다. 발작은 정말 극적이지 않게 일어났기 때문에, 그를 진찰하기 위해 온 몇몇 젠체하는 (그녀가 보기에 거의 천치 같은) 영국 의사는 그가 자는 사이 발작이 일어난 것 같다는 데 의견을 모았지만, 그들의 소견은 마리의 생각을 바꿔놓지 못했다. 심지어 자신의 주치의 드루앙 루오가 이 분야는 잘 알고 있어 확신한다며 이것은 급격히 발병하는 반신마비의 전형적인 사례라고 했을 때도, 이성적으로는 드루앙 루오의 진단이 맞을 거라고 생각하면서도 마리의 잠재의식적인 직감은 바뀌지 않았다. 드루앙 루오는 까시미르 바의 조각상들의 해부학적 우수성을 지적하고, 또 까시미르 바가 에콜 데 보자르[31]의 교장이 되지 못한 것은 경쟁자들의 음모 때문이라는 사실에 동의함으로써 자신이

---

[31] Ecole des Beaux Arts: 프랑스에 있는 저명한 미술 학교.

분별력 있는 사람임을 증명해 보였다. 당시 드루앙 루오는 합리적인 사람으로 그의 명성은 콰르티어에 있는 프랑스 상인들 사이에서 자자했다. 따라서 마리는 살면서 단 한 번도 의사의 도움을 필요로 한 적은 없었지만, 의사가 필요하다면 분명히 프랑스 의사인 그를 찾아가 그의 말을 따를 것이다.

하지만 말로는 다른 사람들의 견해를 따른다 해도, 마음속으로는 그들의 견해가 맞는다고 확신할 수 없었고, 최소한 아무 문제 제기 없이 외형적으로도 그들의 생각이 맞는다는 확신에 이를 수 없었다. 따라서 마리는 드루앙 루노뿐만 아니라 영국 의사들에게도 침대에 저기 누워있는 사람은 상상할 수 없을 정도로 고집이 센 사람들이 사는 요크셔 지방 출신이라고 말했다. 자신에게는 이러한 사실을 알려줄 의무가 있다는 생각에, 말도 걸지 않았을 영국 의사들에게까지 알려주었던 것이다. 마리는 요크셔 지방 출신 사람들이 몇 십 년 동안 같은 집에 사는 형제, 자매, 친인척들에게도 말 한 마디 건네지 않는 게 드문 일이 아니란 사실을 한번 생각해보라고 했다. 그리고 자신은 마크 티전스가 이루 말할 수 없을 정도로 결심이 굳은 사람이라는 걸 알고 있다고 말했다. 평생 동안 가까이 지내서 잘 안다고 했다. 마리는 또한 음식의 풍미를 더하기 위해 후춧가루를 넣지도 못하고, 음식량에 1온스 정도의 변화도 주지 못할 정도로 그의 식단엔 변화가 없었다고 했다. 그를 위해 음식을 해온 이십 년 동안 단 한 번도 말이다. 마리는 정전협정 조항이 마크와 같이 결의가 굳고 성격이 특이한 사람에게는 모든 인간과의 접촉을 영원히 피해야겠다는 결심을 하게 할 만한 것이었고, 또 마크가 그렇게 결심했다면, 그 어느 것도 그의 결심을 바꿀 수 없다는 사실을 의사들도 알아야 한다고 했다. 그가 한 마지막 말은 내각에서 일하는 그의 동료가 그에게 알려주라고 자신에게 전화로 말해준 휴전협정 조항이었다고 했다. 자신이 고개를 돌려 전달해 준 소식에 당시 침대에 누워있었던 마크는 어떤 말을 했다고 마리는 이야기했다. 당시 양쪽 폐에 폐렴이 걸려 회복 중이었던 마크가 한 말을 정확히 반복할 순 없지만, 그가 영어로 다시는 말하지 않을 거라는 내용의 말을 했다고 자신은 거의 확신한다고 마리는 말했다. 그러면서 마리는 자신이 편파적으로 들었을지도 모른다고 했다. 연합군이 독일군을 쫓아 독일까지 갈 계획이 없다는 소식에 마리 자신이 수화기 반대편에 있는 고관에게 자신은 그와 그의 민족에게 다시는 말을 하지 않겠다고 말할 것 같은 느낌이 들었기 때문이라고 했다. 사실 마리에게 가장 먼저 떠오른 생각은 바로 그것이었고, 마크에게도 가장 먼저 떠오른 생각은 틀림없이 그것이었을 거라고 했다.

그래서 마리는 의사들에게 그렇게 호소했던 것이다. 하지만 그들은 마리의 말에 그 어떤 관심도 보이지 않았다. 마리는 최근까지도 자신이 어떠한 법적 보호도 받지 못하는 동반자라는 모호한 위치에 있었기 때문에 그럴 수 있을 거라는 점을 인식하고 있었다. 게다가 그들이 보기에 마크가 자신을 계속 보호해줄 수 있는 처지가 아니기 때문에 그들이 그런 것이라고 생각했다. 거기에 대해 마리는 조금도 분개하지 않았다. 그것은 영국 남자의 속성이라고 생각했기 때문이었다. 하지만 당연하게도 프랑스 의사는 머리를 약간 끄덕이기도 하면서 자신의 말을 존중하며 경청했다. 하지만 그는 마크가 쓰러진 상황이 바로 그가 뇌졸중을 일으켰다는 사실을 분명히 보여주고 있다고 아주 완고하게 말했다. 이러한 주장은 프랑스 인인 마리에게 있어선 분명히 논쟁의 여지가 있었다. 승리를 눈앞에 둔 마지막 순간에 연합군이 프랑스를 배반한 것은 범죄였기 때문에, 차라리 이 세상이 종말을 맞이하는 게 나을지도 모른다는 생각이 들었기 때문이었다.

2

  마리는 계속 그의 옆에 서서 그가 다른 쪽에 실린 기사를 언제 읽어보기를 원할지 알아내기 위해 계속 그에게 말을 걸며, 그가 다른 기사를 읽고 싶어 할 때 액자에 끼워둔 신문기사를 돌렸다. 마크가 처음 읽은 기사는 경마에 대해 여러 기자가 쓴 것이었다. 그는 그것이 마치 오르되브르[32]라도 되는 듯 재빨리 읽어 내려갔다. 마리는 그가 경마에 관한 기자들의 글을 경멸하지만 이 신문에 실린 두 기자의 글은 다른 기자들의 글보단 덜 경멸한다는 사실을 알고 있었다. 중요한 기사는 마리가 페이지를 넘겼을 때부터 나오기 시작했다. 경주마와 기수의 이름들이 빽빽하게 적혀있었고, 또 여러 경마에 참가한 경주마들의 나이와 혈통, 그리고 이전까지의 성적이 적혀 있었다. 마크는 이것들을 세밀하고 주의 깊게 숙독할 것이다. 마크가 그렇게 하는 데는 한 시간이 약간 못 미칠 것이다. 마크가 기사를 읽는 동안 마리는 그와 같이 있고 싶었다. 경주마와 관련된 사항들을 집중적으로 철저히 연구하는 것은 항상 두 사람이 교감할 수 있

---

[32] hors d'oeuvre: (프랑스어) 전체요리.

는 유일한 화제거리였기 때문이다. 마리는 그의 안락의자 뒤에서 몸을 앞으로 숙인 채 그와 동시에 경마기사를 읽으며 감상에 젖는 시간을 보내곤 했다. 그리고 경마 결과에 대한 자신의 예상에 마크가 찬사를 보내면, 설령 그것이 그가 자신에게 한 유일한 찬사라 할지라도, 마리는 그가 자신의 외모에 대해 똑같은 찬사를 보낸 것처럼 즐거움과 혼란스러운 감정을 느꼈다. 마리는 자신의 외모에 관련해서 그에게 어떤 찬사도 바라지 않았다. 자신과 함께 하는 삶이 그에게 완전한 만족을 준다는 사실만으로 충분했다. 이제는 더 이상 할 수 없지만, 조용히 공감대를 형성하게 했던 그 일에 마리는 늘 즐거움을 느꼈다. 마리는 며칠 전 자신이 예측했듯이 시애틀이 우승했다고 말했다. 다른 경주마들 중 시애틀의 경쟁상대가 없었기 때문에 자신의 예측이 적중했다고 했다. 하지만 자신의 예측에 반쯤 경멸적으로 투덜거리면서도 인정했던 그런 대답은 이제 들을 수 없게 되었다.

머리 위로 비행기 한 대가 웅웅거리며 날아갔다. 마리는 햇빛을 반사하며 맑은 하늘을 가로질러 천천히 앞으로 나아가는 눈부신 장난감을 보기 위해 밖으로 나갔다. 그리고 신문을 넘겨도 좋다는 뜻으로 두 번 눈을 깜빡인 마크에 대한 답변으로, 다시 안으로 들어가 마크의 오른쪽에 있는 오크 기둥에서 쇠쇠 하나를 풀고, 그의 침대를 돌아 왼쪽 기둥에 쇠쇠를 고정했다. 이렇게 함으로써 신문을 넣은 액자는 완전히 돌려져 신문의 다음 장이 보이게 되었.

이것은 매일같이 마리를 짜증나게 하는 장치로, 그들, 다시 말해 시동생과 시동생의 여자가 미쳤다는 사실을 보여주는 또 다른 실례다. 그들은 왜 침대 틀에 고정해 어떤 각도든 자유롭게 조정할 수 있는 기구를 사지 않는 것일까? 멋지게 니스 칠한 마호가니로 만든 독서용 선반을 지탱하는 놋쇠로 된 지지대 같은 것 말이다. 그들은 왜 마리가 홍보책자에서 본 결핵 환자를 위한 오두막 같은 집을 마련하지 않는 것일까? 녹색, 주홍색 줄무늬가 어울리게 칠해진 그 오두막집은 멋졌을 뿐만 아니라, 햇볕을 쬐거나 바람을 피하기 위해 회전축을 사용해 회전할 수도 있었다. 미친 사람이 만든 것 같은 조잡한 이 구조물을 뭐라고 설명할 수 있을까? 벽도 없이 기둥으로만 떠받쳐진 초가지붕집이라니! 그들은 마크가 외풍에 침대에서 날아가 버리길 바라는 것인가? 아니면 그들은 나, 마리를 화나게 하고 싶어서 그런 것일까? 아니면 돈이 너무 없어 현대 문명의 이기를 누릴 수 없는 것일까?

마리는 그래서 그들이 그렇게 했을 거라고 생각할 수도 있었을 것이다. 하지만 위대한 조각가인 까시미르 바의 조각상과 관련된 시동생의 기이한 행동을 보고는 그들이 돈이 없다면 어떻게 그럴 수 있는가 하는 생각을 하게 되었다. 마리는 자신이 가장 소중하게 생각하는 것을 희생하면서까지 이 집을 만드는 비용에 일조하고자 했다. 하지만 크리스토퍼의 행동은 이상했다. 윙엄 수도분원에 있었던 큰 세일 행사에 맞춰 그들이 집을 비웠을 때, 마리는 거칠지만 상냥한 거닝과 머리가 좀 모자라는 목수에게 새로 금칠을 한 프랑스 제2제정 양식의 안락의자뿐만 아니라, "니오베 조각상"과 비할 데 없는 작품이라고 널리 인정받는 "사위의 죽음을 넵튠[33]에게 알리는 테티스[34] 조각상"을 자신의 방에서 아래층에 있는 전시회실로 옮겨 놓으라고 지시했다. 그 음침한 전시회실에서 그 각각의 예술 작품들은 저마다 흰색과 황금색으로 빛났다! 니오베 상의 자태는 얼마나 격정적인가, 그리고 테티스의 행동은 얼마나 기백이 넘치는 동시에 가련한가! 마리는 예술의 도시에서 수입해 온 특별한 니스로 전시회실에 있는 유일한 의자(그 의자는 파리에서 온 것으로, 니스 칠을 하지 못할 정도로 거칠진 않았다)에 니스 칠을 할 기회를 잡은 것이었다. 비록 어느 시대에 만들어진 것인지 아무도 모르지만, 그것은 프랑스 루이 13세 시대에 만들어진 것 같았다. 아니, 의심할 바 없이 크롬웰[35]이 국왕을 시해한 시대에 만들어졌을 것이다!

바로 그 순간 크리스토퍼는 활기를 찾은 전시회실에 들어와 평소에는 드러내지 않는 자신의 감정을 드러냈다. 이는 마리가 처음 본 광경이었다. 크리스토퍼가 마크만큼이나 말이 없는 건 아니지만 자신의 감정을 터놓는 사람이 아니었기 때문이다. 마리는 마크에게 물었다. 당신 생각에, 그 순간 크리스토퍼가 자기 애인에 대한 애정을 보여주기 위해 그랬던 것 같아요? 그게 아니라면 왜 그랬겠어요? 크리스토퍼는 사람들 사이에서 엄청난 지식을 갖고 있는 사람으로 통했다. 그는 모든 것을 알고 있었다. 그러니 라이벌인 로댕과 그의 동료들 음모가 아니었다면, 프랑스에서 최고의 영광을 누렸을 까시미르 바의 작품 가치를 모를 순 없을 것이다. 그런데 크리스토퍼는

---

[33] Neptune: (로마 신화) 바다의 신.
[34] Thetis: (그리스 신화) 아킬레스의 어머니로 바다의 여신 중 하나.
[35] Oliver Cromwell(1599~1658): 영국의 청교도 혁명 지도자로서 영국 왕 찰스 1세를 처형하고 영국을 통치했다.

화가 나서 씩씩거리고, 쯧쯧 혀를 차면서, 뜨내기손님(실제로 그들이 집을 비웠을 때 뜨내기손님이 약속도 없이 나타나기도 했다)의 관심을 끌 거라는 생각에 내가 전시회실에 전시해둔 그 물건들을 당장 치우라고 거닝과 목수에게 명령했다. 그뿐만이 아니었다. 크리스토퍼는 그 여자의 질투심을 누그러뜨리기 위해 까시미르 바 작품의 금전적 가치에 대해 의혹을 제기했다. 요즘 미국인들이 불운한 나라 프랑스의 미술 명품을 어떻게 박탈하고 있는지 또 그들이 얼마나 탐욕을 드러내며 엄청난 비용을 치르는지 모두들 알고 있다. 그런데도 그 남자는 내가 갖고 있는 조각상이 개당 몇 실링 정도의 가치밖에 안 된다고 설득하려 한다. 참 이해할 수 없는 일이다. 그는 자신들의 집을 거친 목재와 놋쇠로 만든 낡고 닳은 물건들을 보관하는 창고로 만들어 버릴 정도로 궁핍한 상태였다. 그는 이 쓰레기 같은 것들을 구매하려고 먼 거리를 달려온 정신 나간 양키에게서 엄청난 액수의 돈을 받아 내려 했다. 하지만 완벽하게 보존된 최상의 아름다운 작품을 제시받았을 때는 비웃으며 그 물건을 간단하게 거절했다.

나, 마리는 열정을 존중한다. 그리고 그 여자보다 (편의상 동서라고 부르겠다) 그런 감정을 더 잘 불러일으킬 수 있는 열정의 대상을 상상할 수 있다. 자신은 최소한 마음이 넓고 게다가 인간의 마음이 어떻게 작동하는지 이해하고 있다. 남자가 자신이 사랑하는 여자를 위해 스스로를 파멸시키는 것은 훌륭하지만, 최소한 이건 과장된 것이다.

그렇다면 현대 과학이 만든 발명품을 무시하기로 한 이 결정은 무엇인가? 왜 그들은 이웃들에게, 그리고 하인들에게, 최소한 마크가 지위가 높은 사람이라는 사실을 보여줄 수 있을, 놋쇠 다리가 떠받치고 있는 독서용 선반을 구매하려 하지 않는 것일까? 왜 회전하는 오두막을 구매하지 않는 것인가? 분명히 불안한 시대의 증상들이 있다. 자신은 그러한 사실을 인정하는 첫 번째 사람일 것이다. 신문만 읽어보면 암살자, 노상강도, 도처에서 권력을 잡은 전복적이고 무지한 자들이 어떤 행각을 벌였는지 알 수 있으니 말이다. 하지만 독서용 선반, 회전하는 오두막 그리고 비행기와 같이 무해한 것들에 대해 왜 반대하는가? 그래, 비행기도 그렇다!

그들은 왜 비행기를 무시했는가? 이른 아침시간 희미한 전등 빛 아래서 호텔 이층 높이만큼 손수레에 균형 있게 쌓여 옮겨지는 파리 순무는 라 빌 뤼미에르[36]에서의 밤 풍경 중에서도 가장 멋진 광경을 선사한다. 그런데 자신에게 파리 순무를 제공할 수 없는 이유로 그들은 그 훌륭한 순무의 씨를 뿌리기엔 절기가 너무 지나버렸기 때문이라고 했다. 그들은 파리에서 씨앗을 가져오는 데 최소 한 달이 걸릴 것이라 했다. 하지만 비행기로 편지를 보내, 비행기로 씨를 발송해 달라고 요청한다면, 모든 사람도 다 알 듯이, 몇 시간이면 씨를 얻을 수 있을 것이다. 이처럼 다시 주제를 순무로 돌린 다음, 마리는 이렇게 결론을 내렸다.

"그래요, 몽 쁘브르 옴므. 우리 친척들은 참 성향이 특이해요. 그 젊은 여자도 친척으로 포함할 거니까요. 최소한 나는 그 정도로 마

---

[36] la Ville Lumière: 프랑스어로 '빛의 도시'란 의미.

음이 넓은 사람이에요. 하지만 그 사람들 성향은 참 특이해요. 진짜 이상해요!"

마리는 남편 친척들의 특이한 성향에 대해 생각하며 마구간을 향해 길을 따라올라 갔다. 그들은 신의 친척들이다. 하지만 신에겐 특이한 성향의 친척들이 있다. 마크를 주피터라고 해보자. 주피터에게는 정확히 말해서 피스 드 파미유[37]로 볼 수 없는 아폴로란 이름의 아들이 있다. 그런데 이 아폴로가 겪은 모험은 아주 파격적이었다. 그가 아드메토스 왕[38]의 양치기들과 함께 노래 부르고 흥청망청 술을 마시며 오랜 시간을 함께 보냈다는 사실은 잘 알려져 있지 않은가? 시동생 역시 편의상 아드메토스 왕의 양치기들과 같이 있는, 여성을 동반한 일종의 아폴로로 생각해볼 수 있을 것이다. 아폴로와 달리 노래를 자주 부르지 않았다 할지라도, 시동생은 스스로를 파멸시킬 성향이 있다. 단지 그것을 감추고 있는 것뿐이다. 시동생네가 사는 집은 아주 기이하지만 시동생은 거기에 대해 아무런 말도 하지 않는다. 그것은 그 여자도 마찬가지다. 그들의 관계가 파격적이라 하더라도, 비난받아 마땅한 난장판 같은 관계는 아니다. 그들의 관계는 진지한 꼴라쥐[39]다. 그것은 가족 내력이다.

마리는 마구간 옆에 있는 갈다 남은 이랑 근처에서 거닝을 만났다. 그는 돌 문틀 위에 앉아서 커다란 고기 패스티[40]에 쓸 큰 고깃덩

---

[37] fils de famille: 프랑스어로 '가문, 혈통'이라는 의미.
[38] Admetus: 테살리아(Thessaly)의 왕으로 알케스티스(Alcestis)의 남편.
[39] collage: 동거 내연의 관계.
[40] pasty: 만두처럼 고기와 채소로 소를 넣어 만든 작은 파이.

어리를 날이 넓은 접이식 주머니칼로 자르고 있었다. 마리는 거닝의 커다란 각반과, 진흙투성이의 커다란 신발, 그리고 면도하지 않은 얼굴을 한번 훑어보았다. 그리고 아드메토스의 양치기들은 아마 다른 옷을 입었을 거라고 프랑스어로 말했다. 마리가 본 양치기들은 전에 보았던 '알체스테'⁴¹ 공연에 나온 배우들이었다.

거닝은 다시 일을 해야겠다고 말했다. 그는 마리에게 사과주를 병에 담을 것 아니냐고 물었다. 그렇지 않다면 자기더러 저기 있는 통을 가지고 오라고 시키지 않았을 거라고 했다. 그러곤 마리에게 코르크 마개를 꽉 막아야 한다고 했다. 그래야 제대로 숙성될 수 있다고 했다.

마리가 백 대째 이어져 내려온 노르망디 가문의 일원으로서 사과주 다루는 방법을 알지 못한다면 그것은 이상한 일일 것이라고 말하자, 거닝은 지금껏 고생해왔는데 사과주가 잘못된다면 참 유감스러울 거라고 했다.

거닝은 낡은 담배 파이프에서 떨어진 담뱃재를 바지에서 털어낸 뒤, 커다란 빵 조각을 조심스럽게 집어 들어 자신의 크고 붉은 입술 사이로 밀어 넣었다. 거닝은 마리에게 티전스 대위가 그날 오후에 암말을 보고 싶어 하는지 물었다. 그리고 그렇지 않다면 말을 공유지에 두는 편이 나을 거 같다고 했다. 티전스가 아무 말도 하지 않아 모르겠다고 마리가 대답하자, 거닝은 자기 생각에 그렇게 하는 편이

---

⁴¹ *Alceste*(1767): 독일 작곡자 크리스토프 빌리발트 글루크(Christoph Willibald Gluck)의 오페라.

나을 것 같다고 말했다. 크램프가 아침 전에는 긴 의자를 역으로 옮길 준비를 하지 못할 것이라고 말했기 때문이라는 것이었다. 그리고 마리가 여기에서 기다린다면, 자신이 가서 미지근한 물을 가져올 테니, 달걀 적시는 일을 같이 하자고 했다. 마리로서는 더 이상 바랄 것이 없었다.

거닝은 급히 몸을 일으켜 집 쪽으로 난 돌 길을 따라 어슬렁어슬렁 걸어갔다. 마리는 햇볕이 내리쬐는 낮에 과수원의 긴 풀밭, 옹이가 많은 과실수의 흰 몸통, 화단에 가지런히 줄지어 선 장미 같은 작은 상추들, 사과나무 가지로 대부분 가려져 있는 오래된 석조 건물로 이어지는 언덕을 응시하며 서 있었다. 마리는 자신은 사실상 더 바랄 것이 없다는 사실을 인정했다. 만일 마크가 보통 사람처럼 세상을 떠난다면, 노르망디인인 자신은 틀림없이 할머니와 할아버지의 고향인 팔레즈[42]나 바이유[43] 근방으로 돌아갈 것이다. 그리고 십중팔구 부유한 농부나 부유한 목축업자와 결혼하여, 자진해서 사과주를 병에 담고, 앉아있는 암탉의 알을 촉촉이 적시는 일을 하면서 살아갈 것이다. 마리는 파리 오페라 극장에서 주역 무용수로 훈련받았기 때문에 런던에 오게 되었다. 하지만 파리 오페라 극장 단원들과 함께 런던을 방문하지 않았다면, 그리고 자신의 숙소가 있던 에지웨어 로드를 걷던 중 마크가 다가오지 않았다면, 클리시[44]나 오퇴유[45]에서 어떤 남자와 살다가, 경제적으로 자립할 수 있게 되면,

---

[42] Falaise: 프랑스 북서부 바스노르망디 지방 칼바도스주에 있는 상업 도시.
[43] Bayeux: 프랑스 북서부 바스노르망디 지방 칼바도스주에 있는 도시.
[44] Clichy: 프랑스 북부 파리 교외, 센강에 면한 공업 도시.

부모의 고향 중 한 곳으로 가, 농부나, 가축 도살업자 혹은 목축업자와 결혼했을 것이다. 그러면 이곳 둥지 상자[46]에서 키운 닭만큼 맛있고, 여기 압착기에서 뽑은 사과술보다 더 풍부한 맛의 사과술을 얻지는 못했겠지만, 자신이 늘 생각해 온 삶을 살았을 거라는 생각이 들었다. 또 꿰매기 장식이 있는 파란색 작업복과 검정색 가죽챙이 있는 모자를 쓰면 캉[47] 시장에서 여느 소작농으로 통했을 거닝 이외의 다른 하인은 필요하지 않았을 거라고 생각했다.

그는 커다란 파란색 그릇을 조심스럽게 들고, 마치 바람 때문에 작업복이 불룩해진 양, 길을 따라 몸을 흔들거리면서 걸어 올라갔다. 거닝은 동일한 말버릇과 억양을 지녔다. 마리가 그에게 고집스럽게 프랑스어만 사용하여도 아무 문제가 되지 않았다. 자신과 관련된 일에 있어서 그는 자신의 질문에 대한 마리의 대답이 무엇일지 직감적으로 알았고, 그리고 이제 마리 역시 그의 말을 잘 이해했기 때문이었다.

거닝은 암탉이 마리의 손을 쫄 수도 있으니 닭들을 닭장에서 꺼내는 게 좋을 것 같다고 말했다. 그는 마리에게 그릇을 주고는, 깃털을 세우고, 꼬꼬꼬꼬 하고 소리를 지르면서 저항하는 암탉 한 마리를 어두운 닭장에서 꺼냈다. 그리고 그 암탉 앞에 한 움큼의 왕겨 반죽과 상추 이파리 한 장을 놓았다. 그는 계속해서 한 마리씩 닭을 들고 나왔다. 훨씬 더 많은 닭이 밖으로 옮겨졌다. 그리고 나서 그는

---

[45] Auteuil: 현재는 파리의 일부로 되어 있는 옛 소도시.
[46] nest-box: 새가 둥지로 삼도록 만들어 놓은 상자.
[47] Caen: 프랑스 서북부의 도시.

마리에게 안으로 들어가 알에 물을 뿌려도 좋다고 했다. 그는 달걀을 뒤집는 일이 늘 성가시다고 했다. 손이 서툴러 종종 달걀을 깼다는 것이다. 그가 말했다.

"암말을 델꼬 나올 동안 쪼매 기다리이소. 풀을 쪼매 주는 기 좋을 깁니더."

엄청난 크기로 몸을 부풀린 암탉들이 저마다 마리의 발치에서 과시를 하며 호전적으로 돌아다녔다. 닭들은 꼬꼬댁 하고 울기도 하고, 낮은 소리로 울기도 하며, 반죽 덩어리를 쪼고, 철로 된 여물통에 있는 물을 열심히 마셨다. 커다란 말발굽의 덜커덕거리는 소리와 함께 노쇠한 암말이 마구간에 나타났다. 19살 된 고집 센, 짙은 암갈색 암말로 앙상하게 말랐다. 귀리와 삶은 곡물 사료를 하루에 다섯 번씩 먹여도 조금도 살이 붙지 않았다. 한때 자신이 유명한 존재였다는 사실을 알고 있는 이 암말은 프리마돈나처럼 걸으며 문에서 나와 햇빛 속에서 그 모습을 나타냈다. 암탉들이 달아났다. 말은 거대한 이를 드러내며 공기를 덥석 물듯이 입을 벌렸다. 거닝이 가까이에 있던 과수원 문을 열자, 말은 구보로 달려 나왔다가 잠시 멈추더니, 무릎을 굽히고 이내 옆으로 쓰러졌다. 그리고 바닥에 뒹굴었다. 기다랗고 가느다란 다리가 허공에서 버둥거리는 모습이 어울리지 않았다.

"그래요." 마리 레오니가 말했다. "뿌르 무아-멤므 쥬 느 드망데레 빠 미유."[48]

---

[48] pour moi-même je ne demanderais pas mieux: (프랑스어) '더 이상 바랄 것이

거닝이 말했다.

"지 나이답지 않구만. 글치요? 다섯 살 묵은 어린 양매로 뛰댕기다니!" 그의 목소리는 자부심으로, 그리고 그의 잿빛 얼굴은 기쁨으로 가득 차 있었다. 언젠가 한번 주인은 런던에서 열렸던 말 대회에 이 나이 든 암말을 내보내야 한다고 말한 적이 있었다. 불과 몇 년 전 일이었다!

마리는 어두컴컴하고 따뜻한, 악취가 풍기는 닭장 겸 마구간 안으로 깊숙이 들어갔다. 말이 머무는 곳은 철망, 둥지 상자, 그리고 장대위에 펼쳐놓은 담요들로 암탉들과 분리하였다. 마리는 암탉 닭장에 들어가기 위해 몸을 숙여야 했다. 벽기둥 사이의 갈라진 틈 사이로 새어나온 빛이 깜박였다. 마리는 미지근한 물을 조심스럽게 가지고 가, 건초가 움푹 들어간 공간에 손을 밀어 넣었다. 달걀은 뜨거웠다. 마리는 달걀을 돌려 미지근한 물을 뿌렸다. 열셋, 열넷, 열넷, 열하나— 그 암탉은 달걀을 안전하게 지키지 못하고 깨부수는 파괴자였다— 열다섯. 마리는 미지근한 물을 비워버리고, 다른 둥지에서 알을 하나씩 꺼냈다. 그녀는 흐뭇했다.

둥지 상자 위쪽에서 암탉 한마리가 낮은 자세로 알을 품고 있었다. 암탉은 위협적으로 낮은 소리를 내며 울어댔다. 마리의 손이 가까이 다가오자 암탉은 가금류가 재앙에 가까운 위험이 닥쳤을 때 내지르는 소리로 울었다. 밖에 있던 다른 암탉들 역시 똑같은 소리로 동정 어린 비명을 질렀다. 공유지에 있는 다른 암탉들도 마찬가

없다'는 의미.

지였다. 수탉 한 마리가 울었다.

마리는 이보다 더 나은 삶을 바라지 않는다고 스스로에게 반복적으로 말했다. 하지만 이처럼 만족해하는 것은 자기 탐닉이 아닌가? 자신의 미래를 위해 뭔가 해야 하지 않을까? 팔레즈나 바이유 근방에서 사는 것 말이다. 자신을 위해 그 정도는 해야 하는 것 아닐까? 여기서의 삶은 얼마나 더 이어질 수 있을까? 더구나 여기에서의 삶이 중단될 때, 어떤 식으로 중단이 될까? 이방인인 그들은 자신에게 어떻게 할까? 그리고 자신이 저축한 돈, 모피, 여행가방, 진주목걸이, 터키석, 조각상, 새롭게 금색 칠을 한 프랑스 제2제정 양식의 의자와 시계는 어떻게 할까? 국왕이 승하할 때, 왕위 계승자와 그의 첩들, 조신들, 아첨꾼들은 그때 맹트농[49]에게 무슨 짓을 했나? 앞으로 겪게 될 보복에 대비해 어떤 예방책을 세워야 하나? 런던에도 분명히 프랑스 변호사가 있을 텐데 말이다…

크리스토퍼 티전스는 서투르고, 겉으로 보기엔 머리가 나쁜 것 같은데 실상은 초자연적인 통찰력을 타고 났다고 남들은 생각한다… 거닝은 티전스 대위가 아무 말도 안 해 그가 무슨 생각을 하는지 모르지만, 모든 것을 다 꿰뚫어본다고 했다… 마크가 죽고 난 뒤에도, 그로비와 신문에 보도된 석탄이 난다는 그 방대한 땅의 실소유자인 시동생이 지금처럼 자신에게 관대하면서 자신은 검소하게 살 수도 있지 않을까? 그것은 가능한 일이다. 하지만 머리가 나

---

[49] Maintenon(1635~1719): 본명은 프랑소와즈 도비네(Françoise d'Aubigné). 프랑스 국왕 루이 14세의 정부이자 후에 배우자가 된다.

빠 보이지만 실제로는 초자연적인 통찰력을 타고 나서, 지금은 부를 경멸하는 것 같은 태도를 유지하다가, 권력을 쥐게 되면 진짜 구두쇠가 될지도 모른다. 부자들은 냉혹하다고 알려져 있으니까, 시동생은 다른 누구보다도 형의 미망인을 먹이로 삼을 수 있다.

그래서 자신은 당국의 보호를 받아야 한다. 그런데 어떤 당국의 보호를 받아야 하는가? 힘이 강력한 프랑스는 이 외지고 미개한 땅에서도 자국민을 확실히 보호할 것이다. 하지만 마크에게 알리지 않고 절차를 밟는 게 가능할까? 자신이 절차를 밟았다고 마크가 생각한다면 화가 나서 어떤 가혹한 조치를 취하지 않을까?

기다리는 것밖에 달리 할 수 있는 일이 없는 것 같다. 게다가 천성도 나태하여 기꺼이 기다릴 것이라는 사실을 자신도 잘 알고 있다. 하지만 그렇게 하는 것이 옳은 것일까? 그것이 자신이나 프랑스한테 공정한 것인가? 근면과 검소로 재화를 축적하는 것은 프랑스 시민의 의무이며, 신뢰할 수 없는 연합군에 의해 헐벗고 곤궁에 처한 고국으로 모아둔 비축물을 가져가는 건 그 무엇보다도 중요한 프랑스 시민의 의무이니 말이다. 비록 순무가 파리 품종은 아니더라도, 자신은 이 상황에서, 다시 말해 이 풀밭과, 과수원과, 닭들과, 사과주 압착기와 채소밭에서 행복을 느낄 수도 있다. 자신은 더 나은 걸 요구하지 않을 것이다. 하지만 팔레즈 근처의 작은 지방, 아니면 대안으로 바이유 근처 작은 마을을 이 야만인들에게서 얻어낸 전리품으로 풍요롭게 할 수 있을 것이다. 프랑스 지방의 거주민 모두가 똑같이 한다면, 프랑스는 다시 번영할 수 있지 않을까? 그러면 교회 종탑은 미소 짓는 프랑스 전역에 만족스러운 삶을 알리게 될 것이다.

거닝이 다시 일을 시작하기 전 풀 베는 낫에 패인 홈을 숫돌로 가는 사이, 마리는 닭들을 가만히 응시하면서, 크리스토퍼 티젼스의 성품에 대해 생각해 보았다. 자신의 모피, 진주 목걸이, 금색 칠을 한 예술품들을 지켜 낼 가능성이 얼마나 될지 가늠해 보고 싶었기 때문이었다… 매일같이 마크를 진찰하는 의사는 딱딱하고 무미건조하며 진짜 무식한 사람이었다. 그 의사의 지시에 따라 마크를 절대 시야에서 벗어나는 곳에 두지 않았다. 의사는 언젠가 마크가 움직일 수도 있는데, 그가 움직인다면 엄청난 위험이 있을 수 있다고 했다. 마크의 두뇌가 손상되었다면, 재발할 경우 치명적인 결과를 낳을 수 있다는 것이다. 그래서 그들은 마크를 시야에서 벗어나지 않게 했다. 밤 동안에는 그의 침대에서 자신의 침대로 연결된 선으로 경보장치를 설치했다. 자신의 침대는 과수원 쪽으로 난 방에 있었고, 만일 침대에서 마크가 움직이기라도 한다면 자신의 귀에 종소리가 울리게 되어 있었다. 하지만 자신은 매일 밤 여러 번 일어나 자신의 방 창문으로 마크의 오두막을 바라보았다. 랜턴이 희미하게 그의 침대시트를 밝혔다. 자신이 보기에 이런 방식들은 미개해 보였다. 하지만 거기에 대해 마크는 만족해했기 때문에 거기에 대해 문제 삼을 수 있는 상황은 아니었다… 그래서 거닝이 낫 모양의 짧은 손잡이가 달린 칼을 갈고 있는 동안 기다려야 했다.

그것은 모두 그때 시작되었다. 모든 사람들이 소란을 피고, 열광하던 그 끔찍한 날에 세상의 모든 재앙이 시작되었던 것이다. 그때까지만 해도 자신은 크리스토퍼 티젼스에 대해서 아는 것이 거의 없거나 아무것도 몰랐다. 말이 나왔으니 말인데, 몇 년 전까지만 해도 자신은 마크에 대해서도 아는 게 거의 없었다. 그의 이름도, 직업도, 사는 곳도 몰랐다. 물어보는 건 자신이 할 일이 아니라는 생각에 아무것도 묻지 않았었다. 그러다 13년이 흐른 어느 날 아침, (그는 궂은 날씨 속에 진행된 뉴마켓[50] 경마에서 돌아 온 뒤였다) 아침에 일어났을 때 마크는 기관지염에 걸렸다. 마크는 자신의 부서 수석 서기 앞으로 보내는 쪽지를 줄 테니 그 쪽지를 가지고 자기 사무실로 가, 자신에게 온 편지들을 받아오고, 그들에게 심부름꾼을 자신의 방에 보내 옷가지와 필요한 물품들을 가져오게 하라고 시켰다.

　마리가 그의 사무실도, 집도, 그리고 그의 성도 모른다고 말했을 때 마크는 끙 앓는 소리를 냈다. 그는 놀라움도, 만족감도 내비치지 않았다. 하지만 마리는 그가 만족스러워하고 있다는 것을 알았다. 호기심이 전혀 없는 마리에 대해 만족스러워했다기보다는 그 어떤 호기심도 보이지 않는 여자를 선택한 자신에 대해 만족스러워서였을 것이다. 그 후 그는 마리의 집에 전화기를 설치했고 심부름꾼을 시켜 자기 사무실에서 편지를 가져오게 하거나 자신이 서명한 서류를 가져오라고 시키고는 이전보다 늦은 오전까지 종종 마리의 집에 머물렀다. 그의 아버지가 돌아가셨을 때 그는 마리에게 상복을 입게 했다.

　그날 이후 마리는 점차 그가 북쪽 지역 어딘가에 있는 그로비라는 거대한 사유지를 소유한 마크 티전스라는 사실을 알게 되었다. 그는 화이트홀에 있는 관공서에서 일을 했는데, 철도와 관련된 일을

---

[50] Newmarket: 잉글랜드 남동부의 도시. 경마로 유명하다.

하는 부서였다. 마리는 주로 심부름꾼의 떠들썩한 말을 통해 그가 수송부를 경멸하지만, 그 자신은 수송부에 없어서는 안 될 인물로 간주되기 때문에 그 직위를 잃은 적이 없다는 사실을 알게 되었다. 가끔 사무실에서 전화가 와 마리에게 그가 어디에 있는지 묻곤 했다. 후에 마리는 신문을 통해 그것이 대형 철도 사고 때문이었다는 사실을 알게 되었다. 그런 일이 있을 때면 그는 경마에 가지 않았다. 그는 사실상 자신이 마음먹은 만큼의 시간만 사무실에서 일하는 데 할애했다. 엄청난 재산을 갖고 있는 그에게, 수송부 일은 경마 틈틈이 생기는 여가시간을 활용해서 하는 심심풀이라는 점을 제외하면 조금도 중요하지 않다는 사실을 마리는 알게 되었다. 그리고 마리는 그가 국가 지도자들 사이에서 불가사의한 힘을 지닌 인물로 간주된다는 사실도 알게 되었다. 전쟁 중 손을 다쳤을 때, 그는 마리에게 어느 장관에게 보내는 기밀 편지를 대필하게 한 적이 있었다. 수송과 관련된 내용의 그 편지의 어조는 기묘하게 공손하면서도 경멸적이었다.

마리에게 마크는 결코 놀라운 사람이 아니었다. 그는 우울증이 있는 영국인이었다. 마리는 알렉산더 뒤마[51]의 소설과 폴 드 코크[52], 외젠 쉬[53], 그리고 퐁송 뒤 테라이[54]의 소설을 통해 그와 같은 사람을 이미 알고 있었다. 마크는 유럽 대륙이 칭찬하는 영국을 상징했

---

[51] Alexander Dumas(1802~1870): 프랑스 소설가.
[52] Paul de Kock(1793~1871): 프랑스의 소설가·극작가.
[53] Eugene Sue(1804~1857): 프랑스 소설가.
[54] Ponson du Terrail: 퐁송 뒤 테라이 자작의 본명은 피레르 알렉시스(Pierre Alexis, 1829~1871)로 프랑스 작가다.

다. 다시 말해 조용하고, 고집 세고, 알 수 없는, 거만하면서도 엄청나게 부유하고, 인심이 후한 영국 말이다. 마리는 더 이상 바라는 것이 없었다. 그와 관련해서 예상하지 못할 일이 하나도 없었기 때문이었다. 그는 웨스트민스터 종소리만큼이나 규칙적인 사람이었다. 그는 마리에게 예상치 못한 그 어떤 것도 요구한 적 없었고, 전능했으며 틀린 적이 한 번도 없었다. 요컨대 그는 프랑스 여자들이 '신뢰'라고 부르는 사람이었다. 어떤 프랑스 여자도 애인이나 남편에게서 그보다 더 큰 신뢰를 기대하지 않는다. 그들은 진지하고 성실한 내연관계를 유지하고 있었다. 부부로서 그들은 진지하고, 정직하고, 검소하고, 성실했으며, 매우 부유했지만 동시에 대단히 알뜰했다. 일주일에 두 번 그의 저녁식사로 3밀리미터 정도의 비계를 잘라낸 양 갈비 두 토막과, 밀가루만큼이나 가볍고 하얀 감자 두 개, 바삭바삭하게 얇게 벗겨지는 사과파이를 요리했다. 그는 사과파이를 쐐기 모양의 스틸톤 치즈 한 조각과 속을 뜯어내 다시 구워낸 빵, 그리고 버터와 함께 먹었다. 사냥 시즌에 격주로 꿩 한 마리나, 들꿩 또는 자고새 한 쌍을 그로비에서 보내오는 때를 제외하고는 이십 년 동안 저녁식사 메뉴가 한 번도 달라진 적이 없었다. 그리고 이십 년 동안 그들은 마크가 늦여름에 한 달 동안 해러거트[55]에서 보내던 때를 제외하고는 단 한 번도 일주일 내내 떨어져 지낸 적이 없었다. 마리는 항상 자신의 세탁부에게 그의 드레스 셔츠 세탁을 맡겼다. 그는 화요일까지 별장에서 지내야 할 때 기껏해야 드레스

---

[55] Harrogate: 영국 북요크셔의 소도시.

셔츠 두 장을 가지고 거의 주말 내내 이 시골 별장이나 저 시골 별장에서 보냈다. 상류층 영국인들은 일요일 저녁식사 자리에 옷을 차려 입지 않는다. 하지만 그렇게 하는 것이 신에게 예의를 지키는 것이다. 왜냐하면, 이론적으로 저녁 예배에 참석할 때, 야회복을 입고 시골 교회에 가진 않기 때문이다. 사실상 사람들은 절대 저녁 예배에 가지 않는다. 하지만 옷차림새를 통해 갑자기 교회에 갈 수도 있다는 것을 은연중에 보여주는 것은 좋은 일이다. 최소한 마리 레오니 티전스는 그렇게 생각했다.

마리는 너도밤나무들이 있는 곳까지 이어지는 공유지를 보았다. 그리고 가축들이 풀을 뜯는 짙은 녹색 목초지 위에서 몹시 분주히 움직이는 선명한 밤색 닭들을 바라보았다. 커다란 수탉을 보니 까시미르 바를 모함한 조각가 로댕이 떠올랐다. 마리는 이젠 고인이 된 로댕을 그의 작업실에서 본 적이 있었다. 당시 그는 미국인 여자 몇 명을 작업실 이곳저곳으로 안내하고 있었다. 그때 그의 모습은 새로 나타난 암탉 근처에서 흙먼지를 뒤집어쓰고 날개를 늘어뜨린 채 땅을 긁던 수탉과 아주 닮았다. 오직 새로 나타난 암탉 근처에서만 그런 수탉 말이다. 아주 자연스럽게! … 이 수탉은 진짜 프랑스인 같다. 엥 브레 드 라 브레!'[56] 그 어떤 것도 이보다 더 크리스토퍼 티전스와 다를 순 없을 것이다! … 춤추듯 땅을 긁는 다리. 그것은 숙녀 양성 학교에서 몸가짐을 가르치는 사람의 걸음걸이다. 그 닭은 경계를 늦추지 않는 침착한 눈으로 매 순간 주시하고 있었다… 잘

---

[56] Un vrai de la vraie: (프랑스어) '진실 중의 진실'이란 의미.

들어봐라! 갑작스럽게 나타난 그림자가 재빨리 땅 위를 지나간다. 새매다! 국부(國父)[57]의 날카로운 소리가 크게 들린다! 암탉들이 모두 그 소리를 따라했고, 병아리들이 엄마 닭에게 달려가 모두 함께 울타리 그늘로 숨었다! 요란하게 떠들어 대는 이 상황에서 매가 사냥에 성공할 가망은 없다. 소란을 싫어하는 매는 조용히 날아간다. 닭들의 소리를 듣고 총을 든 닭장지기가 올 것이다! … 샹트클레르[58]의 경계심 덕분에 전모가 드러난 것이다… 그의 눈이 항상 하늘을 향해 있어, 그를 오만하다고 비난하는 사람들이 있다. 하지만 그것이 그의 역할이다. 그것은 그의 여성에 대한 대접이다. 수탉이 곡물의 낟알을 어떻게 하는지 유심히 관찰해 보라. 그는 낟알에 달려들어 확보한 뒤, 소리를 내어 자신이 좋아하는, 특히 새로 온 암탉들을 부른다. 그러면 암탉들은 그를 향해 기분 좋게 꼬꼬 하며 달려간다! 수탉은 힘센 부리로 낟알을 문 다음, 그것을 내려놓고 쪼아서, 흠이 생기게 한 뒤, 현재 가장 사랑하는 왕비 앞에 내려놓는다. 그런 뒤 머리를 숙여 인사하고는 의기양양하게 활보한다. 하지만 암탉이 낟알을 가져가기 전 작은 솜털 뭉치 같은 병아리들이 재빨리 달려와 그의 부리에서 낟알을 쪼아 가져간다 해도 불평하지 않는다. 그의 암탉에게 베풀려던 정중한 대접은 헛된 것이 되었지만 그는 좋은 아버지다! … 어쩌면 그가 암탉을 불렀을 때 사실상 낟알이 하나도 없었는지도 모른다. 어쩌면 그는 자신이 총애하는 암탉들의 찬사

---

[57] 암탉과 병아리를 지키는 수탉을 국가의 왕 혹은 국부에 비유한 것이다.
[58] Chantecler: 레날드(Reynard) 이야기에 나오는 수탉.

를 받으려고, 혹은 사랑의 행위를 하려고 그들을 그저 불러봤는지도 모른다…

암탉들이 자신에게 주어졌으면 하고 바라는 수탉이 바로 그런 수탉이다. 수탉이 자신의 등 뒤로 날개 깃털을 강하게 펄럭이며, 이제는 저 언덕 아래로 날아가는 매에 대한 승리를 알리는 낭랑한 울음소리를 낼 때, 암탉들은 그늘에서, 병아리들은 어미닭의 날개 밑에서 다시 밖으로 나온다. 그는 조국에 안전을 선사했고, 그 덕에 사람들은 안심하고 자신들이 하던 일로 돌아갈 수 있게 되었다. 크리스토퍼와는 정말 다르다. 군인이었을 때조차, 숨을 헐떡이며 짙은 파란 눈(가혹하게 생긴 눈이 아니라 짙은 파란 눈이다!)을 두리번거렸던 그는 곡물자루 같았다. 그러나 기묘하게도 농장 안마당 수퇘지처럼 어깨를 거들먹거리는 그 역시 샹트클레르의 기질을 갖고 있었다. 분명 형의 동생이기에 귀족의 면모가 없을 수는 없을 것이다… 그 역시 우울증이 있었다. 하지만 그 누구도 마크가 제대로 된 남자가 아니라고 말할 순 없을 것이다. 기이한 방식으로 멋진 사람이다. 오, 그렇다. 멋진 사람이다! 그의 형은 바로 그런 사람이다.

자연히 그는 자신의 것을 빼앗으려 할 수도 있다. 그것은 홀로 남겨진 형수나 조카들에게 동생이 하는 짓이니 말이다… 그렇지만, 때때로 그는 과장되게, 과시하듯이 자신에게 공손하게 대했다. 그가 자신을 처음 본 날 (그리 오래 전은 아니다. 전쟁 기간 중이었지만 특별한 날은 아니었다), 그는 존경하는 듯한 몸짓을 하며, 프랑스 극장에서 <뤼 블라스>[59]가 공연될 때 분명히 배웠을 구식 말로 예를 표했다. 마크가 해러게이트에 가 있을 동안, 늦여름마다 파리에 갔었는데, 그때 만난 조카들이 쓰는 언어는 달랐다. 품위 없고 예의 없고, 알아들을 수도 없었다. 확실히 존경심도 없었다! 그들이 자신의 유산을 나누게 될 때, 크리스토퍼 티전스보다도 더 약삭빠르게 약탈을 할 것이다! 자신이 임종을 맞이할 때 그 젊은 조카들과 그들의 아내들은 한 무리의 늑대처럼 자신의 압착기와 장식장을 샅샅이 뒤질 것이다… 그게 가족이다! 그렇게 하는 게 옳기는 하다. 그건 얻어내려는 인간의 본능을 잘 보여준다. 자식의 이익을 위해, 남편 친인척의 재산을 약탈하지 않는다면 어떻게 좋은 엄마라고 할 수 있겠는가?

크리스토퍼는 잘 훈련된 18세기 곡물자루처럼 공손했다. 18세기 사람이다! 아니 더 오래된 몰리에르[60] 시대 사람이다! 야간 등으로 희미하게 밝혀진 자신의 방에 들어왔을 때 (야간 등은 갓을 씌운 전등보다 훨씬 경제적이다), 그는 코미디 프랑세즈 극장[61]에서 상연된 몰리에르의 작품에 나오는 볼품없는 등장인물을 정확하게 연상시켰다. 말과 행동은 조심스럽게 하지만 이상한 면에서 중뿔났다. 그때 자신은 그가 자신에 대해 음흉한 생각을 갖고 찾아온 것이라고 생각할 수도 있었다. 하지만 배려심이 가득한 튀어나온 눈을 한 그는 형이 자신을 정직한 여자로 만들려고 한다[62]는 소식을 알려주려고 왔을 뿐이라고 했다. 그 표현은 마크가 한 것이었다. 물론 신만

---

[59] *Ruy Blas*: 빅토르 위고(Victor Hugo)가 쓴 비극.
[60] Molière(1662~1673): 17세기 프랑스 극작가.
[61] Comédie Française: 파리에 있는 국립극장.
[62] 정직한 여자로 만든다는 이 말은 '결혼한다'는 의미다.

이 그렇게 할 수 있지만 말이다… 하지만 그 일은 법정 추정 상속인[63]의 완전한 동의를 받았다.

자신이 삼박 사일 동안 서 있다가 덮개 달린 의자에서 잠을 자는 사이 그는 정말 분주하게 움직였다. 자신은 마크를 그의 동생 이외에는 다른 누구에게도 맡기려 하지 않았다. 그런데 마크의 동생은 자신을 찾아와 놀라지 말라고 했다. 그는 긴장한데다 숨이 차서 헐떡였다… 두 형제 모두 폐가 안 좋다! 그는 마크의 방에서 목사님 두 분, 공무 담당자 한 명, 변호사 한 명, 그리고 법률 사무원 한 명을 보게 되더라도 놀라지 말라고 말해주려고 숨을 헐떡이며 왔다… 검은색 가운을 입은 사람들이 유서와 성유를 가져와 임종의 자리를 지키는 것 같았다. 자신이 쉬러 갔을 때, 의사와 산소통을 가진 사람이 거기 온 것이었다. 사는 동안 늘 우리를 등쳐먹던 사람들이 다 모였던 것이다.

자신은 즉각 비명을 지르기 시작했다. 그럴까 봐 그는 불안해했던 게 틀림없었다. 어둡고 조용한 런던에서 공습 사이사이에 자신이 날카롭게 소리를 지를 것이라는 예상에 그가 불안해했던 것처럼 말이다. 실내복을 대강 걸쳐 입고 잠들기 전, 크리스토퍼가 복도에 있는 전화기로 뭔가 하고 있다는 것을 알았다. 그가 어쩌면 장례식 준비를 하고 있는지도 모른다는 생각이 들었다… 그래서 자신은 비명을 지르기 시작한 것이었다. 하지만 그 소리는 죽음이 임박했을 때 어쩔 수 없이 나는 그런 소리였다. 그러나 그는 자신을 열심히

---

[63] 법정 상속인은 크리스토퍼 티전스를 지칭한다.

달래주려 했다. 그는 몰리에르의 극에 나오는 실뱅과 꼭 닮았다! 그는 그런 종류의 프랑스어로 말했다. 야간 등 아래서 그는 쉰 목소리로, 목사님은 결혼식을 거행하기 위해 당시 런던에서 삼십 파운드면 램버스 궁전[64]에서 받아낼 수 있던 캔터베리 대주교의 결혼 허가증을 갖고 여기 온 것이라고 말했다. 그 결혼 허가증만 있으면, 낮과 밤 어느 때든, 어떤 여자든 정식 아내로 삼을 수 있다고 했다. 변호사는 유서에 서명을 다시 받기 위해 이곳에 온 것이라고 했다. 이 이상한 나라에서는 결혼하게 되면, 그 이전에 하였던 유언은 모두 무효가 된다고 한다. 크리스토퍼가 그렇다고 이야기해주었다.

하지만 이렇게 서두른다는 것은 죽음이 임박했다는 의미다! 자신은 종종 임종의 순간 회개하는 차원에서 마크가 자신과 결혼할 것인지 아닌지에 대해 생각해 보았다. 우울증이 있는 군주가 신과 화해하려고 아주 경멸적으로 결혼하듯이 말이다. 자신은 정적이 흐르는 어두컴컴한 런던에서 비명을 질렀다. 받침 접시에 놓인 야간 등이 흔들렸다.

그는 마크가 새로 작성한 유언장에서 사후 자신에게 줄 것들을 두 배로 늘렸다는 사실을 매끄럽지 못한 목소리로 말했다. 유언장에는 자신이 그로비에 있는, "미망인용 주거"에서 살지 않을 경우, 프랑스에 집을 한 채 마련해주겠다는 조항이 있었다. 루이 13세 시대풍의 "미망인용 주거" 말이다. 이것이 그가 위로하는 방식이다. 그

---

[64] Lambeth Palace: 13세기 초에 건설된 영국 런던 템스 강 남쪽 램버스에 있는 궁전.

는 사무적으로 보이려고 했다… 영국 사람들이란! 그렇다면, 시체에 온기가 여전히 남아있을 때, 그들은 압착기와 옷장을 샅샅이 뒤지지 않을 수도 있다.

자신은 혼인서류와 유언장을 다 가져가도 좋으니, 자기 남자만 돌려달라고 소리쳤다. 만일 자신이 마크에게 티잔[65]을 줄 수 있도록 해준다면…

가슴이 들썩거리는 가운데 그 남자의 얼굴에다 대고 외쳤다.

"내가 티전스 부인이 돼서 법적인 권한을 갖게 되면 제일 먼저 사람들을 모두 내쫓고 남편에게 양귀비 씨와 라임 꽃 달인 물을 줄 거예요." 자신은 그가 움찔거릴 거라 생각했다. 하지만 그는 차분히 이렇게 말했다.

"형수님, 제발 그렇게 해주세요. 그게 어쩌면 형과 나라를 구할지도 모릅니다!"

그런 말을 하다니 그는 참 어리석다. 이 사람들은 자신의 가문에 대한 자부심이 지나치게 크다. 마크는 단지 수송 일을 거들었을 뿐이다. 어쩌면 그 당시 수송이 중요했을지도 모른다. 그래도 크리스토퍼 티전스가 마크 티전스를 꼭 필요한 사람이라고 한 건 과대평가다… 이것은 정전 협정 삼주 전, 또는 한 달 전쯤 일어난 일이었다. 암울한 날들이었다… 하지만 훌륭한 동생이다…

다른 방에서 서류에 서명하는 동안, 모자와 다른 복장을 갖춰 입은 사제가 성경 구절을 읽었다. 그러자 마크는 자신에게 머리를 숙

---

[65] tisane: 약초를 달인 물.

여달라는 표시를 하고는 키스했다. 그러곤 이렇게 속삭였다.

"신이시여, 감사합니다. 티전스 가문에 매춘부도 아니고 화냥년도 아닌 여자 티전스가 한 사람 생겼습니다!" 그는 약간 움찔거렸다. 그의 얼굴에 자신의 눈물이 떨어진 것이다. 자신은 처음으로 이렇게 말했다.

"몽 뽀브르 옴므! 쓰 꿸 종 페 드 뚜아!" 크리스토퍼가 막아섰을 때 자신은 서둘러 방에서 나가고 있었다. 마크가 프랑스어로 말했다.

"미안하지만 해야 할 귀찮은 일이 하나 더 있소…" 그는 전에 나에게 프랑스어로 말한 적이 단 한 번도 없었다. 결혼은 변화를 가져온다. 그들은 자신들에 대한, 그리고 자신들의 신분에 대한 자부심으로 격식을 차려 말한다. 하지만 나도 그들을 불쌍한 사람이라고 마음대로 부를 수 있게 되었다.

또 다른 예식을 치러야 했다. 새로 옷을 차려입은 죄수같이 보이는 남자가 혼인 기록서처럼 보이는 책을 들고 나갔다. 짙은 남색의 늘어진 턱살이 있는 이 남자는 나와 마크를 다시 부부로 맺어주었다. 이번에는 민사적 혼인[66]이었다.

그때 처음으로 티전스가에 다른 여자가 존재한다는 사실을 알게 되었다. 크리스토퍼의 아내였다… 자신은 크리스토퍼에게 아내가 있다는 사실을 몰랐다. 왜 그녀는 여기 있지 않을까? 마크는 힘들게 예를 차리면서, 그리고 숨을 헐떡이면서, 이처럼 결혼식을 과도할 정도로 형식을 갖춰 치르는 이유는, 본인과 크리스토퍼가 죽었을

---

[66] civil marriage: 종교 의식에 의하지 않고 공무원이 주관하는 제도.

때, 자신이, 즉 마리 레오니 티젠스가 실비아라는 어떤 사람과 마찰을 겪을 수도 있기 때문이라고 했다. 그리고 … 자신, 즉 마리 레오니는 법적으로 자신의 동서가 되는 그 화냥년 같은 여자와 대면할 준비를 해야 한다고 했다.

3

거닝뿐만 아니라 어린 하녀 베아트리체는 어리둥절한 태도로 마리 레오니에게 복종했다. 레오니는 귀부인이다. 그것은 좋은 점이다. 그런데 외국인으로 프랑스풍이다. 그건 나쁜 점이다. 레오니는 집, 정원, 양계장을 놀랄 정도로 잘 관리한다. 그건 혼합된 감정을 불러일으킨다.[67] 마리 레오니는 얼굴이 희었다. 거무스름하지 않았다. 그건 좋은 점이다. 또 상류층 사람처럼 마르지 않고 풍만했다. 그건 나쁜 점이다. 그건 마리가 진짜 상류층이 아니기 때문이다. 하지만 그건 괜찮은 점이다. 집안에 상류층 사람이 있어야 하기는 하지만 진짜 상류층이 없는 게 더 낫기 때문이다… 하지만 전반적으로 봤을 때 마리는 호감을 주었다. 자신들처럼 마리는 멋진 금발이었기 때문이다. 그것이 마리를 인간답게 보이게 했다. 피부가 검은 여자를 절대 믿지 마라. 피부가 검은 남자와 결혼하면, 그 남자는 우리를 학대할 것이다. 영국 시골에서는 그렇다.

---

[67] mixed feelings: 마리 레오니가 집안 일이나 양계장 일을 잘한다는 것은 친근감을 주는 동시에 마리가 자신과 별 다르지 않는 계층의 사람이라는 인식을 불러일으키기 때문에 베아트리체는 혼합된 감정을 갖는 것이다.

한때 서식스에 살았던 고집 세고 피부색이 어두운, 자그마한 인종의 후손인 크램프라는 가구공은 파리에서 마리가 가져온 니스에 대해 감탄과 의구심이 뒤섞인 시선으로 바라보았다. 그건 진짜 프랑스 광택제였다. 크램프는 공유지에 난 길 건너편 오두막에 살고 있었다. 그는 고용주가 정해준 직업이 마음에 드는지 안 드는지 말을 할 수 없었다. 그는 할아버지가 갖고 있던 물건들을 수선한 뒤 니스가 아닌 밀랍으로 광을 내어 팔았다. 손질되지 않은 오래된 손수레 같은 것 말이다. 백 년 이상 오래된 손수레 말이다!

그는 옛날 손수레에서 나무 조각을 떼어내어 다른 옛날 손수레의 부족한 부분에 끼워 넣었다. 티젠스 대위는 리틀 킹스워드 교회석 나무를 이용해 만든 몰리의 돼지우리 판자를 사서, 부서진 가구를 수선하는 데 크램프가 사용하도록 했다. 티젠스 대위는 쿠퍼 부인의 오래된 토끼장도 사들였다. 그는 토끼장을 깨끗이 청소하고 밀랍칠을 한 뒤 사각면으로 깔끔하게 잘랐다. 크램프도 그건 인정했다. 티젠스 대위는 크램프에게 킹스워드 교회 좌석에 있던 사각면(斜角面)을 사각면이 빠진 문에 끼워 넣도록 했고, 그 문을 수선하는 데 교회 좌석에서 나온 목재를 사용하게 했다. 크램프는 제대로 수선을 했다. 여섯 개의 비스듬한 문이 달려 있고 가장자리는 아름다운 장식으로 꾸며진 길고 낮은 장은 작업이 마무리되자 괜찮아 보였다. 피틀워스 영주의 집에 있는 물건 같았다. 백년도 더 된 것 같았다. 아니 삼백 년… 사백 년… 얼마나 오래되었는지는 알 수가 없다.

취향을 설명하기란 불가능하다. 대위는 안목이 있다고들 한다. 정말 대위는 안목이 있었다. 티젠스 대위는 손질도 안 된 오래된

67

손수레가 자유무역을 자축하려고 1842년 테드워스[68] 언덕에 세워진 리처드 애친슨 경 기념비보다 더 오래됐다고 했다. 기념비에 그렇게 적혀 있다고 했다. 티전스 대위는 손질도 안 된 그 낡은 손수레를 외양간 뒤쪽에서 끌고 나왔다. 닭장과 돼지 여물통 그리고 외양간에 난 구멍을 막는 데 사용한 땜납 판을 가득 실은 수레를 늙은 암말이 끌고 돌아오는 모습을 보고 크램프는 가슴이 철렁했다.

"그것들은 전부 머리케이로 옮기 질기다. 옛날에 영국서 쓰던 것들, 그니까 대지 여물통, 닭장, 토끼장, 세탁장 보일러맨키로 이젠 아무도 안 쓰는 물건들로 가득 찬 머리케이는 이상한 곳이 틀림없을끼다." 이렇게 생각하면서 크램프는 그것들을 닦고, 고운모래로 문지른 뒤, 밀랍과 테레빈유를 칠해 늙은 암말이 끄는 낡은 수레에 실었다. 그 수레는 역으로, 사우샘프턴으로, 그리고 뉴욕까지 갔다. 그곳은 분명히 이상한 곳일 것이다. 그 짝엔 가구공도 읎나? 아이면 오래된 수레가 읎나?

오만 때만 사람들이 모이가 세상을 맨든다. 그래 보믄 하느님이 고맙다. 내한테 좋은 직업이 있다. 팽생 직업이 될끄 같다. 왠고하이 머리가 이상한 사람들이 있어서 글타. 오래된 잡동사니 고물은 저짜로 보냈고, 마누라는 괘안은 가구들을 모고 있다. 마호가니 탁자, 월턴 카펫, 대나무 으자, 글고 엽란이 놓여 있는 마호가니 장식장이 있는 거실은 쪼그만 기쁨을 준다. 마누라는 말이 거칠긴 하지만 반듯한 여자다. 마누라는 주인마님을 밸로 안 좋아한다. 마누라는 외

---

[68] Tadworth: 영국 서리(Surrey)에 있는 마을.

국인한테 반감이 있어가, 외국인들은 전부 독일 스파이라꼬 생각했다. 마누라는 외국인들캉은 안 엮일라 했다. 그 사람들이 참말로 갤혼했는지 안 했는지 우예 안다꼬 하면서 그랬다. 어떤 사람들은 그 사람들이 갤혼했다카고, 또 어떤 사람들은 아이라 칸다. 하지만 내 마누라는 몬 속인다… 그 사람들이 상류층이라꼬! 그 사람들이 진짜 상류층이라꼬 우예 입증할낑가? 그 사람들은 상류층 사람들맨키로 살도 않는다. 상류층들은 삐까번쩍한 옷 입고 자동차도 가꼬 있고, 무도회장엔 조각상이 있고, 온실에는 야자나무도 키운다. 상류층 사람들은 절대 사과주를 병에 담거나 달걀을 수거하지도 않는다. 글고 노동자들한테 이상한 은어도 안 쓰고, 즈그들이 쓰던 의자를 팔지도 않으니 말이다. 우리 네 자슥들도 주인마님을 좋아하지 않는다. 주인마님은 한 번도 아이들한테 착하다 칸 적도 읎었고, 사탕이나 헝겊인형, 사과도 준 적 읎었다. 그카긴커녕 아들이 과수원에 있으믄 때리고 그캤다. 그카고 겨울이라꼬 빨간 플란넬 망토 주는 일도 읎었다.

    그치만 첫째 아이 빌은 주인마님을 좋아라 한다. 그 녀석은 주인마님을 좋은 사람이라 카면서 맨날 주인마님 이야기를 해샀는다. 마님 침실에는 조각상과 금칠된 고급 의자, 시계, 그리고 관상용 꽃나무가 있다. 빌은 마님을 위해 80 항아리(마님은 그래 불렀다)라는 거를 맨들었다. 삼단으로 댄 항아리로 구석에 세아듯는데, 니스 칠도 제대로 한 디게 훌륭한 작품이었다. 빌은 그래 이야기 안 했지만 말이다… 마누라는 마님 침실에 한 번도 몬 들어가봤다. 거기는 백작부인에게도 어울릴 만한 곳이었다. 만일 마누라가 침실 구경을 할 수 있었다 카믄 생각을 바깠을지도 모른다… 근데 마누라는 아직도 이래 말한다. "금발에 피부가 검은 여자를 믿으믄 안 댄다."라고 말이다.

사과주 건 문제로 그는 생각을 하게 했다. 한두 병 정도만 마셨을 땐, 괜찮은 사과주였다. 하지만 서식스 주에서 만든 사과주와는 달랐다. 약간은 데번셔[69] 사과주 같았지만, 좀 더 헤리퍼드셔[70] 사과주에 가까웠다. 그러나 우쨌든 간에 똑같지 않았다. 쪼매 더 거품이 많았고, 쪼매 더 달았고, 조매 더 짙은 갈색을 띳다. 마이 마시믄 안댄다. 사과주는 1리터만 마시믄 나가떨어지뿐다.

머리가 벗겨진 크램프는 작업장에서 머리를 내민 뒤 천천히 나왔다. 거무스레한 피부에 깡마른 크램프의 아내가 앞치마에 손을 닦으며 너저분한 차림으로 문에서 나왔다. 성장 단계가 각기 다른 네 명의 크램프 아이들이 텅 빈 돼지우리에서 나왔다. 리틀 킹스워드에서는 2주에 한 번 장이 열리지만, 다음 장이 설 때까지 크램프는 겨울 돼지를 사지 않을 작정이다. 우유 통을 든 엘리엇의 아이들이 농장에서 나와 느릿느릿 잔디 길을 걸어 내려오고 있었다. 머리가 단정하지 않은 몸집이 큰 엘리엇 부인은 공유지 울타리와 맞닿아 있는 자기 집 울타리 너머를 응시하고 있었다. 농부의 아들인 영 호그벤이 너도밤나무 숲길에 있었다. 마흔 살에 몸집이 떡 벌어진 그는 커다란 검정 암돼지를 몰고 있었다. 말에게 솔질 하던 거닝은

---

[69] Devonshire: 데번(Devon)의 과거 명칭.
[70] Herefordshire: 영국 잉글랜드 서부의 옛 주로 주도는 헤리퍼드(Hereford)다.

솔질을 멈추고 마구간 끝쪽으로 어슬렁어슬렁 걸어갔다. 거기서도 침대에 누워있는 마크의 모습을 볼 수 있었다. 사과나무 사이로 브이 모양의 나무통을 따라 물이 흐르는 개방형 낙농장에서 사과주를 병에 담고 있는 마리 레오니의 모습도 볼 수 있었다. 몸집이 큰 마리는 일에 열중하느라 얼굴이 상기되어 있었다.

"유리관가꼬 술통서 사과주 빼고 있습니더!" 크램프의 아내가 언덕 위에 있는 엘리엇 부인에게 소리쳤다. "이래 하는 건 생전에 첨 듣는데예!" 엘리엇 부인이 크램프 부인에게 쉰 목소리로 크게 외쳤다. 모든 사람이 살그머니 울타리로 다가왔다. 울타리에 난 작은 틈으로 이를 지켜보던 아이들은 중얼거리듯 말했다. "이런 건 들어보도 몬했어… 외국식인 모양이제… 유리관… 들어보도 몬했어." 크램프도 벗겨진 머리를 목수 앞치마[71]로 닦으며 자기 아내에게 자신의 직업이 좋다는 사실을 명심하라고 했다. 길을 따라 내려와 울타리 바로 옆에 서서 건너편을 응시하고 있었던 크램프는, 울타리에 있는 가시가 얇은 셔츠를 뚫고 땀을 흘리고 있는 자신의 가슴을 따끔하게 찌르는 바람에 움찔했다. 그들은 저 아래 숲에서 나와, 가파른 길을 따라 올라가는 지친 말 뒤를 힘겹게 따라가는 제빵사에게 이런 일은 반드시 막아야 한다고 말했다. 그리고 유리관으로 사과주를 담고, 병에 들은 사과주를 흐르는 물에 넣어 두는 걸 경찰이 알아야 한다고 했다. 주류 소비세는 내고 있는 걸까? 사람들 속을 썩게 하고 독해(毒害)하는 이런 술을 파는데 말이다. 이 일에 대해 해명

---

[71] carpenter's apron: 목수들이 주로 입는 크고 작은 주머니가 여럿 달린 앞치마.

을 해야 한다. 하여튼 경찰은 반드시 알아야 한다… 사과주를 식히기 위해 병에 넣은 사과주를 흐르는 물에 담가두다니! 대놓고 말이다! 이건 들어본 적도 없다! "지가 레이디라는 직함이 쪼매 있꼬, 쪼매 산다카는 사람보다 돈이 더 있다캐서 저라믄 안 되는 거지. 글타고 돈도 짜다라 많지도 않음서 말이제. 저 사람들은 피틀워스 경맨키로 망해가 재산을 다 날렸지 싶다. 귀족이라고 떠들어샀긴 해도 말이제! … 알고보믄 레이디도 아일끼라. 함 조사해보믄 레이디가 아니라고 밝히질기다. 백작도, 경도 아이고, 기냥 남작부인 정도 아이겠나. 경찰이 이 문제를 처리해야 한다!"

몇 명의 귀족이 번쩍번쩍한 장신구로 치장한 말을 타고, 차고 있는 가죽 각반에선 멋지게 끽끽 소리를 내며, 산책길을 오르고 있었다. 그들은 진짜 상류층 사람들이다. 나이 많은 멋진 신사는 꼬챙이처럼 말랐다. 깨끗한 얼굴선에, 매부리코로, 수염은 희었다. 멋진 승마용 지팡이를 들고 멋진 각반을 찬 그 신사는 자신이 좋아하는 말을 타고 있었다. 암갈색 암말이었다. 날씬하고 멋진 귀부인은 예전과는 달리 요새 여자들이 말 타는 방식을 따라 양쪽으로 다리를 벌리고 말을 타고 있었다. 시대는 변하는 법이다. 백작부인은 이마가 하얗고 성미가 고약한 적갈색 말을 타고 있었다. 백작부인은 틀림없이 말을 잘 탈 것이다. 흰머리의 또 다른 귀부인 역시 날씬했다. 우스꽝스러운 옷차림새를 한 그 귀부인은 두 다리를 한쪽으로 모아 옆으로 앉아 말을 탔는데, 퀸즈 노턴의 새 술집에 걸려있는 노상강도 그림에서 볼 수 있는 삼각 모자를 쓰고, 패니어[72]가 있는 긴 치마를 입고 있었다. 약간 구식으로 보였지만 분명 최신식일 것이다. 요즘은 모든 게 뒤섞여 있다. 주인 나리의 친구들은 원하는 거면 뭐든 할 수 있다. 열여덟 살 정도 된 청년도 멋진 각반을 차고 있었다. 그 사람들이 입고 있는 옷은 모두 멋졌다. 이 청년 역시 말을 잘 탔다. 산책삼아 밖으로 나온 마부의 말 올랜도의 몸통을 그 청년이 다리로 어떻게 조이는지 한번 보라! 나리의 종마 사육사는 건초 베는 시즌에 말들이 운동할 수 있으면 아주 좋아했다. 이 사람들은 진짜 상류층 사람들이다.

그들은 고삐로 말을 제어하며 길을 따라 조금 더 올라간 뒤, 말 위에 앉아 과수원을 내려다보았다. 그들은 저 밑에서 무슨 일이 벌어지고 있는지 알아야 한다. 사과주에 설탕과 흰 가루를 넣는다는 걸 그 상류층 사람들은 알아야 한다… 하지만 상류층 사람에게 말을 걸면 안 된다. 그들이 우리를 의식하지 않는 편이 더 낫다. 누가 알겠는가. 그들은 서로 뭉친다. 그들은 티전스 형제의 친구들일 수도 있다. 티전스 형제가 귀족인지 아닌지 우리는 모른다. 서두르지 않으면 무슨 일이 벌어질지도 모른다.

멋진 각반을 차고 멋진 옷을 입고 있는 청년은 머리에 아무것도 쓰지 않아 눈부신 금발 머리와 뺨을 드러냈다. 그 청년은 높은 톤의 목소리로 이렇게 소리쳤다.

"어머니, 전 이런 식으로 염탐하는 게 싫습니다!" 말들이 놀라 서로 밀쳤다.

---

[72] pannier: 옛날에 스커트를 퍼지게 하기 위하여 허리에 두르던 고래수염 따위로 만든 테.

그들도 염탐하는 건 싫어한단다. 서둘러야 한다. 말들이 천천히 언덕 위를 올라가는 동안 소작농들도 서둘러야 한다. 상류층 사람들이 우리 존재를 의식하게 되면 이상한 짓을 할 수도 있다. 이 나라가 보통 사람들을 위한 나라라고 말할 수는 있다. 하지만 상류층들이 경찰, 관리인 그리고 우리 오두막과 생계를 쥐고 있다.

거닝은 마구간 옆에 있는 정원 문에서 나와 영 호그벤을 큰 소리로 꾸짖었다.

"이봐, 그 암퇘지를 쫓아뿔지 말거라이. 그 대지도 니맨키로 공유지에 있을 권리가 있다카이."

씩씩거리며 새된 소리로 말하는 땅딸막한 몸집의 영 호그벤 앞에 커다란 암퇘지가 가고 있었다. 돼지는 커다란 귀를 펄럭이며 좌우로 킁킁 냄새를 맡았다. 하지만 검은 돼지는 전혀 동요하지 않았다.

"어르신, 대지들이 우리 순무 밭에 몬 들어오게 하이소!" 거닝이 야단치는 가운데에도 영 호그벤은 이렇게 소리쳤다. "우리 땅에 이 대지가 밤낮으로 들어와 있으니 말임니더!"

"니 놈이 순무를 우리 대지들 있는 데 심지 말았어야제." 거닝이 고릴라 같은 팔을 신호기처럼 흔들어대며 소리를 질렀다. 그는 공유지를 향해 앞으로 가고 있었고, 영 호그벤은 비탈길을 내려오고 있었다.

"다른 사람들 맨키로 으르신도 대지를 울타리에 가두이소." 영 호그벤이 위협적으로 말했다.

"공유지 옆에 사는 사람들은 울타리 안이 아이고 울타리 바깥으로 동물을 몰아내야 되는기다." 거닝이 위협적으로 말했다. 그들은 부드러운 풀밭 위에 발을 맞대고 서서 턱을 치켜들고는 서로에게 위협적으로 말했다.

"우리 주인나리가 티전스 대이님한테 땅을 팔았지만 공유지를 쓸 건리는 안 주싯단 말입니더." 호그벤이 말했다. "풀러 씨한테 물어 보라매."

"마실 수 있는 권리도 없이 우유를 우예 팔겠는겨. 니 주인도 티전스 나리에게 공유지를 쓸 권리도 주지 않고 땅을 팔 수는 없제! 스털지스 밴호사한테 함 물어보라매!" 거닝도 자신의 주장을 굽히지 않았다. 농작물에 비소를 뿌리던 영 호그벤은 그렇게 하겠다고 하며 굽히지 않고 맞섰다. 거닝은 영 호그벤의 주인이 공유지에 대한 권리 양도 없이 땅을 판 거라면, 자신은 루이스 교도소에서 칠년 동안 살겠다고 말했다. 그들은 끝없이 언쟁을 벌였다. 그 언쟁은 귀족은 아니지만 자기 밑에서 일하는 머슴을 짐승처럼 다루는 일에 익숙한 소작농과 자기가 속한 계층과 농부들에게 인기 있는 신사의 토지 관리인 사이에서 벌어질 수 있는 그런 것이었다. 그들이 유일하게 동의한 것은 전쟁이 없었다고는 생각하지 않는 것이었다. 전쟁으로 소작농들은 독재자와 같은 완전한 권력을 얻었어야 했는데 실제로 그렇게 되지 않았으며, 신사의 토지 관리인도 그런 권력을 얻었어야 했는데 실제로 그렇게 되지 않았다는 것이다. 암퇘지는 거닝이 평소에 뿌려준 옥수수 낟알을 찾으려 거닝의 발 주위를 꿀꿀거리며 다녔다. 그런 식으로 하면 암퇘지들은 아무리 멀리 떨어진 공유지에 있더라도 부를 때마다 달려오게 되는 법이다.

언덕으로 올라가는 길(마크 티전스의 집은 울타리로 가는 경사면에 있었다) 아래로 급경사를 이루며 지그재그 모양으로 이어진 길 옆에 있는 정원을 지나 나이 든 귀부인이 내려오고 있었다. 이 지역 사람들 눈에는 기이하게 보이는 옷을 입은 그 귀부인은 자신이 혈연적으로는 아니지만 도덕적으로 맹트농 후작부인의 후손이라고 생각했기 때문에, 패니어가 달린 회색의 긴 라이딩 스커트[73]를 입고, 회색의 펠트 천으로 된 삼각 모자를 쓰고, 푸른 섀그린 가죽으로 만든 승마용 채찍을 들고 말을 타고 있었다. 테가 없는 코안경을 쓴, 잿빛의 마른 얼굴을 한 귀부인은 피곤해보이면서도 권위 있어 보였는데, 모자 아래로 나온 그녀의 머리카락은 눈부신 은발이었다.

정원이 시작되는 곳에 있는 제방은 가팔라서, 바다 자갈을 깐 길은 대부분 지그재그 형태로 되어 있었는데, 최근 모래가 뿌려져 오렌지색을 띠었다. 나이 든 이 귀부인은 바위종다리처럼 마르멜로 나무 사이를 은밀하게 지나갔는데, 일정거리를 가면, 빛나는 각반을 찬 어린 청년이 확실하게 자신을 따라올 수 있도록 걸음을 멈추었다.

그 부인은 젊은 날의 과오가 반드시 그 죗값을 치르게 한다는 사실을 생각해 보면 참 끔찍스럽다고 말했다. 같이 가는 어린 청년에게 한번 생각해 보라는 의미에서 한 말이었다. 생의 마지막을 이처럼 외진 곳에서 살아야 하는 것에 대해 생각해 보라는 의미였다! 그녀는 여기는 자동차를 타고 갈 수 있는 곳이 아니라며, 자신의 차도 어제 여기로 오려다 언덕에서 고장이 나고 말았다고 했다.

---

[73] riding skirt: 여성이 승마할 때 사용하는 스커트.

호리호리한 몸에 뺨이 매우 붉은 갈색 머리 청년은 반짝이는 각반과 진홍색과 흰색 그리고 녹색이 섞인 줄무늬 넥타이를 착용하고 있었다. 청년은 잠시 침울한 표정을 지었다. 그러곤 계속 투덜거리며 이건 정당하지 않다고 생각한다고 단호하게 말했다. 그리고 수백 대의 자동차들이 이 언덕을 올라갔다고 말했다. 그렇지 않다면 고가구를 사러 사람들이 어떻게 왔겠느냐고 했다. 그는 드 브레이 페이프 부인에게 그녀의 차 카뷰레터가 망가졌다고 이미 말했다고 하였다.

바로 그게 생각만 해도 끔찍하다고 부인은 말했다. 그러곤 지그재그로 난 또 다른 길을 재빨리 내려가더니 잠시 머뭇거렸다.

이 오래된 시골에서 끔찍한 것은 바로 그것이라고 부인은 말했다. 그러곤 이곳 사람들이 학습이 안 되는 게 정말 끔찍하다고 했다. 그러면서 고대의 평화가 깃든 그로비를 소유한 대단한 가문인 티전스가의 후손을 그 예로 들었다. 그 후손 중 한 사람은 젊은 시절 저지른 과오 때문에 끔찍한 상태에 처하게 되었고, 다른 한 사람은 고가구를 팔아 생계를 이어가야 하는 처지가 되었다는 것이다.

젊은이는 드 브레이 페이프 부인이 잘못 알고 있다며, 자기 어머니가 한 말을 모두 믿어서는 안 된다고 했다. 그러면서 자신의 어머니는 괜찮은 사람이지만 자기 어머니가 하는 말은 진실과는 거리가 있다고 했다. 그는 자신이 드 브레이 페이프 부인에게 그로비 저택을 세놓으려 한 것은 자신이 과시하는 것을 싫어하기 때문이라고 했다. 그리고 자신의 큰아버지 역시 과시하는 것을 싫어한다고 했다… 그 청년은 잠시 중얼거리더니 이렇게 덧붙였다. "그리고… 우리 아버지도 그렇습니다!" 지금 하고 있는 것이 정정당당하지 못하다는 생각에 청년의 부드러운 갈색 눈은 어두워졌고, 얼굴은 붉어졌다.

그는 자신의 어머니는 더할 나위 없이 훌륭한 분이지만 자신을 여기 보내진 말아야 했다고 중얼거렸다. 물론 어머니는 부당한 일을 당했다. 하지만 청년은 모든 케임브리지 대학생처럼, 마르크스를 신봉하는 공산주의자였다. 그래서 아버지가 자신이 좋아하는 사람과 함께 사는 것에 대해 찬성했다. 하지만 일을 처리하는 데는 나름의 방식이란 것이 있다고 생각했다. 진보적이라고 해서 여자를 무례하게 대해서는 안 되며, 오히려 그 반대여야 한다고 그는 생각했다. 그는 다음 지그재그 길 모퉁이에서 지친 부인을 추월할 때, 고통스러울 정도로 혼란스러웠다.

부인은 청년이 자신을 오해하지 않기를 바란다고 했다. 그러면서 고가구를 판매하는 일이 불명예스럽다고 생각하지는 않는다고 말했다. 전혀 그렇게 생각하지 않는다고 했다. 매디슨가의 르무엘 씨도 고가구 상인으로 볼 수 있다고 했다. 물론 차이는 그가 동양 고가구만 취급한다는 데에 있다고 했다. 그런데 르무엘 씨는 아주 교양 있는 사람으로 뉴욕 주 크루거스[74]에 있는 그의 시골 별장은 프랑스혁명 이전 지체 높은 귀족들도 자랑스러워할 만한 스타일로 유지되고 있다고 했다. 하지만 그것과 이것을 비교하면… 이건 얼마나 많이 몰락한 것인지!

---

[74] Crugers: 뉴욕 웨스트체스터(Westchester) 카운티에 있는 마을.

그 오두막은 거의 부인의 발 아래에 있었다. 지붕은 엄청나게 높았고, 깊숙이 안으로 들어간 창문들은 정말 작았다. 문 앞에는 반원 모양의 포장된 안뜰이 있었는데 돌담으로 둘러싸여 있었다. 그 안뜰은 몹시 푸르렀고 푸른 잎에 덮혀 있었다. 거의 페이프 부인의 허리까지 자란 풀에는 씨앗을 맺기 시작한 무수히 많은 꽃들이 숨어 있었다. 네 개의 카운티가 부인의 발아래 펼쳐 있었다. 울타리는 주위에 있는 벌판을 지나, 저 멀리 지평선 위 언덕까지 실처럼 이어졌다. 부인 옆에 있던 어린 청년은 엄청난 풍경을 바라볼 때마다 늘 그랬듯이 심호흡을 했다. 그로비 저택 위에 있는 황야에서 그랬듯이 말이다. 그 황야는 자주색이었다.

위대한 진리를 재확인한 사람처럼 의기양양한 어조로 부인이 소리쳤다. "여기는 사람이 살 만한 곳이 아니네! 이 오래된 시골에 사는 가난한 사람들은 불쌍하다고 할 수 있는 한계를 벗어난 것 같아. 여기 사람들은 목욕이나 제대로 할 수 있을까?"

"전 우리 아버지와 큰아버지는 위생적인 분들이라고 생각합니다!" 어린 청년이 말했다. 그는 여기가 오히려 명당이라고 생각한다고 중얼거렸다. 그는 아버지가 살 곳으로 명당을 찾았다고 생각했다. 침상화단(浸床花壇)[75]에 있는 암생(岩生) 식물을 보면 알 수 있다! 청년이 외쳤다. "이제 돌아가시죠!"

여태까지 걱정에 휩싸였던 페이프 부인은 이제 완고해졌다. 부인은 이렇게 소리쳤다.

---

[75] sunk garden: 보도 면보다 낮게 땅을 파서 만든 화단.

"절대로 안 돌아갈 거야!" 그녀는 마음의 상처를 입은 청년의 모친에게서 임무를 부여받았다. 만일 꽁무니를 뺀다면, 실비아 티전스의 얼굴을 다시는 쳐다보지 못할 것이다. 그녀에게 위생은 무엇보다도 중요했다. 그녀는 죽기 전에 세상을 더 나은 곳으로 만들고 싶었다. 그녀는 그러한 권한을 부여받았다. 윤회적으로 말이다.[76] 그녀는 루이 14세의 동반자였던 맹트농 후작부인의 영혼이 자신에게 들어왔다고 믿었다. 맹트농 부인이 얼마나 많은 수녀원을 세웠고, 또 수녀원 거주자들의 도덕과 위생을 얼마나 철저히 살폈던가? 그것이 바로 미리상 드 브레이 페이프 부인인 자신이 하고자 하는 것이었다. 그녀는 프랑스 남부에 있는 리비에라[77]에 저명한 건축가 베흐렌스[78]가 지은 큰 저택을 소유하고 있었다. 그 저택은 맹트농 후작부인의 상수시 궁전[79]을 본떠서 지었지만 위생설비를 갖추었다며 젊은 청년에게 자기 말을 믿으라고 했다. 상수시 궁전의 여자 침실은 장식판자로만 꾸며졌고, 쓸데없는 허영심으로 너무 넓었지만, 맹트농 후작부인은 그런 허영 없이도 만족스럽게 살 수 있었을 거라고 했다… 하지만 판자에 달린 스프링만 건드리면 벽 안에 감춰진 목욕 장비가 나타난다고 했다. 일종의 들어가 있는 욕조, 땅 위에 있는 욕조인 셈이라고 했다. 요오드가 첨가된 바닷물로 하는 질 세정, 물

---

[76] 페이프 부인은 자신이 위생을 중시한 맹트농 후작부인의 환생이라고 생각하기 때문에 이렇게 말하고 있다.
[77] Riviera: 프랑스의 니스(Nice)에서 이탈리아의 라 스페지아(La Spezia)까지의 지중해 연안 지대.
[78] Peter Behrens(1868~1940): 독일의 건축가.
[79] Sans Souci: 프로이센의 왕 프레데리크(Frederick) 2세의 별궁을 일컬음.

에 목욕용 소금을 넣거나 또는 넣지 않고 하는 간접적 질 세정을 할 수 있다고 했다. 이것이 바로 자신의 말마따나 그것이 좀 더 나은 세상을 만드는 것이라고 했다. 어린 청년은 오래된 나무를 베는 걸 원칙적으로는 반대하지 않는다고 중얼거리듯 말했다. 그는 큰아버지와 아버지가 소작농의 삶을 선택한 것에 대해 원칙적으로 반대했다. 지금은 산업시대다. 소작농은 항상 진보적인 생각을 거부해왔다. 케임브리지에 있는 모든 학생들은 거기에 대해 의견의 일치를 보았다. 청년이 소리쳤다.

"잠깐만요! 그러시면 안 돼요… 세워져 있는 건초를 그렇게 밟고 가면 안 돼요!"

드 브레이 페이프 부인의 긴 치마 뒤로 길게 이어진 새틴으로 된 회색 옷자락을 보았을 때 시골 지주의 기질을 지닌 청년은 격분했다. 그렇게 짓밟힌 건초를 아버지의 일꾼이 어떻게 벨 수 있겠는가? 하지만 지그재그 모양으로 이어진 오렌지색 길을 따라 마크 티전스한테 갈 때 느끼게 되는 긴장감을 더는 감당할 수 없었던 드 브레이 페이프 부인은 벽이 없는 초가집을 향해 둑 아래로 곧장 달려갔다. 사과나무 위로 그 초가집이 보였다.

몹시 긴장한 청년은 자신의 아버지 집 바로 근처로 이어지는 지그재그 모양의 길을 계속해서 내려가다, 암생 식물이 자라고 있는 포장된 뜰에 들어섰다. 그는 어머니가 자신에게 드 브레이 페이프 부인과 동행하도록 강요하지 말았어야 했다고 생각했다. 어머니는 멋지고 매우 아름다웠으며, 정신적 고통에도 불구하고 아탈란타[80]나 베티 너탈처럼 몸이 탄탄했다. 그렇지만 어머니는 드 브레이 페이프 부인을 여기로 보내지 말아야 했다. 이건 일종의 복수와 같은 것이다. 캠피언 장군도 거기에 대해선 찬성하지 않았다. 장군은 그게 무엇을 의미하는지 알았지만, 이렇게 말했다. "얘야, 넌 항상 사랑하는 어머니의 말씀에 순종해야 한다. 어머닌 너무나 많은 고통을 겪었어. 그러니 어머니가 원하는 것이 아무리 사소한 변덕처럼 보이더라고 들어주는 것이 네 의무다. 영국인이라면 항상 어머니에게 자신의 의무를 다해야 하는 법이야!"

물론 장군이 그렇게 말한 것은 드 브레이 페이프 부인이 있어서였다. 즉 애국심 때문이었다. 캠피언 장군은 그의 어머니를 몹시 두려워했다. 안 그런 사람이 어디 있겠는가? 하지만 장군이 드 브레이 페이프 부인에게 영국인의 가족 간의 유대가 드 브레이 페이프 부인 나라의 가족 간 유대보다 얼마나 더 우월한지 보여주고 싶지 않았다면, 아들에게 아버지와 아버지의… 동반자를 염탐하라고 명령하진 못했을 것이다. 캠피언 장군과 드 브레이 페이프 부인은 온종일 가족 간의 유대에 대해 각기 다른 주장을 폈으니 말이다.

아직까지 청년은 남자에 대한 여자의 지배력이 얼마나 무시무시한 것인지 몰랐다. 그는 흰 콧수염을 기른 노장군이 매질당한 강아지처럼 훌쩍이며 중얼거리는 것을 본 적이 있었다… 어머니는 멋진 사람이다. 하지만 성(性)이란 끔찍한 것이다… 청년은 숨을 헐떡였다.

---

[80] Atalanta: 그리스 신화에 나오는 여자로 달리기를 잘한다. 결혼하면 불행해진다는 예언 때문에 결혼을 하지 않으려고 자신을 달리기 경주에서 이기는 사람과 결혼하겠다는 제안과 더불어 지는 사람은 목숨을 거두겠다고 한다.

그는 오렌지색 모래가 깔린 자갈길을 60센티미터 정도 걸었다. 그 경사 길을 올라가는 것은 상당한 일일 것이다! 하지만 지그재그 길은 그렇게 많이 가파르지 않았다. 가파른 길은 열여섯 개의 길 중 하나 정도였다. 그는 오렌지색 모래가 덮인 자갈길을 60센티미터 정도 또 걸었다. 어떻게 그렇게 할 수 있었을까? 어떻게 또다시 60센티미터의 자갈길을 더 갈 수 있을까? 그의 발은 떨리고 있었다!

네 개의 카운티가 그의 발아래 펼쳐져 있었다. 지평선 쪽으로 말이다! "그는 그에게 천하만국을 보여주었다.[81]" 그로비 저택 위쪽에 펼쳐진 것만큼 멋진 풍경이었다. 하지만 그로비와는 달리 자주색 풍경도 아니었고, 바다도 없었다. 언덕을 오르면 엄청난 풍경을 볼 수 있는 곳에 신이 날 정착시켜 줄 것이다. 복스 아드헤[82]… "그의 두 발은 한 발짝도 움직이지 않았다." 아니, "복스 아드헤지 파우시부스"[83]는 "그의 목소리가 턱에 딱 걸렸다."라는 의미다. 정확히 입천장에 걸렸다는 의미다! 그의 입천장은 바짝 말라있었다. 그걸 어떻게 할 수 있겠는가! … 정말 끔찍한 일이다! 사람들은 그것을 성(性)이라고 부른다! … 어머니는 성에 대한 열병으로 자신을 이런 상황으로 내몰아 자신은 지금 입천장이 바짝 마르고, 두 발은 떨고 있다. 어머니 방에서 어머니와 가진 끔찍한 저녁시간. 어머니는 언쟁을 벌이며 여기로 갈 것을 강요했다. 여기로 가도록 말이다. 아름

---

[81] He showed him the kingdoms of the earth: 성경에 나오는 구절. "마귀가 예수님을 이끌고 올라가서 순식간에 천하만국을 보여 주었다."(누가복음 4장 5절)
[82] Vox adhaesit: (라틴어) '말이 막혔다'는 의미.
[83] vox adhaesit faucibus: (라틴어) '목소리가 목구멍에서 막혔다'란 의미.

다운 어머니! … 너무나 잔인하다! 잔인해!

　어머니 침실의 불은 모두 켜져 있었다. 어머니의 어깨는 따스하고 향기로웠다! 방에는 피터 릴리 경[84]이 그린 넬 그윈[85]의 초상화가 걸려있었다. 드 브레이 페이프 부인은 그 그림을 사고 싶어 했다. 부인은 자신이 세상도 살 수 있을 거라고 생각했다. 하지만 피틀워스 경은 웃기만 했다… 그런데 어떻게 그들 모두 여기가 싫으면서도 여기 오게 되었을까? 어머니 때문이었다… 아버지를 염탐하기 위해. 어머니는 아버지가 이곳에 산다는 사실을 알게 된 작년 겨울 전까지만 해도, 피틀워스 경 (그는 훌륭한 사람이며 훌륭한 지주다)에게 별다른 관심을 보이지 않았다. 하지만 그 이후론 늘 피틀워스, 피틀워스뿐이었다. 점심도, 저녁도, 대사의 저택에서 벌어진 무도회에서도 늘 피틀워스였다. 피틀워스 경도 어머니를 거부한 적 없었다. 안장에 올라탄 어머니 모습을 보고 누가 어머니를 거부할 수 있겠는가?

　지금 자신이 알고 있는 것을 작년 겨울에 피틀워스 경의 집에 갔을 때 알았더라면! 이제야 자신은 어머니가 사냥하러 내려갔다는 것을 알게 되었다. 어머니는 사냥을 별로 좋아하지 않았지만 말이다… 하지만 어머니는 말은 잘 탄다. 말을 제대로 탈 줄 아신다. 어머니가 웃으면서 말을 타고 점프한 것을 보고, 자신도 처음으로 따라 했을 때, 기분이 묘했다. 당시 어머니는 다이아나[86] 같았다…

---

[84] Sir Peter Lely(1618~1680): 네덜란드 출신의 영국 초상화가.
[85] Nell Gwynn: 영국의 찰스 2세의 정부.
[86] Diana: (로마 신화) 달와 수렵의 여신.

아니다, 다이아나는… 사냥하기 위해 여기 내려왔다는 어머니는 사실상 아버지와 아버지의… 동반자를 괴롭히려고 온 것이다. 어머니는 내게 말했다. 그런 식으로 웃으면서 말했다… 그것은 성에 대한 욕구에서 비롯된 잔인함이 틀림없다! … 레오나르도 다… 빈치[87]가 그린 여자들처럼 웃었다. 일그러진 미소를 짓는 기묘한 웃음… 어머니는 아버지의 하인들과 서신을 주고받고 있었다… 하녀 옷을 입고 울타리 너머를 바라보는 아버지의 하녀와 말이다.

어머니는 어떻게 그럴 수 있었을까? 어떻게? 어떻게 자신을 여기 오도록 강요할 수 있었을까? 영국 수상의 아들인 몬티와 도블즈 그리고 아버지의 엄청난 재력으로 뚱뚱하게 된 포터, 다시 말해 자신의 케임브리지 대학 친구들은 이것을 어떻게 생각할까? 그들 모두는 마르크스를 신봉하는 공산주의자다. 하지만 그래도…

로우더 부인이 이 사실을 알게 된다면 뭐라고 생각할까… 어머니 침실에서 나오던 날 밤, 로우더 부인이 복도에 있었다면! 그랬다면 용기를 내어 부인에게 물어보았을 것이다. 부인의 머리카락은 풀솜 같았고, 입술은 자른 석류처럼 붉었다. 부인은 웃을 때 머리를 쳐들었다… 이제 몸이 따뜻해졌다. 두 눈 역시 촉촉하게 젖고 따뜻해졌다.

자신의 의사와는 상관없이 어머니가 원하는 것을 해야 하는 것인지… 설령 자신이 보기에 비열한 행동을 어머니가 하도록 요구한다 해도 자신은 그것을 해야 하는지 물었을 때… 그 질문은 그 유명한

---

[87] Leonardo da Vinci(1452~1519): 이탈리아의 화가.

피틀워스의 세븐 시스터 로즈[88]가 있는 피콕 테라스에서 했었다… 어머니는 장미를 나쁘게 이야기했다! … 노란색… 아니 나방색… 아니, 노란색은 아니다. 노란색은 아니다. 녹색은 버림받았다. 하지만 노란색은 그 존재까지도 부인되었다. 로우더 부인이 버림받았을 수도 있다는 생각에 자신의 마음은 동정심으로 가득 찼다. 하지만 로우더 부인은 부인되어서는 안 된다… 나방색 실크. 분홍색에 대비되어 희미하게 빛나고 있었다. 부인의 곱고 고운 머리카락엔 후광이 이는 듯했다. 그녀는 위와 옆을 쳐다보았다. 그녀는 석류 같은 입술로 웃을 참이었다… 부인은 어머니가 바라는 대로 하는 게 일반적으로 좋다고 했다. 특히 어머니가 크리스토퍼 티전스 부인과 같은 사람이라면 말이다. 그녀의 부드러운 목소리… 부드러운 남쪽 지방 목소리… 아, 그녀가 드 브레이 페이프 부인을 보고 미소 지을 때… 어떻게 그녀가 드 브레이 페이프 같은 사람의 친구가 될 수 있을까?

낮이 아니었더라면… 어머니 침실에서 나왔을 때 로우더 부인을 만났더라면, 그것도 밤에, 늦은 밤에, 자신은 용기를 내어 이렇게 말했을 것이다. "제 운명에 대해 진심으로 관심 있으시다면, 제가 아버지와 아버지의… 동반자를 염탐해야 하는지 말해주세요!" 늦은 밤 그녀는 웃지 않았을 것이다. 그녀는 자신의 손을 건넸을 것이다. 그녀의 두 손은 사랑스러웠고 두 발은 사뿐했다. 그녀의 두 눈은

---

[88] Seven Sister Roses: 올드 사우스(Old South)의 유명한 전설적인 꽃으로 이 꽃은 여러 가지 색깔의 작은 꽃으로 이루어져 있다.

흐릿해졌을 것이다… 사랑스럽고 사랑스러운 팬지꽃 같은 두 눈이! 팬지는 마음의 평온[89]이다…

왜 이런 생각을 했을까? 아, 한 번씩 불어오는 참을 수 없는… 욕망의 바람! 자신은 어머니의 아들이다… 자신의 어머니는… 그렇게 말하는 사람은 누구든 죽여 버릴 것이다[90]…

다행이다! 아, 정말 다행이다! 그 집과 같은 높이에 있는 포장된 길까지 내려왔다. 거기 큰아버지 마크의 오두막집으로 이어지는 또 다른 길이 있었다. 헬렌 로우더 같은 성모 마리아가 자신을 굽어 살피고 있는 것 같았다. 깊숙이 안쪽으로 들어가 있는 작은 유리창 아래로 걷는 건 안 된다.

아버지의… 동반자가 내다보고 있는지도 모르니 말이다. 혹시 그러면 자신은 기절할지도 모른다…

아버지는 좋은 분이다. 하지만 아버지도…분명 어머니와 같은 분일 것이다. 남들 말이 사실이라면 말이다. 방탕한 생활로 파멸하셨다고 하지만 좋은 분이다. 어머니 때문에 고통당할 그런 부류의 남자다. 커다란 주걱 같은 손을 가졌지만 아버지처럼 제물낚시를 잘 만드는 사람은 없다. 아버지가 몇 년 전 만든 제물낚시는 그로비의 주니어 마크 티전스인 자신이 갖고 있는 최고의 것이었다. 아버지는 자주색 황야를 사랑하셨다. 이 나뭇가지 아래에 있는 집에서 아버지는 얼마나 숨이 막혔을까! 나무가 드리워져 있는 집은 건강에 좋지

---

[89] 본문에서는 'heartsease'로 되어 있는데, 이 단어는 두 가지 의미를 갖고 있다. 첫 번째는 마음의 평온이고 두 번째는 야생의 팬지를 의미한다.
[90] 어머니 실비아를 사람들이 창녀라고 하는 것을 염두에 두고 하는 말이다.

않다. 모두 그렇게들 말한다…

하지만 나무 아래서 보는 풍경은 아름답다. 길을 따라 왕수염패랭이꽃이 피어있다. 나뭇가지를 지나 빛이 여과되어 들어온다. 그림자가 드리워진다. 작은 유리창에 비치는 어슴푸레한 빛. 이끼 투성이의 돌벽. 그것이 바로 영국이다. 아버지와 같이 여기서 잠시만이라도 보낼 수 있다면…

말을 다루는 데 있어서 아버지에 필적할 만한 사람은 없다. 여자도 마찬가지다… 그러니까 아버지의 아들인 나, 마크 티전스 주니어는 대단한 것을 물려받은 것이다! 여기서 잠시만 보낼 수 있다면… 하지만 아버지는 다른 사람과 같이 잔다… 그런데 바로 그 여자분이 문을 열고 나온다면… 틀림없이 그 여자분은 아름다울 것이다… 아니다. 어머니와는 비교도 안 된다고 다들 그랬다. 피틀워스 경의 집에서 그렇게 들었다. 아니면 헬렌 로우더와 비교가 되지 않는다고 한 건가… 하지만 아버지가 선택한 사람이다! … 아버지가 같이 살기로 정했다면…

만일 그 여자분이 문을 열고 나온다면 자신은 기절할 것이다… 보티…의 비너스[91]처럼… 일그러진 미소… 아니다. 헬렌 로우더가 보호해줄 것이다… 자신은 아버지의… 와 사랑에 빠질지도 모른다. 진보적인 생각을 가진… 행실 나쁜… 여자와 만나게 되었을 때 무

---

[91] 보티는 산드로 보티첼리(Sandro Botticelli, 1445~1510)를 지칭. 이탈리아의 르네상스 시대 화가 보티첼리의 대표적인 작품으로는 <비너스의 탄생>이 있다. 티전스의 아들은 바로 보티첼리가 그린 비너스를 생각하고 있는 것이다.

슨 일이 벌어질지 어떻게 알겠는가? … 그 여자는 진보적인 생각을 지니고 있다고 다들 말한다. 그리고 라틴어 학자라고들 한다… 아버지도 라틴어 학자다. 라틴어를 정말 좋아하셨다!

아니면 아버지는 어쩌면 헬렌과… 강한 질투심이 일어난다. 아버지는… 그런 부류의 사람이다. 그녀는 어쩌면… 왜… 어머니와 아버지 같은 사람들이 아이를 낳았을까?

길로 이어지는 커다란 돌로 된 판석을 힘겹게 오르는 동안, 청년은 오두막집 돌 현관에 매료되어 그곳을 계속 쳐다보았다. 그 길은 큰아버지 마크의 벽 없는 오두막집으로 이어지는 길이었다… 현관에는 아무도 없었다. 큰아버지는 어떻게 될까? 큰아버지는 재산이 엄청나다. 그러니 유혹도 엄청났을 것이다. 어머니는 조언자가 아니다. 아버지가 더 나은 조언자일 것이다… 마르크스주의를 신봉하는 공산주의라는 게 있다. 케임브리지에 있는 친구들은 모두 거기에 기대를 건다. 영국 수상의 아들인 검은 눈의 몬티, 캠피언 장군의 조카인 깡마른 도블즈, 돼지 코를 한, 정말 재치 넘치는 뚱땡이 포터! 그들 모두 다 그렇다.

4

 마크 티전스는 젖소나 돼지가 과수원에 들어온 게 틀림없다고 생각했다. 뭔가가 풀밭을 재빨리 지나갔기 때문이다. 그 빌어먹을 거닝은 울타리를 잘 만든다고 자랑했지만 그가 만든 빌어먹을 울타리 때문에 공유지에서 돌아온 짐승이 들어가지 못한다는 사실을 알게 되었을 것이다. 평소에 듣던 것과는 다른 억양의 목소리가 들려왔다. "마크 티전스 경, 끔찍하군요!"
 끔찍해 보였다. 긴 치마를 입은 여자 (그 여자는 마크가 지금껏 읽은 몇 안 되는 소설 중 하나인 『웨이벌리』[92]에 나오는 나이 든 디 버논 같았다)가 세워놓은 건초를 엉망으로 만들고 있었다. 그 여자가 무릎까지 올라오는 풀 사이를 달려오는 바람에 아름답고 자부심에 가득 찼던 잔디 꽃들이 흔들리더니 쓰러졌다. 그 여자는 잠시 멈춰 섰다가 다시 달렸다. 그러더니 양손을 꽉 쥐기 위해 멈추고는 다시 한번 끔찍하다고 말했다. 그 여자가 다가서자, 이에 놀란 작은 토끼 한 마리가 자신의 침대 밑에서 나와 채소밭 속으로 재빨

---

[92] *Waverley*: 스코틀랜드 소설가 월터 스콧(Walter Scott, 1771~1832)이 쓴 역사 소설.

리 들어갔다. 마리 레오니의 고양이가 있었다면 그 토끼를 잡았을 것이다. 하지만 오늘은 금요일이기 때문에 마리는 당황스러워할 것이다.

그 여자는 남아 있는 키 큰 풀 사이를 헤치고 왔다. 그 여자는 자신의 침대 다리 맡까지 올 것 같았다. 바위종다리처럼 상당히 가냘픈 인상의 여자였다. 그 여자는 회색 옷에, 짧은 회색 코트와 작고 동그란 단추가 달린 조끼를 입고, 삼각모를 쓰고 있었다. 피곤한 모습의 야윈 얼굴이었다… 긴 치마를 입고, 키 큰 풀을 헤치고 왔으니 분명 피곤할 것이다. 그 여자는 녹색의 섀그린 가죽 채찍을 들고 있었다. 초가지붕 밑에 일부러 밀어 넣어둔 낡은 신발 속에 사는 암컷 박새가 마치 경고를 하듯 길게 울었다. 암컷 박새는 뜻하지 않게 출몰한 이 여자를 좋아하지 않는 것 같았다.

그 여자는 기분 나쁘지 않은 눈으로 자신의 얼굴을 뚫어지게 쳐다보며 중얼거렸다.

"끔찍해요! 끔찍해!" 비행기 한 대가 머리 위로 낮게 날아갔다.

그 여자는 하늘을 올려다보며 거의 울듯이 말했다.

"젊은 날의 과오만 없었다면, 지금쯤 이 아름다운 언덕 주변에서 곡예를 하고 있을지도 모른다는 생각이 들지 않나요? 지금 말이에요!"

마크는 그 여자를 응시하며 그 문제에 대해 생각해 보았다. 영국인에게 있어서 신사의 육체적 부동성을 가리키는 "젊은 날의 과오"라는 문구는 오직 한 가지 의미만을 갖고 있다. 자신은 그 말이 갖는 의미가 자신에게 적용될 거라는 생각은 한 번도 하지 않았다. 하지만 당연히 그렇게 해석될 수 있을 것이다. 그것은 불쾌하거나… 혹은 최소한 불명예스러운 의미를 내포하고 있었다. 자신이 속한 계층에서 그 병은 싸구려 매춘부와 어울릴 때 걸리는 병으로 간주되어 왔기 때문이다. 하지만 자신은 마리 레오니 이외의 다른 여자와는 교제한 적이 없었다. 게다가 마리는 아주 건강했다. 만일 여자가 필요했다면 가장 비싼 여자에게 관심을 두었을 것이다. 그리고 조심했을 것이다! 신사란 다른 사람들을 위해 그렇게 해야 할 의무가 있으니 말이다!

그 여자는 말을 이었다.

"단도직입적으로 말하는 게 좋을 것 같군요. 난 미리상 드 브레이프레이프 부인이라고 해요. 경의 동생이 타락하지 않았다면, 다시 말해 걷잡을 수 없을 정도로 타락하지 않았다면, 이 후미진 곳에서 고가구나 팔러 다니는 대신, 지금 케이플 코트에서 일하고 있을지도 모른다는 생각은 안 해봤나요?"

그 여자는 당혹스럽게 이렇게 덧붙였다.

"내가 이런 식으로 말하는 건 긴장해서 그래요. 난 악명 높은 탕자들 앞에선 말을 잘 못하거든요. 그렇게 교육받았고요."

이름을 들으니 바로 이 여자가 그로비 저택에서 살게 될 사람이라는 것을 알게 되었다. 자신은 거기에 대해 반대하지 않았다. 그 여자는 전에 자신에게 편지를 써 반대하는지 물은 적이 있었다. 그 편지는 참 이상하게 쓰였다. 이리 저리 뻗어나가고 복잡하게 뒤엉킨 상형문자처럼 보이는 글씨로 쓴 편지였다… "저는 제 친구이기도 한 실비아 부인에게서 당신의 그로비 저택을 임대하고자 하는 사람입니다."

자신이 그 편지를 읽을 수 있도록 발렌타인이 편지를 들고 있는 동안… (발렌타인은 요즘 더 예뻐진 것 같다. 시골 공기가 잘 맞는 모양이다) 이 여자가 실비아의 친한 친구가 분명하다는 생각이 들었다. 그렇지 않다면 최소한 "실비아 티전스 부인"이라고 했을 것이기 때문이다.

하지만 지금 자신은 그렇다고 확신할 수 없다. 이 여자는 그 암캐 같은 여자의 친한 친구가 될 만한 사람이 아니기 때문이다. 그렇다면 이 여자는 도구에 지나지 않을 것이다. 실비아의 친한 여자 친구들은 모두 비비, 지미, 마지라는 이름을 갖고 있다. 그 여자가 다른 여자에게 말을 건다면, 그건 이용하기 위해서다. 자신의 하녀나 도구로서 말이다.

여자가 말했다.

"대대로 내려오던 집을 세놓아야 하는 지경에 이르게 되었으니 분명 고통스럽겠군요. 하지만 그렇다고 해서 나한테 아무 말도 하지 않아도 된다는 의미는 아니죠. 백작의 가정부에게 경에게 줄 달걀을 부탁하려 했는데 잊어버렸어요. 난 늘 잊어버려요. 아주 활동적이니까요. 우리 남편 드 브레이 페이프 씨는 여기서부터 샌타페이[93]사이에서 내가 젤 활동적인 여자라고 해요."

마크는 의아했다. 왜 샌타페이인가? 미국 그쪽 지방에 페이프란 사람이 올리브나무 농장을 갖고 있기 때문일 것이다. 발렌타인은

---

[93] Santa Fé: 미국 뉴멕시코주(New Mexico)의 주도.

페이프가 세계에서 제일 큰 올리브오일 거래소를 운영하는 상인이라고 했다. 페이프란 사람이 프로방스[94], 롬바르디아[95], 캘리포니아에서 유통되는 모든 올리브오일과 지푸라기 뚜껑으로 막은 병을 독점했다고 했다. 그리고 양질의 페이프 병에 들어 있지 않은 올리브오일을 샐러드에 넣는다면 진정으로 세련된 사람이라고 할 수 없다고 사람들에게 이야기하고 다닌다고 했다. 그는 값비싼 음식이 차려진 식탁을 보고 놀라 물러서면서, 코를 틀어막는 시늉을 하며, "페이프 올리브오일이 없다고요?"라고 소리치는 야회복 차림의 신사 숙녀들의 이야기도 소개했다고 했다. 크리스토퍼가 어디에서 그런 정보를 얻는지 궁금했다. 발렌타인은 보통 크리스토퍼에게서 정보를 얻으니 말이다. 크리스토퍼는 십중팔구 미국 신문을 읽었을 것이다. 하지만 미국 신문은 왜 읽나? 자신은 절대 미국신문을 읽지 않는데 말이다. 필드 지가 없었나? … 크리스토퍼는 참 이상한 녀석이다.

미국 여자가 말했다.

"그렇다고 해서 나한테 아무 말도 하지 않으면 안 되죠. 안 그래요!"

여자의 회색 얼굴이 조금씩 붉어졌다. 테 없는 코안경 뒤에 있는 여자의 두 눈이 반짝였다. 여자는 이렇게 소리쳤다.

"너무 오만하신 귀족분이라 나와 이야기할 수 없는 모양이죠, 마

---

[94] Provence: 지중해에 면한 프랑스 남동부의 지방.
[95] Lombardy: 이탈리아 북부의 주.

크 티전스 경. 하지만 나한테는 맹트농 후작부인의 영혼이 깃들어 있어요. 하지만 티전스 경은 천하가 다 아는 난봉꾼 집안의 방탕한 후손일 뿐이에요. 그것이 바로 현시대와 현시대가 연 신세계가 구시대의 불균형을 바로잡기 위해 한 것이죠. 소위 말해 조상의 고향이라는 당신 나라에서 구시대의 귀하신 분들의 지위를 유지시켜 주는 사람들은 바로 우리란 말이에요."

이 여자의 말이 맞을 거라는 생각이 들었다. 나쁜 여자는 아니다. 자신이 대답하지 않으니 당연히 짜증스러울 것이다. 그것은 아주 당연하다.

자신은 미국인과 대화를 나눠본 기억도, 그리고 미국에 대해 생각해본 기억도 없다. 물론 전쟁 중일 때를 제외하면 말이다. 그때 자신은 제복을 입은 미국인들과 수송에 관해 이야기를 나누었다. 그들의 칼라가 마음에 들지 않았지만 그들은 일에 관해선 자신들이 무얼 해야 하는지 잘 알고 있었다. 그들은 부대원들이 얼마 되지 않았지만 거기에 비해 지나칠 정도로 많은 수송선을 달라고 요청했다. 그래서 자신은 국가로부터 수송선을 억지로라도 빼내야 했다.

자기 마음대로 할 수 있었다면, 그렇게 하지는 않았을 것이다. 하지만 지배계층이 형편없었기 때문에 자기 뜻대로 할 수가 없었다. 수송은 전쟁의 핵심이다. 군대에 가장 중요한 것은 발에 있다고 나폴레옹은 말했다. 그런 비슷한 말을 했다. 하지만 그들은 수송 부대에서 군인들을 빼갔다. 그리고 나서는 수송대원을 너무나도 많이 보내 수송대가 움직일 수조차 없게 되었다. 그러더니 다시 수송 부대에서 군인들을 빼갔다. 그런 뒤 수송선을 통해 들여온 밀수한 타

자기들과 재봉틀을 처분하기 위해 수송선이 필요한 자들에게 수송선을 제공하기 위해 엄청난 수의 수송선을 마련할 것을 요구했다… 그 일로 자신은 등골이 휠 정도였고 자신만의 고독도 더 이상 즐길 수 없게 되었다. 그러다가 전쟁 말미가 가까워졌을 때는 정부기관에서 일하는 사람 중에서 대화를 나눌 만한 사람이 하나도 없게 되었다. 감의 유래와 왕의 홀(笏)에 있는 단추형 보석 장식, 그리고 운모에 대해 아는 사람이 한 명도 없었던 것이다. 이제 그들은 거기에 대한 대가를 치르고 있는 중이다.

미국 여자는 맹트농 후작부인과 자신이 영적으로 같다는 사실이 마크 경에게 놀라워 보일 거라고 했다. 하지만 그건 분명 틀림없는 사실이라고 했다. 그 여자는 맹트농 후작부인의 집에 들어가면 금방 편안해지고, 박물관에 전시된 루이 14세의 덕망 높은 동반자[96]가 소유한 장신구나 보석을 보게 되면, 전기 충격을 받은 것처럼 깜짝 놀라게 된다고 했다. 윤회를 믿는 쿼터나인 씨는 그러한 현상은 맹트농 후작부인의 영혼이 그녀의 육체를 통해 이 세상에 귀환한 사실을 입증하는 것이라고 했다고 했다. 거기에 비하면 오래된 가문의 육체적 권리는 하찮은 것이 아니겠냐고 했다.

마크는 이 여자의 말이 맞을 거라고 생각했다. 자신의 조국의 오래된 가문들은 아주 무능한 집단이다. 그래서 더 이상 그들과 관계를 맺지 않아도 된 것에 대해 자신은 감사했다. 경마는 대부분 프랑크푸르트 암 마인[97] 출신의 영국 귀족들이 운영했다. 이 미국인 부

---

[96] 나중에 루이 14세와 결혼한 맹트농 후작부인을 지칭.

인이 비유적으로 말하고 있는 것이라면 그녀의 말이 맞을지도 모른다. 그녀도 어딘가에서 영혼을 얻어야 했을 테니 말이다.

하지만 이 여자는 거기에 대해 너무 말이 많다. 인간은 지나치게 말을 많이 하면 안 된다. 그건 사람을 피곤하게 해서 주의를 끌지 못한다. 이 여자는 계속 말했다.

마크는 미국 여자가 동생의 풀을 짓밟으며 여기로 온 이유가 무엇일지 골똘히 생각해 보았다. 그 때문에 거닝을 비롯한 다른 일꾼들이 불필요하게 많은 풀을 베어야 할 것이다. 미국 여자는 마리 앙투아네트에 관해 이야기했다. 마리 앙투아네트는 여름에 소금 위에서 썰매를 탔다고 한다. 하지만 건초용 풀을 짓밟는 건 그보다 더 나쁘다. 적어도 좋지는 않을 것이다. 시골에 사는 사람 모두가 그렇게 풀을 짓밟는다면 수송용 짐승 사료 값은 감당할 수 없을 정도로 치솟게 될 것이다.

이 여자는 왜 여기 왔을까? 이 여자는 그로비에 가구를 비치하고 싶어 한다. 자기 대신에 그렇게 하고 싶어 할 수도 있다. 하지만 자신은 그로비 저택에 대해 아무런 관심이 없다. 아버지는 언급할 가치가 있을 정도의 훌륭한 종마를 소유한 적이 한 번도 없었다. 매각 경마[98]에 나간 한두 마리 정도의 말만 소유했을 뿐이다. 자신도 사냥이나 총 쏘기를 좋아하지 않았다. 그로비 저택 잔디밭에 서서 12일절(節)[99]에 사냥하러 언덕을 올라가는 사람들을 바라보며, 자신이

---

[97] Frankfort-on-the-Main: 독일 마인강(Main)에 면한 도시로 독일명은 'Frankfurt am Main'이다.
[98] 출주(出走) 전에 정해진 가격으로 경마 후에 팔리는 경마.

바보가 된 듯한 느낌을 받았던 일이 기억났다. 물론 크리스토퍼는 그로비 저택을 사랑했다. 크리스토퍼는 자신보다 더 어렸기 때문에 그로비 저택을 소유하게 되리라곤 예상하지 못했을 것이다.

실비아는 지금쯤 그곳을 엉망으로 만들었을 것이다. 실비아의 모친이 그냥 놔뒀다면 말이다. 하여튼 곧 알게 될 것이다. 그 기계가 크리스토퍼의 목을 부러뜨리지 않았다면 크리스토퍼는 돌아올 것이다… 그런데 이 여자는 지금 무얼 하고 있는 것일까? 아마 이 미국 여자는 입에 담을 수도 없는 그 여자[100]가 크리스토퍼에게 가하는 추가압력일 것이다.

제수인 실비아는 잠도 자지 않고 끊임없이 그런 황당한 일을 꾸민다. 실비아는 동생이 그로비로 돌아와 자신과 같이 자기 바라는 것 같다. 그런 엄청난 증오심에는 다른 이유가 있을 수 없다… 이 미국 여자를 여기 보낸 이유도 바로 그것 때문일 것이다…

이 미국인 부인은 그로비 저택을 제왕이 지내도 괜찮을 만한 상태로 유지하면서도 소박하게 꾸밀 것이라고 했다. 이 여자는 그 불가능한 것을 이룰 방법을 찾은 것 같다! … 아마도 방법은 있을 것이다. 그 나라엔 엄청난 부자들이 상당히 많을 것이다! 그들은 어떻게 민주주의와 조화롭게 공존할까? 예를 들어 그 나라의 하인은 그들의 주인과 함께 앉아 식사를 할까? 그렇게 하는 것은 규범에 맞지 않을 것이다. 하지만 그들은 규범에 관심이 없는지도 모른다. 그건

---

[99] Twelfth: 크리스마스에서 12일째인 1월 6일.
[100] 실비아를 지칭한다.

알 수 없는 일이다.

   드 브레이 페이프 부인은 하인들이 분을 바르고, 자신이 6두 마차를 타고 나갈 때 소작농의 아이들이 무릎을 꿇는 게 좋다고 생각한다고 했다. 황야를 지나 레드카[101]나 스카버러[102]에 갈 때, 마크의 아버지의 6두 마차를 이용할 생각을 갖고 있다고 했다. 드 브레이 페이프 부인은 실비아를 통해 바로 그것이 마크의 부친이 했던 것이란 사실을 알게 되었다고 한다. 그것은 사실이었다. 그 기이한 분, 다시 말해 자신의 아버지는 재판이나 순회재판에 갈 때면 항상 그 흉물스러운 것을 타고 나가셨다. 그것은 지위를 유지하기 위해서였다. 그러니 드 브레이 페이프 부인도 원한다면 자신의 지위를 유지 못할 이유가 없다고 생각했다. 하지만 소작농의 아이들이 그 여자에게 무릎 꿇는 것은 묵인할 수 없다! 나이 든 스코트의 자식들이나 클라프의 톰의 자식들이… 그리고 그들의 손자들이 무릎 꿇는 것을 상상해 보라… 그들은 자신의 아버지를 "티전스"라고 불렀다. 심지어 몇몇 사람은 아버지 면전에서 "늙은 마크"라고 불렀다. 그들에게 자신은 늘 "젊은 마크"였다. 그리고 여전히 지금도 그럴 것이다. 이런 것들은 황야의 헤더처럼 변하지 않는 법이니 말이다. 소작농들이 이 여자를 어떻게 부를지 궁금해졌다. 이 여자는 힘든 시간을 보내게 될 것이다. 그들은 이 여자의 소작농이 아니라 자신의 소작농이며, 그들도 그러한 사실을 잘 알고 있기 때문이다. 가구가 비치된

---

[101] Redcar: 북요크셔에 있는 해안 리조트.
[102] Scarboro: 영국 잉글랜드 북동부의 북요크셔의 북해에 면한 어항.

저택과 성을 빌린 사람들은 자신들이 그 성을 갖고 있던 가문까지 임대했다고 생각한다. 전쟁이 발발하기 전, 린디스판[103], 그러니까 홀리 아일랜드[104] 혹은 그런 유사한 곳을 임대한 프랑크푸르트 암 마인 출신 사람이 자신이 식사하는 동안 식탁 옆에서 연주하도록 백파이프 부는 사람을 고용했는데, 그 백파이프 연주가가 '릴'[105]을 연주하는 동안 눈을 감았다고 한다. 마치 성스러운 날에 그러는 것처럼 말이다… 그는 정부에서 일하는 실비아의 지인 중 한 사람이었다. 실비아는 그래도 유대인의 집에는 머무르지 않았다. 그게 실비아가 제대로 하는 유일한 것이다.

드 브레이 페이프 부인은 자신이 지나갈 때 소작농의 아이들이 무릎 꿇도록 하는 게 비민주적인 것이 아니라고 마크에게 말했다.

청년의 목소리가 들렸다.

"삼촌!" 도대체 저 애는 누구인가? 자신과 함께 주말을 보냈던 사람들의 아들일지도 모른다. 어쩌면 보울비나 테디 홉의 아들일 것이다. 자신은 항상 아이들을 좋아했고 아이들도 자신을 좋아했다.

드 브레이 페이프 부인은 그게 소작농의 아이들에게도 좋은 일이라고 했다. 저명한 교육이론가인 슬로콤브 목사는 어린아이들을 위해서라도 이 감동적인 전통의식이 보존되어야 한다고 말했다고 하면서 말이다. 그는 대관식에서 프린스 오브 웨일스[106]가 선왕인 아

---

[103] Lindisfarne: 홀리 아일랜드(Holy Island)의 별칭.
[104] Holy Island: 영국 잉글랜드 노섬벌랜드(Northumberland)의 동쪽 먼 바다의 섬.
[105] reel: 스코틀랜드 고지인의 경쾌한 춤곡.
[106] Prince of Wales: 영국 왕의 법정 계승자인 장남의 칭호.

버지 앞에서 무릎 꿇고 충성을 맹세하는 모습을 지켜보는 것은 아주 감동적이라고 그녀에게 말했다고 한다. 그녀는 맹트농 후작부인이 외출할 때, 사람들을 무릎 꿇리는 모습을 그린 그림들을 본 적이 있었다고 했다. 이제 그녀 자신이 맹트농 후작부인이기 때문에 그렇게 하는 게 옳다고 했다. 하지만 마리 앙투아네트는…

어린 청년의 목소리가 들렸다.

"용서해주세요… 저도 이게 옳은 일이 아니라는 걸 알고 있습니다…"

베개를 베고 누워있는 머리를 돌리지 않고는 청년을 볼 수 없었다. 하지만 머리를 돌리지 않을 것이다. 어깨 너머로 1미터 떨어진 거리에 누군가 있다는 느낌이 들었다. 최소한 이 아이는 세워놓은 건초더미 사이를 헤치고 오진 않았다.

지금껏 자신과 함께 주말을 보냈던 그 어떤 사람의 아들도 세워진 건초더미를 헤치고 오지는 않을 거라고 생각했다. 젊은 세대는 정말 쓸모없다. 하지만 젊은 세대들이 저 지경까지 이르렀으리라곤 믿을 수 없다. 그들의 아들들은 어쩌면… 높은 천장의 불 켜진 만찬장 모습을 상상해 보았다. 커다란 그림이 걸려 있고, 드레스를 입은 사람들이 있는, 키가 큰 풀이 나 있는 정원이 보이는 높은 창 사이로 석양이 지는 그런 만찬장 말이다. 자신은 이제 그런 것들과 연을 끊었다. 소작농의 아이들이 자신에게 무릎 꿇는 경우는 자신이 나무로 된 코트[107]를 입고 황야 너머에 있는 작은 교회로 말을 타고 갈

---

[107] wooden coat: 나무 관을 말한다. 즉 그가 죽어서 나무 관에 실려 묘지로 갈

때일 것이다… 아버지가 스스로에게 방아쇠를 당긴 그 황야 말이다.

그것은 정말 기이한 일이었다. 그 소식을 듣던 때가 기억난다. 당시 자신은 마리 레오니 집에서 식사하는 중이었다…

어린 청년은 이 미국 여자가 건초를 밟고 온 것에 대해 사과하고 있었다. 드 브레이 페이프 부인은 자신이 싫어하는 마리 앙투아네트를 험담하고 있었다. 마크 자신은 마리 앙투아네트를 싫어할 수 있다는 것을 상상조차 할 수 없었다. 하지만 앙트와네트가 호감을 주는 사람은 아닐 가능성은 많다. 분별력이 있는 프랑스 사람들이 앙투아네트의 목을 잘랐으니 말이다. 그런 걸 보면 그들은 마리 앙투아네트를 싫어한 거 같다…

자신이 나가는 클럽 직원이 전보가 왔다고 전화를 걸어왔을 때 자신은 마리 레오니 집에서 식사하는 중이었다. 그녀 앞에서 두 손을 포개 늘어뜨리고, 양고기와 삶은 감자를 먹는 자신을 지켜보고 있던 마리 레오니가 전화를 받았다. 자신은 마리에게 사환에게 전보를 뜯어 마리에게 읽어주게 하라고 시켰다. 그렇게 하는 게 예외적인 일은 아니었다. 클럽으로 온 전보는 대개 자신이 참석하지 않은 경마 결과에 관한 것이었고, 자신은 식사 도중 일어나는 것을 아주 싫어했기 때문이었다. 마리는 천천히 돌아와 나쁜 소식이 있다고 천천히 말했다. 사고가 있었다는 것이었다. 아버지가 총에 맞아 돌

때, 아이들이 애도하는 의미에서 무릎을 꿇을 때가, 아이들이 유일하게 무릎을 꿇는 경우일 것이란 뜻이다.

아가셨다고 했다.

그때 자신은 꽤 오랫동안 가만히 앉아있었다. 마리 레오니도 아무 말 하지 않았다. 자신이 양고기는 다 먹었지만 사과파이는 먹지 않았다는 사실이 떠올랐다. 클라레[108]도 마셨다.

그때 즈음 자신은 아버지가 자살했을 거라는 결론을 내렸다. 그리고 아버지가 그런 선택을 하게 된 데에는 자신의 책임이 있을지도 모른다는 결론도 내렸다. 자리에서 일어나, 마리 레오니에게 상복을 입으라고 했다. 그러고는 그로비 저택으로 가는 밤 열차를 탔다. 그곳에 도착했을 때 그것에 대한 의심의 여지가 없음을 알게 되었다. 아버지는 자살하셨던 것이다. 아버지는 공이치기를 완전히 세운 총을 뒤에 두고 토끼를 쫓으러 경솔하게 산울타리 사이를 기어갈 그런 분이 아니니 말이다… 사람들은 그랬을 거라고 추정했지만 말이다.

티전스가 사람들에겐 무언가 여린 구석이 있었다. 자살을 할 만한 충분한 이유가 없었기 때문이었다. 물론 아버지에겐 슬픈 일이 있었다. 아버지는 두 번째 부인의 죽음을 이겨내지 못했다. 그런 건 요크셔 남자치고는 여린 구석이다. 아버지는 두 아들과 외동딸도 전쟁에서 잃었다. 다른 사람들도 그런 일을 겪었지만 다 이겨냈다. 아버지는 자신을 통해 아버지의 막내아들 크리스토퍼가 비열한 인간이라는 말을 들었다. 하지만 비열한 아들을 가진 사람들도 많다… 무언가 여린 구석이 이 집안사람들에게 있다. 크리스토퍼는 확실히

---

[108] claret: 프랑스 보르도(Bordeaux)산의 적포도주.

여리다. 하지만 그것은 그의 어머니 집안에서 물려받은 것이다. 자신의 의붓어머니는 요크셔 남부 출신이었다. 그쪽 사람들은 원래 여리다. 여자들도 여리다. 크리스토퍼는 의붓어머니가 가장 아끼는 아들이었기 때문에 실비아가 가출했을 때 의붓어머니는 슬픔에 겨워 세상을 하직했다! …

청년이 드 브레이 페이프 부인 근처, 즉 자신의 침대 발치 쪽으로 와 자신의 시야에 들어왔다… 약간 시골뜨기 같은 볼과 짙은 색 머리, 갈색 눈을 한, 키 크고 호리호리한 청년이었다. 허리를 곧게 펴고 서 있었지만 어려 보였다. 그를 알 것 같았지만, 정확히 누구인지는 생각나지 않았다. 청년은 이렇게 하는 게 옳지 않다는 것을 안다며, 이렇게 불쑥 들어와 죄송하다며 용서를 구했다.

드 브레이 페이프 부인은 자신이 몹시 싫어한다는 마리 앙투아네트에 대해 가능할 것 같지 않은 이야기를 했다. 그녀는 마리 앙투아네트가 맹트농 후작부인에게 배은망덕하게 굴었다고 했다. 그리고 그것은 틀림없이 맹트농 후작부인에게 힘든 일이었을 것이라 말했다. 드 브레이 페이프 부인에 따르면, 마리 앙투아네트가 어린 시절 프랑스 궁정에서 무시당했을 때, 맹트농 후작부인은 앙투아네트에게 자기 드레스, 보석, 향수를 빌려주며, 잘 돌보아 주었다고 했다. 하지만 나중에 마리 앙투아네트는 자신의 은인을 괴롭혔다고 한다. 그 때문에 프랑스와 구세계 전체의 모든 비애가 시작된 것이라고 했다.

자신이 보기에 그건 시대를 혼동해서 하는 말이었다. 분명히 맹트농 후작부인은 마리 앙투아네트보다 백 년 전 사람이었기 때문이다. 하지만 확신할 순 없었다. 드 브레이 페이프 부인은 서양 어느 대학에서 사회 경제를 가르치는 레지날드 웨일러라는 저명한 교수에게서 그런 소소한 사실들을 들어 알게 되었다고 했다.

청년이 애원하는 듯한 눈빛으로, 아니면 단지 멍한 눈빛으로 자신을 바라보는 동안, 티전스가 사람들의 유약한 면에 대해 다시 생각해보았다. 자신은 그 어린 청년이 무슨 일로 그처럼 애원하고 있는지 알 수가 없었다. 그러니 그건 어리석은 일이다. 그러나 청년의 바지는 재단이 아주 잘 되었다. 아주 좋은 바지였다. 그게 어떤 재단사의 바지인지 알 수 있었다. 콘두잇 스트리트[109]에 있는 재단사가 만든 바지였다. 그 재단사의 승마바지를 사 입을 정도로 안목이 있다면 그렇게 얼간이는 아닐 것이다…

크리스토퍼가 유약한 이유는 그의 어머니가 북요크셔나 더럼 출신이 아니기 때문일지도 모른다. 하지만 그런 사실은 티전스 가문이 사라져가는 이유를 설명하기에는 불충분하다. 아버지는 아들들을 통해 후손을 보지 못했다. 전사한 두 남동생에게도 자식은 없었다. 자신에게도 자식이 없다. 크리스토퍼는… 글쎄, 그건 논란의 여지가 있다!

사실상 자신이 아버지를 죽인 것이나 다름없다는 생각이 들었다. 사람은 실수를 한다. 이게 바로 자신의 실수다. 사람은 실수를 하면 고치려고 노력해야 한다. 그렇지 않으면 그 일에서 손을 떼야 한다.

---

[109] Conduit Street: 본드 스트리트(Bond Street)에서 가까운 런던 웨스트엔드(West End) 중심부에 있는 거리로 명품 패션가.

아버지를 되살릴 순 없다. 그리고 크리스토퍼를 위해서 아무것도 할 수 없다… 별로 해줄 것도 없다. 그는 고급 장교직을 거부했다… 하지만 크리스토퍼를 탓할 순 없었다.

어린 청년은 자신들에게 아무 말도 하지 않을 작정이냐고 물었다. 청년은 자신이 내 조카, 마크 티전스 2세라고 했다.

자신이 머리카락 하나도 움직이지 않았다는 사실에 스스로 대견스러웠다. 자신은 크리스토퍼의 아들을 그의 친아들로 인정하지 않기로 마음먹었기 때문에, 그 아이의 존재에 대해 거의 잊고 있었다는 사실을 깨닫게 되었다. 하지만 그렇게 빨리 마음을 정하면 안 되는 것이었다. 자신의 뇌가 자동적으로 작동하는 바람에 자신이 이미 그런 결정을 내렸다는 사실을 알고는 깜짝 놀랐다. 한 번도 심각하게 숙고해 보지 않았지만 심사숙고할 필요가 있는 요인들이 많았다. 크리스토퍼는 이 청년에게 그로비 저택을 주기로 결정했다. 자신에겐 그걸로 충분했다. 그로비 저택을 누가 갖든 크게 상관하지 않으니 말이다.

하지만 단 한 번도 본 적 없는 이 청년을 실제로 보게 되자 해결해야 할 문제가 떠올랐다. 그것은 하나의 도전이었다. 여자의 본성에 대해 어떻게 생각해야 할지와 관련된 도전이었다. 자신은 여태까지 동물 세계의 그런 부류[110]에 대해 신경 쓴 적이 결코 없었다 … 하지만 자신이 실비아의 동기에 대해 생각하는 데 상당한 시간을 소비했다는 사실을 여기 누워있으면서 깨닫게 되었다.

---

[110] 여자를 지칭. 즉 여자에 대해 심각하게 생각해 보지 않았다는 의미.

자신은 남자 이외의 사람들과는 많이 이야기해본 적이 없었다. 그것도 대부분 자신의 계층에 속한 자신과 유사한 유형의 남자들이었다. 물론 주말에 자신을 초대한 안주인에게 예의상 몇 마디 말을 건네기는 했다. 그리고 교회에 가기 전 일요일에 장미정원에서 말에 대해 아는 여자와 함께 있게 되면, 예의를 지킬 정도의 시간 동안, 말 또는 굿우드[111] 경마대회나 애스콧[112] 경마대회에 관해 이야기했다. 상대 여자가 말에 대해 아는 것이 없으면, 장미나, 붓꽃, 또는 지난 주 날씨에 관해 이야기했다. 하지만 그런 대화는 곧 고갈되고 말았다.

그럼에도 자신은 여자에 대해 모든 걸 알고 있다고 생각했다. 그 점에 있어선 확신했다. 일상적인 대화나 잡담 중 어떤 여자들 이야기가 나오고 거기에 대한 의견이 오갈 때, 자신은 그들의 행동의 동기를 알 수 있었다. 스스로 만족스러울 만큼 그들이 그렇게 행동한 이유를 설명하거나 앞으로 어떻게 할지 정확하게 예측 할 수 있었다. 이십 년 동안 마리 레오니의 거의 쉼 없는, 하지만 불쾌하지 않은 말을 들어온 게, 자신에게 교육이 된 게 틀림없었다.

크리스토퍼와 발렌타인의 관계는 아주 만족스러웠다. 티젠스 집안 문제와 관련된 것 중, 유일하게 만족스러운 것이었다. 발렌타인은 진짜 괜찮은 여자다. 분별력도 있다. 하지만 크리스토퍼가 발렌타인과 같이 지내는데, 너무나 많은 골칫거리가 생겨 개인으로서의

---

[111] Goodwood: 영국 서식스에 있는 곳으로 경마장으로 유명하다.
[112] Ascot: 영국 에스콧(Ascot)에서 해마다 6월에 개최되는 경마 대회.

발렌타인을 생각하지 않는다면, 아주 안 좋은 선택이었을 것이다. 스스로를 괴롭히지 않고, 혹은 걱정의 원인이 되지 않는 여자를 고르는 것은 남자가 할 일이다. 크리스토퍼는 두 가지를 선택했다. 결과를 한번 봐라!

자신은 처음부터 틀린 것이 하나도 없었다. 자신은 마리 레오니를 코벤트 가든 무대 위에서 처음 보았다. 당시 자신은 의붓어머니, 다시 말해 아버지의 둘째 부인인 그 유약한 여자를 대동하여 코벤트 가든에 갔었다. 의붓어머니는 화사하고 온화한, 정말 성인 같은 사람이었다. 그래서 그로비 근방에서는 성인으로 통했다. 물론 성공회 성인 말이다. 하지만 그것이 바로 크리스토퍼의 문제였다. 그의 유약한 성향 말이다. 티전스가 사람들은 기질적으로 성인과는 거리가 멀었다. 그래서 그와 대조적인 자신은 불한당처럼 보였던 것이다.

자신이 코벤트 가든에 간 것은 거의 런던에 가지 않는 의붓어머니에 대한 예를 표하기 위해서였다. 거기서 무용수들이 서 있는 두 번째 줄에서 마리 레오니를 보았다. 물론 당시엔 지금보다 늘씬했었다. 단번에 그녀와 친해지기로 마음먹었다. 친절한 수위가 무대 출입구에서 마리의 주소를 알아내 알려준 덕에, 10시 30분경에 그녀의 숙소로 가는 에지웨어 로드를 따라 걸어갈 수 있었다. 처음 자신은 마리의 집을 찾아갈 생각이었지만 길에서 만나게 된 것이었다. 거기서 마리를 본 순간 그녀의 걸음걸이, 몸매, 정갈한 옷이 마음에 들었다.

자신은 중절모자를 쓰고 우산을 들고선 그녀 앞에 섰다. 하지만 마리는 흠칫 놀라 물러서거나 달아나려고 하지 않았다. 마리는 런던에서의 계약이 끝나면 자신만의 집에서 살다고 싶다고 했다. 그리고 1년에 250파운드와 용돈만 있으면, 세인트 존스우드 파크[113](그 당시 그곳은 친구들 대부분이 거처를 갖고 있던 곳이었다)에 있는 아파트에 크림 통을 갖다 놓을 수 있을 거라고 했다.[114] 마리는 프랑스를 떠올리게 하는 그레이즈인 로드 근처에 있는 집을 원했다.

하지만 실비아는 전혀 다른 존재다…

그 젊은 친구는 온통 얼굴을 붉혔다. 낡은 신발 속에 사는 박새의 새끼들은 안달내기 시작했다. 초가지붕 위 나뭇가지에서 어미 새가 경고음을 내는데도 새끼들은 짹짹 울어댔다. 초가지붕 위로 나뭇가지가 드리워지면 정말 비위생적이다. 하지만 박새의 새끼들조차 먹겠다고 저렇게 짹짹거리는 이 타락한 시대에 그게 무슨 대수이겠는가?

실비아가 낳은 사생아인 이 젊은이는 드 브레이 페이프 부인에게 당혹스러운 말을 하고 있었다. 청년은 미국인 부인이 자기 삼촌에게 역사와 사회학에 관해 강의를 해 삼촌이 불쾌하게 생각하고 있는 것 같다고 했다. 그러고는 자신들은 나무에 관해 이야기하러 왔다고 했다. 그리고 어쩌면 바로 그것 때문에 큰아버지가 자신들에게 아무 말도 하지 않으려는 것 같다고 했다.

---

[113] St. John's Wood Park: 영국 런던 북서부에 있는 도시 세인트 존스우드에 있는 공원.
[114] 마리는 지금 마크가 자신에게 거처를 마련해주고 일정한 돈을 주면 그를 위해 집을 꾸리겠다고 말하고 있는 것이다.

미국인 여자는 구세계에 속한 방탕한 귀족에게 역사 강의를 하는 것은 자신의 평생의 임무라고 말했다. 그리고 그렇게 하는 것이, 그들이 아무리 불쾌해한다 해도, 그들에게 좋은 것이라고 했다. 그리고 나무에 관한 이야기는 청년이 직접 하는 게 나을 거라고 했다. 그러면서 미국인 여자는 가난한 사람들이 어떻게 사는지 보러 정원 주변을 둘러보겠다고 했다.

청년은 드 브레이 페이프 부인이 애당초 그러려고 했다면, 왜 여기 왔는지 자신은 이해하지 못하겠다고 했다. 그 미국인 부인은 청년의 상처 입은 어머니의 성스러운 명에 따라 여기 왔을 뿐이라고 대답했다. 마크에게 그것은 충분한 답변이었다. 그녀는 재빨리 마크의 시야에서 사라졌다.

청년은 목젖이 움직이는 게 보일 정도로 침을 삼키며 약간 돌출된 눈으로 마크의 얼굴을 응시했다. 그는 말하려다가 멈추고 오랫동안 침묵을 지키며 눈을 크게 뜨고 마크를 바라보았다. 그것은 티전스가에서 내려온 것이 아니라 크리스토퍼 티전스의 버릇이었다. 말하기 전에 오랫동안 응시하는 것 말이다. 크리스토퍼는 분명히 자기 어머니에게서 그 버릇을 물려받았을 것이다. 좀 더 심했지만 말이다. 의붓어머니는 오랫동안 상대를 응시하곤 했다. 물론 불쾌하게는 아니었다. 하지만 크리스토퍼는 항상 상대방을 불편하게 만들면서 응시했다. 어린 시절일 때조차 그랬다… 어디 박혀 꼼짝하지 못하는 돼지처럼, 크리스토퍼가 자신을 그처럼 오랫동안 응시하지 않았다면 자신은 지금의 모습이 아닐 수도 있었을 것이다. 그 끔찍했던 날 아침. 정전 협정일에…

제2의 햄프셔[115]에서 나팔수 일을 하는 크램프의 큰아들이 길을 따라 내려갔다. 그의 카키색 군복 뒤에 달린 나팔이 빛났다. 이제 그들은 그 악기로 끔찍한 소음을 낼 것이다. 정전협정일에 그들은 마리 레오니의 집 창문 아래에 있는 교회 계단 위에서 일과 종료 나팔을 불었다… 영국의 마지막을 알리는 일과 종교 나팔 말이다! 그때 일이 기억났다. 그때까지만 해도 자신은 항복조항을 모두 알지 못했다. 하지만 꼼짝하지 못하는 돼지처럼 쳐다보는 크리스토퍼의 눈길은 충분히 받았다! 하지만 자신이 그런 눈길을 받을 만한 잘못을 저지르지 않았다고는 말하지 않았다. 실수를 저지르면, 거기에 대한 책임을 져야 하는 법이니 말이다. 그래서 실수란 하면 안 되는 것이다.

침대 발치에 있던 청년이 목젖이 드러날 정도로 침을 삼키며, 괴로운 듯 목을 움직였다.

그가 말했다.

"저희를 보고 싶지 않으시다는 거 이해합니다. 하지만 말도 하지 않으시는 건 조금 지나치신 것 같습니다!"

그들 사이에 서로 소통이 제대로 안 되고 있다는 사실이 약간 놀라웠다. 실비아는 이곳 근처를 계속해서 염탐해 왔다. 염탐하고 또 염탐해왔다. 실비아는 크램프 부인과 지속적으로 만났다. 하인들에게 자기 남편이 자신을 혐오한다는 사실을 알리고 거기에 대해 장황하게 이야기하는 것은 참 기이한 취향이라는 생각이 들었다. 만일

---

[115] second Hampshires: 사우스 햄프셔(South Hampshire)를 지칭한다.

내 여자가 나를 떠났다면, 난 거기에 대해 절대 이야기하지 않았을 것이다. 나라면 내 여자가 만나고 있는 남자에 대해 목수에게 떠벌리지는 않았을 것이다. 다른 사람의 취향을 알 길은 없는 것 같다. 실비아는 너무도 슬픔에 젖어 크램프 부인이 내 상태에 대해 한 이야기를 듣지 않았을 가능성이 많다. 몇 년 전 실비아와 한두 번 이야기를 나눴을 때도 실비아는 그런 식이었다. 크리스토퍼에 대해 어찌나 강하게 불만을 토로했던지 실비아는 그로비 저택에 거주하는 조건은 전혀 알지도 못한 채 가버렸다. 이야기를 지어내는 것은 분명히 심적으로 부담이 된다. 남편이 바람피우고 있다는 식의 이야기를 지어내면 마음도 거기에 영향을 받게 되는 법이다. 예를 들어 나, 마크가 젊은 날의 과오로 인해 고통받고 있다는 이야기를 지어내면 실비아 자신도 그런 고통을 겪게 되는 법이다. 그것이 바로 소문을 지어내는 사람들에게 신이 종종 가하는 궁극적인 징벌인 것이다. 그래서 그런 이야기를 지어내는 사람들은 결국 약간 미치게 된다… 크리스토퍼에 대해 최악의 이야기를 했던, 반은 스코틀랜드인이고 반은 유대인인 그 친구 (그의 이름이 생각나지 않는다) 역시 약간 미쳤다. 그 친구는 그러면 안 되는 자리에 수염을 기르고 실크 모자를 쓰고 왔었다. 사실 크리스토퍼는 성인(聖人)이다. 신은 성인을 중상모략한 자들에게 기발한 벌을 생각해 낸 것이다.

어찌되었든 그 암캐 같은 여자는 자신이 지어낸 이야기에 너무 몰두한 나머지 내가 말을 할 수 없다는 사실을 제대로 전해 듣지 못한 것 같다. 물론 성병의 결과에 대해 생각해 보는 것은 유쾌한 일이 아닐 것이다. 그래서 내가 성병에 걸렸다는 이야기를 지어낸 실비아 역시 그 병의 결과로 나타나는 증상에 대해 생각해보고 싶지 않았을 것이다. 어찌되었든 이 아이는 모르고 있었다. 드 브레이페이프 부인도 모르고 있었다. 내가 말을 하지 못한다는 사실 말이다. 그들뿐만 아니라 그 누구와도 나는 이제 연을 끊었다. 하지만 나는 세상이 어떻게 돌아가는지 인지하고 있을 뿐만 아니라, 세상 사람들의 열망과 기도에 귀를 기울이고 있다. 하지만 이제 다시는 입이나 손가락 하나도 움직이지 않을 것이다. 그것은 죽은 것과, 아니면 신이 되는 것과 같을 것이다. 이 청년은 분명 사죄를 구하고 있다. 그는 자신과 브레이라는 여자가 여기 온 것이 아주 정당하지 않은 일이라고 생각하고 있다. 하지만 그것은 정당하다. 두 사람 모두 악마를 두려워하듯 나를 두려워하고 있다는 것을 알 수 있었다. 하지만 그들의 취향은 의심의 여지가 있다. 여전히 상황은 이례적이다. 모든 상황이 그렇듯이 말이다.

아버지가 정부와 함께 사는 집에 찾아가는 것은 분명 품위 있는 행동이 아니다. 그리고 아내의 친구가 찾아가는 것도 역시 품위 있는 행동이 아니다. 하지만 그들은 분명히 원했다. 한 사람은 그로비 저택을 세놓기를, 다른 한 사람은 그곳에 들어가길 말이다. 자신이 허락하지 않으면, 혹은 반대한다면, 그들은 그 어떤 것도 할 수 없을 것이다. 이것은 일종의 비즈니스다. 비즈니스란 아무리 나쁜 취향도 받아줄 수 있어야 하는 것이라고 사람들은 생각한다.

청년은 자신의 어머니는 좋은 사람이라고 했다. 하지만 많은 면에서 어머니의 일 처리 방식에 문제가 있다는 사실을 알게 되었다고 했다. 반짝이는 눈과 뺨을 지닌 이 어린 친구는 나에게 자신의 어머니가 최소한 상처 받은 여자란 사실은 인정해 달라고 했다…. 부당한 대우를 받은 여자가… 젊은 케임브리지 학생과 같은 생각을 가질 거라곤 기대하지 않는다고 했다! 그는 자신을 포함한 친구들, 다시 말해 영국 수상의 아들과 도블, 그리고 포터는, 사람은 자기가 좋아하는 사람과 살 수 있도록 허용되어야 한다고 생각하고 있다고 했다. 그렇기 때문에 아버지의 행동에 이의를 제기하지 않으며, 경우에 따라선 아버지의… 동반자와…아주 기쁜 마음으로 악수할 것이라고 했다.

그의 빛나는 두 눈이 약간 촉촉해졌다. 사실 그는 그 어떤 것도 의심하지 않는다고 했다. 다만 그는 자신이 조금 더 아버지의 영향을 받았다면 더 나았을 거라고 생각한다고 했다. 그는 자신이 어머니의 영향을 너무 많이 받아왔다고 생각한다고 말했다. 그리고 사람들은 그것을 알아차렸고, 심지어 케임브리지에서도 그랬다고 했다! 일단 맺어진 부부 사이를 끝내야 하는 가의 문제에 봉착하게 되었을 때 어머니의 성향은 방해물로 작용한다고 했다. 그러곤 그런 문제는 과학적으로 생각해야 한다고 했다. 그런데 성적으로 끌리는 문제는 과학자들이 많은 노력을 했음에도 여전히 커다란 수수께끼로 남아있다고 했다. 그래서 이 문제를 보는 가장 최선의 방법은… 가장 안전한 방법은, 성적인 끌림을 기질적, 육체적으로 반대되는 사람들 사이에서 일어나는 현상으로 보는 것이라고 했다. 자연의 여신은 양극단을 바로잡기 원하기 때문에 그럴 것이라고 했다. 그러면서 이 어린 청년은 사실 그 어떤 사람도 자신의 아버지와 어머니보다 다를 순 없다고 했다. 한 사람은 아주 우아하고 운동도 잘하고,

그리고… 또 매력적인 반면, 다른 한 사람은 아주… 완벽할 정도로 명예를 존중하지만 규범을 초월한 사람으로, 법규를 위반하면서도 동시에 고결할 수 있다고 했다.

이 청년이 그의 어머니가 만나는 사람마다 자기 남편이 여자한테 얹혀 살고 있다고 상습적으로 말한다는 걸 알고 있는지 궁금해졌다. 그리고 사실이 드러날 것 같지 않을 때는 심지어 자기 남편이 여자가 부도덕하게 번 돈으로 살고 있다는 식의 암시를 하는 것도 아는지 궁금했다…

이 청년은 자신의 아버지를 명예를 존중하는 남자, 사내답고, 서투르지만 나름대로 멋진 사람이라고 했다… 그리고 마크 티전스 2세인 자신은 아버지를 판단하기 위해 여기 온 것이 아니라며, 자신이 아버지를 애정과 존경의 마음으로 본다는 것을 큰아버지도 알 수 있었을 것이라고 했다. 하지만 자연의 여신이 (자신이 의인화된 표현을 사용하는 것은 양해해 달라고 했다. 그게 가장 빠른 표현 방법이기 때문이라고 했다.) 자식들에게 나타날 수 있는 극단적인 면을 바로잡기 위해, 성향이 서로 반대되는 사람들을 결합하고자 했다면, 그 일은 … 단지 육체적 결합을 통해 완성되는 것은 아니라고 했다. 물려받은 신체적 특성과 물려받은 기억이 남아있듯이, 개인적 관계를 통해 한 부모의 기질이 아이의 기질에 영향을 미치는 문제는 여전히 남게 된다고 했다. 그렇기 때문에 반대 성향의 사람이 그 결합의 결과물[116]을 전적으로 다른 사람의 영향 하에 두는 것

---

[116] 자식을 말한다.

은, 자연의 여신의 의도를 무산시킬 가능성이 높다고 했다…

마크는 이 청년이 아주 묘한 존재라고 생각했다. 착하고 바른 청년같아 보였다. 약간 말이 많았지만, 혼자서 이야기를 다 해야 했었기 때문에, 그건 양해해 주어야 하는 문제였다. 종종 청년은 공손하게 자신의 의견을 듣고 싶다는 듯 말을 멈추었다. 그것은 적절한 행동이다. 자신은 풋내기들이 싫다. 일반적인 풋내기들보다 자기주장이 강하고 감정적인, 그런 나이의 풋내기들은 특히 싫다. 어쨌든 자신은 유년기를 지난 나이의 젊은이들이 싫다. 개인의 부모가 누구인지 알아내기 위해 과학적으로 조사해 보아야 한다면, 개인적인 호불호는 고려의 대상이 되면 안 된다.

크리스토퍼가 아버지의 집에 있는 어린 동생 중 한 명에 지나지 않았을 때, 수학에만 관심을 가져 약간 멍한 구석이 있고, 휘둥그레진 눈으로 침울하게 상대를 응시하는 버릇이 있던 (몇 십 년 전, 그러니까 처음에는 그로비 저택에 있는 유아방에서, 다음에는 마구간에서 그랬다) 크리스토퍼는 짜증스러운 존재였다. 이 청년이 자신을 짜증나게 한다면, 그것은 이 청년이 실비아가 다른 남자(그 친구의 이름이 뭐였더라? 하여튼 야비한 건달이었다)에게서 낳은 사생아가 아니라, 크리스토퍼의 아들이라는 사실에 힘을 더 실어주는 것일 것이다…

이 청년이 다른 남자의 아들일 가능성은 있다. 그 여자는 자신이 임신했다고 생각하지 않았다면 크리스토퍼를 꾀어서 결혼하진 않았을 것이니 말이다. 그러한 상황에 처해 있는 여자가 남자를 꾀어내어 결혼하는 걸 나쁘게 말할 순 없다. 하지만 남자가 여자의 사생아에게 이름을 준다면 여자는 그 남자에게 충실해야 한다. 그 남자는 아주 큰 도움을 주었기 때문이다. 하지만 실비아는 한 번도 그런 적이 없었다… 동생 부부는 이 젊은이를 티전스가의 사람으로 받아들였다. 그로비 저택을 이미 거머쥔 그가 여기 나타났다… 그건 괜찮다. 티전스가처럼 훌륭한 가문에도 그런 일은 벌어졌으니 말이다.

하지만 실비아가 해로운 존재가 된 것은 불운한 내 남동생에 대해 실비아가 성적인 광기를 갖게 되었기 때문이다.

이것을 달리 해석할 방법은 없다. 실비아가 맞건 틀리건 실비아는 자신이 다른 남자의 아이를 임신했다고 생각했고, 그랬기 때문에 크리스토퍼를 꾀어 결혼한 게 틀림없다. 이 청년이 크리스토퍼의 아들인지, 다른 사람의 아들인지는 절대 알 수 없을 것이다 (실비아 자신도 모를 것이다). 영국 여자들은 이런 일에 대해 정말 깔끔하지 못하고 수치스러워한다. 그건 봐줄 수 있다. 하지만 그날 이후에 보인 실비아의 모든 행동은 용서할 수 없다. 사악한 성적 충동 때문에 저지른 행동으로 밖에는 볼 수 없었기 때문이다.

그것은 아주 적절한 행동이었다. 다시 말해 아직 태어나지 않은 자식에게 이름과 아버지를 주는 것은 어머니의 의무이기 때문이다. 하지만 후에 그 아버지의 이름을 더럽히는 것은 아이를 이름 없는 자식으로 만드는 것보다 더 나쁜 짓이다. 이 청년은 이제 그로비의 티전스가 되었다. 또한 청년의 어머니에 따르면 형편없이 처신하는 아버지의 적자이기도 하다… 그리고 남편의 마음을 사로잡지 못한 여자의 아들이기도 하다! … 도대체 어느 누가 영지에서 일하는 목수에게 그런 사실을 광고하고 다닌단 말인가! 가문을 위하는 것이

최우선시 되어야 한다면, 도대체 그런 짓이 무슨 도움이 된다는 말인가?

실비아가 아이의 아버지를 자신에게 돌아오게 하려고 이 모든 기이한 짓을 하고 있다고 말하는 건 좋다. 분명히 그럴 수도 있을 것이다. 실비아가 저지른 부정행위들조차도, 그것이 아무리 악명 높다 해도, 불운한 동생의 관심을 되돌리려는, 그리고 동생의 마음속에 계속 남아있으려는 방편이었을지도 모른다는 것도 인정할 수 있다. 결혼 후 크리스토퍼는 자신이 도구에 불과했다는 사실을 알고는 십중팔구 실비아를 아주 냉대하거나 무시했을 것이다. 부부생활 면에서 말이다… 그리고 크리스토퍼는 아주 매력적이다. 자신도 요즈음 그건 인정해야 한다는 생각이 들었다. 크리스토퍼는 진정한 성인이자 기독교적 순교자다… 같이 살면서도 무시를 당한다면 그 어떤 여자도 미치게 될 수밖에 없게 하는 그런 사내다.

여자들이 남편의 마음을 얻기 위해 자신의 성적인 매력을 유지하거나, 또는 그 매력을 일깨우기 위해 이용할 수 있는 수단과 방법은 여자들에게 분명 허용해야 한다. 그것이 바로 만물에 여자가 존재하는 이유다. 여자들은 자신의 종족을 영속해야 한다. 여자들은 그렇게 하기 위해 자신에게 관심을 갖도록 만들어야 하며, 자신의 기질에 맞는 적절한 방법을 사용하여야 한다. 잔인함이 실비아가 사용하는 일종의 자극제라는 사실을 자신도 인정할 수 있다. 여자가 무슨 짓을 하던 다 인정할 수 있다. 여자가 잔인하게 구는 것은 자신에게 관심을 갖도록 하려는 것이기 때문이다. 남자가 잊혀진 여자에게 구애할 거라곤 기대할 수 없는 법이니 말이다. 하지만 모든 일에는 한계라는 게 있어야 한다. 다른 모든 것에 있어서도 그러하듯이 이 문제에 있어서도 할 수 있는 것과 할 수 없는 것이 있다는 걸 알아야 한다. 그리고 다른 것들과 마찬가지로, 이 특정한 문제도 백번 듣는 것보다 한번 직접 겪어보는 것이 낫다. 실비아는 남편 마음속에 남아 있기 위해 안 해본 것이 없었다. 그렇지만 이미 다른 여자에게 남편을 빼앗겼고 이는 돌이킬 수 없다. 이제 실비아는 그저 성가신 골칫거리가 된 것이다.

남편을 되찾아 오는 데 몰두한 여자라면 최소한 어떤 시스템, 혹은 체계적인 전략 같은 것이 있어야 한다. 하지만 실비아는 (자신은 정전협정일 날 밤 크리스토퍼와 가진 긴 대화를 통해 이를 알게 되었다) 소위 "샤워실의 줄 당기기"라는 것을 하는 걸 가장 즐거워했다. 실비아는 지나친, 대부분 잔인한 행동을 했다. 단지 무슨 일이 벌어질지 지켜보는 재미로 말이다. 전시 중에는 즐기면 안 된다. 전쟁과 관련된 일로 말이다! 자신이 원하는 일을 했다면 그 일의 결과도 받아들여야 한다!

실비아가 어떻게 했든 동생의 아이를 하나 더 낳았다면, 그녀의 행위는 정당화되었을 것이다. 하지만 그렇지 못했다. 티전스가는 후손이 많지 않다. 그렇기에 실비아는 그저 성가신 골칫거리가 된 것이다…

지긋지긋한 골칫거리다… 지금 이 여자는 무엇을 하려는 것일까? 드 브레이 페이프 부인과 이 청년이 여기에 온 이유는 분명히 실비아의 가학증이 다시 돌발했기 때문일 것이다. 이들이 여기 온 바람에 크리스토퍼는 조금 더 상처 받게 될 수도 있고, 실비아는 잊혀지지 않을지도 모른다. 그렇다면 이들이 여기 온 이유는 무엇인가? 젠장 도대체 그 이유가 뭐란 말인가?

청년은 얼마간 침묵을 지켰다. 그는 헐떡이며 휘둥그레진 눈으로 자신을 응시했다. 그의 아버지가 하는 아주 짜증스러운 행동을 똑같이 했다. 특히 정전협정일 날에⋯ 이 청년이 동생의 아들이 맞을 거라는 생각이 들기 시작했다. 진짜 티전스가 사람이 결국 어마어마한 삼나무(요크셔에서 가장 큰 삼나무, 아니 영국에서, 아니 제국에서 가장 큰 삼나무 말이다⋯ 자신은 그 나무가 어떻게 되든 상관없지만 말이다) 뒤에 있는 엄청나게 긴 회색 저택을 다스리게 될 것이다. 나무가 자기 집 지붕을 덮게 하는 사람은 매일 같이 의사를 불러야 한다고 한다⋯ 청년의 입술이 움직이기 시작했다. 하지만 아무 소리도 내지 않았다. 청년은 상당히 흥분한 것 같았다!

이 청년은 의심할 바 없이 자기 아버지를 닮았다. 좀 더 피부색이 짙고⋯ 머리와 눈은 갈색이다. 그의 혈색 좋은 두 뺨은 지금 붉어졌다. 곧게 뻗은 코, 뚜렷한 갈색 눈썹. 일종의⋯ 겁먹은, 당황한⋯ 뭐라고 하나? ⋯ 표정이었다. 실비아는 금발이다. 크리스토퍼는 검은 머리였지만 부분적으로 흰 부분이 있었고, 피부는 희었다⋯ 젠장, 이 청년은 크리스토퍼가 이 나이였을 때, 혹은 이보다 더 어렸을 때보다 더 매력적이다⋯ 그로비에 있는 공부방 문 주변을 서성이며 파동에 대한 수학 이론에 대해 당혹스러워하고 있던 크리스토퍼보다 말이다. 자신은 크리스토퍼뿐만 아니라 다른 동생들도 싫었다. 목사의 아내가 된 여동생 에피도 당혹스러워했다⋯ 바로 그거다! ⋯ 그 성가신 여자분, 성인 같은 아버지의 둘째 부인은 티전스가에 당혹스러워하는 성격을 가져온 것이다…. 이 청년은 성인 같은 면모가 있는 크리스토퍼의 자식이다. 크리스토퍼는 토요일 오후를 제외한 모든 시간에 적분학에 대한 논문을 쓰는, 고액의 성직록을 받는 지방 부감독이 되었어야 했다. 성인 같다고 명성이 자자한 그런 사람 말이다. 하지만 그렇게 되지 않았다. 크리스토퍼는 고결한 자들이 혐오하는 고가구 판매상에 지나지 않는다… 신의 섭리는 참으로 이해할 수 없는 방식으로 작동한다. 청년이 말했다.

"나무가… 그 큰 나무가… 창문을 가립니다…"

마크는 속으로 "아하!"라고 외쳤다. 그로비 저택의 그 커다란 나무는 티전스가의 상징이다. 그로비 저택의 50킬로미터 주변에 사는 사람들은 그 커다란 나무 옆에서 결혼 서약을 했다. 다른 라이딩[117] 사람들은 그로비 저택의 나무와 우물은 높이와 깊이가 똑같다고 말한다. 상상에 취해 있을 때 클리블랜드 사람들은 그로비 저택에 있는 그 커다란 나무는 높이가 365피트이고 그로비 우물의 깊이는 365피트가 틀림없다고 단언했다(누가 이를 부인한다면 아마 때려 눕혔을 것이다). 하루에 1피트씩… 특별한 날에 (어떤 날인지 기억나지 않았) 그들은 나뭇가지에 천 조각과 물건을 매달게 해달라고 부탁하기도 했다. 크리스토퍼는 잔 다르크가 동레미[118]에 있는 다른 마을 소녀들과 함께 천 조각과 장신구들을 요정에게 바치려고

---

[117] 요크셔(Yorkshire)는 세 개의 라이딩(Riding)으로 구성되어 있는데, 그것은 바로 이스트 라이딩, 웨스트 라이딩, 노스 라이딩이다. 여기서 다른 라이딩이란 이스트 라이딩과 웨스트 라이딩을 지칭한다.

[118] Domrèmy: 프랑스 동북부, 낭시(Nancy)의 서남쪽에 있는 마을로 잔 다르크의 출생지다.

삼나무 가지에 달았다는 이유로 고소당했다고 말했다. 가시나무였는지도 모른다. 크리스토퍼는 그 나무를 아주 소중하게 생각했다. 크리스토퍼는 낭만적인 바보로, 그로비 저택에 있는 그 어떤 것보다도 그 나무를 더 소중히 여겼을 것이다. 크리스토퍼는 집이 나무에 방해가 된다고 생각했다면 집을 부쉈을 것이다.

어린 청년은 우는 듯한 목소리로, 진짜 거의 우는 소리로 말했다.

"이탈리아 속담에… 나무 가지가 자신의 집 지붕 너머까지 뻗어 나게 하는 사람은 매일 의사를 불러야 한다는 말이 있대요… 저도 그 말에 동의합니다… 물론 원칙상으로요…"

바로 그거다! 실비아는 그로비 저택의 그 커다란 나무를 자르겠다고 협박하고 있는 것이다. 단지 협박하기 위해 그런 요청을 하는 것이다. 하지만 그것만으로도 불쌍한 크리스토퍼는 괴로워할 것이다. 누구도 그로비 저택의 그 커다란 나무를 자를 순 없다. 하지만 그 나무가 무정한 사람들 손에 놓여 있다고 생각하는 것만으로도 크리스토퍼는 수년 동안을 거의 미치게 될 수 있을 것이다.

청년이 더듬거리며 말했다. "드 브레이 페이프 부인은 나무에 대해 몹시 신경 쓰고 있습니다… 저도 원칙상으로는 동의합니다… 어머니는 큰아버지께서도… 최근에는, 사실상 집을 세놓기 어렵다는 것을 아셨으면 하고 계십니다. 만일… 그래서 어머니는 드 브레이 페이프 부인이… 그런데 그 나무를 반드시 베어내겠다고는 했지만 그럴 용기는 없습니다…"

그는 계속 더듬거리며 말했다. 그러고 나서 흠칫 놀라더니 얼굴을 붉히며 말을 멈췄다. 여자 목소리가 들려왔다.

"티젼스씨… 마크… 안녕하세요… 이랴!"

흰 바지, 흰 코트, 챙이 넓은 흰 중절모를 착용한, 온통 흰옷을 입은 자그마한 체구의 여자가 이마에 하얀 별 모양의 반점이 있는 큰 암갈색 말에서 미끄러지듯 내렸다. 암갈색 말은 콧구멍이 크고 똑똑해 보였다. 그 여자는 청년에게 손을 흔들어 인사하고는 말의 콧구멍을 어루만졌다. 분명 그 여자는 청년에게 손을 흔들었을 것이다… 왜냐면 그의 관심을 끌기 위해 "안녕하세요, 이랴!"라고 소리칠 만한 여자를 자신은 알 리가 없기 때문이다.

피틀워스 경은 정사각형의 모자를 쓰고 관 같은 머리를 한, 회색에 검은 얼룩이 박힌 커다란 말 위에 앉아있었다. 짧게 깎은 콧수염을 한 그는 삿갓조개처럼 말위에 꼭 붙어 앉아있었다. 그는 승마용 채찍을 자신 쪽을 향해 흔들었다 (우리는 정말 오랜 친구였다). 그러곤 자신의 등자 옆에 있는 거닝에게 말했다. 머리가 관 모양인 말은 앞으로 움직이더니 30센티미터 정도 앞다리를 들어 올렸다. 거칠고 금속음 같은 소리에 말이 불안해하였던 것이다. 청년은 점점 더 얼굴을 붉혔다. 청년의 감정이 점점 고조되자, 그 끔찍했던 날의 크리스토퍼 모습 같았다… 마리 레오니의 방에 들어와서는 겨드랑이에 모형 가구를 낀 채, 자신의 침대 발밑에서 휘둥그레진 눈으로 응시하던 크리스토퍼의 모습 말이다.

마크는 속으로 고통스럽게 맹세했다. 다시는 그날을 떠올리고 싶지 않았던 것이다. 하지만 지금 이 청년과 크램프의 아이들이 나팔수 형에게서 얻은 그 빌어먹을 나팔이 그날의 기억을 지긋지긋하게 상기시켰다. 그 소리는 계속 이어졌다. 간격을 두고 말이다. 한 아이가 나팔을 불면, 다음엔 다른 아이가 나팔을 불었다. 그리고 나선 크램프의 첫째 아들이 나팔을 잡고 불었다… 다, 디…다-다-디…다… 일과 종료 나팔 소리. 그 지긋지긋한 일과 종료 나팔 소리… 그날 자신이 예상했듯 어떤 술에 취한 얼간이가 창 밑에서 장송 나팔을 불어, 상당히 예민했던 크리스토퍼는 난처한 상황에 처하게 되었다…그 작별의 나팔 연주가 계속되는 동안 그렇게 될 것이라고 예측했다. 그래서 자신은 그날을 상기시키는 그 나팔 소리가 싫었다. 자신이 생각한 것 이상으로 그 소리가 싫었다. 혼잣말이라도 자신이 신성 모독적인 말을 하리라곤 상상하지 못했다. 자신이 몹시 동요된 것이 틀림없었다. 그 끔찍한 소리에 지독히 동요되었다. 그것은 재앙처럼 그날 찾아왔다. 그날 자신은 마리 레오니의 방 구석구석을 살펴보았다. 시스티나 성모[119]가 새겨진 커다란 판화 아래에 있는 대리석 벽난로 선반 위에는 마리 레오니가 자신을 위해 만든 빵죽 같은 것을 따뜻하게 유지하기 위해 사용하던 그릇이 있었다. 아마도 그게 자신이 혼자서 먹을 수 있었던 마지막 음식이었을 것이다…

---

[119] Sistine Madonna: 독일의 드레스덴(Dresden) 박물관에 있는 라파엘이 만든 성모상.

5

하지만 아니다… 그건 그 끔찍스러운 날, 열두 시, 아니 그보다 조금 이르거나 늦은 때였던 게 분명하다. 어쨌든 그 이후에 먹은 음식이 기억나지 않는다. 하지만 아주 오랫동안 몹시 짜증이 났던 기억은 난다. 치욕을 느낀 적이 있었다면 바로 그때 자신이 느낀 것이 치욕이었을 것이다. 크리스토퍼가 자멸할 의도로 한 말을 듣고는 거칠게 숨을 들이켰던 기억이 난다… 올스톤마크 경이 하위치[120]에서 출발하기로 된 수송대 파견을 중단시켜 달라고 요청하기 위해 자신에게 전화를 건 새벽 네 시 이전의 일이었다… 새벽 네 시에. 멍청한 작자들 같으니라고. 자신의 대행이 축하파티에 가느라고 사라진 터라, 무슨 일이 있어도 수송대 파견을 막으려던 올스톤마크 경은 하위치에서 사용하는 암호가 무엇인지 알고 싶어 했다. 그는 독일로 진격하지 않을 거라고 했다… 그 이후로 자신은 말을 한 적이 없다!

동생은 파멸했고 이 나라도 끝장났다. 자신은 흔히 하는 말마따

---

[120] Harwich: 영국, 잉글랜드 남동부, 에식스 주 북동부의 항만도시로 해군기지가 있다.

나 이제 영락의 신세가 되었다. 그리고 깊은 치욕에 빠져 들었다. 그래 치욕이다! 1918년 11월 아침 자신은 크리스토퍼에게 다시는 이야기하지 않겠다고 말했다. 그 순간 다시는 크리스토퍼에게 이야기를 하지 않겠다고 한 뜻은 아니었다. 단지 그로비 문제에 대해 다시는 이야기하지 않겠다고 했던 것이다! 크리스토퍼는 회색의 그 거대한 귀찮은 저택과 나무, 그리고 우물과 광야, 그리고 존 필의 장비를 모두 가질 수도 있다. 아니면 다 버려둘 수도 있다. 어쨌든 그 문제에 대해 절대로 더 이상 이야기하지 않을 것이다.

크리스토퍼가 자신의 말을 그의 가정에 자신이 더 이상 후원을 (이건 자신의 생각이지만) 하지 않을 거란 의미로 받아들였을 수도 있을 거라고 생각한 기억이 난다. 하지만 그건 자신의 생각과는 아주 거리가 멀었다. 자신은 발렌타인 워놉에 대해서 마음 한 구석에 따스한 마음을 갖고 있었다. 육군성 대기실에서 발렌타인 옆에 앉아 우산 손잡이를 이빨로 씹으면서 바보처럼 앉아 있었던 이후부터, 그런 마음을 갖고 있었다. 하지만 그때 그녀에게 크리스토퍼의 정부가 되어 달라고 부탁했다. 동생에게 양고기도 먹게 해주고 동생의 옷 단추도 달아달라고 했다. 그래서 1년 정도 뒤 동생이 그 젊은 여자와 같이 살 것이며, 그 어떤 결과도 감당하겠다고 선언했을 때, 그 두 사람을 다시는 만나지 않겠다는 생각을 전혀 하지 않았던 것이다.

크리스토퍼가 오해를 할 수도 있다는 생각이 들자 너무 걱정스러워 크리스토퍼에게 짤막한 쪽지를 하나 썼다(그 때가 자신이 펜을 든 마지막 때였다). 형제가 밀어주는 것이 여자에게는 별 도움이 되지 않지만, 자신은 그로비의 티전스이므로 도움이 될 수 있을 거라고 했다. 게다가 레이디 티전스, 즉 마리 레오니도 발렌타인이나 크리스토퍼와 같이 있는 것을 전혀 개의치 않으니, 소작인들에게 좋은 인상을 심어줄 거라고 했다.

하여튼 자신은 자신이 한 말을 번복하지 않았다!

하지만 크리스토퍼가 오해할 수 있다는 생각이 일단 들자, 당시 자신이 느끼던 치욕감과 피곤함이 더해져서, 그 생각은 점점 더 커져갔다. 자신이 맡은 직책과 조국, 세상, 세상 사람들이 너무나도 피곤해졌다… 사람들이… 사람들이 피곤해졌다! 거리도, 풀도, 하늘도, 황야도 피곤해졌다. 자신은 해야 할 일을 다 했다. 그건 올스톤마크가 자신에게 전화하기 전이었다. 당시 자신은 세상과 관련된 자신의 일을 적절히 잘해 나가고 있다고 생각하고 있었다.

사람은 국가와 자신의 가족에 대한 의무를 다해야 한다… 우선 자기 가족에 대한 의무가 먼저다. 하지만 자신은 특히 크리스토퍼를 시작으로, 자기 가족의 기대를 심하게 저버렸다. 주로 크리스토퍼의 기대를 저버렸다. 그리고 그 일은 소작인 문제에 영향을 미쳤다.

자신은 늘 소작인 문제와 그로비 저택 건으로 피곤했다. 자신은 천성적으로 그런 문제들에 대해 피곤해했다. 그런 일은 종종 있었다. 특히 오래된 대단한 가문에서 그런 일은 있는 법이다. 그로비와 그로비 저택에 관련된 일로 자신이 피곤해하는 건 기이하다. 자신은 타고난 고집이 있는 것 같다는 생각이 들었다. 모든 티전스가 사람들은 타고난 고집이 있다. 그것은 거친 기후에, 고립된 황야에서 거친 이웃사람들과 살아서 그런 것일 것이다. 아니면 그로비의 거대한 나무가 집에 그림자를 드리워서인지도 모르겠다. 그 거대하고 울퉁불퉁한 나무 때문에 공부방 창문에서는 밖을 전혀 볼 수 없었다. 그리고 아이들 방이 있는 저택의 익면은 나뭇가지로 가려져 어두웠다. 검었다… 장례식 깃털 장식처럼 말이다.[121] 합스부르크가[122] 사람들은 궁을 싫어했다고 한다. 그래서 쥬안 오르트를 시작으로 많은 합스부르크 왕가 사람들이 뜻밖의 재난을 겪은 게 틀림없다. 어쨌든 그들은 왕가 노릇을 그만두었다.

어린 시절부터 자신은 시골 신사 노릇은 하지 않겠다고 마음먹었다. 자신은 그 고집불통의, 거렁뱅이 같은 사람들과 바람이 휩쓰는 광야, 그리고 곡저(谷底)에 대해 신경 쓸 사람이 아니라고 생각했다. 이런 곳에 있으면 여기 사람들에 대해 의무감을 가져야 한다. 물론 그들과 같은 마을에서 살 필요도 없고 그들이 침실을 제대로 환기했는지 살펴보아야 하는 것은 아니다. 그러는 것은 대부분 허세를 부리느라 그러는 것이다. 곡물조례법[123]이 시행된 이래로 그렇게 하는 것은 더더욱 허세를 부리기 위한 것이다. 하지만 몇 세대 동안 수입금을 받아온 땅 주인은 자신의 영지에 대해 뭔가 빚을 지고 있다. 그것은 분명하다.

자신은 천성적으로 그런 일이 피곤했기 때문에 그럴 마음이 전혀 없었다. 자신은 경마를 좋아했기 때문에 경마를 좋아하는 사람에게

---

[121] funeral plumes: 장례식 행렬 때 마차나 말에 단 깃털 장식.
[122] Hapsburgs: 13세기 이래 신성 로마 황제 위(位)를 세습하여 오스트리아·스페인 등의 국왕을 낸 독일의 왕가.
[123] Corn Laws: 1815년 영국에서 시행되다가 1846년에 폐지된 법으로 수입 곡물에 높은 관세를 매겨 국내 곡물값을 올리는 데 이용되었다.

경마에 관해 이야기하는 것을 좋아했다. 그래서 죽을 때까지 그렇게 살기로 마음먹었다.

하지만 이제는 그렇게 할 수가 없다.

원래 자신은 눈을 감을 때까지 사무실과 자기 방, 그리고 마리 레오니의 집을 오가며, 주말은 경주마를 소유한 좋은 가문의 집에서 보낼 작정이었다. 물론 그로비의 티전스가 사람들도 결국에는 세상을 떠나게 될 것이다! 그래서 부친이 돌아가시면 상속권이 있는 형제 중에서 영지를 잘 운영할 수 있는 형제에게 영지를 양도할 생각이었다. 그렇게 하는 게 자신에게는 아주 만족스러울 것 같았다. 바로 아래동생 테드는 머리가 제대로 박혀있어서, 자식만 있다면 요구 조건을 모두 충족했을 것이다. 그다음 동생도 마찬가지였다… 하지만 두 동생 다 자식이 없었고, 게다가 두 동생 모두 갈리폴리에서 전사했다. 바로 아래 동생인 메리도 (수염도 약간 난, 몸집이 크고 너저분한 여장부 같았다) 적십자사에서 일하다 죽었다. 살아 있었다면 여동생도 그로비를 잘 운영했을 것이다.

자신은 크리스토퍼로 문제로 커다란 실망을 겪었다… 크리스토퍼도 그로비를 잘 운영했을 것이다. 하지만 그는 하지 않으려 했다. 그로비 땅을 한 평도 가지려 하지 않았고, 그로비에서 나오는 돈은 한 푼도 건드리려 하지 않았다. 그것 때문에 크리스토퍼는 지금 고통을 겪고 있는 중이다.

사실상 우리 둘 모두 지금 고통을 겪고 있는 중이다. 자신도 크리스토퍼와 그로비 영지가 어떻게 될지 알 수 없었기 때문이다.

부친이 돌아가실 때까지 크리스토퍼에 대해 별 신경을 쓰지 않았다. 크리스토퍼는 자신보다 14살이나 어렸기 때문이었다. 형제는 모두 합쳐 10명이었는데, 친모가 낳은 아이들 셋은 어렸을 때 죽었고, 한 아이는 좀 모자랐다. 그로비를 영원히 떠났을 때 (우산을 들고 잠깐 들러, 크리스토퍼가 공부방 문 앞을 어슬렁거리거나, 그의 모친 거실에 있는 것을 보았을 때를 제외하고는, 그로비에 오지 않았다) 크리스토퍼는 아기였기 때문에 자신은 크리스토퍼에 대해 아는 게 거의 없었다.

크리스토퍼의 결혼식 때 크리스토퍼를 다시는 보지 않겠다고 단단히 마음먹었다. 창녀 같은 여자에게 속아 결혼한 얼간이라고 생각해서였다. 잘못되기를 바라진 않았지만 동생 생각만 하면 역겨웠다. 그리고 그 후 몇 년 동안 크리스토퍼에 대한 아주 안 좋은 소문을 들었다. 그런 소문이 오히려 자신에게는 어느 정도 위안이 되었다. 티전스 가문에 대해, 특히 그 성녀 같은 계모가 낳은 아이들에 대해 거의 신경 쓰지 않았지만, 자신의 동생이 얼간이보다는 나쁜 놈이라는 게 더 낫다고 생각했기 때문이었다.

떠돌아다니는 소문을 듣고 크리스토퍼가 아주 나쁜 사람이라고 점차 생각하게 되었다. 자신은 크리스토퍼가 그렇게 된 이유를 쉽게 설명할 수 있을 것 같았다. 크리스토퍼는 원래 무른 구석이 있었는데, 그런 무른 구석이 있는 남자를 타락시키기 위해 여자들이 하는 일은 믿기 힘들 정도니 말이다. 그리고 크리스토퍼가 손에 넣은 여자, 아니 크리스토퍼를 손에 넣은 여자도 믿기 힘든 여자였다. 자신은 여자들을 대수롭지 않게 생각해왔다. 단지 조금 통통하고 건강하고, 남자에게 충실하며, 눈에 띄지 않을 정도로 옷을 입는 여자면

족했다… 하지만 실비아는 꼬챙이처럼 말랐고, 못된 암말처럼 사악했다. 게다가 바람기도 많았고 파리의 창녀처럼 옷을 입었다. 크리스토퍼는 그 창녀 같은 여자를 그 못된 유대인이나 진보주의 각료의 아내들과 어울리게 하기 위해, 1년에 거금 6천에서 7천 파운드의 비용을 들였을 것이다. 수입이라고 하기엔 기껏해야… 하여튼 그 돈은 장자가 아닌 사람에게는 많은 돈이었을 것이다. 그래서 크리스토퍼는 그 돈을 구하기 위해 자연히 잘못된 짓을 할 수밖에 없었을 거라고 생각했다.

　자신에게는 그건 별로 중요한 것 같지 않았다. 자신은 1년에 두 번 정도만 동생 생각을 했다. 그런데 두 동생이 죽은 뒤, 어느 날 부친이 그로비에서 자신을 찾아 클럽으로 왔다.

　"네 두 남동생이 죽어서 크리스토퍼가 이제 실질적인 그로비 상속자가 되었단 생각을 해 보았니? 넌 합법적인 자식이 없지?" 이때 자신은 사생아도 없으며 결혼도 하지 않을 거라고 대답했다.

　당시 자신은 마리 레오니 리오토와, 혹은 그 누구와도 절대로 결혼하지 않을 거라고 생각했다. 그래서 크리스토퍼나 크리스토퍼의 상속자가 그로비를 물려받아야하는 상황이 되었던 것이다. 하지만 그때까지도 자신은 그런 생각을 하지 못했다. 하지만 일단 그런 생각이 들자, 자신이 세운 일생의 계획이 모두 엉망이 될 거라는 사실을 즉각 깨달았다. 자신이 보기에 당시의 크리스토퍼는 그로비를 책임질 수 있는 사람이 전혀 아니었다. 그로비를 책임진다는 것은 사람들의 신앙심까지도 어느 정도 살펴보아야 하기 때문이었다. 게다가 자기 자신도 별반 나을 게 없었고, 영지와 관련된 일을 전혀 하지 않고 있었다. 아버지의 집사는 아주 유능한 사람이었지만, 당시 자신은 전쟁에 깊이 관여하고 있었기 때문에 영지에 대해 배울 시간이 거의 없었다.

자신의 일생의 계획에 차질이 생긴 것이다. 그것은 아주 충격적인 일이었다. 자신은 늘 자신의 삶의 주인이라고 생각해 왔다. 자신은 야망도 적고, 습관적으로 살아왔으며, 어느 정도의 재산도 갖고 있어서, 자신의 의지대로 상황이 따라주지 않는다 해도, 삶의 노예가 되진 않을 거라고 생각했다.

티전스가의 장남이 아닌 자식이 법을 어기는 대담한 사람(어쨌든 크리스토퍼는 구속을 몹시 싫어하는 게 틀림없었다)이라는 사실과 그로비의 상속자가 혐오스러운 실수를 저질러 동등한 사회적 지위를 가진 사람들 사이에서 평판이 아주 나쁜 어리석은 인간이라는 사실은 별개의 것이다. 장남이 아닌 자식이 사회적 지위를 가질 수 있다면 말이다! … 어쨌든 부친과 장남인 자신이 갖고 있는 사회적 지위와 동등한 사회적 지위를 가진 사람 사이에서 크리스토퍼에 대한 평판은 그랬다. 크리스토퍼는 아주 헐값에 자기 처를 처의 친척인 어느 공작에게 팔아넘겼지만, 팔아넘긴 후에도 돈 한 푼 없었다고 한다. 그래서 동생은 다른 돈 많은 남자, 가령 은행장 같은 사람에게 자기 처를 또 팔았지만, 그 후에도 부도수표를 발행하는 처지가 되었다고 한다. 악마에게 영혼을 팔 거라면 최소한 괜찮은 가격에 팔았어야 했는데 말이다. 그 천한 여자가 속한 부류의 사람들도 이와 비슷한 거래를 한다고 한다. 하지만 러글스에 따르면 정부 각료에게 자기 처를 파는 자들 대부분은 재정과 관련된 정보를 얻어

내어, 이를 통해 수백만 파운드를 챙기거나, 귀족의 작위를 얻어낸다고 한다. 하지만 크리스토퍼는 너무나도 한심한 바보라 그중 아무것도 얻어내지 못했다고 했다. 동생이 발행한 수표는 몇 푼이 모자라 부도가 났으며, 부친의 가장 오래된 친구의 딸을 유혹해 임신시킨 후, 이를 모든 사람에게 알리는 그런 바보 같은 일을 저질렀다고 했다…

자신은 이 모든 정보를 러글즈에게서 얻었다. 하지만 이 정보를 듣고 부친이 돌아가셨기 때문에 그 책임은 전적으로 자신에게 있었다. 그게 전부 다. 하지만 설상가상으로 이 때문에 크리스토퍼가 자신의 돈이나 아버지 돈을 한 푼도 받지 않겠다고 완강하게 버티고 있다. 크리스토퍼는 아주 완강했다. 거기에 대해 크리스토퍼를 비난할 수는 없었다. 그렇게 황소고집을 피우는 게 티전스가의 특징이니 말이다.

크리스토퍼가 그로비를 상속받지 않고 또한 그로비에서 나오는 모든 수입금을 받지 않겠다고 한 것은 그의 분노와 그가 유약한 그의 모친에게서 물려받은 성스러움을 보여주는 것이라는 생각에서 벗어날 수가 없었다. 크리스토퍼는 받기로 되어 있는 엄청난 재산을 포기하고 싶어 했다. 부친과 형이 자신을 마리 레오니의 말마따나 "뚜쟁이"라고 믿었다는 사실에 모욕감을 느껴서 그렇다며 이를 구실로 삼았던 것이다. 크리스토퍼는 이 세상에서 벗어나고 싶어 했다. 바로 그거였다. 동생은 이 혐오스러울 정도로 비효율적이고 비열한 세상에서 벗어나고 싶었던 것이다. 크리스토퍼 생각보다 더 융화되지 않고 부정직한 이 세상에서 자신이 벗어나고 싶었던 것처럼 말이다.

어쨌든 부친이 돌아가신 뒤 그로비의 상속권에 관해 이야기를 꺼내자마자, 크리스토퍼는 내게 돈과 그로비 소유권을 다 가지고 꺼지라고 소리쳤다. 동생은 아버지와 나를 용서하지 않겠다고 했다. 그리고 발렌타인 워놉이 간곡히 청해서 내 손을 잡았을 뿐이라고 했다…

그 날은 생에 있어서 가장 끔찍한 순간이었다. 당시 나라는 결딴 날 것 같았고, 동생은 굶어죽기로 작정을 했으며, 그로비는 동생 뜻에 따라 그 암캐 같은 여자 수중에 놓이게 되었으니 말이다… 나라는 점점 더 사단이 나고 있었고 동생은 점점 더 굶주리고… 그리고 그로비는…

그로비를 실질적으로 소유하고 있는 이 어린 청년은 흰 승마복을 입고 "이랴!"라고 소리친 여자의 목소리를 듣고 나무딸기의 새 가지를 지나, 울타리에 몸을 기대었다. 그 여자는 머리를 숙인 말을 뒤로하고, 웃으면서 마크를 향해 몸을 숙였다. 피틀워스는 온화하게 그들에게 미소 지으면서 거닝과 이야기를 계속 나누고 있었다…

어린 청년의 얼굴을 붉히게 만든 목소리의 주인공은 청년에 비해 너무 나이가 들었다. 실비아는 크리스토퍼에 비해 나이가 너무 많았다. 실비아는 어린아이에 불과했던 크리스토퍼를 불시에 덮쳤던 것이다… 그게 세상이 돌아가는 방식이다.

그럼에도 불구하고 이 유예기간이 고맙게 느껴졌다. 자신이 예전처럼 젊지 않다는 것을 인정해야 한다. 세상사에 간섭하지는 않겠지만 세상사를 파악하려면 생각해야 할 것이 많다. 대부분 도덕적 경구로 이어지는 대화를 들어야 했던 건 피곤한 일이었다. 너무나도 짧은 시간에 너무나도 많은 이야기를 들었다. 설령 이야기를 할 수 있다 해도 하지 않았을 것이다. 자신이 말하지 않았기 때문에 전생에 자신이 맹트농 부인이었다고 주장하는 여자와 청년은 정신적으로 숨 돌릴 시간적 여유도 주지 않고, 깊이 생각해 보아야 할 도덕적인 이야기를 자신에게 퍼부었던 것이다.

미국인 여자는 자신과 같은 사람들을 타락하고 유약한 귀족계급이라고 불렀다. 미국인 여자가 말하는 유약한 귀족계급은 타락하지는 않았을지 모르겠지만 지주로서는 확실히 유약하다. 나와 크리스토퍼 말이다. 그런 계급은 그 끔찍하고 골치 아픈 일을 생각하는 것을 몹시 싫어한다. 그들은 지위에 따르는 의무를 이행하기 거부하면서, 동시에 그 직위에 따른 이득도 거부한다. 어린 시절 이후로 나, 자신은 그로비에서 나오는 돈을 한 푼이라도 받은 기억이 없다. 자신은 그 지위를 받지 않으려 했고, 대신 다른 지위를 받아들였다… 여기는 자신의 마지막 포스트[124]다… 할 수 있다면 자신은 이 무시무시한 농담에 미소를 지었을 것이다.

크리스토퍼에 대해선 그리 확신하지 못했다. 그 바보 같은 녀석

---

[124] post: 포스트에는 '지위', '주둔지'라는 의미가 있다. 따라서 '라스트(마지막) 포스트'는 '일과 종료 나팔 소리' 혹은 '장례식의 나팔 취주', '장송나팔 소리'라는 의미뿐만 아니라, 마지막 지위 혹은 마지막 주둔지라는 의미가 된다. 마크는 현재 자신이 있는 여기가 자신의 '주둔지'이며, 자신이 맡은 마지막 지위는 바로 여기에서의 '지위'라고 생각하고 있다. 또한 자신은 이제 죽음을 맞이할 것이기 때문에 죽음을 연상시키는 '라스트 포스트'란 말이 그의 상황을 적절히 표현하고 있다는 생각에 속으로 쓴 웃음을 짓고 있는 것이다.

은 지독한 감상주의자다. 아마도 크리스토퍼는 위대한 영주가 되고 싶었고, 문에 대해 몹시 광적이었던 피틀워스처럼 영지로 들어가는 문을 세우고 싶어 했을지도 모른다. 심지어 크리스토퍼는 지금 승마용 채찍 손잡이로 자신의 장화 윗부분을 치면서, 문에 대해 장황하게 거닝과 이야기하고 있는지도 모른다. 문을 유지하고, 소작인들의 땅에서 많은 밀이 생산되게 하고, 1년 내내 많은 양을 키울 수 있도록 하려면, 어떻게 해야 하는지 말하면서 말이다… 1에이커로 1년 내내 얼마나 많은 양의 먹이를 공급할 수 있을지, 그리고 1에이커에서 얼마나 많은 밀을 생산할 수 있을 지에 대해 말하고 있을 것이다. 마크 자신은 그런 것에 대해 전혀 몰랐다. 크리스토퍼는 수천 에이커의 그로비 땅 중에서 각각의 에이커에서 나오는 밀의 양이 얼마나 차이가 있는지 알고 있었다… 그렇다. 아기의 얼굴을 바라보는 어머니처럼 크리스토퍼는 그로비를 세세히 살펴 왔던 것이다.

따라서 영지를 떠맡지 않겠다고 하는 것은 영혼의 고행을 향한 갈망에서 비롯된 것일 수 있다. 캠피언 장군은 크리스토퍼가 예수처럼 살기 원한다고 확신한다며 몸을 떨었다. 보통 사람들에게 그것은 끔찍하게 보일 것이다. 하지만 그러는 것이 그 자체로는 끔찍한 일이라고 생각하지 않는다… 하지만 예수는 자신이 해야 할 일이라면, 그로비 운영을 거부하지 않았을 거라고 생각한다. 예수는 일종의 영국인으로, 영국인들은 대체로 자신이 해야 할 일을 거부하지 않기 때문이다… 영국인들은 자신이 해야 할 일을 거부하지 않았다. 하지만 요즈음은 그렇게 한다. 그건 러시아인들이 사용하는 수법과 같다. 러시아의 대 귀족들은, 심지어 혁명 전에도, 자신의 영지를 해체하고, 농노를 해방시켰으며, 고행자가 입는 거친 모직(毛織) 셔츠[125]를 입고, 길가에 앉아 구걸했다고 한다… 혹은 그와 비슷하게 했다고 들었다. 영국이 변하고 있다는 징후를 크리스토퍼가 보여 주고 있는 것 같았다. 하지만 자신은 그렇지 않다. 자신은 단지 게으르고 단호할 뿐이다. 그리고 이제 그것과는 끝났다.

처음에 크리스토퍼가, 고집스러운 요크셔 사람들처럼, 그로비와 아무런 관계도 맺지 않고, 나, 마크의 돈도 받지 않겠다고 했을 때 그의 말을 믿을 수 없었다. 하지만 그 말을 듣자마자 동생에 대해 감탄하는 마음이 생겼다. 크리스토퍼는 아버지의 돈을 받지 않겠다고 했다. 또 아버지와 자신을 절대 용서하지 않겠다고 했다. 냉정하지만 진짜 요크셔 사람다운 생각이었다. 그 말을 할 때 크리스토퍼의 눈은 자연 동그래졌지만, 다른 감정은 전혀 드러내지 않았다.

그럼에도 자신은 크리스토퍼에게 뭔가 꿍꿍이속이 있을 거라고 생각했다. 자신을 굴복시키려고 크리스토퍼가 그렇게 말한 것일 수도 있다고 생각했다… 하지만 그로비를 크리스토퍼에게 넘겨주겠다는 것 이상으로 자신이 굴복할 수 있는 것이 어떻게 있겠는가? 동생이 프랑스에 가 있는 동안 자신이 그렇게 하기로 마음먹은 것을 감추고 있었다는 것은 사실이다. 결국 총알받이가 될지도 모를 사람에게 이 거대한 자산을 책임지도록 하는 것은 합리적이지 못할 것이기 때문이었다. 크리스토퍼가 떠날 것이란 사실에 몹시 유감스러워하면서도 만족스러웠다. 크리스토퍼가 그렇게 하는 것이 진정

---

[125] hair shirt: 고행자가 입는 거친 모직(毛織) 셔츠.

으로 존경스러웠다. 동생이 남들 말과는 달리 아무런 잘못도 저지르지 않았다는 것을 알고는 있었지만, 크리스토퍼의 이러한 결심이 그의 명성의 오점을 없앨 수 있을 거라고 생각했기 때문이었다. 물론 자신의 생각이 틀렸다. 전쟁이 끝난 후, 민간인들은 전선에 있던 모든 군인을 작정하고 좋지 않게 보려고 할 것이다. 그건 자연스러운 일이다. 대부분의 남자는 민간인들이고, 일단 전쟁이 끝나면, 더 이상의 위험은 없을 것이기 때문에, 그들은 자신들이 전선에 가지 않았다는 사실을 통렬하게 한탄하게 될 것이기 때문이다. 이에 그들은 분명 전직 군인들에게 그 분풀이를 하려 할 것이다!

그래서 국가에 대한 봉사를 했단 이유로, 크리스토퍼의 평판은 나아졌다기보다는 오히려 더 나빠졌다. 실비아는 크리스토퍼가 천성적으로 게으르고 흐리터분한 군인이라고 말할지도 모른다. 그건 합당한 말이기도 하다. 평화 시에는 그런 말이 실비아에게 상당한 도움이 되었을 것이다.

여전히 자신은 동생이 만족스러웠다. 그래서 크리스토퍼가 병이 들어 본국으로 돌아와 일링[126] 근처에 있는 병참부에서 근무하게 되었을 때, 그로비를 관리할 수 있도록 동생을 제대시키기 위해 즉시 모종의 일에 착수했다. 그 당시 그로비 저택에는 실비아와 실비아 아들, 그리고 실비아의 모친이 살고 있었다. 실비아나 실비아 가족은 그로비 영지에 대해 전혀 관여하지 않았기 때문에, 그로비 영지는 부친 밑에서 일했던 토지 관리인이 운영해야 했다. 실비아의 모

---

[126] Ealing: 영국 대런던(Greater London) 서부에 위치한 행정구획.

친에게 들은 말에 따르면, 토지 관리인은 그로비 영지를 식료 잡화상들의 농업위원회나 증권업자들 만큼, 아주 잘 관리하고 있다고 한다. 비바람 부는 그 황야에는 간흡충(肝吸虫)이 가득 찬 저수지에서 풀을 먹고 자라는 양들과 헤더이외에는 그 어떤 것도 생존할 가능성이 없지만, 그들은 거기 밀을 뿌려야 한다고 고집을 피웠다고 한다. 하지만 토지 관리인은 그들과 싸웠다고 한다. 최정예 소매상들과 싸우듯이 말이다…

그때, 그러니까 크리스토퍼가 일링에 돌아온 날 자신은 크리스토퍼가 그로비를 얻기 위해서 여전히 버티고 있다고 생각했다. 그러다 결국엔 자신이 잘못 생각하고 있었음을 깨닫게 되었다. 정전협정이 이루어질 시기에, 크리스토퍼에게는 아무 말도 하지 않고 크리스토퍼를 제대시켰다… 그런 다음 자신의 행동이 타는 불에 기름을 부은 격이 되었다는 사실을 깨닫게 되었다.

자신은 실제로 그 불쌍한 동생을 알거지로 만들었다. 앞으로 최소한 1년 이상 군인 급료를 받을 것으로 예상한 크리스토퍼는 그 빌어먹을 미국인과 고가구 사업을 같이 하기 위해 보상금을 저당잡고 돈을 빌렸다. 물론 보상금의 액수는 상당히 줄어들었다. 군 복무한 날짜에 따라 제대한 장교에게 지급되는 보상금 액수가 정해지기 때문이었다. 결국 자신은 크리스토퍼에게서 2, 300파운드의 돈을 빼앗은 셈이 되었다. 그건 크리스토퍼가 잘되기를 바라는 사람 때문에 오히려 크리스토퍼가 더러운 상황에 빠지게 된 격이었다… 정전협정일 바로 전, 제대하기로 되어 있었던 크리스토퍼에겐 땡전한 푼 없었다! 그래서 크리스토퍼는 실비아가 집안에 있는 모든 것을 다 처분했을 때 남겨둔 몇 권의 책마저 팔아야 했던 것이다.

폐렴이 너무나도 악화되어 언제 세상을 하직하게 될지 모를 순간에 기분 좋은 사실을 알게 되었다. 마리 레오니가 크리스토퍼에게 전화를 해 이승에서 형을 만나고 싶으면 당장 형을 보러 오라고 했다는 것이다.

하지만 만나자마자 자신과 동생은 논쟁을 벌였다. 더 정확히 말해 각자 자신의 견해를 밝히기 시작했다. 크리스토퍼는 앞으로 무엇을 하려는지 말했고, 자신은 크리스토퍼가 하려는 일이 끔찍스럽다고 말했다. 자신이 끔찍스럽게 생각한 것은 크리스토퍼가 안락한 삶을 거부하려 한다는 점이었다. 자신은 스스로를 위해 평생 확보해 두는 게 영국인의 의무라고 생각했기 때문이다. 그러니까 합리적인 옷, 매일매일 깨끗한 셔츠 한 벌, 석쇠에 구운 양념하지 않은 양갈비 두 쪽, 바삭한 감자 두 개, 스틸턴 치즈와 속을 뜯어내어 다시 구운 빵 조각을 곁들인 애플파이, 클럽에서 제공하는 메독 와인 1파인트[127], 깨끗한 방, 겨울에 제대로 불이 지펴진 벽난로, 편안한 안락의자, 이 모든 것을 잘 준비해 놓고 침대에서는 따뜻하게 해주고, 아침에는 중절모를 빗질해주고, 우산도 접어주는 그런 편안한 여자를 확보해 두는 것 말이다. 그런 것들을 평생 확보해둔다면, 그것을 위협하는 것 이외에는 어떤 것이라도 마음대로 할 수 있다고 생각했다. 여기에 무슨 이견이 있을 수 있겠는가?

크리스토퍼는 그런 식으론 살지 않겠다는 말 이외에는 그 어떤

---

[127] pint: 0.568리터에 해당하는 부피.

말도 하지 않았다. 그는 자신의 재능을 이용하여 내가 말한 것들을 확보하지 않는 한, 그런 식으로 살지 않을 거라고 했다. 동생은 자신의 유일한, 동시에 시장성 있는 재능은 진짜 고가구를 알아보는 것이기 때문에, 고가구로 생계를 꾸릴 작정이라고 했다. 그리고 그 계획을 상당히 진척시켰다고 했다. 심지어 자신이 발견한 고가구를 사도록 미국인 구매자를 설득할 재능이 있는 미국인 동업자를 이미 확보했다고 했다. 당시는 전쟁 중이었지만 크리스토퍼는 자신과 자신의 동업자는 앞으로 미국이 세계의 금을 모두 싹쓸이하여 유럽인의 집에는 고가구가 남지 않게 될 거라고 생각한다고 했다… 그래서 자신은 고가구로 생계를 꾸릴 수 있을 거라고 했다.

크리스토퍼는 자신은 다른 직업은 가질 수 없다고 했다. 그가 전에 일한 통계청은 그를 확실하게 냉대한다고 했다. 그들은 자신을 완강히 거부했을 뿐만 아니라, 군에 복무했던 민간인 공무원에 대해 적대적이기까지 하다고 했다. 그들은 군복무를 선호한 직원들은 나태하고 방종하며, 여자에 대한 욕정을 충족하기 위해 무기를 들었다고 생각한다고 했다. 여자들은 민간인보다는 자연히 군인을 선호했기 때문에 그랬다는 것이다. 이제 민간인들이 군인들에게 앙갚음하고 있는 것이다. 그건 자연스러운 일이다.

자신도 그건 자연스럽다는데 동의했다. 군복무를 하는 동생에 관심을 갖기 전에는 대부분의 군인이 수송 문제에서 무능하며, 대체로 골칫거리라고 생각했기 때문이었다. 그리고 크리스토퍼가 원래 부서로 돌아갈 수 없을 거라고 생각했다. 그 부서에서 크리스토퍼는 소위 찍힌 인물이었기 때문이다. 장기간의 노출로 크리스토퍼의 폐가 지금 상당히 손상되었다는 사실을 구실로 그들은 크리스토퍼의 복귀를 법적으로 거부할 수 있지만, 크리스토퍼는 원래 부서로 돌아갈 권리를 고집할 수 있을 것이다. 영국의 공무원 조직과 부서는 일하기에 영원히 부적합하게 된 사람을 다시 채용하지 않을 권리를 갖고 있다. 눈을 하나 잃은 사람은 결국 다른 한쪽도 잃게 되어, 평생 연금을 주어야 할 가능성이 있기 때문에 부서에서는 그런 사람의 복귀를 거부할 수 있다. 설령 크리스토퍼가 반대를 무릅쓰고 원래의 부서로 다시 복귀하더라도 그들은 크리스토퍼에 대해 나쁘게 말할 것이다. 전시 중 더 많은 병력을 요구한 프랑스를 속이려고 영국 국방부에서는 통계청에 통계를 조작해 달라고 요청했다. 이에 통계청은 크리스토퍼를 통계 조작에 참여시키려 했지만 동생은 그들에게 너무나도 무례하게 대했기 때문이다.

자신도 동생의 이런 관점에 전적으로 공감했다. 마리 레오니와 오래 교제를 해왔고, 마리의 사고방식을 존경하게 된 자신은 마리의 말을 통해 프랑스 소시민들의 견해와 그들의 삶에 대해 친숙하게 알게 되자 (게다가 자신의 조국의 앞날에 대한 절망감이 여기에 더해져서) 영국해협 건너편에 있는 나라 사람들[128]의 미덕과 그들의 앞으로의 운명에 대해 상당한 신뢰감을 갖게 되었기 때문이었다. 따라서 동생이 영국의 연합국을 속이는 일에 투입된 조직에서 급료를 받는다는 사실이 몹시 혐오스러웠다. 그리고 그런 일을 지시한 정부에서 자신도 급료를 받는다는 사실이 몹시 혐오스러웠다. 따라

---

[128] 프랑스를 지칭.

서 그 당시 계속되고 있던 전쟁을 성공적으로 수행하기 위해선 자신의 도움이 필수불가결하다고 생각하지 않았다면 자신의 직위에서 아주 감사한 마음으로 물러났을 것이다. 정말 그만두고 싶었다. 하지만 당시엔 그럴 기회가 없었다. 당시 전쟁은 성공적으로 끝나가고 있던 것이 분명하였기 때문이다. 당시 통수(統帥)권을 갖고 있던 프랑스의 뛰어난 전략 덕분에 적국들은 매일매일 그들의 광활한 영토를 포기할 수밖에 없었다. 하지만 그것은 수송부에 대한 요구를 증가시켰다. 당시 자신이 생각한 것처럼, 적국의 수도를 성공적으로, 또한 효율적으로 점령하기 위해선 수송물자에 대한 요구가 엄청날 수밖에 없었기 때문이었다.

하지만 동생이 다시 통계청에 복귀해야 한다고 주장하는 것은 아니다. 자신이 보기에 공인의 삶은 (오랜 기간 그렇겠지만) 여태까지 영국 정치에 절대 관여하지 않았던 그 수상쩍은 재벌가 계층과 친밀하게 지내면서, 솔직하지 않는 외교 정책을 구사하는 정부 각료들에 의해 부도덕하게 되었다. 공인의 삶이 너무나도 수치스러운 것이 되었기 때문에 진정한 통치 계층은 물러나는 것이 유일한 해결책이 되었다. 간단히 말해 상황이 더 나아지기 위해서는 더 나빠져야 한다. 본국은 몰락하고 스코틀랜드 잡화상과 프랑크푸르트 자본가들, 웨일스인 궤변가, 잉글랜드 중부지방의 무기 제조업자들과, 전쟁 후반기 동안 계략을 꾸며 공직에 오른 남쪽 지방 출신의 무능한 자들의 지휘 하에 외국에서 불신을 얻고 있는 이런 끔찍한 상황에서, 영국은 그 끔찍스러운 상황을 직시하며 영국 북쪽 지방이 갖고 있는 상식과 영국 고유의 정직이라는 오래된 규범으로 돌아가야 한다.

자신이 속한 오래된 지배 계층은 다시 권력을 잡을 수 없을 것이다. 어떤 혁명이 일어난다 할지라도(자신은 거기에 대해 개의치 않았을 것이다!) 또 누가 지배 계층이 되더라도 그 지배 계층에게 겉으로나마 개인적으로는 정직하고 공적으로는 약속을 존중해줄 것을 요구해야 한다. 지금 자신은 국가를 운영하는 일에서 분명 벗어나 있다. 그게 아니라도 전쟁이 끝나면 벗어나게 될 것이다. 침대에 누워있으면서도 자신의 부서에 관한 일을 지시했지만 말이다… 교전상태에서는 온갖 불안을 일으키는 사람이 두각을 나타내는 법이다. 하지만 그건 피할 수 없으며, 어쩔 수도 없다. 하지만 정상적인 시기에, 국가는, 모든 국가는 스스로에게 진실해야 한다.

그럼에도 동생이 그동안 이런 일에 관여하지 않아 몹시 만족스러웠다. 동생이 양 갈비와 1파인트의 클라레, 자기 여자와 우산만 확보할 수 있다면 어디에 틀어박혀 살던 중요치 않다. 하지만 동생은 어떻게 그것들을 확보할 수 있겠는가? 거기엔 여러 방법이 있을 것이다.

예를 들어 자신은 크리스토퍼가 상당한 수준의 수학자이며, 또한 성직자의 자질을 갖고 있다는 사실을 알고 있다. 동생은 성직자가 되어 자신이 증여할 수 있는 세 개의 성직록 중 하나를 얻을 수도 있을 것이다. 그리고 관할 교구의 일을 수행하면서 수학자가 해야 할 일을 할 수도 있을 것이다.

크리스토퍼는 그런 삶을 선호한다고 말하면서도 (자신이 보기에 그런 삶은 동생의 금욕주의와 전반적으로 동생의 무른 성품, 그리고 동생의 개인적 취향과 아주 잘 맞았다), 타인의 영혼을 구원하는 일을 하기에는 극복할 수 없는 장애물이 있음을 인정했다. 이 말에 즉각 크리스토퍼에게 워놉과 사실상 같이 살고 있는지 물었다. 하지만 크리스토퍼는 두 번째로 전선으로 간 시점부터 지금까지 단 한 번도 워놉을 보지 않았다고 대답했다. 그러면서 자신들은 은밀한 관계를 시작할 수 있는 그런 사람들이 아니라는 데 동의했기 때문에, 그 일은 더 진척이 되지 않았다고 했다.

하지만 크리스토퍼 같은 사고방식을 지닌 사람은 젊은 여자를 유혹하지 않더라도, 그 여자와 불법적인 관계를 맺고 싶은 생각이 든다면, 다른 사람의 영혼을 치유하는 일을 해서는 안 된다고 느낄 수도 있을 거라는 생각이 들었다. 그래서 동생이 극복할 수 없는 장애물이 있다고 한 것이 동생 나름대로 정당화될 수 있겠다는 생각이 들었다. 자신도 동생의 생각에 동의하는지는 모르겠다. 하지만 교회에 관련된 문제에 있어서 한 개인이 양심상 어떻게 생각하는지에 대해 개입해서는 안 된다. 어쨌든 자기 자신은 훌륭한 기독교인이 아니다. 남녀관계에 있어서 말이다. 그럼에도 불구하고 진정한 영국의 교회는 성공회라고 생각했다. 크리스토퍼가 교황주의자였다면 그 젊은 여자를 자신의 집에 들였을 터이고 아무도 거기에 대해 신경 쓰지 않았을 것이다.

도대체 동생은 앞으로 무엇을 하려는 것일까? 통계청은 크리스토퍼에게 일종의 선물로, 그리고 입 다물고 가만히 있으라는 의미로, 툴롱[129] 혹은 레그혼[130], 혹은 그와 비슷한 지중해 항구에 있는 통계

---

[129] Toulon: 프랑스 남부 지중해에 면한 항구.

청 지국의 부영사직을 제안했다. 그것은 아주 잘 된 일이었다. 그로비의 상속자인 티전스가 생계를 꾸릴 걱정을 한다는 것은 생각만 해도 황당한 일이기 때문이다. 그건 참으로 황당한 일일 것이다. 하지만 크리스토퍼가 황당한 마음을 갖고 있다면 그걸 막을 방법은 없다. 부영사직은 일종의 거저먹는 일이다. 배의 화물 목록을 점검하고 선원들을 교도소에서 빼내오며, 나이 든 여자 관광객들에게 영국인이나 영국인 혼혈아가 운영하는 숙소의 주소를 제공하고, 방문 중인 영국 함대의 해군 중장에게 기함에서 베풀 여흥에 초대하여야 할 지역 거주민의 이름을 제공하는 그런 일만 하면 되니 말이다. 그것은 거저먹는 일이다. 당분간 시간 때우는 일로 볼 수 있다 해도 그리 나쁘지 않은 일이다… 그때 자신은 크리스토퍼가 그로비와 그로비의 소작인들, 그리고 그로비의 채굴권을 차지하기 전에, 자신이 굴복하기를 기다리며 버티고 있다고 생각했다… 하지만 부영사직을 맡는데도 극복할 수 없는 장애물이 있었다. 우선 그 일은 공직으로 자신도 동생이 공직을 맡는 것에 대해선 아주 반대했다. 그 일은 일종의 뇌물로 동생에게 제시된 것이었다. 게다가 영사직이나 부영사직을 맡으려면 400파운드의 예치금을 내야 하는데 크리스토퍼는 400실링도 없었다… 게다가 자신도 알고 있었듯이, 워놉이 장애물이 될 수도 있었다. 영국 부영사는 몰타 여자나 레반트 여자를 숨겨 놓고 같이 살아도 아무 해를 입지 않는다. 하지만 가문 있고 사회적 지위가 있는 젊은 영국 여자와 같이 살면 추문이 일어나 결

---

[130] Leghorn: 이탈리아 북서부의 항구 도시.

국 그 직위를 잃게 될 수도 있다.

바로 이때, 자신은 다시 한번, 또한 마지막으로 크리스토퍼에게 왜 실비아와 이혼하지 않느냐고 물었다.

당시 마리 레오니는 쉬러 자기 방으로 들어갔다. 마리는 몹시 지쳤다. 나, 마크의 병이 오래된데다 심각했기 때문이었다. 마리는 나를 정성껏 간호했다. 그녀는 나의 회복을 빌기 위해 성당에 가거나 내가 먹을 고기 수프용으로 산 고기의 질을 따지기 위해 정육점 주인에게 항의하려고 길을 한두 번 건너는 것 말고는 온종일 밖에 나가지 않았다. 게다가 오랫동안 마리는 사무실에서 나에게 보낸 서류를 내 지시에 따라 밤늦게까지 처리했다. 마리는 자기 남자를 야간 간호인에게 맡길 수 없었다. 아니 맡기려 하지 않았다. 마리는 전쟁 때문에 환자를 돌볼 간호인이 하나도 남지 않았다고 말했지만, 그녀가 간호인을 구하려 하지 않는다는 사실을 알고 있었다. 그 이유는 마리가 프랑스인처럼 바람을 두려워해서였다. 마리는 비록 절망적인 마음에서 한 것이기는 했지만, 신선한 바람이 환자의 방에 들어가야 한다는 영국 의사들의 견해를 받아들였다. 하지만 마리는 매일 밤 덮개가 달린 의자에 앉아 바람의 변화를 주시하면서 바람 방향에 따라 환자인 나와 열린 창문 사이에 자신이 설치해 놓은 칸막이 위치를 조정했다. 하지만 마리는 크리스토퍼에게는 아무 말도 하지 않고 나를 맡기고 자기 방으로 자러 조용히 들어갔다. 갖가지 주제에 대해 동생과 이야기를 나눈 뒤, 동생이 사적인 것이라고 생각하는 주제를 놓고 대화를 나누기 위해 마리에게 자리를 비켜 달라고 요청하지도 않았지만 말이다. 자신은 크리스토퍼에게 실비아에 대한 자신의 생각과 동생 부부의 기이한 관계에 대해 말했다.

결국 우리의 대화는 나는 크리스토퍼가 이혼하기를 바라고 있고, 크리스토퍼는 남자는 아내에게 이혼을 요구하면 안 된다는 자신의 견해를 바꾸지 않은 것으로 끝이 났다. 나는 크리스토퍼가 발렌타인과 같이 살 생각이라면, 이혼 후 발렌타인과 결혼을 하든, 아니면 그 전에 결혼을 하든 별로 중요하지 않다고 했다. 어떤 여자와 같이 살 생각이 있다면 그 여자의 명예를 지켜주기 위해 하나의 상징적인 행위로서 남자는 싸워야 한다고 말했다. 결혼이란 성사(聖事)[131]로 간주되어야겠지만, 그렇게 받아들이지 않는다면, 한 쌍의 남녀가 서로에게 충실하겠다는 서약에 불과하기 때문에, 요즈음 사람들은, 제대로 된 사람들도, 그런 것에 대해 크게 신경 쓰지 않는다고 했다. 끊임없이 배우자를 바꾸는 것은 사회적으로 골치 아픈 현상이라고 했다. 너무 자주 바뀌어 부부를 함께 티파티에 초대했는지조차 알 수 없게 되었다고 했다. 사회란 사회적 기능을 위해 존재하기 때문에 여러 사람과 어울리는 건 좋지 않다고 했다. 그리고 사회가 제대로 기능하기 위해선 동일한 수의 남자와 여자가 있어야 한다고 했다. 그렇지 않으면 누군가는 대화에서 소외될 것이라고 했다. 그래서 우리는 누가 누구와 같이 지내고 있는지 알아야 한다고 했다. 사회적 의미에서 말이다. 육군성에 있는 루퍼스 경의 모든 자식들은 사실상 전 수상의 자식들이라는 사실을 모두 알고 있다고 했다. 백작부인과 수상은 대부분의 시간을 같이 보내며 잠도 잤을 것이다.

---

[131] sacrament: 세례·견진·성체·고백·병자·신품·혼인의 일곱 가지를 지칭.

하지만 그렇다고 수상과 그 백작부인을 공식적 행사에 같이 초대할 수는 없다고 했다. 그들이 같이 산다는 겉으로 드러난 증표가 없기 때문이라고 했다. 반면에 루퍼스 경과 레이디 루퍼스는 신문에 나올 모든 행사에 같이 초대할 수 있다고 했다. 하지만 수상도 오게 될 주말에 열리는 개인적인 파티나 친한 사람끼리 모이는 저녁식사 모임엔 레이디 루퍼스도 초대해야 한다고 했다.

나는 결혼문제에 관련해서라면 전 세계 결혼한 사람들의 90퍼센트가 다른 사람의 결혼이 사실상 유효하지 않다고 생각한다는 사실을 크리스토퍼도 알아야 한다고 했다. 가톨릭신자들은 호적 담당관이나 프랑스 시장 앞에서 한 결혼이 영적으로 유효하지 않으며, 그건 기껏해야 한 사람에게만 충실하겠다는 열망을 보여주는 것일 뿐이라고 생각한다고 했다. 우리가 공무원을 찾아가는 것은 자신의 여자와 자신은 서로에게 충실할 거라는 사실을 보여주기 위해서라고 했다. 마찬가지로 극단적인 개신교인들은 가톨릭 신부나 다른 종파의 목사가 주선한 결혼은 자신이 믿는 신의 축복을 받지 않는다고 생각한다고 했다. 그렇기 때문에 한 쌍의 남녀는 서로에게, 가능하면 영원히, 충실할 것이라고 친구들에게 실질적으로 확인시켜만 주면 되는 것이라고 했다. 그렇지 않더라도, 최소한 그런 시도를 잘한 것이라고 보여주면 족한 것이라고 했다. 그러면서 크리스토퍼에게 내 친구들의 의견을 한번 들어보라고 했다. 그러면 그들도 내 생각에 동의한다는 사실을 알게 될 것이라고 했다.

그래서 크리스토퍼가 워놉과 같이 살 의향이 있다면 최소한 이혼은 시도해야 한다고 했다. 성공적으로 이혼할 수도 있다고 하면서 그랬다. 크리스토퍼는 충분히 이혼을 요구할 근거가 있지만, 실비아가 반대 진술을 할 수도 있기 때문에 성공할 확률이 얼마나 될지는 모르겠다고 했다. 그러면서 나는 아무런 잘못도 저지르지 않았다는 동생의 말을 믿지만, 실비아는 워낙 영악한 여자라 재판관이 어떻게 생각할지 모르겠다고 했다. 이렇게 연기가 많이 나는데 이혼을 거부할 수 있는 충분한 불[132]이 있을지 모르겠다고 했다. 분명히 혐오스러운 소동이 벌어질 것이라고 했다. 하지만 실비아가 크리스토퍼에게 씌우려는 은근한 오명보다는 혐오스러운 소동이 더 낫다고 했다. 크리스토퍼가 소동을 감수하고 이혼을 시도했다는 사실 자체가 워놉에게는 일종의 찬사처럼 느껴질 수 있을 거라고 했다. 세상 사람들은 궁극적으로 선량하기 때문에, 처벌을 감수하면서도 이런 일을 하는 사람들은 용서받아야 한다고 생각하는 경향이 있다고 했다. 물론 거기에 대해 반대하는 사람들도 있을 거라고 했다. 하지만 크리스토퍼와 워놉이 필요한 것은, 합리적인 정도의 물질적인 안락과 일주일에 한 번 정도 그들을 저녁식사에 초대하거나, 한 시즌에 주말이나 한 달 정도 그들과 같이 보낼 괜찮은 사람들이라고 했다.

    크리스토퍼가 내 견해에 아주 우호적으로 귀를 기울여 그로비 문제에 있어 내 생각을 관철시킬 수도 있겠구나 하는 생각을 하기 시작했다. 그래서 이야기를 더 진척시켜, 크리스토퍼가 그로비에 정착해, 상당한 수입금을 받고 영지를 돌본다면, 크리스토퍼와 발렌타인에게 사회적으로 좋은 여건을 마련해주겠다고 했다.

---

[132] 이유, 근거가 되는 정황의 의미.

하지만 크리스토퍼는 아무런 대답도 하지 않고 단지 이렇게 말했다. 자신이 실비아와 이혼하려 한다면 자신이 생각하는 고가구 사업은 분명 망하게 될 거라고 했다. 자신의 미국인 동업자 말에 따르면 미국에서는 여자가 남자에게 이혼을 요구하지, 여자에게 남자가 이혼을 요구하면, 아무도 그 남자와 거래를 하지 않는다고 했다. 그러면서 블럼이라는 아주 돈 많은 증권업자의 사례를 이야기했다. 블럼은 친구들의 조언을 듣지 않고 아내에게 이혼을 요구했다고 한다. 그런데 증권 시장으로 돌아왔더니 그의 모든 고객이 그를 냉대하여 결국 파산했다고 한다. 이런 사람들이[133] 곧 세상에 있는 모든 것을 싹쓸이 할 것이기 때문에, 크리스토퍼는 그들의 편견도 연구할 필요가 있다고 생각한다고 했다. 크리스토퍼는 자신의 동업자를 아주 기이하게 만나게 되었다고 했다. 독일계 유대인으로 미국으로 귀화한 부친을 가진 그의 동업자는 베를린에서 독일의 고가구를 싹쓸이하여 미국 내륙에서 파는 사업을 했는데, 날로 번창 했다고 한다. 그런데 미국이 이 전쟁에서 독일 편을 들지 않자, 독일은 동생의 동업자인 샤츠바일러를 독일군대에 편입시켜, 미국이 이 쇼[134]에 참여하기 한 달 전, 일반 병사로 그를 전선에 보냈다고 한다. 크리스토퍼는 자신이 맡은 포로 중, 독일어를 한마디도 못하는, 눈이 크고 키가 작은 예민한 성격의 그를 발견했는데, 다른 포로들과 함께 프랑스 성을 지날 때 그는 성안에 있는 가구와 벽걸이 양탄자를 보고

---

[133] 미국인들을 지칭.
[134] 1차 세계 대전을 지칭.

열광했다고 했다. 크리스토퍼는 그와 가까이 지내면서, 자연히 그를 싫어하는 다른 포로들과 그를 가능한 한 격리시키곤, 그와 많은 대화를 나누었다고 했다.

샤츠바일러는 고가구를 구매하는 데 있어서, 고가구를 사들이는 백만장자인 존 로버트슨 경과 아주 많은 거래를 한 것 같다고 했다. 그러면서 동생은 로버트슨 경은 실비아와 가까운 사이로, 가구를 보는 자신의 안목을 상당히 높이 평가해서, 몇 년 전 자신에게 동업을 제안한 적이 있었다고 했다. 당시 동생은 통계청에서 일하고 있었기 때문에 존 경의 제안을 자신이 앞으로 하게 될 일과는 너무나도 멀다고 생각했다고 했다. 하지만 그의 제안은 상당히 재미있었고 인상적이었다고 했다. 즉 고가구로 상당한 재산을 모은, 감정에 치우치지 않는 냉정한 스코틀랜드 노신사가 오래된 나무와 가구 곡선에 대해 자신이 상당한 안목을 갖고 있다는 이유로, 자신에게 진지하게 사업제안을 했다면, 자신도 자신의 재능을 진지하게 생각해 볼 수 있는 것 아니겠냐고 했다.

그 비참한 포로들을 호송하는 일을 맡게 되었을 때 크리스토퍼는 앞으로 어떻게 생계를 꾸려야 할지 생각해 보아야 한다는 사실을 깨달았다고 했다. 그리고 과거 자신이 일하던 부서에 지금 있는 그 형편없는 애송이들 사이에서 다시 일하지 못하게 될 것이란 사실은 분명해 보였고, 게다가 나이도 많아 군대에 계속 남아있을 수도 없으며, 또한 그로비에서 나오는 돈은 한 푼도 받지 않을 작정이었기 때문에 특히 그랬다고 했다. 동생은 자신이 어떻게 되던 상관치 않았지만 상관치 않는다고 해서 자신이 비극적이거나 낭만적이지도 않다고 했다. 언덕 중턱에 오두막을 짓고 문밖에 벽돌을 쌓아 요리도 할 마음의 준비도 되어 있었지만, 그것은 전혀 실현 가능하지 않을 거라고 했다. 그렇게 하는 데도 돈이 필요하기 때문이라고 했다. 전선에서 복무한 군인들은 살아가는데, 그것도 만족스럽게 살아가는데, 많은 것이 필요하지 않다는 사실을 잘 알고 있지만, 세상이 다시 정착이 될 때, 검소한 것이 얼마나 좋은지 알게 된 노병에게 살기 적합한 곳으로 바뀌지는 않을 것이라고 했다. 그와는 반대로 노병은 자신을 혐오하는 민간인들에게 몹시 괴롭힘을 당하게 될 것이며, 그래서 깨끗하게 자신을 유지하고, 빚도 지지 않고 사는 게 쉬운 일이 아니게 될 거라는 것도 알고 있다고 했다.

보초병이 달빛 아래 철조망 방책 주위를 돌아다니며 이따금씩 수하를 하는 동안, 텐트 안에서 긴 밤샘을 하던 동생은 과거에 존 경이 자신에게 한 제안이 새삼 강하게 와 닿았다고 했다. 그리고 샤츠바일러를 만난 이후 그 제안은 더욱 힘을 얻었다고 했다. 작은 체구의 몸을 잘 떠는 샤츠바일러는 예술가 같은 기질을 갖고 있었는데, 원래 미신적인 성향이 있던 자신은 어울리지 않는 이런 장소에서 그와 같이 있게 되었다는 우연한 사실에 상당히 깊은 인상을 받았다고 했다. 그리고 어느 정도 시간이 지나니 신도 이제는 자신에 대한 벌을 완화해야 하지 않겠는가 하는 생각이 들었다고 했다. 그래서 불운하지만 선택받은 민족[135]으로 동양인의 피가 섞인 이 인상적인 친구가 앞으로는 자신을 잘 봐주겠다는 신의 약속의 표식일 수도

---

[135] 유대인을 지칭.

있지 않은가 하는 생각이 들었다고 했다. 그는 자신이 후원해준 맥마스터를 떠올리게 했다고 했다. 그는 맥마스터처럼 검은 눈과, 몸을 떨며 조바심 내는 듯한 태도를 가졌기 때문이라고 했다.

그가 유대인이면서 동시에 미국인이라는 사실에 크리스토퍼는 개의치 않았다고 했다. 맥마스터가 스코틀랜드 잡화상의 아들이라는 사실에도 개의치 않았던 것처럼 말이다. 자신이 누군가와 동업을 해야 하고, 가까이 거래를 해야 한다면, 상스러운 인간이 아니거나, 자신과 같은 계층이자 자신과 같은 인종만 아니라면 상관하지 않는다고도 했다. 상스러운 영국인이거나 좋은 가문의 영국인과 정신적으로 가까이 지내는 것은 자신에게는 참을 수 없는 일이었을 것이지만 자그마한 체구에, 몸을 떠는 예술적 기질을 지닌 유대인에 대해서는, 과거에 맥마스터에 대해 그랬듯, 진정한 애정을 느낄 수 있다고 하였다. 동물에게 갖는 그런 종류의 애정을 느낄 수 있다고 했다. 그들의 풍습은 자신의 풍습과 다르고, 또한 같을 수도 없으며, 또 그들의 지적 능력이 어떻건 간에, 그들은 한결같이 빈틈없고, 정확한 사고를 한다고 하였다. 게다가 모든 동업자나 피보호자가 그렇듯, 그들이 자신을 속인다 해도, 자신과 같은 인종과 계층 사람에게 사기를 당할 때만큼 수치스러움을 느끼지 않을 거라고 생각했다고 하였다. 전자의 경우에는 예상할 수 있는 일이지만, 후자의 경우에는 우리가 믿어왔던 전통이 무너졌다는 사실을 직면해야 하기 때문이라고 하였다. 전쟁이라는 긴박한 상태에서 자신의 가문과 자신이 속한 인종이 갖고 있던 전통과 정신세계에서 벗어날 수 있었다고 하였다.

그래서 불행하게도 포로들이 수용된 텐트에 있게 된 간청하는 표정과 동양인 특유의 감사하는 태도를 지닌 그 자그마한 체구의 유대인을 받아들였다고 하였다. 동생은 미국 총사령부가 있는 근방에 가게 되었을 때, 총사령부와 교신하여, 그 자그마한 유대인을 풀어주게 했고, 그 유대인은 결국 북아메리카 대륙 어딘가로 안전하게 돌아가게 되었다고 했다.

하지만 그렇게 하기 전, 동생은 존 경과 몇 통의 서신을 교환하였고, 덕분에 미국 원정부대 소속의 몇 몇 사람들로부터 이 자그마한 체구의 사람이 아주 훌륭한 고가구 판매상이라는 사실을 알게 되었다고 하였다. 당시 고가구 사업을 접은 존 경이 보낸 편지는 그리 정중하지 않았는데, 실비아가 그에게 자신의 매력을 발산했다면 예측가능한 일이라고 하였다. 샤츠바일러는 존 경과 상당히 많은 거래를 했고, 존 경도 샤츠바일러에게 자신이 갖고 있는 고가구를 상당수 제공한 것 같았다고 하였다. 따라서 존 경이 고가구 사업을 그만두었기 때문에, 샤츠바일러는 존 경을 대신할 사람을 영국에서 찾아낼 필요가 있었는데, 그건 쉬운 일이 아니었다고 하였다. 독일인들이 그의 돈을 거의 다 빼앗는 바람에 그에겐 남은 돈이 얼마 없었고 (독일인들은 엄청난 양의 고가구를 그에게 팔고 그 대금을 받아 챙긴 다음, 그를 브란덴부르크 특수 부대에 편입시켰기 때문에, 그는 쇠로 만든 정교한 경첩과 자물쇠가 달린 조각된 참나무 궤를 처리할 수가 없었기 때문이라고 했다), 게다가 자신의 구매자가 있던 디트로이트에 오랫동안 가보지 못했기 때문에, 고가구 사업에 상당한 제약을 받게 되었기 때문이라고 했다. 따라서 동생은 이 낙천적이고 매력적인 동양인과 동업을 하기 위해선, 즉시 사용할 수 있는 자금을 대야 했는데, 그건 쉬운 일이 아니었다고 하였다. 하지만 자신의 급료를 저당 잡고 실비아가 남겨 둔 책을 팔아, 바다 건너 어디에선가 샤츠바일러가 사업을 시작할 수 있는 최소한의 돈을 제공할 수 있었다고 했다… 그리고 샤츠바일러와 자신은 샤츠바일러가 미국인들의 취향과 그 시대의 특성을 고려해, 오랫동안 생각해온 방향에 따라, 기발한 계획을 짰다고 했다.

마크는 크리스토퍼의 이야기를 관대한 마음으로, 심지어 기분 좋게 들었다. 티전스가의 사람이 사업 할 생각을 한다면 최소한 활기차게 할 재미있는 사업을 구상할 거라고 생각했기 때문이다. 게다가 크리스토퍼가 계획하고 있는 사업은 최소한 증권 중개업이나 어음 할인을 하는 일보다는 위엄 있는 일이다. 그리고 마크 자신은 동생이 자신과 그로비에 대해 화해를 했다고 확신하였다.

바로 그때였다. 마크가 그로비를 주제로 이야기를 다시 시작하자, 크리스토퍼는 침대 옆 의자에서 일어나 그의 팔목을 차가운 손으로 잡더니 이렇게 말했다.

"형 체온이 다시 정상으로 내려갔네. 샬럿과 결혼해야 할 때라고 생각지 않아? 다시 병이 재발하기 전에 샬럿과 결혼할 작정이었던 걸로 아는데."

자신은 그 말을 거의 완벽할 정도로 다 기억하고 있었다. 게다가 서두르면 그 일을 그날 밤 안에 끝낼 수 있다는 동생의 말도 기억났다. 1918년 11월 11일 그러니까 3주 전 새벽 한 시에 벌어진 일이었다.

자신은 크리스토퍼에게 아주 고맙다고 대답했다. 크리스토퍼는 마리 레오니를 깨워, 마리가 다시 푹 잘 수 있는 시간 내에 돌아오겠다며, 곧장 램버스[136]로 갈 거라고 말하곤 사라졌다. 당시엔 30파운드 정도만 동원하면 별 어려움 없이 언제라도 결혼할 수 있었다. 동생은 자기 부하들을 막판에 결혼시킨 적이 여러번 있었기 때문에 그 방법을 잘 알고 있었던 것이다.

자신은 그 일을 매우 만족스럽게 생각했다. 논쟁할 필요가 없었다. 그로비의 추정 상속인이 이 일을 인가한다면 거기에 대해 더 이상 반대할 수 없기 때문이었다. 동생이 추정 상속인으로서 자신에게 권한 일을 자신이 따르겠다고 한다면, 동생도 그로비를 인수하는 데 동의할 거라고 생각했기 때문이었다.

---

[136] Lambeth: 런던 남부의 자치구.

6

그건 11월 11일보다 3주 전에 일어난 일이었다. 그날이 10월 며칠인지 계산하느라 골머리가 아팠다. 당시 자신은 폐렴 때문에 날짜를 제대로 알 수 없었다. 온몸에 열이 나는 가운데 지루한 나날을 보냈기 때문이었다. 하지만 결혼 날짜는 기억해야 한다. 그날은 아마 1918년 10월 20일이었을 것이다. 10월 20일은 부친의 생신이기도 했다. 이런 사실을 생각했을 때 부친이 이 세상에 온 날, 자신은 세상을 떠날 것이란 사실은 참 기이하다고 생각한 기억이 어렴풋이 났다. 그건 종지부를 찍었다. 실제로 그날 교황주의자들이 그로비에 들어온 것은 종지부를 찍은 것이다. 자신은 크리스토퍼의 아들이 그로비 저택을 갖게 될 것이라는 사실을 받아들였다. 그 아이는 지금 완벽한 교황주의자가 되었다. 그 아인 술을 마시고[137] 성유[138]를 바르고 성병(聖餠)[139]도 먹었다. 실비아는 조카의 임시 세례식 초청장을 일주일 전에 보냈고, 그보다 일주일 전에는 조카의 첫 번째

---

[137] 가톨릭 신자는 영세를 받을 때 포도주를 마시기 때문이다.
[138] 가톨릭에서는 영세를 받을 때 성유를 바른다.
[139] wafered: 가톨릭의 미사에 사용되는 성찬용 빵.

성체 배령(拜領) 초청장을 보내, 조카가 교황주의자가 될 거라는 사실을 각인시키려 했다. 그 당시 자신은 몹시 비통해하지 않아 스스로 놀랐다.

자신은 그러한 사실 때문에 마리 레오니와의 결혼에 응한 것이라고 생각했다. 1년여 전쯤 자신은 마리가 교황주의자이기 때문에 절대 결혼하지 않을 거라고 동생에게 말했다. 하지만 당시 자신은 『신성 모독죄를 기록한 스펠돈의 글』이란 책 (그 책은 가톨릭교회에 소속된 땅을 소유하거나 가톨릭교도를 몰아낸 사람의 가문에 온갖 재앙이 닥칠 거라는 예언을 했다)을 쓴 스펠돈에게 자신이 싸움을 걸고 있었단 사실을 알고 있었다. 샬럿과 절대 결혼하지 않겠다고 크리스토퍼에게 말했을 때 (결혼 전에 그녀의 신분을 감추기 위해 그녀를 샬럿이라고 불렀다) 자신은 스펠돈의 유령(그는 죽은 지 백 년이 넘은 게 틀림없다)에 싸움을 걸고 있다는 사실을 잘 알고 있었다. 스켈돈의 유령에게 굴하지 않고, 기분 좋게, 이렇게 말을 거는 기분이었다.

"이보시오. 당신도 알다시피, 네덜란드 윌리엄[140] 시절 당신 가문이 아니라 티전스가가 이 영지를 가지게 되어 그로비에 재앙이 닥칠 거라고 예언한 모양이지만, 날 위협해서 가톨릭교도 여자와 결혼하게는 못 할 것이오. 더더군다나 가톨릭교도를 그로비의 레이디로

---

[140] Dutch William: 네덜란드인 윌리엄. 영국의 윌리엄(William) 3세(1650~1702). 개신교도인 네덜란드인이지만, 영국의 제임스 2세의 딸인 메리(Mary)의 남편으로 영국의 무혈혁명을 계기로 부인 메리와 함께 영국의 제임스 2세를 몰아내고 영국의 왕이 되었다.

만들지는 못할 것이오."

자신이 결혼한 날에 그로비에 재앙이 닥칠 거라는 생각은 전혀 들지 않았다고 맹세할 수 있다. 하지만 지금은 그런 말을 하지 않을 것이다. 당시 자신은 어떤 느낌이 들었는지 잘 알고 있었다. 자신은 결혼식이 진행되는 동안 1745년[141]에 처형당했던 로밧의 프레이저의 말을 생각하고 있었다. 교수대에 선 그에게 조지 2세에게 복종하겠다고 하면, 그의 사지를 사등분 해 에든버러[142]에 있는 건물 담장 못에 걸어 전시하지는 않겠다고 하자, 프레이저는 "왕이 내 머리를 가져간다면, 내 거시기를 어떻게 하든 난 상관없소…"라고 대답했다고 한다. 그가 말한 거시기는 여자들이 있는 곳에서는 절대 언급할 수 없는 남자의 신체 부위를 의미했다. 그래서 교황주의자가 그로비 저택에 거주하건, 또 그로비의 첫 번째 레이디 티전스가 교황주의자이건 이교도이건, 그건 별로 중요하지 않다고 생각했다.

남자는 힘이 있는 한, 통상적으로 자기 정부와 결혼하지 않는다. 출세를 목표로 한다면, 자신이 결혼한 여자가 자신의 정부였다는 사실이 알려지는 게 방해 요인이 될 수 있고, 좋은 조건의 결혼을 통해 출세하는 데 도움을 받을 수도 있기 때문이다. 설령 출세하기를 바라지 않는다 해도 자신의 정부였던 여자는, 결혼 후 다른 남자와 바람을 필 수 있을 거라는 생각을 할 수도 있을 것이다. 자신과의

---

[141] 1745년에 있었던 제2의 자코바이트(Jacobite) 반란을 말한다. 당시 프랑스에 망명하고 있던 가톨릭교도였던 제임스 2세의 손자가 영국의 왕위를 자신이 이어 받아야 한다고 주장하며 스코틀랜드에 있는 가톨릭교도인 자신의 추종자와 함께 영국으로 쳐들어간 사건을 말한다.
[142] Edinburgh: 스코틀랜드의 수도.

관계가 잘못 되면 다른 곳에 가서 잘못된 관계를 맺을 수 있기 때문이다. 하지만 인생이 사실상 결판난 사람은 그런 것들을 고려할 필요가 없다. 처녀를 유혹하면 지옥에 갈 거란 이야기를 들은 기억이 난다. 조물주와 언젠가는 화해를 하는 것이 좋을 것이다. 신은 성화(聖火)되지 않은 결합은 인정하지 않는다고들 하니 말이다.

게다가 그렇게 하면 마리 레오니가 십중팔구 기뻐할 것이다. 거기에 대해선 한 마디도 하지 않았지만 말이다. 그리고 자신이 그로비의 첫 번째 레이디 티전스가 될 거라고 믿고 있던 실비아의 계획은 무산될 것이다. 그렇게 되면 마리 레오니는 분명 더 안전해질 것이다. 이런저런 식으로 마리에게 그 못된 여자가 바랄 만한 것들을 상당히 많이 주었다. 자신과 크리스토퍼의 삶은 별 가치가 없다. 반면에 일단 시작하게 되면, 대법관 법정에서 벌어질 소송 비용은 상당히 많이 들 수 있다.

자신은 마리 레오니에 대해 심적으로 늘 여린 구석이 있다는 사실을 알고 있었다. 그렇지 않았다면 다른 사람들 앞에서 그녀를 샬럿이라 부르지 않았을 것이다. 자신의 정부와 결혼할 가능성이 있을 경우 정부에게 다른 이름을 지어주는 법이니 말이다. 그렇게 하면 정부와 나중에 결혼하게 되더라도 다른 사람과 결혼하는 것처럼 보이기 때문이다. 마리 레오니 리오토라는 이름은 그냥 샬럿이라는 이름과는 다르게 보일 것이다. 그 이름 때문에 마리는 바깥세상에서 더 잘 살 수 있는 기회를 갖게 될 것이다.

그래서 잘 된 것이다. 세상은 변하고 있다. 자신도 세상과 더불어 변하지 말아야 할 특별한 이유는 없다… 별 볼 일 없는 지역 경마대회에 참석한 뒤, 비에 흠뻑 젖어 돌아오던 날, 자신에게 무엇인가 벌어지고 있다는 사실을 깨달았다. 마리 레오니가 침대에 누운 자신에게 이불을 덮어주었을 때, 별로 중요하지 않은 핸디캡이 붙는 경마에서 우승한 말의 혈통을 기억할 수 없었기 때문이었다. 마리 레오니가 버터를 넣은 럼주를 큰 잔으로 주었기 때문에, 정신이 몽롱했을 수는 있다. 하지만 럼을 마시던 안 마시던 과거에 그런 일은 한 번도 없었다. 그런데 지금은 그 우승마의 이름과 그 경마대회 이름조차 기억나지 않는다…

기억력이 급속하게 쇠퇴한다는 사실을 스스로에게 숨길 수 없었다. 그렇지 않다면 자신이 여느 때처럼 건강하다고 생각했을 것이다. 하지만 그날 이후로 자신의 두뇌는 피곤한 말이 펜스 앞에서 멈추듯 때때로 멈추었다… 피곤한 말처럼 말이다!

11월 11일부터 3주전이 언제인지 계산할 수가 없었다. 머리를 쓸 수 없었기 때문이다. 이 문제에 대해 이야기 하자면 삼 주 동안 순차적으로 일어난 일을 거의 기억할 수 없었다. 밤에 마리 레오니와 교대한 크리스토퍼는 눈을 크게 뜨고, 부드럽고 세심하게 나를 간호해주었다. 어머니를 성인으로 둔 남자만이 지을 수 있는 표정으로 말이다. 그리고 몇 시간이고 내가 좋아하는 보스웰이 쓴 『존슨전』[143]을 읽어주었다.

크리스토퍼의 목소리를 들으며, 만족스럽게 졸다가 다시 만족스

---

[143] 『사무엘 존슨 전』(The Life of Samuel Johnson)은 스코틀랜드 출신의 제임스 보스웰(James Boswell)이 1791년에 18세기 영국의 비평가이자 시인인 사무엘 존슨의 생에 관해 쓴 전기다.

럽게 깨기도 했다. 크리스토퍼는 단조로운 어조로 읽으면, 내가 좀 더 만족스럽게 잠들게 될 거라고 생각했던 것이다.

만족스럽게… 그건 자신이 느낄 수 있던 마지막 만족이었을 것이다. 그 당시에, 그러니까 그 삼 주 동안, 자신은 크리스토퍼가 그로비 문제와 관련해 그렇게 버틸 거라곤 생각지 않았다. 여자처럼 그렇게 부드럽게 간호하는 사람이 사람의 마음을 그토록 아프게 할 수 있다고 믿을 수 있겠는가? 하지만 실제로 그렇게 되었다… 전반적으로 자신의 생각과 놀라울 정도로 같은 동생이, 그리고 그 그로비에 관해 자신보다 열 배는 더 잘 아는 동생이, 아는 게 그렇게 많은 동생이…

자신은 학식을, 특히 차남들의 학식을 경멸하지 않는다. 국가의 일을 담당해야 할 차남들이 교육을 제대로 받지 못하면 이 나라는 엉망이 될 것이다. 이 나라가 사라지고 돈도 다 쓰고 나면, 학식이 가장 훌륭한 자산이라는 오래전부터 내려오던 잉글랜드 북부 지역의 노래 가사가 있다. 자신은 학식을 경멸하지 않는다. 너무도 게을러 학식을 쌓지 못한 것뿐이었다. 약간의 살루스티우스[144]와 약간의 코르넬리우스 네포스[145], 그리고 약간의 호라티우스[146]의 글을 읽었을 뿐이었고, 프랑스 소설을 읽은 덕분에 마리 레오니가 하는 말을 알아들을 정도만 프랑스어를 알았다… 일단 마리 레오니와 결혼을

---

[144] Sallust(Gauis Sallustius Crispus, 86(?)~34(?) B.C.): 로마의 정치가이자 역사가.
[145] Cornelius Nepos: 기원전 1세기 고대 로마의 전기 작가, 웅변가. 대표작으로 『위인전』(De viris illustribus)이 있다.
[146] Horace(65~8 B.C.): 고대 로마의 서정, 풍자 시인.

163

하게 되자, 그녀를 마리 레오니라 불렀다. 이 말을 듣고 마리는 처음에 깜짝 놀랐다!

자신과는 달리 크리스토퍼는 학식이 아주 많았다. 처음에는 차남이었던 아버지도 아주 학식이 많았다. 세상을 떠날 무렵 (스스로 목숨을 끊기에는 나이가 많으셨다) 워놉 교수의 친한 친구셨던 아버지는 영국에서 가장 뛰어난 라틴어 학자였다… 자신이 결혼한 날이 1918년 10월 29일이라면, 당시에 이미 돌아가셨던 아버지는 10월 29일에 태어나셨을 것이다… 그러니까 1834년… 아니다. 그건 가능하지 않다… 아니다. 1844년일 것이다. 자신이 알기에 조부는 워털루 전쟁이 일어나기 전인 1812년에 태어나셨다!

많은 시간이 흘렀다. 많은 변화가 있었다! 하지만 아버지는 교양 없는 분이 아니셨다. 무뚝뚝하고 완고하지만, 조용하신 분이셨다. 그리고 예민하셨다. 아버지는 분명히 크리스토퍼와 크리스토퍼의 모친을 끔찍이 사랑하셨다.

아버지는 키가 몹시 크셨다. 흔들거리는 포플러 나무처럼 몸이 굽으셨다. 아버지는 상대방이 하는 말을 듣지 못할 정도로 아주 먼 곳에 서 있는 것처럼 느껴졌다. 철회색의 머리에 짧게 수염을 깎은 아버지는 늘 얼이 나간 사람처럼 보였다. 손수건을 어디에 넣었는지 잊으셨고, 안경을 이마 위에 쓰고도 어디에 있는지 모르셨다. 차남이셨던 아버지는 조부와 40년 동안 말을 하지 않았다. 할아버지는 부친이 비건…의 셀비라는 분과 결혼한 것을 결코 용서하지 않으셨다… 상대적으로 낮은 계층의 여자와 결혼해서가 아니라, 큰아들과 아버지의 부인이 결혼하기 바라셨기 때문이었다… 우리가 아주 어린 시절 우리 집은 가난했다. 유럽 대륙을 떠돌아다니다가 결국에는 몇 명의 하인을 거느리고 디종[147] 중심부에 있는 커다란 집을 얻어 정착할 때까지 그랬다… 어머니가 1년에 400파운드로 어떻게 생활을 꾸려나가셨는지 상상조차 할 수 없었다. 하지만 어머니는 그렇게 하셨다. 아주 강하신 분이셨다. 하지만 아버지는 프랑스 사람들과 친밀한 관계를 유지하셨고, 워놉 교수와 학회 사람들과 서신을 주고받으셨다. 아버지는 늘 나를 바보라고 생각하셨다… 아버지는 멋지게 장정된 책을 몇 시간이고 앉아 읽으셨다. 디종에 있던 아버지의 서재는 진열실이 되었다.

아버지는 자살하신 것일까? 그렇다면 발렌타인 워놉이 아버지 딸인 게 틀림없다. 그 사실을 부인할 수는 없을 것이다. 그런 사실이 중요해서가 아니다. 그 경우 크리스토퍼는 자신의 이복동생과 살고 있는 셈이 될 것이다… 그것도 그리 중요한 것은 아니다. 자신에게도 그건 중요치 않다… 하지만 부친은 그런 일로 자살하실 분이다.

크리스토퍼는 참 운이 없는 녀석이다! … 전체를 놓고 볼 때, 이런 최악의 상황은 (아버지는 자살하셨고, 크리스토퍼는 누이동생과 명백한 죄를 지으며 살고 있으며, 아들은 자신의 자식이 아닌데다, 그로비는 교황주의자의 손에 넘어갔으니 말이다…) 크리스토퍼 티전스 부류의 사람에게 일어날 수 있는 일이다. 자신처럼 그곳을 벗어나지 않은 모든 티전스가 사람들에게 일어날 수 있는 일이다. 티전스가 사람들은 자신들이 하고 싶은 대로 하는 바람에 현 상황에

---

[147] Dijon: 프랑스 중동부의 도시.

이른 것이다… 그래서 지금 이런 상황에 놓이게 된 것이다. 마지막 상황[148]에 말이다. 그 아이가 크리스토퍼의 자식이 아니라면 그로비는 티젼스가의 손에서 벗어나게 될 것이다. 그러면 더 이상 티젼스 가문은 존속할 수 없게 될 것이고, 스펠돈의 예언은 들어맞게 되는 것이다.

증조부는 1810년 전쟁 때 캐나다에서 인디언에게 머리가죽이 벗겨져 돌아가셨고, 할아버지는 있어서는 안 되는 곳에서 돌아가셨다. 빅토리아 여왕의 궁정에서 상당한 추문을 일으키며 말이다. 부친의 큰 형은 여우 사냥을 하던 중 술에 취해 세상을 떠났고, 부친 자신은 자살하셨다. 크리스토퍼는 남의 사생아를 자신의 지위에 올려놓고 스스로는 알거지가 되었다. 그러니 명목상 또한 혈통상으로 티젼스가 사람이 될 수 있는 남은 사람들은…사촌들밖에는 없게 될 것이다. 아마 그렇게 될 것이다…

하지만 그 때문에 더 나빠지진 않을 것이다… 스펠돈이나 그로비의 거대한 나무가 사람들을 파멸시킨 것인지도 모른다. 그로비의 거대한 나무는 매음굴에서 죽은 증조부의 탄생을 기념하기 위해 심은 것이었다. 그로비에 사는 아이들이나 하인들은 그로비의 이 거대한 나무가 그로비 저택을 좋아하지 않는다고 수근 거렸다. 나무의 뿌리 때문에 저택 기반의 일부가 깨졌고, 두세 번 나무 몸통이 집 앞벽(前壁)까지 뻗어 나와 벽돌로 막아야 했다. 사람들은 집 위에

---

[148] 본문에는 "last post"로 되어 있다. 이는 일과 종료 나팔, 즉 끝을 알리는 나팔 소리이므로, 더 이상 희망이 없는 상태를 의미하기도 해서 문맥상 이렇게 번역했다.

드리워진 나무에 관한 이탈리아 속담을 말하곤 했다. 분명 크리스토퍼도 자기 아들에게 그 이야기를 했을 것이고, 그 아이는 드 브레이페이프 부인에게 말했을 것이다. 그래서 그날 그 속담을 세 번이나 언급한 것일 것이다… 어쨌든 그건 이탈리아 산 나무로 정원을 어떻게 꾸밀지 골몰하던 집 주인이 사르디니아[149]에서 묘목 상태로 가져온 것이었다. 당시 사람들은 나무 심는 문제에 관해 자신의 후계자의 의견을 들었다. 집에서 400미터 정도 이어진 은장(隱墻)[150] 앞에 흰 단풍나무를 심고 그 앞에 너도밤나무들을 심으면, 30년 뒤 무도회장 창문에서 보게 될 그 대조를 이루는 광경은 멋질 것이다. 당시엔 가족과 관련된 일을 할 때면 30년을 내다보고 했다. 그래서 집 주인은 자신은 결코 보지 못하게 될 빛과 어둠이 이룰 대조적인 광경을 보게 될 후계자의 의견을 물었던 것이다.

  요새는 조상 대대로 내려오는 남의 집을 임차하여 거기에 가구를 비치하고 거주하는 사람이 오늘날의 (미국인들의 날이다!) 위생관념에 의거하여, 그 집에 있는 나무를 잘라도 되는지, 그 집의 상속자가 그 집의 소유주에게 묻는다. 왜 그러면 안 되겠는가. 이런 사람들은 필의 황야에서 바라볼 때, 그 나무가 그로비의 거대한 저택 지붕과 어떤 멋진 대조를 이루는지 알지 못할 것이다. 그들은 필의 황야에 대해, 혹은 존 필에 대해, 혹은 회색 코트에 대해 들어본 적도 없을 것이다…

---

[149] Sardinia: 서쪽 지중해에 있는 섬.
[150] haha: 전망을 방해하지 않기 위해 도랑 속에 만든 담.

분명 저 애송이와 드 브레이 페이프 부인이 자신을 찾아온 이유는 바로 그 때문일 것이다. 그들은 그로비의 거대한 나무를 잘라도 되는지 집 주인인 자신의 허락을 받으러 온 것이다. 그런데 그들은 겁을 먹고 달아났다. 어쨌든 그 젊은 애송이는 울타리 너머 흰옷을 입고 있는 여자에게 여전히 진지하게 이야기하고 있다. 드 브레이 페이프 부인이 어디로 갔는지는 알 수 없다. 자신이 아는 한, 그 여자는 감자를 연구하기 위해 감자 밭에 가 있을 수 있다. 하지만 그 여자가 마리 레오니와 맞부딪치지 않았으면 좋겠다. 마리 레오니는 드 브레이 페이프 부인을 간단히 처리하겠지만 그 일로 짜증이 날 테니 말이다.

하지만 그로비의 거대한 나무를 자르는 문제에 대해 겁을 먹고 이야기하지 않은 것은 잘못이다. 자신은 거기에 대해 신경 쓰지 않으니 말이다. 드 브레이 페이프 부인은 자신에게 와 명랑한 어조로 "이봐요, 우린 당신의 그 빌어먹을 오래된 나무를 잘라 집안에 햇빛이 들어오게 할 작정이에요…"라고 말만 하면 되었을 것이다. 그게 미국인들이 기분 좋을 때 하는 어투라면 말이다. 하지만 그게 그들이 기분 좋을 때 하는 어투인지는 알 방법이 없었다. 미국인과 말해 본 적이 없으니 말이다… 아니다, 캐미 피틀워스에게 말한 적이 있었다. 캐미의 남편이 귀족 칭호를 얻기 전, 캐미는 끔찍이도 속어를 많이 썼다. 하지만 당시 피틀워스도 마찬가지로 속어를 많이 사용했었다. 피틀워스는 상원에서 연설하던 중, 대법관의 심기를 불편하게 했던 "짱이야."란 말을 계속 사용하여 연설을 도중에 포기해야 했다고 한다… 자신을 오래된 삼나무에 대해 광분하는 매독에 걸린 무기력한 귀족이라고 생각하지 않았다면 드 브레이 페이프 부인이 무슨 말을 했을지는 알 수 없을 것이다. 미국인 부인은 자신에게 와 쾌활한 어조로 나무를 자르겠다고 말해도 되었을 것이다. 자신은 거기에 대해 전혀 신경 쓰지 않으니 말이다. 그로비의 거대한 나무는 자신을 좋아하는 것 같지 않았다. 그 나무는 그 누구도 좋아하는 것 같지 않았다. 사람들은 그 나무가 따스하고 멋진 사르디니아에서 이 침울한 땅으로 옮긴 티전스 가문을 절대 용서하지 않을 거라고 한다… 바로 그것이 하인들이 어린아이들에게 한 말이었고, 어린아이들은 어두운 복도에서, 서로에게 속삭인 말이었다.

불쌍한 크리스토퍼! 그런 제시를 받으면, 아니 약간의 힌트만 주어도, 그는 미칠 것이다! 불쌍한 크리스토퍼는 바로 이 순간 저 위에 있는 그 빌어먹을 기계[151]를 타고 그로비로부터 돌아오고 있는 중일 것이다… 크리스토퍼가 남쪽 지방에서 오두막집을 구입해야 한다면, 그 빌어먹을 비행장 근처에 있는 오두막집은 사지 않았으면 좋겠다. 그 빌어먹을 미국인들은 그 오래된 쓰레기를 사러 그 빌어먹을 기계를 타고 올 거라는 생각이 들었기 때문이다. 수표를 보내는 데 아주 능숙한 샤츠바일러가 보낸 미국인들은 실제로 비행기를 타고 왔다.

실비아가, 더더군다나 그의 상속자도, 그로비에 새로 가구를 비치하고 싶어 한다는 사실을 알게 되었을 때 크리스토퍼는 놀라서 펄쩍 뛰었다. 실제로 크리스토퍼는 하얀 대리석 덩어리처럼 조용히

---

[151] 비행기를 지칭.

앉아 있었다. 실비아가 보낸 첫 번째 편지를 읽다가 크리스토퍼는 이렇게 물었다. "그렇게 하도록 내버려두진 않을 거지?" 자신은 창백한 얼굴에 눈이 휘둥그레진 크리스토퍼가 얼마나 고통스러워하는지 알았다… 그의 콧구멍 주위가 아주 하얗게 변했다. 그건 징조였다![152]

그것은 크리스토퍼가 일찍이 한 유일한 호소였다. 정전협정 일에 돈을 빌려달라고 한 것이 호소가 아니라면 말이다. 하지만 그렇다고 해서 자신이 득점한 거라고는 생각하지 않았다. 자신들이 하고 있는 이 게임에선 그 누구도 아직 득점하지 못했다. 아마 자신들 중 그 누구도 득점하진 못할 것이다. 자신들에 대해 아무리 비판한다 해도 자신들은 강인한 북쪽 지방 출신이니 말이다.

크리스토퍼가 그저께 "그로비를 세놓도록 내버려 두지 않을 거지."라고 말했다고 해서 자신이 득점한 것은 아니었다. 크리스토퍼는 고뇌에 찼지만 자신에게 그로비를 세놓지 말아달라고 요청하진 않았다. 크리스토퍼는 단지 자신이 그 오래된 저택을 어느 정도까지 타락시킬 것인가에 대해 알고 싶어 했던 것뿐이었다. 자신은 손가락 하나 까닥하지 않을 것이기 때문에, 그로비 저택이 철거되고, 거기에 대신 테라코타로 만든 호텔이 들어 설 수도 있다는 점과, 반면 크리스토퍼가 손가락 하나만 까닥해도 식료품 저장실 마당에 있는 자갈 사이의 난 풀 한포기도 파헤칠 수 없게 될 것이란 점을 크리스

---

[152] 콧구멍 주위가 창백해지면 크리스토퍼는 기절을 하곤 했다. 즉 기절할지 모른다는 징조란 의미.

토퍼에게 분명하게 알려 주었다. 하지만 게임의 규칙에 따라 그 누구도 명령을 내리진 못한다. 자신은 크리스토퍼에게 "그로비는 네 거다!"라고 말하고 크리스토퍼는 "그로비는 형 거야!"라고 말하고 있기 때문이다. 아주 유쾌하면서도 냉정하게 말이다. 그래서 그로비는 몰락하게 되거나 실비아에 의해 매음굴이 될 것이다… 참 웃기는 상황이다! 아주 웃기면서도, 암울한 요크셔식 우스갯 상황이다!

둘 중 누가 더 고통을 받고 있는지는 알 수 없다. 그로비가 고통을 받기 때문에 크리스토퍼도 몹시 가슴 아플 것이다. 하지만 크리스토퍼가 그로비를 인수받지 않으려 하기 때문에 자신의 가슴도 몹시 아프다는 건 사실이 아닌가? … 그러니 누가 더 고통스러운지는 알 수 없을 것이다.

그렇다. 자신은 정전협정일 아침 몹시 가슴이 아팠다. 크리스토퍼가 삼주 동안이나 매일 밤마다 보스웰이 쓴 책을 큰 소리로 읽은 뒤… 그게 바로 게임을 하고 있었던 것일까? 형인 나를 용서하지 못해, 크리스토퍼는 게임을 하고 있었던가? … 분명 크리스토퍼는 게임을 하고 있었다. 형제가 자신을 모욕적인 방식으로 실망시켰다면 형제를 용서하지 않을 것이다… 아내가 부도덕하게 얻은 돈으로 동생이 먹고 산다고 형이 믿는다면, 그리고 그렇게 믿고 있다고 형이 동생에게 알린다면, 그건 동생을 아주 모욕적인 방식으로 실망시키는 것일 것이다… 그런데 자신은 크리스토퍼에게 바로 그렇게 했다. 그건 용서할 수 없는 일이다. 마찬가지로 공격 규정에서 벗어난 방식으로 자신도 동생에게 상처를 입히면 안 된다. 자신은 동생의 가장 가까운 우군이다. 공격 규정에 따라 공격하지 않아도 될 상황인 경우에 말이다. 자신도 동생을 연약한 벌레처럼 간호할 것이다. 공격 규정에 위반되지 않는 선에서 말이다.

마크의 건강을 위해 크리스토퍼가 할 수 있는 최상의 방법은 분명 그로비를 인수 관리 하는 것이다. 하지만 그렇게 하기 전, 마크가 죽을 수도 있고, 크리스토퍼 자신도 죽을 수 있다. 이건 상당히 잔인한 일이다… 두 형제는 보스웰을 두고 놀라운 정도로 가까운 사이가 되었다. 그리고 둘 사이에 놀라울 정도로 비슷한 점이 있다는 것도 알게 되었다. 둘 중 하나가 베네트 랭턴[153]에 대한 견해를 말하면, 그건 다른 사람이 말하려고 했던 견해와 정확히 일치했다. 그건 바보 같은 요새 작자들이 텔레파시라고 부르는 것이었다… 늦은 밤, 갓을 씌운 램프 불빛 아래, 포탄이 터지기를 기다리며 깊은 침묵을 지키는 가운데, 런던 어느 방에서 들리는 크리스토퍼의 목소리에 따스하고 편안한 느낌이 들었다… 크리스토퍼가 자신은 18세기적인 사람이라고 먼저 이야기를 하는 바람에, 마크는 자신은 그보다 더 오래된, 그러니까, 겨드랑이에 그리스 성경을 끼고 숲을 어슬렁거리는 17세기적인 사람이라고 말하려다가 그만두었다…

빌어먹을, 아직도 자신에게는 여지가 있다! 땅은 변하지 않았다… 경지(耕地) 옆에는 깊은 숲을 이룰 정도로 너도밤나무가 많았고, 쟁기가 다가올 때 하늘로 천천히 날아오르는 띠 까마귀들도 있었다. 땅은 변하지 않았다… 혈통도 변하지 않았다… 크리스토퍼도

---

[153] Bennet Langton(1736~1801): 18세기 영국작가로 18세기 비평가이자 시인인 새무엘 존슨과 가까운 사이로 제임스 보스웰이 쓴 『존슨 전』에 자주 등장한다.

남아 있다… 시대는… 그것은 변했다. 띠 까마귀와 경지, 너도밤나무와 크리스토퍼는 여전히 거기 있다… 태양은 떠서 경작지 위를 지나가 울타리 너머로 질 것이다. 그러면 농부는 집으로 돌아가 긴 의자에 앉아 쉴 것이다. 달도 그럴 것이다. 하지만 태양과 달은 하늘을 여행하는 동안, 크리스토퍼와 꼭 닮은 자신은 보지 못할 것이다. 절대 보지 못할 것이다. 차라리 마스토돈을 보는 것을 기대해야 할 것이다… 자신은 구식사람이니 말이다. 그건 괜찮다. 이스가리옷 유다[154]도 구식사람이었으니 말이다!

그러한 친근감이 생기도록 하면서도 용서하지 않겠다는 마음을 갖는 건 크리스토퍼에게는 게임을 하지 않는 것과 거의 같은 것일 것이다… 게임을 하지 않는 것은 아니었고, 거의 게임을 하지 않는 것과 같다는 뜻이다. 자신은 동생의 속을 한번 떠보았다. 그리고 양보도 했다. 자신이 마리 레오니와 결혼한 것은 크리스토퍼에게 일종의 양보를 한 것이 아닌가? 사실 크리스토퍼는 발렌타인과 결혼할 희망을 갖기 위해 내가 마리 레오니와 결혼하기를 바라지 않았던가? 사실을 말하자면 그렇단 말이다… 하여튼 자신은 분명 크리스토퍼에게 양보를 했다. 자신도 뭔가를 양보하지 않을 작정이었다면, 크리스토퍼가 나에게 그런 양보를 요구할 수 있었겠는가? (이심전심으로라도 말이다). 군대에서는 식기를 제대로 씻었는지 매일 살피는 일로 지쳤고, 그 후에는 그 빌어먹을 고가구 판매업을 하겠다

---

[154] Judas Iscariot: 예수의 12제자 가운데 한 사람으로 예수를 배반해 은전 서른 닢에 예수를 로마 병사에게 넘겨주었다고 전해지고 있는 인물.

며 그로비 저택을 상속받지 않겠다고 고집 피우는 동생이, 여자들이나 해야 할 간호를 자신을 위해 하겠다는 것을 받아들여야 하는가? 정전협정일 아침까지 자신은 샤츠바일러에 대한 크리스토퍼의 이야기를 자신에 대한 우스꽝스럽고도 끔찍스러운 협박에 불과하다고 생각했었다… 일종의 협박 비슷한 거라고 생각했었다…

그것은 게임을 하는 것일 수도 있었다. 하지만 크리스토퍼가 진심이라고 생각한다면, 그것은 진심이다!

하지만… 그것은 정말 충격이었다… 사실 자신은 당시에 회복기에 있었다. 그때 자신은 잠옷을 입고 침실에서 일어나 올스톤마크 경에게 자신의 사무실에서 서류를 가져와 일을 할 수 있다고 말하고 있었다… 그때 모자도 안 쓰고, 짙은 자주색 해리스 트위드로 만든 민간인 복장을 한 크리스토퍼가 오래된 가구 하나를 겨드랑이에 낀 채, 방으로 급히 들어왔다… 상감 세공을 한 모형 수납장이었다. 가구공이 만든 것이었다! 1918년 10월 18일 오후 5시에 조용히 서류를 읽고 있던 환자의 방으로 가져오기엔 기이한 물건이었지… 동생은 흰머리가 많았고 입 주위는 아주 창백했다… 그때 동생 나이가 얼마였더라? 마흔? 마흔셋? 알게 뭐람!

마흔이었을 것이다… 동생은 그 빌어먹을 가구를 저당 잡히고 40파운드를 빌리려고 했다. 정전 협정일에 자기 애인과 집에서 파티를 열려고 말이다! 40파운드라니! 맙소사! 혐오감으로 창자가 뒤틀리는 것 같았다… 동생의 이복동생일 수도 있는 그 여자는 빈 집에서 동생이 다시 돌아와 자신을 유혹하기를 기다리고 있으니 말이다. 700만 명의 목숨으로 세상을 구한 그 날을 기념하기 위해서 말이다!

여자를 유혹하려면 40파운드 가지고 할 수는 없다. 그로비를 상속하고 1년에 3천, 아니면 7천, 혹은 만 파운드의 수입은 있어야 한다. 자신은 크리스토퍼에게 그렇게 말했다.

그때 크리스토퍼에게서 제대로 들었다. 내게선 단 한 푼도 받지 않겠다고 했다. 절대 안 받겠다고 했다! … 거기에 대해선 의문에 여지가 없다고 했다. 그 말을 듣고 칼에 찔린 것 같았다. 너무나도 큰 상처를 받았다. 하지만 죽지는 않았다. 빌어먹을, 차라리 죽었으면 좋았을 뻔했다! 차라리 그렇게 되는 게 나았을 것이다… 내가 동생을, 그게 뭐더라? 맞다 뚜쟁이! 뚜쟁이라고 불렀다고 해서 동생이 나에게 이러는 것인가? … 뚜쟁이가 포주보다 더 나쁠지도 모르겠다… 존슨 박사[155]가 말했듯이 벼룩과 이의 차이처럼 말이다.

당시 크리스토퍼는 몹시 분개하고 있었다! … 동생은 그 묘한 물건을 들고 존 로버트슨 경을 먼저 찾아간 게 분명했다. 그건 1762년 바스[156]에 있는 어떤 공작 밑에서 일하던 가구공이 서명한 특별한 모형 수납장이었다… 그 해는 미국이 반란을 일으킨 해였을 것이다. 크리스토퍼는 고물상에서 그 물건을 5파운드에 샀지만, 존 경은 그 물건 값으로 동생에게 백 파운드 주겠다고 말했다고 한다. 당시 존 경은 가구공이 만든 모형가구를 수집하고 있었는데, 그것은 아주

---

[155] Dr. Johnson: Samuel Johnson(1709~1784)을 지칭. 여기서 마크는 존슨이 1755년에 출판한 『영어 사전』(A Dictionary of the English Language)을 염두에 두고 있다.

[156] Bath: 영국 에이번주(Avon)의 온천 도시.

값이 많이 나가는 것이라고 했다. 크리스토퍼는 그것이 천 달러 가치가 있는 것이라고 했다. 구입자에게는 그만한 가치가 있다고 했다!

흰머리가 난 크리스토퍼가 파란 두 눈이 튀어나올 듯이 그렇게 말했을 때, 자신은 온몸에 땀이 쏟아져 나오는 것을 느꼈다. 자신은 자신이 그렇게 될 줄 알고 있었다… 크리스토퍼는 말을 이었다. 그가 분노하면서 이야기할 거라고 생각할 수도 있겠지만 크리스토퍼의 목소리는 아무런 감정도 드러내지 않았다. 존 경이 크리스토퍼에게 이렇게 말했다고 한다.

"안 되겠네. 자네는 이제 진짜 군인이네. 플랑드르와 일링에 있는 여자들 반은 겁탈하고 난 뒤 자신을 영웅으로 생각해달라고 하는 그런 군인 말이네. 진짜 영웅이지. 게다가 이제는 목숨을 잃을 일도 없게 되었고… 백 파운드는 사랑스러운 아내에게 충실한 기독교인이 받아야 할 돈이네. 그 모형 가구 값으로 내가 자네에게 줄 수 있는 최대한의 금액은 5파운드네. 5파운드 주는 것도 감사해야 할 거네. 옛정을 생각해서 주는 거니 말일세."

그게 바로 존 로버트슨이 크리스토퍼에게 한 말이었다고 했다. 그게 바로 참전했던 군인들에게 세상 사람들이 그날 하고 싶어 했던 말일 것이다. 그러니 크리스토퍼가 땀에 젖어 차갑게 된 속옷을 입고 있는 형에게까지 분개한 것은 놀랄 일이 아니다. 자신은 이렇게 말했다.

"얘야. 그 한심한 물건을 저당 잡고선 한 푼도 빌려주지 않겠다. 하지만 당장 천 파운드짜리 수표를 하나 써 주마. 테이블에 있는 수표책 좀 가져다 줘…"

마리 레오니는 크리스토퍼의 목소리를 듣고 방으로 들어왔다. 마리는 크리스토퍼 소식을 듣는 것을 좋아했다. 마리는 크리스토퍼와 자신이 열띤 논쟁을 벌이는 것을 좋아했다. 그러면 자신의 건강이 좋아지는 것을 보아 왔기 때문이었다. 크리스토퍼가 삼주 전, 처음 여기 온 날, 자신과 동생은 열띤 논쟁을 벌였다. 그때 자신의 체온이 99.6도에서 98.2도로 떨어지는 것을 마리는 보았다. 그것도 두 시간 만에… 요크셔 남자가 논쟁을 벌일 수 있다면 살 수 있다는 증거라고 마리는 말했다

크리스토퍼는 마리를 쳐다보며 이렇게 말했다.

"마 벨르 아미 마땅드 아 마 메종: 누 불롱 쎌레브르? 아베크 메 까마라데 드 레지멍. 쥬 네 빠 르 쑤. 프레떼 무아 꺄랑뜨 리브르, 쥐 부정 프리, 마담![157]" 이렇게 말하곤 동생은 모형가구를 담보로 남겨두겠다고 했다. 크리스토퍼는 버킹엄 궁 밖에 있는 보초병처럼 경직되어 있었다. 마리는 놀란 표정으로 나를 바라다보았다. 마리가 놀란 것은 당연한 것이었다. 내가 아무런 신호도 보내지 않자 크리스토퍼는 이렇게 소리쳤다.

"프레떼 레 무아, 프레떼 레 무아, 뿌르 라무르 드 디유![158]"

---

[157] Ma belle amie m'attend á ma maison; nous voulons célébre avec mes camarades de regiment. Je n'ai pas le soue. Prêtez moi quarante livres, je vous en prie, madame: (프랑스어) "내 친구들이 우리 집에 찾아올 겁니다. 난 군대 동료들과 축하를 하려고 해요. 그런데 돈이 한 푼도 없어서 그러니 40파운드만 빌려 주십시오."

[158] Prêtez les moi, prêtez les moi, pour l'amour de Dieu!: (프랑스어) "나에게

마리 레오니는 약간 창백해졌다. 마리는 스커트를 걷어 올린 뒤, 양말을 내리곤 지폐를 꺼냈다.

"뿌르 르 디유 다무르, 몽씨에, 쥬 붸 비엥159." 마리는 이렇게 말했다… 프랑스 여자가 무슨 말을 하지 않을지는 아무도 모른다. 그것은 오래된 노래가사였다.

그때 생각을 하니 얼굴이 땀으로 뒤범벅된다. 커다란 땀방울이 쏟아진다.

돈을 빌려 주십시오. 나에게 돈을 빌려 주십시오."
159 Pour le dieu d'amour, monsieur, je veux bien: (프랑스어) "그렇게 하죠."

7

　말벌들이 주위를 날아다니고, 식물의 관모가 눈처럼 발아래로 떨어지는 가운데, 입 안에서는 강한 사과 맛을, 공기 중에서는 강한 사과 향을 느끼던 마리 레오니는 버건디 병을 바라보며 심각하게 얼굴을 찡그리고 있었다. 마리가 잡고 있는 유리관을 통해 사과주가 버건디 병으로 들어가고 있었다. 그녀가 얼굴을 찌푸린 이유는 지금 하는 일이 정신을 집중해서 해야 할 심각한 일이기도 하고, 말벌이 그녀를 괴롭히기도 해서이지만, 갑자기 떠오른 어떤 생각을 애써 부인하고 있었기 때문이었다. 마크가 지금 몹시 아파, 당장 살펴보아야 할 것 같다는 생각이 갑자기 든 것이다.

　마리의 마음이 지금 불편한 이유는 통상적으로 마크는 밤에만 아플 거라고 생각하고 있었는데 지금 이상한 생각이 들었기 때문이었다. 낮에는 마크가 원해서 지금 상태가 되는 것이라고 마리는 느꼈다. 마크의 시선이 힘 있고 강렬해 마리는 달리 생각할 수 없었던 것이다. 그의 눈은 검고, 맑으며, 꿰뚫어보는 듯했다! 하지만 해질녘, 혹은 적어도 저녁을 먹은 직후, 마리가 자기 방으로 돌아갈 때가 되면, 마크에게 어떤 나쁜 일이 생길 것 같은 불길한 예감이 들었다.

이 지역에 있는 귀신들이 누워 있는 마크를 공격해 마크가 죽어가고 있다는 예감이 들었다. 그리고 말도 안 되지만, 도둑들이 살금살금 다가와 마크를 덮칠지도 모른다는 생각도 들었다. 하지만 이런 생각은 말도 안 되는 것이었다. 동네 사람들은 마크의 몸이 마비되어 매트리스 아래 돈을 쌓아 둘 수 없다는 사실을 잘 알고 있었기 때문이다… 하지만 사악한 이방인들은 마크를 보고 그가 베게 밑에 금시계를 감추고 있을 거라고 생각할 수도 있을 것이다… 그래서 자신은 밤중에도 수차례 자리에서 일어나 아래쪽에 난 다이아몬드 형태의 창문에 귀를 기울이곤 했다. 하지만 나뭇잎을 스치는 바람소리와 하늘 위에 있는 물새 울음소리 말고는 아무 소리도 들리지 않았다. 오두막의 희미한 불빛이 사과나무 가지 사이를 비추었다.

차를 마실 시간이 다가오는 환한 대낮이었다. 어린 하녀는 마리 옆에 있는 의자에 앉아 다음날 시장에 내다 팔기 위해 끓이고 있는 암탉의 털을 뽑고 있었다. 선반 위에는 달걀 상자가 놓여 있었고, 그 상자 바닥엔 마리가 시간나면 날짜를 찍을 달걀들이 철사로 고정되어 있었다. 밝은 빛이 내리쬐는 조용한 여름날, 정원사의 오두막 안에 있었던 마리는 마크가 아플 거라는 불길한 예감이 들어 짜증이 났지만 그렇다고 그런 예감을 무시할 수는 없었다.

하지만 자신의 예감이 맞을 조짐은 전혀 없었다. 자신이 지금 향해 가고 있는 집 모퉁이에서 혼자 있는 마크의 모습이 아주 잘 보였다. 거닝은 여윈 말의 말고삐를 잡고, 영국 귀족과 이야기를 나누며, 울타리 너머로 마크를 바라보고 있었다. 그의 얼굴에는 아무런 감정도 드러나지 않았다. 울타리와 라즈베리 나무 사이에서 한 젊은이가 울타리 안쪽을 따라 걷고 있었다. 그건 자신이 상관할 일이 아니었다. 거닝도 거기에 대해 항의하지 않았다. 어떤 젊은 여자 (또 다른 젊은 남자일 수도 있다)의 머리와 어깨가 울타리 바깥쪽에서 움직이는 것이 보였다. 첫 번째 남자와 나란히 걷고 있었다. 그것 또한 자신이 상관할 일이 아니었다. 그들은 새 둥지를 보고 있는지도 모른다. 그 두터운 울타리 안에 새 둥지가 있다고 들은 적이 있다. 영국 전역에서처럼 이 마을에서도 영국인들은 어리석은 짓을 계속했다. 그들은 온갖 일에 시간을 낭비했다. 그 새는 병… 병 … 뭐라는 새였다. 크리스토퍼와 발렌타인, 목사와 의사, 그리고 언덕 아래 사는 예술가들은 이 새에 몹시 열광했다. 이 새가 있는 20미터 근방에 다가 왔을 때, 그들은 발끝으로 살금살금 걸었다. 거닝이 울타리를 다듬어도 새들은 도망가지 않았다. 새들은 거닝을 알고 있어서 그런게 분명하다… 런던에서는 모든 새를 참새라고 부르는 것처럼, 자신에게 모든 새는 무아노[160]였다. 자신에겐 모든 순무가 지로플레[161]인 것처럼 말이다… 참새 둥지를 보호하고 셀 수 없이 많은 꽃무에게 이름을 붙이는 데 시간을 낭비하는 것을 보면, 이 나라가 망해가는 건 놀라운 일이 아니다! 여기는 캉의 교외와 같은 지역으로 괜찮은 곳이다. 하지만 이곳 사람들은 문제가 있다! … 그러니 노르망디의 팔레즈 출신이었던 윌리엄이 이들을 그처럼 손쉽게 지배할 수 있었던 건 놀라운 일이 아닐 것이다.

---

[160] moineaux: (프랑스어) 참새.
[161] giroflées: (프랑스어) 꽃무.

유리관 때문에 5분을 낭비했다. 고무에 고정시켜 놓은 유리관은 술통에서 술병으로 연결된 사이펀 역할을 하는데, 통에 난 공기구멍에서 이 유리관을 빼낼 때 공기가 거기로 유입되어, 유리관을 다시 집어넣고 사과주 한 방울이 입에 들어갈 때까지 유리관을 다시 빨아야 했기 때문이었다. 이렇게 하는 게 좋지는 않았다. 사과주를 낭비하게 되는 대다가, 점심식사 후엔 그 냄새가 특히 싫었기 때문이었다. 이럴 때면 나이 어린 하녀는 "하이고, 마님, 참말로 이상하네예!"라고 말하곤 했다. 그렇게만 이야기하지 않았다면 이 어린 하녀는 똑똑하고 유순한 아이로 보았을 텐데 말이다. 이 어린 하녀는 늘 그렇게 말했다. 심지어 거닝도 이 유리관을 보고는 머리를 긁적였다.

 이 야만인들은 거품이 나는 사과주를 만들기 위해선 가능한 한 침전물이 적어야 한다는 사실을 절대로 이해하지 못하는 것일까? 술통을 오랫동안 움직이지 않으면, 술통 바닥에는 언제나 침전물이 남아있기 마련이다. 특히 술통 바닥 가까이에 있는 마개에서 사과주를 뽑을 때 그렇다. 그래서 거품이 나는 사과주를 병에 담기 위해선 술통 위쪽에 있는 것을 사이펀으로 옮기고, 나머지 부분은 병에 담고, 가장 진한 부분은 호프를 많이 넣어 얇은 나무로 된 작은 술통에 부어야 한다… 소비세 때문에 증류기를 사용할 수 없는 이런 곳에서 칼바도스[162]를 만들기 위해선 그래야 한다… 이 불행한 나라에서

---

[162] calvados: 프랑스 노르망디 주의 칼바도스 데파르트망(Department)에서 생산한 사과를 원료로 하여 제조한 브랜디.

는 소비세 때문에 사과브랜디와 매실주, 혹은 다른 좋은 술을 증류할 증류기를 사용할 수 없다. 껠 뻬이! 껠 장![163]

여기 사람들은 근면하지도 않고, 절약정신도 없고, 무엇보다 기백도 없다! 영국 귀족들이 왔다고 해서 위층 자기 방에 숨어있는 저 불쌍한 발렌타인을 보면 안다… 남편이 낡고 쓸모없는 쓰레기 같은 것을 사러 간 사이에 발렌타인도, 당연히 사과주 담는 것을 도와야 하고, 방문객들에게 저 한심한 고가구들을 팔아야 한다… 발렌타인은 사진 몇 장을 찾지 못해 얼이 나간 상태다. 그 사진들에는 몇 년 전 런던에서 물품을 팔던 행상인 모습이 담겨 있다고 한다. 자신도 몇 번이나 들어서 잘 알고 있다. 그 사진들은 모두 8장뿐이라던데 나머지 4장은 어디에 있는 걸까? 직함이 있는 어떤 레이디가 그 사진들을 몹시 원한다고 한다. 결혼선물로 그걸 구하고 싶어 한다고 한다! 이틀 전 어느 가게에서 시동생이 나머지 4장의 사진을 우연히 발견했다고 했다. 시동생은 아주 만족스러워하며 풀밭에 있던 그 사진들을 어떻게 발견하게 되었는지 자세히 설명했다… 시동생은 그걸 집으로 가져왔다고 했지만 크램프 목수의 창고에서도 보이지 않았다. 카트에 담았다고 했는데 카트에도 없었다. 서랍에도, 옷장에도 없었다… 시동생이 사진들을 집으로 가져왔다는 걸 어떻게 증명할 수 있겠나. 시동생은 집에 없다. 하루하고도 반나절 동안이나 집을 비우고 있다. 시동생이 가장 필요한 이 시점에 하루하고

---

[163] Quel pays! Quels gens!: (프랑스어) '대단한 나라다! 대단한 사람들이다!'란 의미.

도 반나절 동안이나 집을 비우고 있는 것이다… 젊은 아내를 이런 불안한 상태에 내버려두고 도대체 어디로 간 것일까? 하루하고 반나절 동안이나 말이다! 시동생은 하루하고 반나절이나 집을 비운 적이 없었다… 무슨 일을 꾸미고 있는 게 분명하다. 그런 기운이 감돈다. 느낄 수 있다… 이 불운한 나라가 아름다운 조국 프랑스를 배신하고 정전협정을 맺었을 때처럼 그랬다…! 시동생이 자신에게 40파운드를 빌렸을 때처럼… 시동생은 마크와 자신의 불행한 아내를 괴롭히지 말고, 40파운드나 80파운드, 아님 백 파운드쯤 왜 더 빌리지 않았던 것일까?

발렌타인은 매정한 사람이 아니다. 발렌타인은 교양도 있고, 필레몽과 바우키스[164]에 대해서도 안다. 또 대학입학 자격시험도 본, 소위 명문가 자제다. 하지만 요령이 없다… 유식한 여자 학자처럼 보일 정도로 박식하다는 것을 자랑하지 않았고 (실제로는 박식했지만!), 바람둥이 여자처럼 보일 정도로 요령도 없으며, 멋진 남자와 방탕한 생활을 즐길 수 있을 정도로 세련되지도 않았다. 시동생도 멋있는 남자는 아니다. 하지만 발렌타인은 남자를 모른다. 옷의 재단 상태나, 머리를 땋은 모양, 이런 것들이 남자 마음을 사로잡는다는 것을 말이다… 지금은 땋을 머리가 없지만, 그것을 대신할 수 있는 것은 있는데 말이다.

발렌타인이 남자를 전혀 알지 못한다는 건 사실이다. 소르본 출

---

[164] Philémon and Baucis: 그리스 신화에서 필레몽과 바우키스 부부는 한날한시에 죽게 해 달라고 제우스에게 빌어 소원을 이룬다.

신의 뒤샹과 10년을 살았던 엘리노어 듀퐁의 경우를 생각해 보면 안다… 엘리노어의 남자 친구는 파란 테 안경을 끼고 다니는 학자였기 때문에 엘리노어는 자신의 복장에 대해 전혀 신경 쓰지 않았다… 그런데 일이 벌어졌다… 당시 유행에 따라 초록색 천으로 싼 큰 모자를 귀 바로 위까지 올려 쓴 어린 여자가 나타났던 것이다…

그 당시 어렸던 자신에게 그것은 교훈이 되었다. 자신이 만일 80대 노인과 심각한 내연의 관계를 맺게 된다 해도, 최신 향수에 이르기까지 그 시대 유행에 대해 샅샅이 공부하기로 결심했다. 남자들은 그런 건 모른다. 하지만 남자들은 예쁜 여자들이나 유행을 따라가는 행실 나쁜 여자들과 어울리게 되는 법이다. 따라서 집에서 아무리 대접받는다 해도 옷매무새나 헤어스타일, 향수만큼은 유행을 따라가야 한다. 마크는 그런 건 상상도 못 했을 것이다. 마크가 언제든 들어올 수 있는 자신의 방에 패션 잡지가 있는 것을 마크는 본 적이 없었을 것이다. 그리고 마크가 집을 나간 일요일에 자신이 로튼 거리를 거닐었을 거라고는 상상도 하지 못했을 것이다… 하지만 자신은 다른 사람들처럼 유행에 대해 공부했다. 아니 남보다 더 열심히 공부했다. 최신 유행을 따르면서도 진중한 소시민 계급 여자처럼 보이는 건 쉽지 않기 때문이었다. 하지만 자신은 해냈다. 그 결과를 한번 보라…

하지만 저 불쌍한 발렌타인은… 발렌타인의 남자는 발렌타인을 좋아하지만 발렌타인과의 관계에 대해선 생각해 봐야 한다. 모든 일에는 반드시 돌아서 가야 할 케이프 혼, 그러니까 삐끄 데 땅뻬뜨[165]가 있다. 남자가 자신을 보고 "흠, 흠" 하고, 양초가 게임보다 더 중요한 게 아닌지 생각하는 날이 바로 그날이다! 아 그러면… 어떤 지혜로운 사람은 7년째에 그렇게 하고, 또 어떤 지혜로운 사람들은 2년째에, 또 어떤 이들은 11년째에 그럴 수 있다… 하지만 실제로 그런 일은 언제라도 벌어질 수 있다. 그런데 치마가 세 개밖에 없는 저 불쌍한 발렌타인은 기름얼룩이 네 개나 있는 치마를 입고 다닌다. 그 옷은 한때 좋은 옷이었겠지만 지금 발렌타인은 그 옷을 아무렇게나 걸쳐 입고 있다. 이 나라 사람들은 진짜 좋은 트위드 옷을 만들 줄 안다! 그건 인정해야 한다. 루베[166] 시에서 만든 것보다 분명히 더 좋다. 하지만 그러한 사실이 국가를 구할 수 있을 만큼, 혹은 부적절한 관계를 맺고 있는 남자에게 의존하고 있는 여자를 구할 수 있을 만큼 대단한 것일까?

누군가 뒤에서 말했다.

"달걀이 아주 많군요!" 긴장한 듯 약간 숨을 헐떡이며 누군가 한 말이었는데 흔치 않은 목소리였다. 마리 레오니는 버건디 병에 넣은 유리관 입 부분을 계속 붙잡고 있었다. 마리는 버건디 병에 체친 설탕 한 봉지와 루앙의 약사에게서 사온 소량의 가루를 넣었다. 이것을 넣으면 사과주가 짙은 갈색을 띠게 된다고 배웠기 때문이다. 사과주가 왜 갈색이어야 하는지 알 수는 없었지만, 옅은 금색의 사과주는 도수가 약하다고 생각했다. 마리 레오니는 열려 있는 저 위 철제 창문 옆에서 지금 불안해하면서 가슴 두근거리고 있을 발렌타

---

[165] pic des tempêtes: (프랑스어) 케이프 혼.
[166] Roubaix: 프랑스 북부에 있는 도시.

인에 대해 생각에 보았다. 발렌타인은 지금쯤 라틴어 책을 내려놓고 창가로 살며시 다가와서 귀를 기울이고 있을 것이다.

옆에 있는 어린 하녀는 세발의자에서 일어나 목 부분 털이 다 뽑힌 죽은 하얀 닭의 목을 쥐고 쉰 목소리로 말했다.

"마님이 가격을 정하신 기라예." 금발에 얼굴이 붉은, 몸이 야윈 어린 하녀는 커다란 모자를 쓰고, 파란색 체크무늬 면 옷을 걸치고 있었다. "반 크라운[167]에 달걀 한 개, 전부 다 사실끼믄 달걀 열두 개에 24실링이라예."

마리 레오니는 그 쉰 목소리를 들으며 만족해했다. 2주간 데리고 있던 이 여자아이는 성격이 참 좋다. 달걀 파는 건 거닝 일이지 이 여자아이의 일은 아니다. 그런데도 이 여자아이는 세세한 것까지 다 알고 있었다. 마리 레오니는 고개를 돌리지 않았다. 달걀 사려는 사람과 이야기하는 것은 자신의 일이 아닌데다, 손님들에 대해 전혀 호기심도 없었기 때문이었다. 게다가 생각해야 할 일이 너무도 많았다. 손님이 말했다.

"반 크라운에 달걀 하나라니 너무 비싸네요. 달러로는 얼마죠? 자주 듣긴 했지만, 먹거리 파는 사람들의 횡포가 심하군요."

"달라로 하믄 십달라라예." 여자 하녀가 말했다. "반 달라는 2실링이고, 반 크라운은 2.6실링이니까예."

대화는 계속 되었지만, 마리 레오니의 머릿속에서는 이들의 대화가 어렴풋하게 들려왔다. 여자아이와 손님은 1달러가 얼마인지에

---

[167] crown: 1크라운은 당시 5실링(shilling)에 해당.

대해 옥신각신하고 있는 것 같았다. 마리 레오니에겐 두 사람 억양 모두 익숙하지 않았다. 여자아이는 꽤 전투적이었다. 이 아이는 거닝과 가구공 캠프를 금관악기, 정확히 말해 양철로 만든 장난감 피리소리 같은 목소리로 쫓아내곤 했다. 이런 너저분한 일을 하지 않을 때, 이 여자아이는 자신이 구할 수 있는 명문가에 대한 책을 탐독했다. 이 여자아이는 책속에 나오는 명문가에 대해선 지나칠 정도로 존경심을 갖고 있었지만, 실제 세상 사람들에 대해선 아무런 존경심도 없었다…

마리 레오니는 침전물이 있나 확인하기 위해 술통 밑바닥을 보아야겠다고 생각했다. 마리는 엄지로 튜브를 막으면서 맑은 유리잔에 사과주를 따랐다. 사과주가 맑아 병 12개에 담을 정도는 된다고 판단하였다. 마리는 거닝을 불러 다음 술통의 마개를 따라고 시켜야겠다고 생각했다. 따라야 할 270리터짜리 술통이 4개나 있었다. 이제 두 통을 따랐을 뿐인데 지치기 시작했다. 마리는 끈질긴 면이 있기는 하지만 지치지 않는 것은 아니었다. 점점 졸음이 쏟아졌다. 발렌타인이 도와주었으면 했지만, 발렌타인은 근성이 없다. 앞으로를 위해서라도 발렌타인이 라틴어나 그리스어로 된 책들을 읽으며, 쉬는 게 좋을 거란 사실은 인정한다. 그러면 불안하게 만드는 사람들과 만나지 않을 수 있을 테니 말이다.

여자라면 누구나 바람을 피해야 하는데도, 창문이 모두 열려 있어, 마리는 기둥이 넷 달린 침대에 누워 있는 발렌타인에게 깃털이불을 끌어 턱까지 덮어 주었다. 발렌타인은 미소를 지은 뒤, 푸른 지중해 옆에서 아이스킬로스[168]의 작품을 읽는 것이 자신의 꿈이었다고 말했다. 자신들은 서로 키스를 했다…

옆에 있는 여자아이는 자신의 아버지도 닭을 팔았다고 했다. 그러곤 "2.5달라에 사가이소!"라고 말했다. 그리고 여기 사람들은 1달러짜리는 없어도 반 달러짜리는 있다면서 "위대한 해적선장 키드[169]도 달라는 있었다 아이니껴. 8모이도르[170]도요."라고 소리쳤다.

말벌 때문에 마리 레오니는 짜증이 났다. 말벌은 코끝에서 윙윙대다 사라졌다. 그러곤 큰 원을 그리며 다시 돌아왔다. 이미 몇 마리의 말벌이 자신이 막 따른 사과주 잔 안에서 버둥대고 있었다. 술통들이 놓인 나무 널빤지 위의 난 동그란 사과주 얼룩 주변에 말벌들이 맴돌고 있었다. 말벌들은 격렬하게 꼬리를 말았다가 폈다. 이틀 전 자신과 발렌타인은 거닝과 함께 손전등과 삽, 청산이 들은 병을 들고 과수원으로 갔다. 가는 길에 길가와 제방에 난 구멍을 막았다. 그때의 경험이 참 좋았다. 칠흑 같은 어둠, 무성한 잡초를 비추는 동그란 손전등 불빛, 밖으로 나와 마크에게 가고 있다는 느낌, 거닝과 거닝이 들고 있는 랜턴 때문에 귀신이 오지 못할 거라는 생각… 이런 것들이 좋았다… 마리는 깊은 밤에 사랑하는 남자를 보러 가고 싶은 욕망과 귀신을 만나면 어떻게 하나 하는 무서움 사이에서 괴로워했다. 이게 합리적인가…? 자기 남자를 위해 어떤 고통까지 견뎌야 하는 것인가! 설령 남자에게 헌신적이라 해도 말이다…

---

[168] Aeschylus(525~456 B.C.): 그리스의 비극 시인.
[169] Capt'n Kidd th' pirate: 17세기 스코틀랜드 출신의 항해사 윌리엄 키드(William Kidd)를 지칭.
[170] moi-dors: 포르투갈 및 브라질의 옛 금화.

그 불운한 여자가 겪어보지 않은 고통이 과연 있을까! …

흔히 초야라고 부르는 신혼 첫날밤에… 당시 자신은 이해할 수 없었다. 구체적 상황은 알지 못했고, 단지 환상적으로만 보였다. 마크가 너무 가슴 아프게 받아들였기 때문에 심지어 비극적으로 보이기까지 했다. 마크가 진짜 미친 게 아닌가하는 생각이 들었다. 자신이 마크 침대 옆에 있던 당시는 새벽 두 시였다. 그 여자가 떨고 있는 동안, 두 형제는 상당히 격렬하게 말다툼을 했다. 그 여자는 자기 어머니에게 돌아가지 않기로 결심했다고 했다. 새벽 두 시에… 새벽 두 시에 자기 어머니에게 돌아가지 않겠다고 한다면, 발로 슬리퍼를 날려 보내는 격이다.

말벌들이 윙윙거리고, 모습이 보이지 않는 여자와 하녀 아이가 이야기를 나누는 동안, 물이 흐르는 홈통이 있는 헛간에서 마리는 그날 밤 일어났던 일들을 구체적으로 떠올렸다. 술병에 넣어 발효시키기 전에 사과주를 식히는 것이 좋다는 생각에 마리는 술병을 모두 홈통 안에 넣었다. 초록색 유리로 된 반짝이는 술병들이 보기 좋았다. 마리 뒤에 있던 미국인 부인은 오클라호마[171]에 관해 얘기하고 있었다… 마리가 피커딜리 영화관에서 본 영화에 등장했던, 코가 큰 카우보이가 오클라호마 출신이었다고 했다. 오클라호마는 분명 미국 어딘가에 있을 것이다. 마리는 금요일이면 피커딜리 영화관에 가곤 했다. 보수주의자라면 금요일에 극장에 가지 않을 것이다. 하지만 고기 없는 식사가 극장이라면 고기 있는 식사는 영화관

---

[171] Oklahoma: 미국 중남부에 있는 주.

같은 곳이다… 마리 뒤에서 말하고 있는 미국인 부인은 오클라호마에서 온 게 틀림없다. 미국인 부인은 한창 때 자신은 들꿩을 먹었다고 했다. 농장에서 살 때 말이다. 하지만 지금 미국인 부인은 돈이 아주 많다고 했다. 어린 하녀에게 그렇게 말했다. 미국인 부인은 자기 남편은 피틀워스 경의 사유지 절반을 사고도 돈이 남을 거라고 했다. 그리고 이곳 사람들도 자기들처럼 한다면…

그날 저녁 그들은 마리의 집으로 와 요란하게 문을 두드렸다. 그날 거리가 너무 시끄러워 전화벨 소리에도 자신은 일어나지 않았기 때문이었다… 자신은 공습이 시작된 줄로 착각하여… 마크를 보호하기 위해 아래층으로 달려갔다. 그날 정전협정이 체결되었단 사실을 까맣게 잊었던 것이다… 하지만 노크소리는 계속되었다.

문 앞에는 시동생과 걸 가이드[172] 스타일의 짙은 푸른색 유니폼을 입은 여자가 서 있었다. 두 사람 모두 백지장처럼 창백했고 몹시 피곤해 보였다. 그들은 서로 몸을 기대고 서 있는 것처럼 보였다… 자신은 그들에게 떠나달라고 할 참이었지만, 마크가 침실에서 잠옷 차림에 맨다리로 나왔다. 마크의 다리엔 털이 수북했다! 마크는 그들에게 들어오라고 아무렇지도 않다는 듯이 말하고는 침대로 돌아갔다… 그것이 그가 설 수 있었던 마지막 모습이었다. 지금 마크는 너무나 오랫동안 누워만 있다. 다리는 더 이상 털이 수북하지 않았고, 오히려 반들거리기까지 했다. 마치 광을 낸 뼈처럼 말이다!

마크가 한 마지막 몸짓이 떠올랐다. 마크는 미친 듯이 악을 쓰는

---

[172] Girl-Guides: 미국의 걸 스카우트에 해당.

사람처럼 몸짓을 했다… 마크는 실제로 미친 듯이 악을 썼다. 크리스토퍼에게 말이다. 그리고 땀을 뚝뚝 흘렸다. 그들이 서로에게 소리를 지르는 동안, 자신은 마크의 얼굴을 두 번이나 닦아 주었다.

그들은 사투리를 사용했기 때문에 무슨 말을 하는지 정확히 알아듣기 힘들었다. 쉽게 흥분하지 않는 이 사람들도 흥분할 때면 자연스럽게 어린 시절에 사용했던 말투로 돌아갔다! 그들이 사용한 사투리는 브르타뉴[173] 지방 사투리와 비슷했다. 거칠었다…

그 여자가 걱정스러웠다. 자연스럽게 그 여자가 걱정스러웠다. 자신도 여자이니 말이다… 처음엔 그 여자가 거리를 돌아다니는 창녀인줄 알았다… 하지만 창녀라 해도… 그때 그 여자가 립스틱을 바르지 않았으며, 가짜 진주목걸이도 하지 않았다는 사실을 깨달았다…

마크가 그들에게 돈을 받으라고 강요한다는 사실을 알게 되었을 때, 다른 느낌이 들었다. 두 가지 점에서 다른 느낌이었다. 그것은 작은 문제가 아닐 수도 있었다. 마크가 돈을 주려고 한다는 사실에 심장이 조여들었다. 자신들은 파멸할지도 모른다는 생각이 들었다. 파리에 있는 조카들이 아니라, 바로 이 사람들이 자신의 시신을 약탈할지도 모른다는 생각이 들었던 것이다. 하지만 시동생은 돈 생각은 하지도 않는 것 같았다. 만약 그 여자가 시동생의 동반자가 되고 싶다면, 그 여자도 시동생과 모든 것을 같이 해야 할 텐데 말이다… 참 이상한 나라다, 이상한 사람들이다!

---

[173] Breton: 프랑스 브르타뉴 지방의 켈틱어.

도저히 그들을 이해할 수 없을 것 같았다… 마크는 그 여자가 자기 애인과 함께 있어야 한다고 했으나, 반대로 시동생은 그 여자가 자기 모친에게 돌아가야 한다고 고집하는 것 같았다. 그 여자는 계속해서 자신은 무슨 일이 있어도 크리스토퍼를 떠나지 않을 거라고 했다. 그를 남겨둘 수 없다고 했다. 남겨 둔다면 죽을 거라고도 했다… 시동생은 정말로 많이 아픈 것 같았다. 마크보다도 더 숨을 헐떡였으니 말이다.

자신은 결국 그 여자를 방으로 데려갔다. 자그마한 몸집의 금발인 그 여자는 괴로움에 몸부림쳤다. 그 여자를 안아주고 싶었지만 그렇게 하지 않았다. 돈 때문에 그랬다… 하지만 그랬으면 좋았을 뻔했다. 그들은 돈을 건드리려고도 하지 않았기 때문이었다. 이제 자신은 그 여자에게 여성용 드레스와 속옷 몇 벌을 사라고 20파운드쯤 빌려줄 수도 있다.

그 여자는 아무 말 없이 앉아있었다. 몇 시간은 지난 것 같았다. 맞은편 교회 계단에서 술 취한 사람이 나팔을 불기 시작했다. 긴 나팔 소리였다… 빵… 빠앙… 빠아아앙… 그 나팔 소리는 영원히 계속될 것만 같았다…

그 여자는 울기 시작했다. 그 여자는 너무 가혹하다고 말했다. 하지만 그 여자 말을 부정할 수는 없었다. 그들은 장송나팔[174]을 불고 있었던 것이다. 죽은 이들을 위해. 그날 밤 장송나팔을 부는 데 아무

---

[174] 원문에서는 'last post'로 되어 있다. 이 단어는 일과 종료 나팔 소리의 의미와 장송나팔이란 두 가지 의미가 있다. 여기서는 문맥에 따라 '장송나팔'로 번역했다.

도 이의를 제기할 수는 없었을 것이다. 설령 술 취한 사람이 분다 해도 말이다. 그 나팔 소리에 미칠 것만 같다 해도 말이다. 죽은 사람도 누릴 수 있는 것은 누려야 하니 말이다.

장송나팔을 부는 게 마리 레오니에게는 지나친 감상주의의 결과물로 보일 수 있다는 사실을 그 여잔 인정하지 않을 수 있다. 영국인이 부는 나팔 소리는 사망한 프랑스 병사들에게는 그다지 좋지 않게 들릴 수도 있다. 영국인 사상자 수는 너무도 미미해서 술 취한 사람이 그들을 위해 장송나팔을 부는 것은 감상적으로 느낄 가치도 없을 수 있으니 말이다. 프랑스 신문은 영국인 사상자 수를 몇 백 명 정도로 추산했다. 수백만 명의 동포가 죽은 것에 비하면 그게 뭐 대수인가? … 마리는 그 여자가 시동생 부인에게서 끔찍한 일을 당했음을 짐작할 수 있었다. 하지만 그 여자는 자존심이 강해 개인적으로 힘든 일로 자신의 감정을 드러낼 수 없었기 때문에, 나팔 소리를 구실로 자신의 슬픔을 토로한 것일 수도 있다… 물론 그 나팔 소리는 아주 구슬펐다. 크리스토퍼가 문틈 사이로 얼굴을 내밀고 마크가 나팔 소리를 참을 수 없어하기 때문에 나팔 소리를 멈추게 할 거라고 그 여자에게 속삭였을 때, 그렇다는 것을 알 수 있었다.

시동생이 말하는 소리를 듣지 못한 것을 보니 그 여자는 상념에 빠져 있는 게 분명했다. 자신이 마크를 보러 갔을 때, 그 여자는 마크의 침대 위에 앉아 있었다. 당시 마크는 아주 가만히 있었다. 나팔 소리가 멈췄다. 마크를 즐겁게 하려고 자신은 사상자도 많지 않은데 새벽 3시에 장송곡을 연주하는 건 부적절하다고 얘기했다. 설령 그

장송곡이 프랑스 사상자를 위한 것이거나, 자신의 조국이 배신당하지 않았다 해도, 그것은 부적절하다고 했다. 그 암살자들이 국경선에서 멀리 떨어져 있을 때 그들과 휴전하는 건 자신의 조국에 대한 배신 행위이며, 연합국에 대한 배신이라고 했다. 영국은 아무런 방비책이 없는 그 못된 괴물 같은 자들 수백만을 죽이고, 총칼로 그 괴물들의 나라를 초토화 시켜야 한다고 했다. 프랑스인들이 고통받았듯이, 고통을 받는 게 어떤 것인지 그들도 알게 해야 한다고 했다. 그렇게 하지 않는 것은 배신행위이며, 앞으로 태어날 아기들은 그로 인해 고통받게 될 것이라고 했다.

하지만 프랑스인들은 배신을 당한 후에도 영국이 어떤 조건으로 자신들을 배신했는지 알기 위해 기다렸다. 지금 영국군들은 베를린으로 가려고 하지도 않을지도 모른다… 그렇다면 무엇을 위해 살아야 하는 것인가?

마크는 신음했다. 그는 훌륭한 프랑스 사람 같았다. 자신은 그것을 알 수 있었다. 그 여자가 방으로 들어왔다. 혼자 있는 것을 견디지 못해서였다… 너무나도 혼란스러운 밤이었다. 그 여자는 마크와 논쟁을 벌이기 시작했다. 이미 충분한 고통을 받지 않았느냐고 그 여자가 물었다. 마크는 충분히 고통받았다는 사실에 동의하면서도 앞으로도 더 많은 고통이 뒤따를 거라고 했다… 그리고 그 빌어먹을 놈의 가련한 독일군을 정당하게 대하지 않았다고 했다… 마크는 그들을 빌어먹을 놈의 가련한 독일군이라고 불렀다. 마크는 작정을 하고 어떤 행동을 한 뒤에는 냉혹한 결과가 뒤따른다는 사실을 알게 하지 않는 건 적에게 할 수 있는 가장 잔인한 짓이라고 했다.

그들이 자신들이 원하는 것을 했다면, 응당 거기에 대한 처벌을 받아야 하는데, 그러한 처벌을 그들이 반드시 받을 필요가 없음을 보여주기 위해 개입을 하는 건, 사실상 신에게 죄를 짓는 일이라고 했다. 만약 독일인들이 그런 처벌을 받지 않는다면, 세상 사람들이 보았을 때, 그것은 유럽의 종말이자, 세상의 종말이라고 했다. 1914년 8월 4일 새벽 6시에 제메니치[175] 근처에서 일어났던 일이 끝없이 반복되는 걸 무엇이 막을 수 있겠는가하고 반문하면서 가장 작은 나라에서부터 가장 큰 나라에 이르기까지, 어떤 국가도 막지 못할 것이라고 했다…

그 여자가 마크의 말을 막으며 세상이 바뀌었다고 하자, 베개를 베고 기진맥진해 누워있던 마크는 날카롭게 이렇게 말했다.

"그렇게 말한 건 워놉 양이니… 워놉 양이 세상을 운영해 보시오… 나는 거기에 대해선 아무것도 모르니…" 마크는 몹시 지쳐보였다.

두 사람이 새벽 세시 반에 "그 상황"에 대해 토론하는 방식은 독특했다. 둘 중 누구도 자려고 하지 않는 것 같았다. 거리에는 사람들이 무리를 지어 소리를 지르고 콘서티나를 연주하면서 지나가고 있었다. 자신은 이전에 마크가 이처럼 토론하는 모습을 본 적 없었지만, 그가 토론하는 모습을 다시는 보지 못할 것이다. 마크는 그 여자를 응석을 받아 주듯 바라다보았다. 호감은 주지만 너무 지식 위주

---

[175] Gemmenich: 1914년 8월 4일 독일이 벨기에에 선전포고를 하면서 벨기에 내에 있는 제메니치를 공격했다. 이것이 1차 세계 대전의 본격적인 시작이다.

고, 너무 어려서 경험이 부족한 사람을 바라보듯 그랬다. 자신은 그들을 바라보며 그들의 대화를 열심히 들었다. 마크와 지낸지 20년 동안, 처음으로 이 삼주 동안 마크가 그와 같은 부류의 사람과 접촉하는 것을 보았다. 이런 생각이 들어 깊은 사색에 빠졌다.

그럼에도 마리는 마크가 내적으로 완전히 지쳐있었고, 그 여자도 더 이상 견딜 수 없을 정도의 시련을 겪었다는 사실을 분명히 알 수 있었다. 그 여자는 말하는 동안에도 멀리서 들리는 소리에 귀를 기울이는 것 같았다… 그 여자는 계속해서 현대적 사고를 지닌 사람에게 징벌은 혐오스럽다고 말했다. 마크는 베를린을 점령하는 것은 징벌이 아니며, 베를린을 점령하지 않는 것이야말로 지적인 죄를 짓는 것이라는 자신의 논지를 고수했다. 자만의 결과가 수치인 것처럼, 침략의 결과는 역침이며 상징적 점령이라고 했다. 다른 국가들은 거기에 대해 어떻게 생각하는지 모르지만 자신의 조국에게는 그렇게 하는 것이 논리적이며, 자신의 조국이 살아가는 논리라고 했다. 또한 그 논리를 버리는 것은 명확한 사고를 저버리는 것이며 정신적으로 비겁한 행위라고 했다. 베를린의 공공장소에 휘장과 깃발을 세워두고 베를린이 점령당했다는 사실을 세상 사람들에게 보여주는 것이 영국이 논리를 존중한다는 사실을 보여주는 것이라고 했다. 그래야 영국이 정신적으로 비겁자가 아니라는 것을 온 세상 사람들에게 보여줄 수 있다고 했다. 적국을 고통스럽게 했다는 생각조차 하고 싶지 않아서 적국을 고통스럽게 하지 못해서는 안 된다고 했다.

발렌타인이 "고통스러운 일이 너무 많았어요!"라고 말하자, 마크는 이렇게 말했다.

"워놉 양은 지금 고통을 두려워하고 있소… 하지만 지금 이 세계에는 영국이 필요하오… 나의 세계엔 말이오… 이제 그 세계를 워놉 양의 세계로 만드시오. 어떻게 하든 그 세계는 파멸될지도 모르오. 난 그 세계와 이제 인연을 끊었소… 워놉 양이 그 세계에 대해 책임을 지시오!"

영국이 도덕적으로 비겁한 장면을 연출하는 세계는 수준이 낮은 세계가 될 것이라고 했다… 달리는 기록의 기준을 낮춘다면, 경마용 말의 기준을 낮추게 되는 것처럼 그럴 거라면서 거기에 대해 생각해 보기 바란다고 했다. 퍼시몬이 지금까지의 기록을 세우지 못했다면 프랑스 그랑프리는 지금보다 덜 대단한 이벤트가 되었을 것이고, 메종 라피트[176]의 조련사들은 덜 유능하게 되었을 것이라고 했다. 그리고 기수들, 말 훈련소에서 일하는 사람들, 스포츠 기자들도 덜 유능하게 되었을 것이라고 했다… 세상 사람들에게는 한결같은 모습을 유지하는 국가가 있어야 좋다고 마크는 말했다.

이때 갑자기 발렌타인이 물었다.

"크리스토퍼는 어디 있죠?" 너무나 진지하게 물어서 마크는 한 방 먹은 것 같았다.

크리스토퍼는 밖으로 나갔다고 마크가 말하자, 발렌타인은 이렇게 소리쳤다.

---

[176] Maisons Laffite: 파리에서 18킬로미터 정도 떨어진 곳에 있는 파리 근교 도시로 유명한 경마코스로 잘 알려져 있다.

"하지만 그 사람을 나가도록 내버려 두면 안 되잖아요… 혼자 나갈 수 있는 상태가 아니란 말이에요… 크리스토퍼는 돌아가려고 나갔…"

마크가 말했다.

"가지 마시오…" 발렌타인은 문으로 가고 있었다. "크리스토퍼는 장송나팔 소리를 멈추게 하려고 나간 거요. 그렇지만 워놉 양은 나를 위해 장송나팔을 불어도 좋소. 크리스토퍼는 그레이즈인 법학원에 있는 거처로 돌아갔을 거요. 자기 아내에게 무슨 일이 일어났는지 알아보려고 말이오. 나 같으면 그렇게 하지 않겠지만."

발렌타인이 몹시 씁쓸하게 말했다.

"크리스토퍼는 안 그럴 거예요. 안 그럴 거라고요." 이렇게 말하곤 발렌타인은 방을 나갔다.

크리스토퍼의 아내가 여기서부터 불과 몇 미터 떨어진 그레이즈인 법학원에 있는 크리스토퍼의 빈집에 나타났다는 사실의 일부분은 그 당시에, 그리고 일부분은 나중에 마리 레오니에게 전해졌다. 그들은 아마도 사랑을 나누기 위해 밤늦게 그 집으로 돌아갔는데 거기서 실비아를 만난 것 같았다. 실비아가 자신이 암으로 수술 받을 예정이라고 말했기 때문에, 민감한 성격의 그들은 그 순간 같이 잘 생각은 하지도 못했을 것이다.

그것은 훌륭한 거짓말이었다. 티전스 부인은 여장부다. 그것을 부정할 수는 없다. 티전스 부인은 확실히 천재적이었다. 이 한 쌍의 커플은 세상에서 가장 순진무구한 사람들이지만, 티전스의 아내는 그 커플을 최대한 힘들게 하고 평판도 나쁘게 했다.

티전스와 워놉은 정전 기념일에 그리 즐거운 파티를 갖지 못했다. 축하 파티에 온 한 장교는 아주 미쳐버렸고, 크리스토퍼의 연대에 근무하던 동료 장교의 부인은 발렌타인에게 무례하게 굴었다고 한다. 그리고 파티에 온 대령은 멜로드라마적인 상황을 연출하며 죽었는데, 다른 장교들이 모두 달아나는 바람에, 크리스토퍼와 발렌타인이 미친 사람과 죽어가는 대령을 떠맡게 되었다고 했다.

참으로 기분 좋은 신혼여행이었을 것이다… 그들은 4륜 마차를 타고 미친 사람과 죽어가는 장교와 함께 런던 외곽에 있는 발함[177]으로 향했다고 했다. 당시 마차 밖에는 정전협정을 축하하는 16명의 사람들이 매달려 있었고, 두 명은 마차를 끄는 말 위에 올라타고 있었다고 했다. 어쨌든 트라팔가 광장[178]에서부터 몇 킬로 동안 그들은 그렇게 달렸다고 했다. 그들은 당연히 마차 안 일에 대해선 아무 관심이 없었다. 마차에 매달려 가는 사람들은 더 이상 고통이 없을 거란 생각에 즐거워했다고 했다. 발렌타인과 크리스토퍼는 그 미친 사람을 첼시에 있는 전쟁신경증 환자를 수용하는 정신병원에 넘겨주었는데, 그 이후로 그 미친 사람은 지금도 거기 있다고 한다. 하지만 그 병원에서 대령은 받지 않으려 했기 때문에 발함까지 마차를 타고 갔는데, 대령은 죽어가면서 최근 전쟁과 자신의 업적, 그리고 크리스토퍼에게 빚진 돈에 대해 일장 연설을 했다고 했다… 발렌타인은 이 모든 것이 무척이나 힘들었다고 했다. 그리고 대령은

---

[177] Balham: 남부 런던 근방에 있는 지역.
[178] Trafalgar Square: 런던 중심부에 있는 광장으로 1805년 트라팔가 해전의 승리를 기념하여 지어진 이름이다.

결국 마차 안에서 사망했다고 했다.

사륜마차의 마부는 자신의 마차 안에서 사람이 죽었다는 사실에 마차를 몰 수 없을 정도로 당황스러워하였고, 게다가 말까지 절뚝거려 그들은 런던까지 걸어서 돌아가야 했다고 했다. 그들이 트라팔가 광장에 도착한 것은 자정이 넘어서였는데, 거리에 가득 찬 인파 사이를 힘들게 뚫고 지나갔다고 했다. 그들은 의무를 다했다는 마음에, 아니면 선행을 베풀었다는 마음에 행복해 하면서 소리치는 군중들로 가득한, 환하게 밝혀진 광장을 내려다보고 있는 세인트 마틴 성당[179]의 계단 꼭대기에 섰다고 했다. 넬슨 기념비가 있는 광장에는 보도용 목재로 화톳불이 피워져 있었고, 광장에는 합승마차가 한데 뒤섞여 있었으며, 광장에 있는 저수반에는 술 취한 사람들과 연설자, 그리고 밴드로 꽉 차 있었다고 했다… 그들은 계단 꼭대기에 서서 숨을 크게 들이쉬며 처음으로 서로를 안았다고 했다… 5년, 아니 그보다 더 오래 서로 사랑했는데 말이다… 도대체 그들은 어떤 사람들인가!

그때 그레이즈인 법학원 숙소 계단 맨 위에서 머리끝부터 발끝까지 흰옷으로 차려입은 실비아를 발견했다고 했다.

크리스토퍼에게 돈을 빌린 연유로 크리스토퍼를 별로 좋아하지 않는 어느 레이디를 통해 실비아는 크리스토퍼와 발렌타인이 서로 연락했다는 사실을 아는 게 분명했다고 했다. 레이디 맥마스터를 통해서 일 거라고 했다. 크리스토퍼를 싫어하지 않는 사람은 아무도

---

[179] St. Martin's Church: 영국에서 가장 오래된 성당으로 8세기 이전에 건립.

없었는데, 그들 모두 크리스토퍼에게 돈을 빌렸기 때문이라고 했다. 대령과 미친 사람, 그리고 발렌타인에게 무례하게 군 여자의 남편… 모두 다 그랬다고 했다. 모두 말이다! 크리스토퍼에게 많은 돈을 빌리고도, 그중 몇 달러만 수표로 갚은 뒤, 전쟁포로 때 겪은 충격으로 신경쇠약에 걸렸다고 하는 샤츠바일러에 이르기까지 말이다.

하지만 여자라는 자산을 (어떤 여자라도 말이다!) 갖고 있는 크리스토퍼는 어떤 남자인가! …

마크가 잘 수 있도록 자신이 만든 탕약을 마크가 마시게 하려고 그의 몸을 부축하고 있을 때, 마크는 심각하게 말했다.

"워놉 양에게 친절히 대해달라고 당신한테 굳이 부탁할 필요는 없다고 생각하오. 크리스토퍼는 워놉 양을 돌볼 수 없을 것이오…" 이것이 마크가 자신에게 마지막으로 한 말이었다. 그가 이 말을 한 직후 전화벨이 울렸다. 당시 체온이 꽤 높았던 마크는 눈을 부릅뜨고 자신을 바라보고 있었다. 마크의 입에 넣은 온도계가 그의 잿빛 입술 위에서 반짝거렸다. 마크의 가족들이 마크를 고통스럽게 만들도록 내버려 둔 것을 한스럽게 생각하고 있을 때, 거실에서 전화벨 소리가 날카롭게 울렸다. 늘 들어왔던 그 불쾌한 올스톤마크 경의 강한 독일식 억양이 귓가에 들렸다. 그는 지금 각료회의가 진행 중인데, 마크가 여러 항구도시와 연락할 때 사용하던 암호가 무엇인지 각료들이 알고 싶어 한다고 했다. 그의 부서의 부부서장은 그날 밤 축하 파티를 하느라 어디론가 사라진 것 같다면서 그렇게 말했다. 침대에 누워 있던 마크는 아이러니컬한 어조로 그들이 수송선 파견을 중단하려 한다면 암호를 사용하지 않는 게 좋을 거라고 했다.

만약 그들이 선거를 위해 겉치레용으로 하찮은 경제 논리를 이용하려 한다면, 그런 사실을 최대한 많은 사람에게 알리는 편이 나을 거라고 했다. 게다가 자신은 그들이 수송선을 타고 독일로 갈 거라고 믿지도 않으며, 그리고 이미 상당히 많은 수송선이 최근에 파괴되었다고 마크가 말했다.

그러자 올스톤마크 경은 매우 기뻐하며 자신들은 독일로 가지 않을 거라고 했다. 그건 마리 레오니의 인생에서 가장 끔찍한 순간이었다. 하지만 마리는 자신을 억누르며 그 말을 마크에게 그대로 전했다. 그때 마크가 뭐라고 했는데 그 말을 제대로 알아듣지 못했다. 하지만 마크는 그 말을 다시 반복하려 하지 않았다. 마리는 자신이 들은 대로 올스톤마크 경에게 전했다. 그러자 껄껄거리면서 올스톤마크는 이 소식에 마크가 당황할 거라고 했다. 하지만 사람은 자신이 살고 있는 시대에 적응해야 한다면서, 시대가 변했다고 말했다.

마리는 마크를 살려보러 수화기를 내려놓았다. 그리고 마크에게 말했다. 그러곤 그 끔찍스러운 말을 빨리 다시 말했다. 마크의 얼굴은 피가 몰려 검붉게 되었다. 그는 곧장 정면을 응시했다. 마크를 일으켜 세웠지만 그는 힘없이 뒤로 쓰러졌다.

전화를 받아야 한다는 사실이 기억나 수화기 건너편의 남자에게 프랑스어로 말했다. 수화기 건너편 남자는 독일인이며, 배신자이기 때문에 자기 남편은 절대로 그나 그의 동료와는 말을 섞지 않을 거라고 했다. 상대방이 "뭐라고요? 누구시오?"라고 물었다.

끔찍스러운 여러 생각이 떠오르는 가운데 자신은 이렇게 말했다. "난 레이디 마크 티전스요. 당신은 내 남편을 죽였어. 내 인생에서 꺼져버려, 이 살인자야!"

자신이 스스로를 그렇게 부른 것은 그때가 처음이었다. 내각 각료에게 프랑스어로 말을 한 것 역시 처음이었다. 하지만 마크는 이제 내각 각료와도, 정부와도, 그리고 이 나라와도 끝이다… 그리고 이 세상과도.

올스톤마크 경과 전화를 끊자마자 크리스토퍼에게 전화를 걸었다. 크리스토퍼는 발렌타인과 함께 달려왔다. 이날은 이 젊은 커플에게 대단한 첫날밤은 분명 아니었을 것이다.

제2부

1

실비아 티전스는 왼쪽 무릎을 이용하여 자신이 타고 있던 적갈색 말을 빛나는 장군의 암갈색 암말 가까이에 다가가게 했다. 실비아가 말했다.

"만약 제가 크리스토퍼와 이혼한다면, 저와 결혼하실래요?"

장군은 몹시 충격을 받고 큰 소리로 외쳤다.

"맙소사, 그건 안 되지!"

회색 트위드 옷을 입고 있는 그는 그 옷의 어떤 부분을 제외하곤 전체적으로 빛이 났다. 하지만 그의 작은 흰 수염, 볼, 코끝이 아닌 콧대, 고삐, 친위대 넥타이, 부츠, 마틴게일[180], 재갈이 물리는 부분, 재갈, 손가락, 손톱, 이 모든 것엔 끊임없이 문지른 흔적이 있었다. 장군이 문지르거나, 장군의 부하가 문지르거나, 피틀워스 경의 마구간 관리인이 문지르거나, 마부들이 문지르거나 말이다… 무기도 끊임없이 문질러서 관리가 잘된 것 같았다. 그를 쳐다보기만 하면 그가 에드워드 캠피언 경, 퇴역한 중장, 성 미카엘·성 조지 상급 훈작

---

[180] martingale: 말의 목을 제어하는 데 사용하는 마구의 일종.

사, 무공 십자훈장. 무공훈장(殊勳章) 수여자라는 것을 알 수 있었다. 그는 "맙소사, 그건 안 되지!"라고 소리치고는, 새끼손가락으로 고삐를 이용해 자신이 타고 있던 암말을 실비아 티전스의 적갈색 말에서 떨어지게 했다. 짝의 행동에 화가 난, 앞머리가 하얀 신경질적인 적갈색 말은 암말에게 이빨을 드러내 보이며 이리저리 움직이고는 입에서 거품을 쏟아냈다. 안장 위에 앉아있던 실비아의 몸이 앞뒤로 약간 흔들렸다. 실비아는 저 아래에 있는 남편의 정원을 바라보며 미소 지었다.

"장군님은…" 실비아가 말했다. "말들을 놀라게 한다고 해서, 내가 더 이상 그 생각을 못하게 될 거라고 생각하지는 않죠? …"

"남자는" 장군은 말하는 사이사이에 자신의 암말에게 "이랴"라고 하면서 말을 이었다. "자신의… 와는 결혼하지 않아…"

그의 암말은 제방 쪽으로 한두 걸음 뒷걸음치더니 앞으로 한걸음 나아갔다.

"자신의 무엇이라고요?" 실비아는 상냥하게 물었다. "장군님은 절 장군님의 버린 정부라고 부르려던 건 아니겠지요. 대부분의 남자는 나를 자기 정부로 삼으려고 시도할 거예요. 하지만 저는 장군님 정부가 된 적은 없어요… 전 마이클 생각을 해야 하니까요!"

"그 아이를 뭐라고 부를지 확실히 정했으면 좋겠군." 장군은 보복하듯 말했다. "마이클이라고 하든, 마크라고 하든 말이야!" 그러곤 이렇게 덧붙였다. "나는 '대자의 아내'라고 말하려던 참이었어… 남자라면 대자의 아내와 결혼하면 안 된다는 말이야."

실비아는 자신의 적갈색 말의 목을 쓰다듬으려고 몸을 앞으로 숙였다.

"남자라면 다른 남자의 아내와 결혼할 수 없어요." 실비아는 말했다. "하지만 그 프랑스 미용사 출신의 미망인 다음으로… 제가 두 번째 레이디 티젼스가 될 거라고 생각하신다면…"

"그럼 차라리 인도로 가고 싶어 하겠군…" 장군이 말했다.

인도의 모습이 그들 마음속에 살짝 떠올랐다. 그들은 말 위에서 아주 높은 기와지붕과 안으로 들어간 창문이 있는 회색 돌 집, 서식스에 있는 티젼스의 집을 바라보았다. 장군은 아크바 칸, 마케도니아[181]의 알렉산더 대왕, 필립 왕의 아들[182], 델리, 카운포르의 대학살[183]과 같은 이름들을 떠올렸다… 어렸을 때부터 영국왕의 왕관에 있는 가장 큰 보석에 대한 생각에 빠져 있던 장군은 그런 낭만적 이야기를 떠올렸던 것이다. 그는 웨스트 클리블랜드 주의 의원이자, 정부의 눈에는 가시 같은 존재였다. 그들은 장군에게 인도를 주어야 한다. 그에게 인도를 주지 않으면 최근 전쟁 막바지에 일어난 일을 장군이 폭로할 수 있다는 사실을 그들은 알고 있기 때문이다… 하지만 장군은 절대 폭로하지는 않을 것이다. 정부라 할지라도 협박은 하지 말아야 한다고 생각하고 있었기 때문이었다.

하지만 모든 면에서 장군은 인도 그 자체였다.

실비아도 장군이 모든 면에 있어서 인도라는 것을 알고 있었다.

---

[181] Macedon: 고대 그리스 북방에 있던 왕국.
[182] 알렉산더 대왕(356~323 B.C.)의 아버지는 마케도니아의 필립 2세였다.
[183] Cawnpore: 동인도 회사 병력이 주둔한 인도의 수비대 주둔 도시로 1857년 영국통치에 저항한 유혈폭동이 일어났다.

그녀는 보석이 박힌 작은 왕관을 쓰고 총독 관저 축하 연회에 참석하면 자신도 인도가 될 거라고 생각했다… 셰익스피어의 작품에서 누가 말한 것처럼 말이다.

나는 죽어가네, 이집트여, 죽어가네! 그래도
수천 키스 중에 내가 마지막으로
당신의 입술에 키스할 때까지
나는 죽음의 신에게 기다려 달라고 청할 것이다.[184]

실비아는 자신이 애인을 얻기 위해, 이 늙은 말라깽이 광대[185]를 배신하자, 이 늙은 광대가 자신의 발아래서 "나는 죽어가네, 인도여, 죽어가네."라고 소리치는 것을 상상하며 즐거워했다. 키가 아주 큰 자신은 보석이 박힌 왕관을 쓰고, 아마 흰옷을, 아마도 새틴 옷을 입고 있을 것이다!

장군은 말했다.

"실비아도 내 대자와 이혼할 수 없다는 사실을 알고 있잖아. 로마 가톨릭 신자니 말이야."[186]

실비아는 미소를 지으며 말했다.

"오, 제가 그렇게 할 수 없다고요? … 마이클이 육군 원수를 새아

---

[184] 영국의 극작가 셰익스피어(Shakespeare)가 쓴 <안토니와 클레오파트라>(Anthony and Cleopatra)의 4막 15장에서 안토니가 이집트의 상징인 클레오파트라에게 말하는 내용.
[185] old Pantaloon: 여기서는 마른 몸의 나이가 든 캠피언 장군을 지칭한다.
[186] 특별히 교황이 허락하지 않는 한 당시 가톨릭은 이혼을 허락하지 않았다.

버지로 두는 것은 큰 이득이 될 텐데요…"

장군은 짜증스럽다는 듯이 말했다.

"그 아이의 이름을 마이클로 할지, 마크로 할지 정했으면 좋겠어!"

실비아가 말했다.

"그 아인 자신을 마크라고 불러요… 전 마크라는 이름이 싫어서 마이클이라고 부르고요…"

실비아는 캠피언 장군을 정말 증오한다는 듯이 바라보았다. 실비아는 기회가 오면 장군에게 복수할 것이라고 말했다. "마이클"은 새터스웨이트가의 이름이고 "마크"는 티전스가의 맏아들 이름이다. 아이는 원래 마이클 티전스로 세례를 받고 그 이름으로 등록도 했다. 로마가톨릭교회에 입회할 때는 "마이클 마크"라는 이름으로 세례를 받았다. 그다음에 실비아 평생의 치욕스러운 일이 뒤따랐다. 가톨릭 세례식 이후 아이는 자신을 마크라고 불러달라고 요청했던 것이다. 실비아는 아이에게 진심인지 물었다. 오랜 침묵 후에, 그러니까 판결을 내리기 전에 아이들이 갖는 끔찍이도 오랜 침묵 후에, 아이는 앞으로 자신의 이름을 마크로 정할 생각이라고 했다… 아버지의 형의 이름이자, 아버지의 아버지, 아버지의 할아버지, 아버지의 증조할아버지의 이름인 마크로 정할 것이라고 했다… 사자와 검의 사도[187]의 이름으로 정할 것이라고 말했다… 아이는 자신의 어머

---

[187] apostle of the lion and the sword: 「마가복음」을 쓴 성 마크를 말한다. 기독교 성인들은 전통적으로 상징적인 그림으로 표현되는데 성 마크는 날개 달린 사자로 성경책이나 검을 든 모습으로 묘사되었다.

니 쪽 이름인 새터스웨이트는 무시한 것이다.

실비아는 마크라는 이름을 혐오했다. 이 세상에서 실비아가 싫어하는 사람이 하나 있다면, 그건 실비아의 매력에 무감각하기 때문에 실비아가 싫어하는, 지금 그녀의 눈 아래에 있는 초가지붕 아래에 누워있는 마크 티젠스였다… 하지만 실비아의 아들은 잔인하게도 자기 이름을 마크 티젠스로 정하려 한다.

장군은 툴툴거렸다.

"실비아를 파악하는 건 불가능한 것 같아… 저 프랑스 여자 다음으로 레이디 티젠스가 되는 게 창피하다고 지금 이야기를 하고 있지만… 그 프랑스 여인은 마크 경의 정부에 지나지 않는다고 본인이 늘 말하고 다녔잖아… 실비아는 이 말을 하고, 다음엔 다른 말을 해… 그러니 어떤 말을 믿어야겠어?"

실비아는 환한 표정으로 생색내듯 그를 바라보았다. 장군은 계속 툴툴거렸다.

"이 말을 하다가, 다음엔 다른 말을 하니 말이야… 가톨릭 신자이기 때문에 내 대자와 이혼할 수 없다고 말하다가도, 이혼 절차를 진행하면서 그 불쌍한 녀석에게 온갖 비방을 하니 말이야. 그리고 나선 교의(敎義)에 따라 중단하고… 도대체 무슨 꿍꿍이속이야?" 실비아는 자신의 말 너머에 있는 장군을 여전히 얄궂지만 즐거운 표정으로 바라보았다.

장군이 말했다.

"정말 실비아 마음을 알 수가 없어… 수개월 동안 계속, 바로 조금 전까지만 해도, 본인은 암으로 죽어가고 있다고 하고선…"

실비아는 아주 기분 좋게 대꾸했다.

"난 저 여자가 크리스토퍼의 정부가 되길 바라지 않았어요… 장군님도 생각이 있는 남자라면 그렇게 할 수는 없다고 생각하시죠… 제 말은 자기 아내가 그런 상태에 있는 남자라면 말이에요… 하지만 그 여자가 그러겠다고 고집을 부린다면… 저는 평생 혼자 틀어박혀 살지는 않을 거예요…"

실비아는 장군에게 쾌활하게 웃었다.

"장군님은 여자에 대해 아는 게 없는 거 같아요." 실비아가 말했다. "물론 그럴 필요도 없지만요. 당연히 마크 티전스는 자신의 정부와 결혼했어요. 남자들은 임종 시 신에 대한 봉납(奉納)으로 그렇게들 하죠. 제가 인도에 가지 않으면 장군님도 결국엔 파트리치 부인과 결혼하게 될 거예요. 장군님은 절대 안 그럴 거라고 생각하시겠지만, 그렇게 될 거예요… 마이클을 위해서라도 제가 영국 해협 건너편에서 한몫 잡으려고 온 미망인 다음으로 레이디 티전스가 되는 것보다는 인도의 레이디 에드워드 캠피언이 되는 게 더 나을 거라고 생각해요…" 실비아는 웃으며 이렇게 덧붙였다. "어쨌든, 블레스드 챠일드 수녀원에 있던 수녀들은 제가 죽을 때 가질 다과회에서 순수의 상징인 백합을 가장 많이 보게 될 거라고 했어요… 머리 위에는 큰 십자가가 있고 백합 사이에 둘러 싸여 있는 제 모습을 보시게 되면 저만큼 황홀한 사람은 보지 못했다고 인정하실 거예요… 지금 마음이 진짜 찡하신 모양이군요! 크리스토퍼가 실제로 그 여자와 여기서 살고 있다는 말을 들었을 때 장군님은 크리스토퍼의 목을 자르겠다고 맹세하셨잖아요…"

장군은 소리쳤다.

"그로비 저택에 있는 미망인용 주거 말인데… 진짜 상황이 묘하게 됐어… 그로비를 그 망할 놈의 미친 미국 여자에게 세주었을 때, 난 미망인용 주거에서 살고 내 말들은 그로비 저택 마구간에 둘 수 있다고 실비아가 나한테 말했잖아. 하지만 이제 보니 그럴 수 있을 것 같지가 않더군… 이젠…"

실비아가 대답했다. "시아주버니가 미망인용 주거를 자기 정부에게 준 것 같아요… 어쨌든 장군님은 집 장만은 할 수 있잖아요. 돈도 충분히 있으시니까요!"

장군은 신음하듯 말했다.

"돈이 충분하다고!"

실비아가 말했다.

"장군님은 아직도 차남의 계승적 재산권[188]을 가지고 계시잖아요. 육군 원수의 봉급도 여전히 받고, 전쟁 막바지에 나라에서 준 보조금에서 이자도 나오고요. 게다가 하원 의원으로 1년에 400파운드도 받잖아요. 그리고 그로비에서 수년간 지내면서 장군님 생활비와 장군님 하인 생활비, 그리고 장군님 말 사육비, 마부 생활비도 저한테서 받았잖아요…"

장군의 얼굴엔 낙담한 기색이 역력했다. 그가 말했다.

"실비아… 내 선거구를 유지하는 데 드는 비용을 한번 생각해봐… 누가 들으면 실비아가 나를 미워한다고 생각하겠어!"

---

[188] settlement: 재산권을 계승적으로 이전하는 것같이 처분하는 것.

실비아는 눈 아래 펼쳐진 과수원과 정원을 집어 삼킬 듯이 바라보았다. 갓 파헤쳐진 흙 고랑이 말발굽 밑에서부터 저 아래 집까지 거의 수직으로 뻗어 있었다. 실비아가 말했다.

"저기가 급수시설인가 봐요. 저 위에 있는 샘 말이에요. 크램프라는 목공이 배관에 늘 문제가 있다고 했어요!"

장군이 소리쳤다.

"실비아, 드 브레이 페이프 부인에게 여기 사람들은 급수시설이 없어 목욕도 못 한다고 말했잖아!"

실비아가 대답했다.

"그렇게 말 안 했다면, 그 부인은 그로비의 그 거대한 나무를 자를 엄두도 내지 못했을 거예요… 드 브레이 페이프 부인에겐 목욕 안 하는 사람들은 법의 보호를 받을 자격도 없는 사람이라는 것을 아직도 모르시겠어요? 그래서 진짜로 용감하진 않지만 그 오래된 나무를 자를 각오를 한 거예요…" 그러곤 이렇게 덧붙였다. "네, 저도 구두쇠를 싫어하는 것 같아요. 그런데 장군님은 제가 아는 사람 중 구두쇠에 제일 가까워요…" 실비아는 계속 말을 이었다. "하지만 진정하세요. 저와 결혼하게 되면 장군님은 새터스웨이트 집안에서 생기는 가외소득을 갖게 될 거예요. 그리고 마이클이 성년이 될 때까지 그로비에서 나오는 가외소득도 물론 받게 될 것이고요. 그리고 인도에서 나오는, 그게 얼마더라, 그래 연간 만 파운드도 있잖아요. 그것을 다 받는데다가, 제가 그로비를 유지하는 비용을 다 대는데도, 그로비에서 지내는 비용을 어느 정도 댈 돈도 없다고 한다면, 장군님은 제가 생각하는 구두쇠도 못 될 거예요!"

피틀워스 경과 거닝은 많은 말을 이끌고 정원 측면 바깥쪽에 난 부드러운 길에서 나와 정원 꼭대기에 접해 있는 단단한 길을 따라 올라갔다. 거닝은 발을 발걸이[189]에 걸지 않고 말에 올라타, 다른 두 필의 말의 고삐를 잡았다. 말들은 드 브레이 페이프 부인, 로우더 부인, 그리고 마크 티전스의 말이었다. 모과나무가 가득한 정원과 나무가 많은 지역에서 볼 수 있는 엄청나게 높은 지붕이 있는 오래 된 집, 그리고 마크 티전스의 주거지 초가지붕이 보였다. 산울타리 건너편부터 그 유명한 4개의 카운티가 끝없이 이어졌다. 몇 킬로미터 떨어진 곳에서부터 비행기가 그들을 향해 윙 소리를 내며 오고 있었다. 고사리로 뒤덮인 경사지가 저쪽 길에서 시작하여 철사로 된 울타리를 따라, 쿠퍼의 공유지 꼭대기에 있는 큰 너도밤나무들이 몰려 있는 곳까지 이어져 있었다. 정적 속에서 들려오는 말발굽 소리는 유유자적하게 달려오는 기병대들이 타는 말발굽 소리 같았다. 거닝은 약간 떨어져 말들을 멈추어 세웠다. 실비아가 타고 있는 말은 성질이 고약해 가까이 다가갈 수 없었다.

피틀워스 경은 장군에게 다가가 이렇게 말했다.

"빌어먹을. 캠피언 장군, 헬렌 로우더가 저 아래에 내려 갔어야 했소? 분명히 내 처가 앞으로 2주 동안 내 수염을 비틀 거요!" 그러곤 거닝에게 이렇게 소리쳤다. "이 못된 악당 같으니라고, 스피딩이 불평하던데, 도대체 어떤 문에 손을 댄 거야." 그러곤 장군에게 이

---

[189] stirrups: 말을 딛고 오를 때, 또는 달릴 때 양발을 끼워 안정된 자세를 유지하기 위한 마구(馬具) 중 하나.

렇게 덧붙였다. "이 악당 같은 친구는 내 밑에서 30년 동안 일했지만, 장군의 대자의 마당에 있는 문을 모두 반대 방향으로 움직이게 해 놨소. 물론 주인의 이익을 위해서겠지만, 이건 조정을 해야 할 거요. 이런 식으로 계속 내버려 둘 수는 없소." 그는 실비아에게 말했다.

"여긴 헬렌이 올 곳이 아니오. 그렇지 않소? 온갖 부류의 사람들이 모여 사는 곳이잖소. 실비아가 한 말이 사실이라면 말이오…"

피틀워스 백작은 어디에 있든, 늘 주홍 연미복과 하얀 벅스킨[190] 바지를 입고, 여우 사냥을 하는 모습이 담긴 핀이 달린 하얀 목도리를 두르고, 아주 성가셔 보이는 외알 안경과 실크 줄이 달린 실크해트를 착용한 것 같은 인상을 주었다. 사실 그는 검은색의 네모난 펠트 모자와 검은색과 흰색이 섞인 트위드 옷을 입고 있었고, 외알 안경은 쓰지도 않았다. 하지만 그는 사람을 바라볼 때 마치 외알 안경을 쓴 것처럼, 눈 하나를 찡그렸다. 맑고 검은 눈동자와 흰 구레나룻, 그리고 뻣뻣한 흰 수염이 난, 거무스름하면서 찌푸린 얼굴을 한 그는, 커다란 말 위에 앉아있는, 수다스럽지만 아주 숙련된 원숭이 같은 인상을 주었다.

그는 거닝이 들리지 않는 거리에 있다고 생각해 두 명에게 계속 말했다. "하인들 앞에서 주인의 본모습을 드러내서는 안 되지… 하지만 캐미가 많은 돈을 투자한 이 쇼의 주최자의 조카딸한테는 이 곳이 맞지 않는 곳 같소. 어쨌든 캐미가 앞으로 나에게 핀잔을 줄

---

[190] buckskin: 사슴·염소의 부드러운 가죽.

것 같소!" 백작과 결혼하기 전 레이디 피틀워스의 처녀 이름은 캠든 그림이었다. "진짜 사랑… 사랑의 집[191]이겠군. 실비아 말이 맞는다면 말이오. 이 나이의 마크치고는 참 기묘한 상황이로군."

장군이 피틀워스에게 말했다.

"실비아가 나보러 진짜 구두쇠라고 하네… 혹 자네 관리인들은 내가 팁을 주지 않는다고 불평 안 하나? 그게 진짜 구두쇠의 표시지!"

피틀워스는 실비아에게 말했다.

"남편이 사는 곳에 대해 내가 그런 식으로 이야기해 불편하지 않았나 모르겠소." 그러고 나서 그는 예전 같았으면 남의 부인 앞에서 남편에 대해 그런 식으로 말하지 않았을 거라고 덧붙였다. 그러면서 실제로는 그런 식으로 이야기했을지도 모른다고 말했다. 그리고 자신의 할아버지는 어떤 여자를…

실비아는 헬렌 로우더가 스스로 알아서 잘할 거라고 생각한다고 말했다. 헬렌의 남편은 보통 부인이 남편에게 당연히 기대할 정도의 신경도 헬렌에게 쓰지 않는다고들 한다. 그래서 만약 크리스토퍼가…

실비아는 피틀워스가 무슨 생각을 하나 알아보려는 듯 곁눈질 했다. 갈색 피부의 피틀워스의 얼굴이 약간 붉어지기 시작했다. 그는 저 너머의 풍경을 바라보면서 침을 삼켰다. 실비아는 결정을 내릴 시간이 다가왔음을 느꼈다. 시대는 바뀌었고 세상은 달라졌다. 실비

---

[191] Agapemone: 19세기 중엽 영국의 자유 연애주의자 집단.

아는 여느 때보다도 오늘 아침에 마음이 더 무거웠다. 실비아는 전날 밤 피틀워스와 긴 테라스에서 오랫동안 영리한 대화를 나누었다. 실비아는 피틀워스가 나중에 자기 아내와 침실에서 더 긴 대화를 할 거라는 사실을 알고 있었다. 대저택 방문 시, 집주인이 안주인에게 뭔가 이야기를 할 때면, 일종의 긴장감이 감돈다. 집주인과 안주인이 (보통은 집주인이 한마디 해서) 자리를 뜨게 되면, 손님들은 누가 자리를 뜨자는 신호를 보냈는지 확신하지 못한 채, 뿔뿔이 흩어져 하품까지 참아가며 대기한다. 결국 집사가 주인과 가장 가까운 손님에게 다가가 백작부인이 다시 내려오지 않을 거라는 말을 전한다.

그날 밤 실비아는 전력을 다했다. 그녀는 테라스에서 백작에게 자신이 현재 바라보고 있는 정원의 집 주인이 어떻게 살고 있는지 이야기했다. 마치 그 집의 운명을 좌우하는 여신처럼 실비아는 저 아래에 있는 작은 집을 내려다보았다. 하지만 실비아는 확신하지 못했다. 피틀워스의 붉어진 얼굴은 가라앉을 기색이 없었다. 그는 마치 책을 읽듯이 자신의 영토를 계속 바라보았다. 군락을 이룬 나무들과 나무들 사이에 있는 새 빌라의 빨간 지붕, 독특하게 생긴 집풍기(集風器)가 달린 홉을 건조하는 솥이 보였다. 그는 무엇인가 말할 준비를 하고 있었다. 전날 밤 실비아는 거기 사는 사람들을 쫓아내 달라고 피틀워스에게 요청했었다.

당연히 실비아는 여러 말로 그렇게 해 달라고 청하진 않았다. 하지만 실비아는 상대방이 자신의 말을 믿는다면, 양심적인 귀족이라면 그런 악의 뿌리를 제거하는 데 최선을 다할 필요가 있다고 느낄 정도로 크리스토퍼와 마크에 관해 이야기했다… 따라서 매력적인 아름다움을 겸비한 자신의 말을 피틀워스가 믿는지가 관건이라고 실비아는 생각했다. 피틀워스는 굉장히 사악하고, 거만하며, 영향력 있는 집안 출신의 몹시 사악한 남자들이 말년에 그렇듯, 대서양 너머에서 온 자기 아내에게 끔찍할 정도로 가정적이었고 애착을 느꼈다. 말하자면 그런 사람들은 수많은 오페라 가수들과 유명한 매춘부의 변덕을 맞추며 살아왔기 때문에, 말년에 변덕스럽거나 영향력 있는 아내를 맞이하게 되었을 때, 자신의 생의 동반자에게 뻣뻣하면서도 세심하게 존경심을 보여주는 요령을 터득하게 되는 법이다. 그들은 그런 능력을 타고났다.

따라서 그 정원과 그 높은 지붕이 있는 집에 사는 사람들의 운명은 사실상 캐미 피틀워스의 손에 달려있는 것이다. 오늘날 지체 높은 귀족들이 자신의 영지에 사는 사람들의 운명에 영향 (그들은 그런 영향력이 있다고 다들 말한다)을 미친다면 말이다.

남자들이란 참 기묘한 존재들이다. 피틀워스는 기묘한 순간에 경직되었다. 어제 밤에도 그랬다. 하지만 그는 실비아의 진술을 참을성 있게 경청했다. 마크는 아이가 있는 부부를 더 좋아했기 때문에, 백작이 아이를 가진 경우만큼 백작과 마크는 친밀한 관계는 아니었지만, 백작은 자신과 마크 티전스는 오랜 지인 사이란 사실을 명심하고 있었다. 백작은 마크를 아주 잘 알고 있었다… 자신이 잘 아는 사람에 대한 소문을 아름다운 여자에게 들을 때, 더욱더 믿게 되는 법이다. 아름다움과 진실은 비슷해 보이기 때문이다. 게다가 보지 않을 때, 당사자가 무엇을 하는지 알 수 없다는 것 또한 사실이니 말이다.

따라서 마크의 건강이 지금처럼 엉망이 되고, 몸이 망가진 게 마크가 숨겨둔 첩 때문이라고 이야기를 지어내거나 혹은 암시하는 게 도를 넘지는 않는다고 실비아는 생각했던 것이다. 어찌 됐든 실비아는 시도해볼 작정이었다. 남자들 세계에선 가장 친한 친구가 그렇다고 누가 말해도 믿을 수 있는 그런 것들이니 말이다. 백작이 "생각해보면… 내 오랜 X가 그동안… 조용한 친군 줄만 알았는데, 사실은…"라고 말을 한다면 그가 확신하게 되었다는 의미일 것이다.

그러면 성공하게 되는 것이다.

하지만 크리스토퍼의 금전적인 습성에 대해 실비아가 지어낸 이야기는 그렇게 성공적이지 못한 것 같았다. 크리스토퍼가 여자들의 돈으로, 예를 들어 과거에는 두쉬민 부인이었지만 현재는 레이디 맥마스터의 돈으로 살고 있다고 믿도록 유도하는 동안, 백작은 고개를 갸우뚱거리며 실비아의 말을 들었다. 백작은 실비아의 말을 경청했고, 실비아의 주장은 상당히 타당해 보였다. 두쉬민 목사는 자신의 미망인에게 상당히 많은 돈을 남겼다고 알려져 있었고, 레이디 맥마스터는 지금 자신들이 서 있는 곳에서 10킬로미터 정도 떨어진 곳에 아주 멋진 집이 있었기 때문이다.

레이디 맥마스터가 얼마 전 실비아를 실제로 찾아왔기 때문에 실비아가 이디스 에텔을 이 이야기에 끌어들이는 건 아주 자연스러워 보였다. 에텔이 실비아를 찾아 온 이유는 그녀를 미칠 정도로 괴롭히는 고(故) 맥마스터가 크리스토퍼에게 진 빚 때문이었다. 레이디 맥마스터는 실비아가 크리스토퍼에게 영향력을 행사할 수 있는지 알아보러 찾아왔던 것이다. 크리스토퍼로 하여금 빚을 면제시켜 주도록 말이다!

하지만 예상과는 달리 크리스토퍼는 바보 같은 짓을 계속하진 않았다. 그는 그 가련한 여자를 이 궁핍한 곳으로 데려는 왔지만, 그 여자와 그 여자가 낳을 아이를 실제로 굶주리게 하거나, 너무 궁핍하게 살도록 하지는 않을 작정이었던 같았다. 수년 전 자신의 불편한 허영심을 만족시키기 위해, 맥마스터는 크리스토퍼에게 자신의 생명 보험금을 탈 권리를 주었다. 실비아도 잘 알고 있듯이, 맥마스터는 크리스토퍼에게서 잔인한 정도로 돈을 뜯어냈다. 하지만 크리스토퍼는 자신이 준 돈을 일종의 선물로 생각했다. 실비아는 그 문제로 아주 여러 번 크리스토퍼를 질책했다. 그것은 크리스토퍼의 가장 참을 수 없는 점 중 하나였기 때문이었다.

하지만 생명 보험금 지급 건은 아직 남아있었고, 그 가련한 맥마스터의 거대한 사유지를 담보로 크리스토퍼에게 보험금을 지급하기로 되어 있었다. 어쨌든 보험회사는 크리스토퍼에게 주기로 된 돈을 지급할 때까지는 미망인에게 돈을 지급하지 않으려 했다… 크리스토퍼가 자신을 위해서는 절대 하지 않았을 일을 그 여자를 위해선 하고 있다는 생각에 실비아의 마음은 더욱 비통했고, 그 비통함은 고통을 주고자 하는 마음으로 바뀌었다. 실비아는 그 여자를 정신이 나갈 정도로 고통스럽게 만들고 싶었다. 실비아가 지금 여기 있는 이유는 바로 그것 때문이었다. 실비아는 높은 지붕 아래에 있는 발렌타인이, 지금 자신이 울타리를 내려다보고 있다는 사실에 고통스러워 할 거라고 생각했다.

레이디 맥마스터가 찾아왔을 때, 실비아는 다시금 비통한 마음이 들었지만 저 아래 보이는 집에 사는 사람들에게 자신이 골칫거리가 될 수 있는 방법이 떠올랐다. 장례식용 말과 같이 우아함과 불길함을 동시에 연출하는 환상적인 크레이프로 만든 상복을 입은 레이디 맥마스터는 실제로 약간 정신이 나간 것 같았다. 레이디 맥마스터는 크리스토퍼가 자신에 대해 갖고 있는 통제권을 약화시킬 방법이 있는지 실비아의 의견을 물었고, 그런 방법이 있다면 심지어 그렇게 해 달라고 서신을 통해 계속 간청했다. 그러더니 레이디 맥마스터는 기발한 방법을 찾아냈다… 몇 년 전 이디스 에텔은 현재는 세상을 떠난 스코틀랜드 출신의 유명한 문인과 정신적인 교제를 했다. 잘 알려진 것처럼 이디스 에텔은 많은 스코틀랜드 문인들에게 뮤즈와 같은 역할을 했다. 그것은 아주 자연스러운 일이었다. 맥마스터는 스코틀랜드 출신으로 가난한 문인들에게 정부 지원금을 나누어 주었고, 이디스 에텔은 열정적인데다 교양도 갖추었으니 말이다. 이디스 에텔이 입은 크레이프로 된 상복 차림새와 그녀가 앉아 있을 때나 자신의 양손을 움켜쥐기 위해 흥분하여 일어날 때, 그녀가 상복을 어떻게 다루는지 보면 알 수 있을 것이다.

하지만 이 특정한 스코틀랜드 문인의 편지는 보통의 여자 조언자에게 하는 말의 한계를 넘어섰다. 이 편지에서 스코틀랜드 문인은 레이디 맥마스터의 눈, 팔, 어깨, 여성적 분위기에 대해 언급하고 있었다… 레이디 맥마스터는 이 편지들을 대서양 건너편 수집가들에게 팔라고 크리스토퍼에게 위탁하면 어떻겠느냐는 제안을 했다. 그러면서 이 편지들은 최소한 3만 파운드는 받을 수 있으며, 그 돈의 10퍼센트를 수수료로 크리스토퍼가 받는다면, 맥마스터가 빚진

4천 파운드를 충분히 변제할 수 있을 것이라고 했다.

이것은 아주 기이한 방책이라는 생각이 든 실비아는 몹시 기뻐하면서, 이디스 에텔에게 편지를 가지고 티전스의 집에 가서, 가능하다면 티전스가 부재할 때 발렌타인 워놉을 만나볼 것을 제안했다. 레이디 맥마스터가 그렇게 하면, 자신의 경쟁자는 상당히 불안해할 거라고 실비아는 생각했던 것이다. 설령 그렇게 되지 않더라도 이디스 에텔에게서 워놉에 관한 세세한 정보, 가령 워놉의 지친 모습이라든지, 남루한 옷, 거친 손들에 대해 듣게 될 거라고 생각했던 것이다. 남자에게 버림받은 여자가 느끼는 가장 큰 고통은 그 남자가 그 이후에 어떻게 사는지에 대한 세세한 정보를 알고 싶은 데에 기인한다. 실비아 티전스는 여러 해 동안 남편을 고통스럽게 했다. 실비아는 남편이 책임을 다하지 않았기 때문에 자신은 남편에게 가시와도 같은 존재가 된 것이라고 생각했다. 만약 이용당하면서도 자신의 권리를 주장하지 않는 남편과 같이 살고 있다면, 신사와 기독교인에 대한 자신의 기준이 남편이 생각하는 기준보다 낮다고 생각하게 될 것이며, 그 때문에 불쾌하게 느껴지게 될 것이다. 어쨌든 실비아 티전스는 여러 해 동안 좋거나 나쁘거나 (대부분 나빴지만) 크리스토퍼 티전스에게 영향을 미치고 있었다. 하지만 이제는 외부적으로 골치 아프게 하지 않을 경우를 제외하고는, 좋던 나쁘던 그 어떤 영향도 미칠 수 없게 되었다. 남편은 자신이 끌고 다니기엔 너무 딱딱하고 견고한 곡물자루[192] 같은 존재였기 때문이다.

---

[192] 아무런 저항도 하지 않고 아무런 반응도 보이지 않는 존재라는 의미다.

따라서 실비아가 유일하게 기쁨을 느끼는 순간은 밤에 친한 친구들과 함께 있을 때 자신이 아직 남편과 속마음을 말하는 사이라는 것을 주장할 때였다. 실비아는 (실비아의 친구들도) 보통은 전 남편 집의 하인들에게 자신의 마음을 터놓지는 않았다. 하지만 남편의 목공의 아내에게서 얻어낸 크리스토퍼 집에 관한 세세한 정보에, 자신이 사회적 규범을 어기고 남편의 하인들과 어울렸다는 사실을 친구들이 잊을 만큼 즐거워하는지 한번 시도해 보고 싶었다. 그리고 남편이 자신을 떠났다는 사실을 밝힘으로써 스스로가 매력 없는 여자라고 공표한 것이라고 목공의 아내가 생각하는지도 한번 알아보고 싶었다.

실비아는 이제까지 이 둘을 다 시도해 보았다. 하지만 이제 자신의 노력으로 인기를 누리는 프리랜서 여자로 사는 게 나은지, 아니면 인도 총사령관의 아내처럼 정숙하게 사는 게 더 나은지 생각해야 할 시간이 왔다. 배스 훈위 에드워드 캠피언 장군 같은 늙은 광대 덕분에 자신의 위신이 조금이라도 더 올라가는 게 약간 수치스러울지 모르겠지만, 그게 더 편안할 수도 있지 않을까 하는 생각이 들었다! 마지와 비티, 심지어 피틀워스 백작부인인 캐미 같은 부류에 속하기 위해서는, 경제적으로 여유 있고, 집안이 좋다 해도, 끊임없이 노력하고 늘 경계해야 한다. 그리고 자신의 주요 여흥거리가 자신을 좋아하지 않는 남편의 가정적 불행이라면, 더 많은 노력을 기울여야 한다.

마지, 그러니까 레이디 스턴에게 실비아는 남편은 단추가 떨어진 옷을 입고 있지만, 남편과 같이 사는 여자는 최고급의 아주 세련된 옷을 입는다고 말할 수 있을 것이다. 그리고 베티, 그러니까 레이디 엘스바허에게는 남편 목공의 아내에게 들었다면서, 남편 집은 검은 나무로 만든 포장 박스들이 여기 저기 널려있는 동굴 같다고 말할 수 있을 것이다… 혹은 캐미, 그러니까 레이디 피틀워스와 드 브레이 페이프 부인, 그리고 루터 부인에게는 남편과 같이 사는 여자는 급수 시설에 문제가 있어서, 남편의 목욕 준비에 어려움을 겪고 있다고 말할 수도 있을 것이다… 하지만 누군가는 (미국 여자 셋과 같이 있을 때 한두 번 있었던 것처럼) 실비아의 남편이 사실상 그로비의 티전스라는 점을 약간 망설이듯이 지적하곤 했다. 사람들은, 특히 미국 여자들은 작위나 그와 비슷한 것을 거절한 영국 시골 신사를 특히 중시하였다. 남편은 작위를 거절하지 않았다. 거절할 수도 없었다. 남편의 형 마크가 준남작 지위를 거절하려 했지만 마지막 순간에 그럴 수 없다는 사실을 알게 되었다. 하지만 남편은 실제로 엄청난 영지를 상속받지 않겠다고 했고, 실비아의 친구들은 그런 사실을 로맨틱하게 생각했다. 남편이 가난하게 된 이유는 방종한 생활과 거기에 따른 파산을 겪었기 때문이라고 자신은 주장했지만, 자신의 친구들은 남편이 가난하게 사는 게 신비주의적 성향 때문은 아닌지, 즉 자발적으로 가난하게 사는 것은 아닌지 때때로 물었다. 그들은 자신과 자신의 아들이 상당한 재산을 갖고 있는 것 자체가 남편에게 더 이상 낭비할 돈이 남아있지 않아서가 아니라, 남편이 재산을 탐하지 않고 너그럽다는 증거가 될 수 있다는 사실을 지적하곤 했다…

캐미 피틀워스가 같이 지내기 좋아하는 미국 여자들 마음속에 그런 의문이 생기는 징후가 보였다. 이때까지 자신은 그 징후들을 누를 수 있었다. 어쨌든 자신의 발밑에 있는 남편 집안은 내막을 모르는 사람들에게는 특이하게 보일 것이다. 하지만 실비아 자신은 그 내막을 알고 있었다. 두 형제 사이의 말없는 불화의 원인과 그들이 삶에 대해 어떤 태도를 갖고 있는지 알고 있었다. 그리고 자신이 그토록 아끼는 것을 남편이 경멸했기 때문에 분노했지만, 이들 사이의 말없는 불화(그 불화로 인해 그들은 모든 것을 포기하며 살아가고 있었다)에 대해 자신한테 근본적인 책임이 있다는 사실에 적잖이 만족스러웠다. 남편의 형 마크가 한때 믿었던 남편에 관한 불명예스러운 이야기는 사실 자신이 퍼트린 것이었기 때문이었다.

하지만 그 집안을 말로써 풍비박산 낼 정도의 힘을 유지하려면 세부적인 것도 알아야 한다고 생각했다. 자신의 말을 확증해줄 수 있는 세부적인 사실을 알아야 했다. 그렇지 않으면 그들이 얼마나 파렴치하고 퇴폐적인 삶을 살고 있는지 설득력 있게 제시할 수 없을 테니 말이다. 사람들은 자신이 드 브레이 페이프 부인과 자신의 아들을 압박하여 이 터무니없는 방문을 하게 한 것과 이 집 내부에 대한 로우더 부인의 호기심을 불러일으킨 것이 오직 발렌타인 워놉을 괴롭히고 싶은 욕망 때문이라고 생각할지도 모른다. 하지만 거기에는 그 이상의 목적이 있다는 것을 자신은 의식하고 있었다. 온갖 기묘한 세세한 정보를 얻어낸다면, 그 집안 내부에 대해서도 아주 잘 알고 있다는 증거로 그 정보를 다른 사람들에게 이야기할 수 있을 테니 말이다.

자신의 말을 들은 사람들이 크리스토퍼와 같이 친절해 보이는 남자에게 러브리스[193], 판다루스[194] 그리고 사티로스[195] 같은 모습이 있다는 건 참 기이하다고 말할 기색이라도 보이면, 자신은 이렇게 대답할 수 있을 것이다. "하지만 햄을 거실에서 말리는 사람에게 무얼 기대 할 수 있겠어요!" 혹은 자신의 말대로 발렌타인 워놉이 크리스토퍼를 손아귀에 쥐고 있는데도, 발렌타인이 자신의 집에서 크리스토퍼가 "사랑의 집"을 운영하게 내버려두는 건 기이하다고 누군가가 말한다면, 자신은 "하지만 계단에다 머리빗, 프라이팬, 사포의 책을 같이 두는 여자에게 무얼 기대할 수 있겠어요!"라고 대답할 것이다.

그런 것이 자신이 필요한 정보였다. 실비아는 한 가지 정보를 갖고 있었다. 크램프 목공의 부인에게 들은 것으로, 남편 집 거실에는 커다란 벽난로가 있는데, 유서 깊은 풍습에 따라 남편은 그 벽난로의 굴뚝에서 햄을 훈제한다는 것이었다. 하지만 햄을 큰 굴뚝에서 훈제하는 것이 유서 깊은 풍습이라는 것을 알지 못하는 사람들에게 크리스토퍼가 거실에서 햄을 말린다고 하면, 그들은 크리스토퍼의 쇼파 쿠션에 햄이 널려있는 모습을 상상할 것이다. 하지만 생각할 줄 아는 사람에게는 그게 크리스토퍼가 가학적인 미치

---

[193] Lovelace: 18세기 영국의 소설가 사무엘 리처드슨(Samuel Richardson)의 『클라리사』(Clarissa)에 나오는 방탕한 귀족.
[194] Pandarus: 호머의 『일리아드』에는 아테네 여신의 사주를 받아 메넬라우스(Menelaus)의 암살을 시도한 트로이 전사로 나오고, 중세 문학에서는 크레시다(Cressida)를 트로이러스(Troilus)에게 주선한 탕아로 등장한다.
[195] Satyr: 고대 그리스 신화에서 반인반수(半人半獸)의 주색을 좋아하는 숲의 신.

광이라는 증거는 되지 못할 것이다. 하지만 생각할 줄 아는 사람은 적다. 그리고 어쨌든 그것은 기이하게 보이고, 기이한 점이 하나 있다는 사실은 또 다른 기이한 점이 있을 수 있다는 가능성을 암시할 수 있는 것이다.

하지만 발렌타인에 대한 세세한 정보는 충분히 알아내지 못했다. 남편이 불행하다는 것을 분명하게 보여주기 위해선 발렌타인이 형편없는 살림꾼이며 블루 스타킹[196]이란 사실을 증명해야 한다. 그리고 발렌타인 워놉의 크리스토퍼에 대한 영향력이 부도덕하다는 것을 분명히 밝히기 위해선 크리스토퍼가 불행하다는 사실을 입증해야 한다. 그러기 위해 아무데나 놓은 머리빗, 프라이팬, 사포의 책들에 대한 세세한 정보가 필요했던 것이다.

하지만 그런 정보들을 얻는 건 쉽지 않았다. 크램프 부인에게 물어보았을 때, 그녀는 발렌타인 워놉은 형편없는 살림꾼이 아니라, 아예 살림을 하지 않으며, 반대로 마리 레오니, 즉 레이디 마크는 집안일을 아주 잘한다고 했다. 보아하니 크램프 부인은 청소부로서 자신이 받는 수당이 설탕 250그램과 청소복밖에 없다고 생각했기 때문에, 세탁장 이외의 곳은 가보지도 않았고, 집안에 들어가지도 않았던 것 같았다.

그 집을 방문한 현지 의사와 목사는 발렌타인에 대해 모호한 사실만을 말해주었다. 한번은 그들을 찾아가 피틀워스 경을 전면에

---

[196] blue stocking: 전통적으로 여자가 하는 일들보다 사상과 학문에 더 관심이 많은 여자.

내세우며, 레이디 캐미가 이웃들에 대해 세세하게 알고 싶어 한다고 넌지시 말했다. 목사와 의사들이 직업상 아는 비밀을 알아내려고 했지만 많은 것을 캐내지 못했다. 목사는 발렌타인이 쾌활하고 아주 친절하며, 늘 좋은 사과주를 자신에게 대접한다고 하면서, 나무 아래에서 책, 주로 고전을 읽는 것을 좋아한다고 말했다. 또한 티전스의 집(사람들은 항상 티전스의 집이라고 불렀다) 창문 아래에 있는 제방 근처에 있는 암생(岩生) 식물에 대해 발렌타인이 상당한 관심이 있다고 알려주었다… 실비아는 그 창문 아래에 한 번도 있어보지 못했다. 그 사실에 실비아는 격분했다.

의사의 말을 듣고 실비아는 발렌타인의 건강이 좋지 않다는 인상을 아주 잠깐 받았다. 하지만 그것은 의사가 발렌타인을 매일 찾아간다는 사실에서 생긴 인상이었을 뿐이었다. 자신이 매일매일 방문하는 사람은 언제 죽을지 모르는 마크라고 의사가 이야기했을 때 그 인상은 사라졌다. 의사는 마크가 세심한 관찰이 필요한 환자라고 했다. 약간만 흥분해도 죽을 수 있기 때문이라고 했다… 의사는 소규모로 고가구를 수집하다 손해를 봤기 때문에 고가구에 대해 알게 되어서 하는 말이라며, 발렌타인은 고가구를 잘 아는 것 같다고 말했다. 그리고 작은 중고 물품 세일에서 티전스가 한 번도 해보지 못한 거래를 발렌타인이 성사시켰다고도 했다.

의사와 목사의 말을 듣고 너무 단조롭고 단합이 잘되어 있는 남편 집에 대해 실비아는 기이하다는 인상을 받았다. 자신은 진짜 훨씬 더 흥미로운 것을 기대했다! 정말이다. 자신이 몇 년 동안이나 감정적으로 힘들게 했는데도, 남편이 지금 이렇게 조용히 형과 자신의 정부에게 헌신하는 건 불가능해 보였다. 그것은 마치 프라이팬에서 오리가 가득한 연못에 뛰어든 것 같았다.[197]

그래서 얼굴이 붉어진 피틀워스를 보았을 때, 거의 미칠 것 같은 조바심이 생겼다. 이 사람은 자신과 대적할 만한 배짱이 있는 유일한 남자라는 생각이 들었다. 그는 여우를 사냥하는 영주다. 이제는 멸종된 동물 말이다!

문제는 어떻게 멸종되었는지 모른다는 것이었다. 그는 여우처럼 강하게 물 수 있을지도 모른다. 그렇지 않다면 자신은 지금쯤 지그재그로 난 오렌지색 길을 내려가면서 금지된 구역으로 가고 있었을 것이다.

지금까지 그건 시도해보지 않은 것이었다. 사회적 관점으로 봤을 때 그것은 극악무도한 행위이지만 한번 해볼 작정이었다. 자신의 사회적 위치가 확고하다고 확신했고 아내를 떠난 남자를 용서하는 사람들은 아내가 약간 지나친 항의를 한두 번쯤 해도 이를 용서할 거라고 생각했기 때문이다. 하지만 남편을 만날 용기는 없었다. 남편은 자신을 완전히 모르는 척할지도 모르기 때문이다.

어쩌면 남편은 안 그럴지도 모른다. 남편은 신사이고, 신사는 같이 잔 여자를 보통은 모르는 척하지 않는 법이니 말이다… 하지만 남편은 그럴지도 모른다… 저 아래로 내려가 천장이 낮은 어두운

---

[197] jumped out of a frying pan into—a duckpond: "jump out of the frying pan into the fire." 즉 프라이팬에서 불로 뛰어든다는 표현(작은 난을 피하여 더 큰 재난에 빠진다는 의미)을 변형한 것이다. 여기서는 힘든 시절에서 갑자기 평화로운 순간을 맞이하게 되었다는 뜻이다.

방에서 (첫 번째로 떠오르는 것에 대해) 발렌타인과 일종의 약정을 맺을 수도 있을 것이다. 자신을 대체한 여자를 찾아갈 이유는 늘 만들어 낼 수 있으니 말이다. 하지만 남편은 어슬렁거리며 집에 들어오다가 갑자기 얼굴이 돌처럼 굳으며 어색한 표정을 지을지도 모른다.

그것이 바로 자신이 맞닥뜨릴 용기가 없는 것이었다. 그것은 죽음과 같을 것이다. 남편이 어깨를 한번 들썩이며 방을 나가는 모습을 상상해 보았다. 불의 검을 들은 천사에 의해 실비아에게는 차단된, 보이지 않는 그들 간의 유대 속으로 들어가 방을 나서는 그를 말이다… 남편은 그렇게 할 것이다. 그것도 다른 여자 앞에서. 남편은 거의 그렇게 할 뻔한 적이 있었기 때문에 자신은 그 충격에서 아직도 벗어나지 못하고 있다. 사실 그때 자신은 그렇게 지나친 꾀병을 부린 것은 아니었다! 자신에게는 요양원과 같았던 수녀원에 있었을 때 자신은 커다란 십자가 아래에서, 그리고 백합 사이에서, 캠피언 장군과 수녀들, 그리고 차를 마시러 온 많은 방문객에게 천사처럼 미소 지었다. 하지만 그때 남편은 자기 애인의 품에 있을지도 모른다는 생각과, 자신이 육체적으로 남편의 도움이 필요할 때, 남편은 자신이 떠나도록 내버려두었다는 생각이 들었다.

하지만 그 어둡고 빈 집에서 일이 벌어졌을 당시는 조용한 상황은 아니었다… 당시 남편은 그 젊은 여자와 살을 섞은 적도 없었고, 같이 살지도 않았다. 남편은 자신과 그 여자를 비교할 기회가 없었기 때문에, 남편이 자신을 퇴짜 논 사실은 중요하지 않았다. 남편은 자신을 야만적으로 대했지만 (사회적인 측면에서 오히려 그것은 자신에게 도움이 되었다) 그건 분노에 찬 그 젊은 여자가 강하게 주장해서였기 때문에 남편의 잘못은 변명의 여지가 있었다. 그리고 이제 그 일은 자신에게 거의 아무런 영향도 미치지 못한다. 이성적으로 볼 때, 여러 해 동안 자신을 홀린 젊은 여자와 자려고 집에 왔는데 먼저 집에 온 다른 여자가 암에 걸렸다며, 계단 위에서 아주 그럴싸하게 넘어져 (수없이 연습했는데도) 발목을 삔다면, 둘 중 한 사람을 선택해야 한다. 그때 젊은 여자는 반드시 남자를 되찾겠다는 마음에 독설까지 퍼부었다. 남편은 자기 아내가 발목을 삐었을 뿐만 아니라 암으로 죽어가고 있다는데, 다른 젊은 여자와 같이 잘 사람은 아니었다. 하지만 그 젊은 여자는 당시 그 어떤 예의에도 신경 쓸 수 없는 단계에 이르렀다.

당시 자신은 견딜 수 있었다. 하지만 똑같은 일이 조용한 대낮에 고요하고 낡은 방에서 벌어진다면… 그것은 감당할 수 없을 것이다! 자신의 남자가 떠났다는 것 (떠난다는 것은 돌이킬 수 없는 것은 아니다)은 인정해야 한다. 하지만 다른 여자가 눈에 띄지도 않는, 별 볼 일 없는 블루 스타킹일 땐, 내 남자는 돌아올 수도 있다… 하지만 내 남자가 자신의 판단 하에 나를 외면한다면, 그것은 남편이 나와 자신 사이에 넘을 수 없는 장벽을 치는 것이다. 남편이 나의 경쟁자인 다른 여자를 아무리 피곤하게 생각한다 해도, 내가 넘을 수 없는 장벽 말이다.

마음이 점점 더 조급해진다. 남편은 비행기로 가버렸다. 북쪽으로 갔다. 자신이 아는 한 남편이 이곳을 떠난 것은 이번이 처음이다. 지그재그로 난 오렌지색 길을 내려갈 수 있는 유일한 기회다. 피틀워스가 가지 못하게 한 롬바드 스트리트부터 차이나 애플까지 난 길 말이다. 하지만 피틀워스를 무시해서는 안 된다.

2

피틀워스를 무시할 수는 없다. 여우 사냥하는 영주로서 그는 이미 멸종한 괴물일 수 있다. 아니 멸종하지 않았을 수도 있다. 하지만 그건 알 수 없는 일이다. 나쁜 여자들을 능숙하게 다룰 줄 아는 사악하고 음흉한 사람으로서, 또한 몇 세대에 걸쳐 좋은 여자와 나쁜 여자들을 능숙하게 다루어온 종족의 후손으로서 피틀워스는 아주 위험한 인물이다. 거칠고 둔하며 세속적이면서도 고집 센 거닝은 피틀워스에게 투덜대며 대들고, 말대꾸하고, 때로는 해볼 테면 해보란 식으로 군다. 다른 마을 사람들도 그렇다. 하지만 그들은 모두 피틀워스의 사람들이다. 하지만 자신은 그렇지 않다… 나 실비아 티전스는 그렇지 않다. 그를 대적할 수 있을 거라는 생각은 들지 않았다. 영국인들 절반이 그럴 것이다.

캠피언 장군은 인도를 원했다. 자신도 캠피언 장군이 인도를 차지하기를 바란다. 그로비 저택의 거대한 나무는, 어떤 남자의 마음을 몹시 아프게 하기 위해서 베어졌다. 작위나 훈장이 없다면, 혹은 받지 않는다면, 인도를 갖는 게 나을 것이다. 시대가 변하고 있다. 피틀워스 같은 사람의 상황이 어떻게 변할지는 알 수 없을 것이다.

피틀워스는 원숭이처럼 말에 앉아 그의 조상들이 (사생아건, 적자건) 몇 세대 동안 그랬듯이, 자기 영토를 바라보고 있다. 그를 대서양 건너편에서 온 별 볼 일 없는 여자와 결혼한 시골 영주로 생각하고 더 이상 신경 쓰지 않는 게 좋을 것 같다. 그와 그의 아내 캐미는 잠깐 런던으로 간 적이 있었다. 그는 눈에 띄지 않게 영국 상류층들이 가는 곳을 여기저기 다니며, 한두 마디 정도했다. 그의 아내는 알려지지 않은 가문 출신의 외국인이었지만, 인도를 차지하고 싶은 사람들에게는 위험할 수도 있는 사람들과 이야기를 나누었다. 캠피언 장군은 군 경력도 많고 선거구도 있었지만, 캐미 피틀워스는 고위층 사이에서 인기가 좋았고 피틀워스는 사냥개도 있었다.

신은 언젠가 남편을 보호하기 위해 나설 거라고 자신은 오랫동안 믿어왔다. 남편은 선한 사람, 아니 역겨울 정도로 선한 사람이다. 마지못하지만 그 사실을 인정할 수밖에는 없다. 선한 사람이 결국 답답한 가정적인 삶에 정착하고, 심지어 고가구 값을 흥정하는 일을 할 수 있도록 하는 것이 신과 보이지 않는 천사들이 하는 일이란 사실을 마지못하지만 인정한다. 그것은 진짜 우스꽝스럽지만 인정해야 한다. 신은 답답한 가정생활을 옹호할 것이다. 그건 아주 옳은 일이다. 그렇지 않다면 이 세상은 지속될 수 없고, 아이들은 건강하지 못할 것이니 말이다. 분명히 신은 건강한 아이들이 많이 생산되기 바랄 것이다. 오늘날 정신과 의사들의 말에 따르면, 조화롭지 못한 삶을 사는 부모가 있는 사람들이 신경 쇠약에 걸린다고 하니 말이다.

그래서 피틀워스가 티젠스 집안의 피뢰침으로 선택된 것은 당연한 것이다. 그 선택은 모습을 드러내지 않는 신의 입장에서 볼 때 아주 적절한 것이다. 그리고 그렇게 예정된 게 틀림없다! 남편의 형이 백작의 방패[198] (그렇게 부르고 싶다면) 하에 있는 것은 우연이 아니다. 그는 오랫동안 피틀워스처럼 이 지역의 권력자였다. 그들은 같은 영역, 그러니까 선한 사람들이 있는 아주 신비스러운 영역에서 활동하며, 좀 더 근사하고 좀 더 멋진 일을 할 수 있도록 사람들에게 영향력을 행사했다. 그들은 몇 년 동안 끊임없이 여기저기서 만났다. 남편의 형은 마지막 여생을 보낼 곳으로 이곳을 선택했다고 했다. 마리 레오니와 나머지 사람들을 돌보아 줄 피틀워스 가까이에 있고 싶어서였다고 했다.

　신이 그런 것처럼, 피틀워스 자신도 답답한 가정생활과 건강한 아이를 낳을 여자 편에 섰다. 젊은 시절 그에게는 여자가 하나 있었다. 그 여자에게 너무도 애착을 느낀 그는 대단한 세력가의 바로 코앞에서 유명 무용수였던 그 여자를 낚아챘는데, 그 여자는 아이를 낳다 죽었다고 한다. 누구는 그 여자가 아이를 낳고 미쳐서, 그 후에 자살했다고도 한다. 어쨌든 몇 달 동안 피틀워스의 친구들은 피틀워스가 자살하지 못하도록 밤을 같이 지새울 수밖에 없었다고 했다.

　나중 피틀워스가 진짜 답답한 가정을 이루기 위해 캐미와 결혼한 후 (사냥개가 있다는 사실을 제외하고는 그의 가정은 진짜 답답했다), 그와 그의 아내는 출산을 앞둔 여자들에게 편안한 여건을 마련해주는 데 관심을 기울였다. 그래서 자신들 집 바로 앞, 저 아래에,

---

[198] 여기서 보호(막)이라는 의미를 갖고 있다.

아주 멋진 분만 시설을 세웠던 것이다.

그 시설은 바로 저기에 있다. 실비아는 옆에 서 있는 피틀워스를 곁눈질했을 때, 곧 그와 여태까지 겪어보지 못한 대결을 벌이게 될지도 모른다는 사실을 깨달았다.

그는 이렇게 말하면서 대결의 포문을 열었다. "빌어먹을! 캠피언 장군, 헬렌 로우더가 저 아래에 내려갔어야 했소? 저 집은 지금 엉망이라고 하던데, 실비아가 말한 것이 사실이라면 말이오!"

물론 이 말은 아주 위험한 진술이었다. 자신이 부추겨서 헬렌 로우더가 저 아래로 내려갔다는 사실을 피틀워스는 아주 잘 알고 있었기 때문이다. 그는 지금, 자신이 부추겨서 헬렌이 저 아래에 있는 집으로 내려갔고, 그 집이 자신의 말처럼 매음굴 같은 곳이라면, 그의 아내는 몹시 불쾌해할 것이라는 사실을 자신에게 알리고자 했던 것이다.

헬렌 로우더는 백작부인과 마이클을 제외하고는 그 누구에게도 특별히 중요한 사람은 아니었다. 헬렌 로우더는 여기까지 흘러들어와 아주 소박한 것들을 즐기는, 별다른 매력이 없는 미국인이었다. 로우더는 유적지를 찾아가고, 특별하지 않은 것에 대해 수다를 떨고, 구릉지에서 말을 타고 달리고, 나이 든 하인들과 이야기 하는 것을 좋아했다. 로우더는 마이클이 자신을 찬미하는 것을 좋아했다. 마이클보다 나이 든 사람이 찬미했다면 진지하게 생각하지 않았을 것이다.

피틀워스 백작부인은 젊은 미국 여자의 순수함을 지켜주고 싶어 했다. 50대의 백작부인은 마음이 넓고, 솔직한 것을 좋아하며, 다소 경직된 세대에 속하는 사람이었다. 그녀는 돈이 아주 많았고, 위압감을 주진 않지만, 아주 안락한 삶을 누리며 사회적으로도 권위 있는 미국인 계층에 속하는 사람이었다. 백작부인이 만나는 부류의 사람들은 미국인, 영국인, 심지어 프랑스인이라도 모두 자신과 같은 (결혼을 통해서라도) 계층 사람들이었다. 백작부인은 나, 실비아를 받아들였다. 심지어 좋아했다. 하지만 자기 보호 하에 있는 헬렌 로우더가 자기 영지에서 불법적으로 함께 사는 사람들과 접촉한다면 몹시 화를 낼 것이다. 그 계층의 여자들이 언제 그런 식으로 생각하게 될지는 결코 알 수 없는 일이다.

하지만 시도해 보았다. 아니 시도해 볼 수밖에 없었다. 결국 그건 샤워 커튼 줄을 당기는 정도밖에는 안 될 것이다. 엄청난 파급효과가 생길 수 있는 샤워 커튼이겠지만 그렇게 하는 건 자신의 천직이니 말이다. 캠피언 장군이 인도를 잃는다 해도 자신은 다른 나라에서 그 천직을 수행할 것이다. 피곤은 하다. 하지만 천직을 포기할 정도로 피곤하진 않다!

그래서 헬렌 로우더가 스스로 알아서 잘할 거라고 생각한다고 말하고선 거기에 어울리는 외설적인 경구를 덧붙였다. 사실 자신은 헬렌 로우더의 남편에 대해 잘 모른다. 단지 잘 모르는 미국 서부 어디에선가 어떤 직업을 가진 깡마른 사람일 거라는 것 이외에 말이다. 하지만 헬렌의 남편은 제대로 된 사람은 아닐 것이다. 그렇지 않다면 젊고 매력적인 아내가 유럽을 혼자 떠돌아다니게 하진 않았을 것이니 말이다.

피틀워스 백작은 티전스가 티전스 부인이 말한 그런 사람이라면 자기 아내가 자신의 수염을 비틀거라는 말을 되풀이하고는 더 이상 아무 말도 하지 않았다. 이 말을 듣고 실비아는 양보삼아, 헬렌 로우더가 미국인 중 절반은 알고 있을 저 오두막집으로 가서 고가구를 살 수도 있을 거라고 말했다.

먼 언덕을 바라보고 있던 피틀워스는 시선을 거두어 차갑고 아주 오만한 표정으로 실비아를 오랫동안 쳐다보더니 이렇게 말했다.

"만일 그런 것만이라면…" 그러고는 더 이상 아무 말도 하지 않았다. 이 말에 실비아는 시도삼아 이렇게 말했다.

"만일" 실비아도 천천히 말했다. "헬렌 로우더를 보호해야 할 필요가 있다면, 내가 직접 내려가서 돌보아도 좋아요."

그동안 몇 차례 간투사를 외치던 장군은 이렇게 소리쳤다.

"크리스토퍼를 만날 작정은 분명히 아니겠지! … 그러면 일을 망칠 거야."

피틀워스는 헬렌의 보호자로서 해야 할 일을 실비아가 하겠다면 그렇게 하도록 내버려 둘 작정이었다. 그렇지 않다면 그는 자신의 태도를 밝히기 위해 뭔가 이야기해야 했을 것이다. 그래서 실비아는 이렇게 자신의 생각을 밝힐 수밖에 없었다.

"크리스토퍼는 저기 없어요. 요크로 가는 비행기를 탔거든요. 그로비 저택에 있는 그 커다란 나무를 보호하려고요. 백작님 하인인 스피딩이 그러는데 오늘 크리스토퍼가 안장을 구하러 가는 것을 보았다네요. 그리고 비행기를 타는 것도요." 그러곤 이렇게 덧붙였다. "하지만 너무 늦었어요. 드 브레이 페이프 부인이 어제 보낸 편지에서 자신의 지시에 따라 이미 나무를 잘랐다고 하니까요."

피틀워스는 "맙소사!" 하고 소리치곤 더 이상 아무 말도 하지 않았다!

캠피언 장군이 보기에 피틀워스는 벼락 맞을까봐 두려워하는 사람처럼 보였다. 캠피언 장군은 남의 집에 세 들어 사는 사람이 수인의 나무를 건드린다는 생각만 해도 피틀워스가 몹시 화를 낼 거라고 실비아에게 여러 번 이야기했다… 하지만 피틀워스는 채찍 손잡이를 만지작거리면서 계속 다른 곳만 바라보고 있었다. 실비아는 자신이 한 번 더 양보해야 한다는 것을 알았다. 그녀는 이렇게 말했다.

"지금 드 브레이 페이프 부인은 겁을 먹었어요. 잔뜩 겁을 먹었어요. 그래서 지금 저기 아래에 가 있는 거예요. 드 브레이 페이프 부인은 마크가 자신을 감옥에 넣을지도 모른다고 생각하니까요." 실비아는 이렇게 덧붙였다.

"드 브레이 페이프 부인은 마이클이 중재해주기 바라는 마음에 여기로 데려오고 싶어 했어요. 그로비의 상속자로서 마이클도 어느 정도 권한은 있으니까요!"

이 말을 함으로써, 실비아는 아무 말 없는 이 남자를 자신이 얼마나 두려워하는지 알 수 있었다. 실비아는 자신이 생각했던 것보다 더 피곤했다. 그래서 인도가 더 매력적으로 느껴졌다.

바로 그 순간 피틀워스가 소리쳤다.

"빌어먹을. 저 거닝이란 자를 손 좀 봐야겠군!"

피틀워스는 말 머리를 돌려 길을 따라 갔다. 그러곤 캠피언 장군에게 말채찍 손잡이로 자신을 따라 오라고 손짓했다. 장군은 고개를 돌려 호소하듯 실비아를 바라보았다. 하지만 실비아는 자신은 여기서 멈추고, 피틀워스가 어떤 평결을 내릴지 장군이 전해주기를 기다려야 한다는 사실을 알고 있었다. 실비아는 피틀워스와 암암리의 대결조차 가질 수 없었던 것이다.

실비아는 채찍을 움켜쥐고는 거닝 쪽을 바라보았다… 백작부인이 자신에게 모든 짐을 챙겨 여기를 떠나달라고 했다는 사실을 캠피언 장군을 통해 듣는다 해도, 실비아는 자신이 결코 접근할 수 없는 그 사람에게서 얻어낼 수 있는 것은 최소한 얻어낸 셈이라고 생각했다.

장군의 말과 피틀워스 경의 말은 실비아의 암갈색 말에서 멀어진 것에 안도한 듯, 길을 따라 다정하게 종종걸음으로 걸었다. 암말은 자신과 같이 가는 말을 좋아하는 것 같았다.

"이 거닝이란 자는" 백작은 몹시 흥분한 듯 이야기를 시작했다.

"이 문들에 관한 것인데… 장군께서도 아시겠지만 내 영지의 목공이 수리를…"

이것이 실비아가 마지막으로 들은 말이었다. 실비아는 피틀워스가 장군의 경계심을 풀려고, 그리고 분명히 예의상 그 성가신 문에 대해 오랫동안 이야기할 거라고 생각했다. 그런 다음 장군에게는 끔찍스러운 말을 이따금씩 던질 거라고 생각했다. 피틀워스는 저 너머에 있는 카운티를 바라보면서, 추가적으로 교묘한 질문을 하며 사실관계를 파악하기 위해 장군에게 자세히 따져 물을지도 모른다.

실비아는 거기에 대해선 거의 신경 쓰지 않았다. 실비아는 역사가가 되고 싶지는 않았다. 사실을 가르치기보다는 남들을 즐겁게 해 주고 싶었다. 실비아는 자신이 피틀워스에게 이미 충분히 양보했다고 생각했다. 사실상 캐미에게 한 양보였을 것이다. 거무스름한 피부의 몸집이 크고 뚱뚱한 캐미는 눈 아래 살이 축 처져 있었다. 성격은 좋았지만 고집은 있었다. 자신이 헬렌 로우더와 다른 두 사람을 부추겨서 티전스의 집을 찾아가도록 하지는 않았다고 캐미가 피틀워스에게 말했다는 것은 캐미가 자신에게 아주 큰 양보를 한 것이란 사실을 실비아도 인식하고 있었다.

실비아는 마음 약해질 생각은 없었다. 그저 그렇게 된 것뿐이었다. 자신은 크리스토퍼와 그의 동거인을 괴롭혀서 이곳을 떠나게 하고 싶다는 자신의 생각을 전달하고자 했던 것이다.

세 필의 말을 끌고 오는 몸집 큰 남자는 좁은 길을 따라 소규모의 군대를 이끌고 오는 듯한 태도로 천천히 다가오고 있었다. 그는 형클어진 옷차림에 단추도 제대로 채우지 않았다. 하지만 그는 약간 충혈된 눈으로 실비아를 뚫어지게 바라다보았다. 약간 떨어진 거리에서 그가 뭐라고 말했지만 그 말을 다 알아들을 수 없었다. 실비아의 암갈색 말에 관한 이야기였다. 실비아가 타고 있는 말의 꼬리를 울타리 쪽으로 갖다 대라고 했던 것이다. 하층민 사람이 실비아에게 말을 건 적은 거의 없었다. 실비아는 말을 타고 길가를 따라가고 있었기 때문에 상대방은 길을 통과할 수 없었다. 실비아는 뭐가 문제인지 알았다. 거닝이 몰고 오는 말들이 실비아가 타고 있는 말 엉덩이 부분 가까이 오게 되면, 실비아의 말이 거닝의 말들을 후려갈기려 들게 분명했기 때문이다. 사냥 시즌에는 실비아의 말의 꼬리에 대문자로 K라고 적어 놓았다.

하지만 거닝은 말을 잘 다루는 게 틀림없었다. 그렇지 않으면 안장 위에 가로로 등자(鐙子)를 올려놓고 말에 올라탄 채, 다른 두 필의 말을 끌고 가진 않았을 것이다. 요즘은 자신도 그렇게 하고 싶어 한다는 사실을 실비아는 인식하지 못했다. 실비아 자신도 그렇게 하고 싶었던 때는 있었다. 과거 같으면 암갈색 말에서 내려와 말을 거닝에게 넘겨주고는 알아서 하라고 했을 것이다. 일단 말에서 내려오면 상대방은 자신의 요구를 거부할 수 없을 테니 말이다. 하지만 실비아는 안장 위로 다리를 쳐들고 싶지 않았다. 그는 거부할 수 있는 사람처럼 보였던 것이다.

거닝은 거부했다. 실비아는 말에서 내려와 거닝의 주인과 이야기할 동안 자기 말을 잡아달라고 거닝에게 청했다. 하지만 거닝은 미동도 하지 않았다. 그는 실비아를 계속 뚫어지게 바라보았다. 실비아가 말했다.

"티전스 대위의 하인이죠? 난 그 사람 부인이에요. 지금은 피틀워스 경의 집에 머물고 있어요!"

손수건이 없어서인지 거닝은 오른 손등으로 자신의 왼쪽 콧구멍을 훔치고는 아무런 대답도 하지 않았고, 전혀 움직이지도 않았다. 거닝은 뭐라 이해할 수 없는 말을 했는데 회유적인 말은 아니었다. 그러더니 길게 이야기했다. 이번엔 그의 말을 알아들을 수 있었다. 그의 말의 골자는 자신은 피틀워스 경이 어렸을 때부터 어른이 될 때까지 30년 동안 피틀워스 경과 같이 지냈는데, 이제는 여생을 티전스 대위와 같이 보낼 거라고 했다. 그러곤 저기 있는 문 옆에 말을 매는 말뚝과 사슬이 있지만 거기에 말을 매지 않는 게 나을 거라고 했다. 실비아의 암갈색 말은 길을 따라오는 마차를 발로 걸어차 박

살 낼 것이기 때문이라고 했다. 실비아는 자신의 암갈색 말이 다른 말을 후려갈겨 스스로도 상처 입을 수 있다는 생각에 온몸이 떨렸다. 실비아는 말을 아꼈기 때문이었다.

그와의 대화는 오랫동안 멈춘 뒤 다시 이어졌다. 실비아는 서두르지 않았다. 캠피언 장군이나 피틀워스 경이 평결을 가지고 돌아올 때까지, 기다려야 하기 때문이었다. 거닝이 짧게 말할 때는 사투리 때문에 알아들을 수 없었다. 하지만 긴 문장을 말할 때는 한두 마디 알아들을 수 있었다.

이디스 에텔이 이 길을 따라올지도 모른다는 생각에 조금 신경이 쓰였다. 사실 거기서, 바로 그 시간에 이디스와 만나기로 약속했었다. 그때 이디스 에텔은 자신의 연애편지를 남편에게, 혹은 남편을 통해 다른 사람에게 팔겠다고 제안하기로 하였다… 어제 밤 자신은 피틀워스에게 남편이 레이디 맥마스터에게서 받은 돈으로 저 아래에 있는 집을 구매했다고 말했다. 레이디 맥마스터는 한때 남편의 애인이었다고 하면서 말이다. 피틀워스는 그 말을 듣는 순간 멈칫했다… 피틀워스가 자신에게 상당히 경직된 태도를 보인 것은 바로 그때부터였다.

사실 남편은 그 집을 예기치 않게 생기게 된 돈으로 구매했다. 오래전에, 그러니까 자신이 남편과 결혼하기 전, 남편은 고모에게서 유산 상속을 받아, 식민지(십중팔구 캐나다일 것이다)에 있는 땅이나 발명품, 혹은 시가전차 운영권 같은 것에 투자했다. 도로상에 있다는 지리적 위치 때문에, 그곳이 앞으로 발전하게 될 거란 생각에서였다. 전쟁 중 그곳은 실제로 발전을 하여, 남편이 완전히 잊고 있었던 투자 대상은 파운드당 9파운드 6실링으로 그 값어치가 올랐다. 그건 아주 갑작스러운 일이었지만 그렇게 될 수밖에 없던 일이었다. 통찰력 있게 또한 관대하게 돈을 투자하고 사용한 결과, 몇 마리 병아리[199]가 집으로 돌아온 것이다. 남편이 한 몇 가지 투자는 현명했던 것으로 판명 났고, 몇 채무자들은 정직한 사람이었다는 사실이 드러났다. 실비아가 알기에도, 크리스토퍼가 몇 백 파운드의 돈을 빌려준, 정전협정일 밤에 죽은 어떤 대령은 정직한 사람으로 판명 났다. 어쨌든 그 대령의 유언 집행인은 남편에게 돈을 지급하려고, 자신에게 편지를 써서 남편의 주소를 알려달라고 요청했다. 당시 자신은 남편의 주소를 몰랐다. 그들은 분명 육군성이나 다른 곳에서 남편의 주소를 알아냈을 것이다.

　이와 같이 뜻밖에 생긴 돈으로 남편은 빚을 지지 않고 살 수 있었다. 자신이 알기에 고가구 사업은 운영비만큼의 이익이 나오지 않았다. 게다가 크램프 부인에게서 미국인 동업자가 크리스토퍼에게 돌아갈 돈의 상당 부분을 횡령했다는 사실도 들었다. 미국인들과 사업을 해선 안 된다. 남편은 몇 년 전 전쟁 중에, 모든 것을 예언했듯이, 이번에는 미국이 침공할 거라고 예언했다. 남편은 돈을 벌려면 돈이 모이는 곳에서 벌어야 한다고 했다. 다른 말로 하자면, 뭔가를 팔려면 상대방이 원하는 것을 팔아야 한다는 것이었다. 그런데 미국인들은 무엇보다도 고가구를 원했다. 자신은 드 브레이 페이프 부인이 그로비에 새 가구를 비치하도록, 그러니까 그로비 저택에 있는 볼품

---

[199] chickens: 병아리는 티젼스가 투자한 돈이 결실을 맺은 것을 지칭한다.

없는 1840년대 마호가니 가구를 모두 산타페인지, 혹은 페이프가 혼자 살고 있는 곳으로 보내고, 맹트농 후작부인의 정신적인 후손에게 걸 맞는 루이 14세풍의 가구를 그로비 저택에 비치하도록, 드 브레이 페이프 부인을 움직이기 시작했다. 그런데 가장 큰 문제는 페이프가 인색하다는 것이었다.

드 브레이 페이프 부인은 그날 아침 아주 난처한 상황에 처하게 되었다. 그로비의 거대한 나무 밑동을 파낼 때, 무도장 외벽의 3분의 2가 무너져버린 것이다. 게다가 그 어두운 커다란 방은 그 대단한 광영과 함께, 그 위에 있던 오래된 공부방과 같이 무너져버렸다. 집사의 편지를 통해 알게 된 바로는, 남편이 어린 시절 사용하던 침실이 완전히 사라져 버렸다는 것이다… 그로비의 거대한 나무가 그로비 저택을 좋아하지 않았다는 것이 사실이라면, 죽어가면서 그 나무는 집에다 제대로 된 복수를 한 셈이다…남편은 굉장한 충격을 받을 것이다! 어쨌든 드 브레이 페이프 부인은 새로운 발전소를 짓느라, 거대한 비둘기장을 완전히 망가뜨린 셈이다.

하지만 이 일로 페이퍼 부부는 상당한 액수의 돈을 지불하게 될 것이고, 페이퍼는 자기 아내를 끊임없이 들볶을 것이다… 오래된 단단한 물체에 부딪쳐 정강이가 까지지 않고서는 영국을 통치하는 신의 대리인이 될 수 없는 법이다.

분명 남편의 형도 지금쯤 이 모든 것에 대해 알고 있을 것이다. 이 일로 죽었을지도 모른다. 하지만 그와의 관계를 끝내기 전, 그에게 몇 가지 조그마한 장난을 치고 싶다. 그러니 아직 죽진 않았으면 좋겠다… 마크가 사과나무에 둘러싸인 평행사변형 모양의 초가지붕 아래서, 죽어 있거나 죽어간다면, 온갖 일들이, 아주 불편한 일들이 벌어질 지도 모른다.

직함문제가 생기게 될 것이다. 자신은 분명코 직함을 원하진 않았다. 그러면 크리스토퍼를 헐뜯는 게 더 어려워지기 때문이다. 도덕의 기준이 달라지기 때문에, 직함도 있고 재산도 많은 사람을 헐뜯는 것은 가난한 평민을 헐뜯는 것 보다 훨씬 더 어렵다. 직함과 많은 재산을 가진 사람은 많은 유혹을 받게 되기 때문에, 설령 그들이 유혹에 굴복한다 해도 용서받을 수 있다. 하지만 가난한 사람이 뭔가 즐기면 추문거리가 된다!

아주 평화로이 말을 타고 햇볕을 받고 있었던 실비아는 자신이 승리의 결과물을 잃어버린 장군처럼 느껴졌다. 하지만 개의치 않았다. 그로비의 거대한 나무를 쓰러뜨렸기 때문이다. 그건 티전스가가 10세대 동안 겪은 가장 심각한 타격일 것이다.

거닝이 제대로 이해할 수 없는 말을 다시 하는 순간, 기이하고 불쾌한 생각이 스쳤다. 어쩌면 그로비의 거대한 나무를 베어냄으로써 신은 티전스가를 저주로부터 풀어 줄 수도 있을 거란 생각이 들었던 것이다. 신을 그렇게 할 수도 있을 것이다.

거닝은 이와 비슷한 말을 하였다.

"셔더가 저짜로 가고 있네예. 볼드로를 타고 농장에 가가 외양간에 갖다 노소." 실비아는 이 말을, 말을 타고 어떤 농장에 가면, 그 말을 외양간에 넣을 수 있고, 자신은 그 농부의 거실에서 쉴 수 있을 거라는 의미로 이해했다. 거닝은 기이한 표정으로 자신을 응시하고 있었다. 실비아는 그게 무슨 의미인지 알 수 없었다.

갑자기 어린 시절의 일이 생각났다. 부친에게는 우락부락하고 겉으로 보기엔 아주 횡포한 수석 정원사가 있었다. 바로 그거였다. 실비아는 30년 동안 시골에 있은 적이 별로 없었다. 겉으로 보기에 시골 사람들은 많이 변한 것 같지는 않았다. 시대는 변했지만, 사람들은 그렇게 많이 변한 것 같지 않았다.

실비아에게 놀랄 정도로 분명하게 어떤 기억이 갑작스럽게 떠올랐다. 모든 하인이 자신을 "미스 실비아, 오, 미스 실비아"라고 부르던 시절, 자신의 부친을 제외한 모든 사람이 "미스터 카터"라고 부르는 갈색피부의 나이 많고 우락부락한 정원사가 있었다. 당시 그 정원사는 서쪽 아래에 있는 온실 옆에서 제라늄 가지를 화분에 심고 있었고, 자신은 어린 흰 고양이에게 장난을 치고 있었다. 당시 자신은 금발을 길게 땋아 늘이고 있던 13세의 소녀였다. 고양이는 실비아에게서 도망쳐 자신을 특별히 좋아했던 미스터 카터의 각반에 등을 대고 몸을 문지르고 있었다. 실비아는 단순히 미스터 카터를 괴롭히기 위해, 그 고양이에게 뭔가 하겠다고 했다. 고양이 발을 호두 껍데기에 쑤셔 넣겠다고 했던 것 같았다. 하지만 고양이를 다치게 할 마음이 전혀 없었기 때문에 자신이 어떻게 하겠다고 말했는지조차 잊어버렸다. 하지만 갑자기 그 큰 몸집의 정원사는 핏발 선 눈을 이글거리며, 고양이의 털끝 하나라도 건드리면, 여자아이보다는 남자아이들이 보통 매 맞는 신체 부위[200]를 회초리로 때려, 일주일 동안 앉지도 못하게 하겠다고 위협했다.

---

[200] 엉덩이를 지칭.

기이하게도 그 말을 듣고 실비아는 묘한 즐거움을 느꼈다. 그 생각만 하면 늘 그랬다. 그때를 제외하고는 평생 실비아는 육체적인 폭력의 위협을 받아본 적이 없었다. 하지만 실비아는 자신의 마음속에 그런 감정이 남아 있다는 사실을 종종 알고 있었다. 실비아는 크리스토퍼가 자신을 반쯤 죽일 정도로 때렸으면 하고 바랐다… 그래, 실제로 드레이크가 그랬다… 그는 실비아가 크리스토퍼와 결혼하기 전날 밤 찾아와, 자신을 반쯤 죽였다. 그래서 실비아는 자신의 뱃속 아이를 걱정했다! 그때 자신이 느낀 감정은 참을 수 없을 정도였다!

실비아는 오래전 미스터 카터를 괴롭힐 때의 기분을 느끼며 거닝에게 말했다.

"내가 왜 농장에 가야 하나요. 난 볼데로를 타고 이 아래로 내려갈 거예요. 그쪽 주인과 이야기를 좀 해야 하니까요."

실비아는 실제로 그렇게 할 생각은 전혀 없었지만 일부러 거닝보다 약간 위쪽에 있는 쪽문 쪽으로 말을 돌렸다.

거닝은 재빨리 말에서 내려, 끌고 가던 말의 목 아래에 섰다. 그 모습은 마치 코끼리가 달려가는 것 같았다. 거닝은 고삐를 앞쪽으로 모은 채, 작은 쪽문 위에 등을 대고 거의 자빠질 뻔했다. 그때 실비아는 채찍 손잡이를 쪽문 빗장을 향해 뻗었다… 빗장을 열 의도는 없었다. 맹세컨대 빗장을 올릴 의도는 없었다. 털이 숭숭 난 목과 거닝의 어깨에서 핏줄이 튀어나왔다. 그는 "어데요!"라고 말했다. 실비아는 빗장을 올리지 않았다!

실비아의 암갈색 말은 거닝이 끌고 온 말들을 향해 이를 드러냈다. 실비아는 자신이 거닝의 주인인 티전스 대위의 아내이며, 거닝의 전 주인인 피틀워스 경의 손님인 것을 모르냐고 한 말을 그가 들었는지 확신하지 못했다. 실비아가 미스터 카터에게 자신은 그의 주인의 딸이란 사실을 말했을 때, 그는 분명 실비아의 말을 듣지 못했던 것 같았다. 계속해서 자신에게 호통을 쳤으니 말이다. 거닝도 그랬다. 하지만 좀 더 천천히, 그리고 강하게 호통을 쳤다. 실비아가 크리스토퍼의 형을 쳐다만 보아도, 크리스토퍼가 실비아를 심하게 두들겨 팰 거라고 그는 말했다. 크리스토퍼가 실비아를 초죽음이 될 정도로 때릴 거라고 했다. 전에 그랬던 것처럼 그렇게 할 거라고 했다.

실비아는 남편이 전혀 그런 적 없었다고 했다. 남편이 그렇게 이야기했다면 그건 남편이 거짓말을 한 것이라고 했다. 실비아는 자신이 남편만큼 좋은 사람이 아니라는 암시를 남편이 했다는 사실에 화가 났다. 남편이 자신을 신체적으로 혼냈다고 자랑했던 것 같았기 때문이다.

거닝은 무미건조한 어조로 말을 이었다.

"부인이 신문에다가 그래 말했다 아이라예. 우리 마님이 읽어줬다 아이니껴. 대위님은 마크 경이 우째 지내는지 참말로 신깅 마이 씁니더. 대위님이 부인을 계단 아래로 집어던지뿟다카데예. 근데 대위님이 암에 걸리구로 한 건 아이죠. 암에 걸린 거 같도 않드만예!"

기사도 정신을 불러일으키는 방법 중 그것은 최악의 방법이었다. 자신은 부부 동거권을 찾으려는 방편으로 크리스토퍼를 상대로 이혼소송을 시작했다. 낯선 여자에게서 자기 남편을 되찾으려는 청원은 정식 이혼소송과 다르다고 주장하면서, 로마가톨릭교도로서의 양심을 내세우며, 콘셋 신부의 영혼과 타협하면서, 이혼소송을 했던 것이다. 당시 영국에서 그것은 예비적인 조처였을 뿐이었고, 실비아는 이혼할 의사가 없었지만, 그 일은 곧 널리 알려지게 되었다. 실비아의 그 학식 있는 변호인은 자신의 의뢰인의 미모와 위트에 감동한 나머지 (검은 피부의 게일족(族) 출신의 젊은 변호인은 열정적인 나머지, 너무도 감상적이 되었다) 이런 예비 단계의 소송에서 지켜야 할 합당한 범위를 넘었다. 변호인은 실비아의 목적이 이혼이 아니란 사실을 알고 있었다. 하지만 어스말[201]로 한 열정적인 웅변을 통해 변호인은 열정적인 사냥개가 뒷다리로 여우 굴의 흙을 파내듯, 크리스토퍼에게 상당한 오물을 뿌렸다. 당시 법정에서 눈부신 자태로 앉아있던 실비아는 당혹스러웠다. 수도원이자 요양원에서 백합에 둘러싸인 채 죽어가는 실비아와 차를 마셨기 때문에 (당시 그와 같은 계층에 있던 런던 사람 중 절반이 그랬듯이) 그 사건에 대해 어느 정도 알고 있었던 재판관은 그의 말을 듣고 자극을 받아 실비안 해트의 변론에 대해 항의했다. 하지만 해트는 정전협정일 밤, 어두운 빈 집에서 크리스토퍼와 발렌타인이 실비아를 계단 아래로 던져, 실비아는 치명적인 병에 걸리게 되었고, 법정에 있는 사람 모두가 보고 있듯이, 그로 인해 지금 죽어가고 있다고 선정적으로 말했다. 이 일로 실비아는 곤란하게 되었다. 실비아는 법정사람과 일반 세상 사람들에게, 자기 남편이 피부도 까무잡잡하고 하찮은 여자

---

[201] Erse: 스코틀랜드 및 아일랜드의 고대 켈트어(語).

때문에 자신을 떠난 게 얼마나 바보 짓인지 알려주고, 자신은 아주 건강하고 멋지게 보이길 바랐기 때문이었다. 실비아는 발렌타인이 법정에 나오기를 바랐지만 그렇게 되지 않았다.

재판관은 해트에게 티전스 대위와 미스 워놉이 티전스 부인을 어두운 집으로 유인했다는 증거를 제시할 수 있는지 물었다. 더 이상 참을 수 없었던 실비아가 해트에게 고개를 젓자, 재판관은 실비아의 변호인에게 몹시 모욕적인 말을 했다. 해트는 당시 미들랜드 선거구에 입후보자로 나섰기 때문에 이 사건이나 다른 사건을 통해서라도 대중의 관심을 끌고 싶어 했다. 따라서 그는 자신의 연약한 의뢰인에게 고통을 안겨주고 있다고 재판관을 비난하면서, 앞뒤 생각하지 않고 재판관을 공격했다. 사람들은 재판관들이 모두 토리주의자라고 생각했기 때문에 재판관에게 적절히 무례하게 굴면 미들랜드 선거구민 중 급진주의자들의 표를 많이 얻을 수 있다는 계산에서였다.

어쨌든 이 소송사건은 대 실패였다. 실비아는 생애 처음으로 굴욕을 느꼈다. 게다가 종교적으로도 두려웠다. 법정에 있을 당시 실비아는 몇 년 전 롭샤이트에 있는 모친의 거실에서 벌어졌던 일이 더욱 생생하게 떠올랐기 때문이다. 당시 콘셋 신부는 크리스토퍼가 다른 여자와 사랑에 빠지면 실비아는 상스러운 일을 저지를 것이라고 예언했다. 당시 법정에 있던 실비아는 성사(聖事) 중 하나인 결혼 문제를 세속적인 법정에 가지고 왔을 뿐만 아니라, 스스로도 상스럽다고 인정해야 할 상황에 처하게 되었던 것이다. 해트가 두 번째로 실비아에 대한 동정을 호소했을 때, 실비아는 황급히 법정을 나왔다. 하지만 그를 멈추게 할 순 없었다… 참 한심한 일이었다!

자신이 동정에 호소하다니! 자신은 미(美)를 두려워하는 겁쟁이와 미에 대한 반역자를 응징하는 신의 검으로 간주되길 바랐으며 또한 스스로를 그렇게 간주했는데 말이다! 그러니 빈집으로 유인될 정도로 자신이 바보 같은 사람이라고 남들이 생각하는 걸 어떻게 참을 수 있겠는가! 혹은 계단 아래로 내던져질 정도로 바보 같은 사람으로 보이는 걸 어떻게 참을 수 있겠는가! … 하지만 타인을 통해 뭔가를 하는 사람은 그 일에 대한 책임을 져야 한다. 자신은 도시 사무원의 아내와 같은 너무도 굴욕적인 상황에 처하게 되었던 것이다. 해트가 화려하게 말을 토해내던 당시 자신은 온몸을 떨었고, 그 이후 그에게 다시는 말도 걸지 않았다.

실비아의 상황은 온 나라에 알려졌다. 그리고 지금 남편의 천한 똘마니가 그 일을 다시 언급하고 있다. 그것도 아주 좋지 않은 순간에 말이다. 갑자기 그 생각은 엄청난 힘으로 실비아를 압도하면서 떠올랐다. 그로비의 거대한 나무를 자른 순간 신은 편을 바꾼 것 같았다.

신이 편을 바꿀 수 있다는 징후를 실비아가 처음 느낀 것은 그 혐오스러운 법정에서였다. 하지만 사실상 콘셋 신부는 그것을 이미 예언했었다. 거무스름한 피부의 성인이자 순교자인 콘셋 신부는 자신의 신앙을 위해 죽었기 때문에 신은 분명 그의 말을 들어줄 것이다. 신부는 실비아가 세속 법정에 갈 거라고 예언했었다. 실비아는 자신이 타락했다고 느꼈다. 그리고 온몸에 힘이 다 빠져나간 것 같았다.

힘이 다 빠져나간 게 틀림없다. 긴급 상황에 금방 대처하지 못한 적이 전에는 한 번도 없었으니 말이다. 말들이 우르르 도망칠까봐 앞이나 뒤로 움직일 수 없으며, 따라서 정신적으로 불확실한 상황에 놓이게 되는 것은 양해될 수 있다고 말하는 건 아주 타당하다. 하지만 이것은 신이, 아니 성인이자 순교자로서 신의 대행자인 콘셋 신부가 한 일이다… 혹은 성공회 성인이 분명한 크리스토퍼를 보호하기 위해 신이 직접 나선 것일 수도 있다. 전지전능한 신은 가톨릭 성인이 다른 종파의 성인이 연루된 일을 상대적으로 온건하게 처리하는 것에 대해 불만이 있을 수도 있으니 말이다. 분명히 콘셋 신부는 실비아에게 무른 면이 있었을 테지만, 신은 성공회 사람들에게조차도 불공평하게 대하지는 않을 것이니 말이다. 어쨌든 저 풍광 너머로, 저 언덕과 하늘 너머로 실비아는 거대한 십자가 안에서 팔을 쭉 뻗고 있는 콘셋 신부의 혼을 느낄 수 있었다. 저… 웅대한 신의 뜻의 따라!

핏발 선 눈으로 실비아를 응시하던 거닝은 앙심을 품은 듯 입을 움직였다. 실비아는 언덕과 하늘을 가로질러 나타난 희미한 징후를 보면서 순간적으로 공포를 느꼈다. 프랑스에 있는 호텔의 유리 지붕 아래서 크리스토퍼와 종려나무 사이에 앉아서, 주변에 포탄이 떨어지는 것을 보았을 때 느낀 그런 공포 말이다… 그때 달려가고 싶은 욕망을 느꼈다. 아니 구덩이에서 보이지 않는 테리어를 기다리는 쥐떼들처럼, 마음속에 있는 실비아의 영혼이 날뛰는 것 같았다.

이제 무엇을 해야 할까? 도대체 무엇을 해야 하는 것일까? … 실비아는 참을 수 없는 욕망을 느꼈다… 최소한 마크 티전스라도 맞닥뜨리고 싶은 아주 강한 욕망을 느꼈다… 설령 그 때문에 그가 죽는다 해도 말이다. 분명히 신은 불공평하지는 않을 것이다! 신이 왜 자신에게 아름다움을, 위험한 아름다움을 주었겠는가! 아무것도 느끼지 못하는 사람에게 그것을 한번 느껴보게 하려고 하는 게 아니라면 말이다! 자신이 갖고 있는 그 거부할 수 없는 망치[202]로 그 요지부동의 기둥[203]을 부술 기회가 적어도 한 번은 더 자신에게 주어져야 한다고 생각했다… 자신은 의식하고 있었다…

거닝은 실비아가 발렌타인을 유산하게 하거나, 바보 아이를 낳게 한다면, 주인이 말채찍으로 실비아를 죽을 정도로 팰 거라는 식의 말을 했다. 그러곤 자신이 크레시와 살려고 아내를 8개월 반 동안 떠났을 때, 그리고 자기 아이가 사산되었을 때, 주인이 자신에게 그렇게 했다고 했다.

그 말은 자신에게 별 의미가 없었다… 자신은 의식하고 있었다… 자신은 의식을 하고 있었다… 자신은 무엇을 의식하고 있었는가? 신은 (아니 좀 더 외교적으로 그렇게 하도록 한 것은 콘셋 신부였는지도 모른다!) 자신이 크리스토퍼와의 이혼을 로마[204]에 탄원한 다음, 민간 법정에서도 이혼을 신청하기 바란다는 것을 자신은 의식하고 있었다. 크리스토퍼가 가능한 한 빨리 자유롭게 되기를 신은 바라고 있으며, 콘셋 신부는 그렇게 할 수 있는 덜 가혹한 방법을 신에게 제시하고 있다는 생각이 들었다.

---

[202] 여기서는 성벽을 부수는 공성(攻城) 망치를 말한다. 즉 마크라는 난공불락의 성을 실비아는 아름다움이라는 자신의 공성 망치로 부수어 보겠다는 의미.
[203] 마크를 지칭.
[204] 로마의 교황을 말한다. 당시 가톨릭에서는 이혼을 허락하지 않았지만 교황이 특별히 허가하면 가능했다.

기묘한 물체가 거의 수직으로 너도밤나무에 둘러 쌓인 농장까지 이어지는 언덕길을 빠른 속도로 내려오고 있었다. 실비아는 전혀 상관치 않았다!

거닝은 그래서 주인이 자신을 해고하였고, 살고 있던 오두막집에서 내쫓았으며, 30년 동안 일해 온 모든 하인에게 일주일마다 주던 10실링도 자신에게는 더 이상 주지 않는다고 했다.

실비아가 말했다. "도대체, 도대체 그게 무슨 말이죠?" 이때 실비아는 거닝이 한 말이 실비아가 발렌타인을 유산시킬 수도 있다는 의미로 한 것임을 깨닫게 되었다…

숨을 쉴 때 실비아의 목에서 보리이삭을 빻을 때처럼 달그락 달그락거리는 소리가 작게 났다. 실비아는 모로코 가죽 냄새가 나는 장갑을 낀 손으로 고삐를 들은 채 눈을 가렸다. 교수형 당할 사형수의 발밑에 있는 대(臺)가 떨어져나갈 때처럼 마음속에 있는 받침대가 떨어져 나간 것 같았다. 실비아가 말했다. "그렇게 할 수…" 그때 실비아의 생각은 중단되었고, 목에서는 달그락달그락 거리는 소리가 계속 났다. 점점 더 크게 났다.

그 언덕을 그렇게 빨리 내려오는 것은 불가능해 보였다. 그것은 고리버들로 만든 조랑말(우리는 늘 말부터 보게 된다)이 끄는 검은색 쌍두 사륜마차였다. 몹시 큰 말발굽을 가진 조랑말이 끄는, 통처럼 둥글고, 마호가니 식탁처럼 빛나는 마차는 고등 마술(馬術) 서커스에 등장하는 말처럼 달렸다. 하지만 공포에 질려 달리는 말들은 그 검은 마차에 엉덩이를 부딪쳤다. 그 모습을 본 실비아는 마음이 편해졌다… 하지만… 그 기이한 겁쟁이 말 뒤에서 말고삐를 잡고 있는 검은 옷을 입은 사람은 장례식의 말처럼 몹시 끔찍스러웠다. 그의 옆에는 담황색 조끼와 검은 코트를 입고, 실크 모자를 쓴, 가느다란 유대인식 수염을 기른 흰 얼굴의 사람이 있었고, 그의 앞에는 모자를 쓰지 않고, 아주 긴 금발을 한 사람이 등을 보이며 마차 앞좌석에 앉아 있었다. 이디스 에텔이 소년 시인을 애인으로 대동하고 오다니! 그리고 미래의 배우자로서 러글즈를 훈련시키고 있다니!

실비아는 거닝에게 소리쳤다.

"날 못 지나가게 하면 당신 얼굴을 갈겨줄 거예요…"

이 말은 정당했다! 거닝과 신, 그리고 콘셋 신부가 이러는 것은 너무 가혹했다. 한꺼번에 그들은 자신을 당혹스럽게 했고, 꼼짝 못하게 했으며, 급소를 찌르는 끔찍스러운 생각을 하게 만들었다… 아주 끔찍한 생각 말이다! 아주 끔찍한!

실비아는 오두막집으로 내려가야 한다고 생각했다. 반드시 오두막집으로 가야 한다고 생각했다.

실비아는 거닝에게 말했다.

"이 멍청이 같은 작자야… 이 멍청이 같은 작자야… 난 지금 구해 주려는 거라고…"

털이 숭숭 난 거닝은 계속 땀을 흘리며, 기대고 있던 문에서 위쪽으로 올라갔다. 그는 더 이상 실비아의 길을 막지 않았다. 실비아는 속보로 말을 달려 그를 지나 경사길을 구보로 내려갔다. 거닝의 핏발선 표정을 보고 그가 자신을 잔인하게 폭행하고 싶어 한다고 느꼈다. 실비아는 쾌감을 느꼈다.[205]

"티젠스 부인, 티젠스 부인" 하고 위에서 몇 사람이 외치는 소리에 실비아는 서커스 단원처럼 말에서 내렸다. 실비아는 자신이 타고 있던 암갈색 말이 어떻게 되든 개의치 않았다.

그곳이 기이하게 보이지 않는다는 사실이 실비아에게는 기이하게 느껴졌다. 통나무로 만든 헛간 같은 것이 있었다. 실비아 뒤에서 문이 쾅하고 닫혔다. 사과나무 가지는 아래로 뻗어있었고, 풀은 실비아의 회색 바지 중간까지 올라왔다. 이것은 톰 티들러의 땅 놀이[206]를 하는 것 같았다. 여기는 1914년 8월 4일의 제메니치와 가까웠다… 하지만 아주 고요했다[207]. 아주 고요했다.

마크는 뭔가 알아보려는 듯 반짝이는 눈으로 실비아의 아들을 바라다보았다. 실비아는 채찍을 반원 모양으로 구부리며 이렇게 말했다.

"도대체 이 바보들은 지금 어디에 있는 거야? 여기서 데리고 나가야겠어!"

베개를 베고 누워있던 마크는 반짝이는 눈으로 실비아를 계속 응시했다. 사과나무 가지에 실비아의 머리가 걸렸다.

실비아가 말했다.

---

[205] 실비아는 남자가 자신을 폭행하는 것을 상상하며 좋아하는 성향이 있다.
[206] Tom Tiddler's Grounds: 일종의 땅뺏기 놀이로 구획한 지면에 술래인 톰 티들러(Tom Tiddler)가 방심하는 틈에 다른 사람이 "우리는 톰 티들러의 땅에 와서 금과 은을 줍는다."(We're on Tom Tiddler's ground, picking up gold and silver)라고 노래 부르면서 들어오는데, 이때 술래에게 붙잡히면 술래가 되는 아이들 놀이다.
[207] 1914년 8월에 독일은 제메니치를 공격하였는데, 그 공격이 시작되기 전 제메니치는 아주 고요했다는 의미로, 실비아는 그때처럼 지금 여기는 아주 고요하지만 곧 전쟁과 같은 상황이 벌어질 것을 예감하고 있다.

"에잇! 내가 그로비 저택에 있는 그 커다란 나무를 베어버렸어요. 그 가짜 맹트농 후작부인이 아니라 내가요. 하지만 하느님은 나의 구세주이시니, 뱃속에 있는 다른 여자의 아이를 해치진 않을 거예요!"

마크가 말했다.

"이 멍청한 것아! 네가 여기 온 게 바로 그렇게 한 거야!"

실비아는 후에 마크가 이렇게 말하는 것을 분명히 들었다고 맹세했다. 당시 자신은 너무 여러 감정이 들어 마크가 말하는 것을 이상하게 생각지 못했다고 했다. 실비아는 다른 사람들을 대면할 용기가 생길 때까지 숲을 거닐었다. 티젼스의 집 정원은 숲과 직접 연결되어 있었다.

실비아에게 가장 비통한 것은 그들이 이런 평화를 누리고 있다는 사실이었다. 실비아는 그들과의 관계를 끊었지만, 그들은 이렇게 평화롭게 살아가고 있으니 말이다. 실비아의 세계는 기울어 가고 있었다. 실비아의 친구의 남편인 보비, 그러니까 가브리엘 브랜타이어 경(전에는 보젠헤어)은 미친 듯이 경비를 줄였다. 실비아의 세계에 재앙의 조짐이 보였다. 이곳 사람들은 실비아를 한심한 여자라고 부를지도 모른다. 하지만 그렇게 부르는 게 맞는 거 같다!

3

 발렌타인은 열려 있는 창문으로 들려오는 어린 하녀의 날카로운 목소리에 잠이 깼다. 발렌타인은 "싸이페 떼 인 쏨니스 비디!²⁰⁸"라는 글을 읽다가 잠이 들어 자주색 아드리아해에 흰 손을 담그는 꿈을 꾸고 있었다. 어린아이 같은 목소리가 들려왔다.
 "우리는 주인마님 친구분들헌테만 '마님'이라 불러예!" 어린 하녀는 새된 목소리로 자신만만하게 말했다.
 창가 쪽에 있었던 발렌타인은 서둘러 자리를 바꾼 탓에 좀 어지럽고 메스꺼웠다. 자신의 상태가 몹시 못마땅해서 그런 탓도 있었다. 내려다보았을 때 눈에 들어온 것은 회색의 삼각 모자 윗부분과 패니어가 달린 회색 치마뿐이었다. 화분을 넣어두는 광의 경사진 기와 때문에 어린 하녀의 모습은 보이지 않았다. 시커먼 토양 위에 핀 장미처럼 작은 상추들이 창가 아래에서부터 막대를 꽂아 키운 완두콩 있는 곳까지 한 줄로 있었다. 완두콩 뒤에는 상당히 키가 큰 가느다란 물푸레나무들이 모여 숲을 이루고 있었다. 이것들은

---

[208] Saepe te in somnis vidi: (라틴어) '나는 종종 당신을 꿈에서 봅니다'란 의미.

일종의 가림막으로 필요했다. 침실을 바꾸어야 한다. 아기 방 창문이 북쪽으로 나는 것은 좋지 않으니 말이다. 봄철 양파는 뽑아내고 반원형으로 배치된 바위들 사이에 펠리트룸[209]을 심어야겠다고 생각했다. 하지만 그렇게 하자니 엄두가 나지 않았다. 몸을 숙여 손가락으로 작은 뿌리들을 바위틈에 밀어 넣은 다음, 돌을 치우고, 그다음에는 인공 비료를 모종삽으로 퍼 담아야 할 것이다. 그러다 보면 손도 더러워지고 구역질이 날지도 모른다…

갑자기 그 사진들이 생각나 몹시 스트레스를 받았다. 집 구석구석을 다 뒤졌다. 생각해볼 수 있는 서랍, 벽장, 그리고 책장까지 모두 뒤졌다. 마침내 좋은 영국인 고객을 만났는데, 그 고객에게서 받은 첫 번째 의뢰를 제대로 처리하지 못한 것은 자신들의 운명인 것만 같았다. 똑바로 일어나 머리를 들고, 생각해 낼 수 있는, 아직 찾아보지 않은 집안의 모든 네모난 서랍들을 다 뒤져 보아야겠다고 생각했다. 침입자가 누군지 내다 볼 생각은 하지도 않았다.

발렌타인은 모든 손님을 침입자로 간주했다. 크리스토퍼가 고가구 판매와 농사일에 재능이 있다는 것은 사실이다. 하지만 농사일을 하면 망한다. 분명한 것은 집에서 사용하지 않는 낡은 가구들을 팔면, 가게에서 버는 것보다 더 많은 돈을 번다는 사실이다. 크리스토퍼의 천재성을 부정하진 않는다. 정확히 말해 크리스토퍼가 자신의 강인함에 의존하는 것이 옳다는 사실을 부정하진 않는다. 최소한 그는 자신에게 의존할 권리가 있다. 자신도 그를 실망시킬 생각은

---

[209] pellitory: 남유럽산(産)의 국화과(科) 식물.

없다. 다만…

발렌타인은 크리시가 멋진 가느다란 기둥이 있는 저 침대에서, 가늘고 멋진 금발로 저 베개를 베고 태어나길 간절히 바랐다. 아기가 파란 눈으로 저 낮은 창에 드리워진 커튼을 쳐다보면서 누워있게 되기를 간절히 바랐다… 저 커튼! 공작과 지구의들이 그려진 저 커튼 말이다. 아이가 나오길 기다리고 있는 동안 엄마가 보던 것을 아이는 누워서 바라보게 될 것이다!

그런데 그 사라진 사진들은 어디에 있는 것일까? … 희미한 색의 평행사변형 모양의 4개의 사진 말이다. 내일 아침에 주기로 한 것인데. 그리고 테두리 작업도 마무리해야 하는데… 아기의 부드러운 머리카락 위에 자신의 턱을 앞뒤로 부드럽게 문지르는 걸 상상해보았다. 저 베개를 베고 저 침대에 누워, 팔을 위로 뻗어 아이를 허공에 드는 자신의 모습을 상상해 보았다! 저 침대보 위에 꽃들을 펼쳐 놓을 것이다. 라벤더 말이다!

하지만 늘 투덜대는 목소리를 가진 그 끔찍한 사람이 침실을 통째로 원한다는 사실을 크리스토퍼가 알려온다면…

만약 크리스토퍼에게 자신을 위해 그 침실은 내버려두라고 간청한다면! 그래, 크리스토퍼는 그렇게 해줄 것이다. 그는 돈보다 자신을 더 소중히 여기니 말이다. 발렌타인 생각에, 아니 발렌타인 자신도 알고 있듯이, 그는 이 세상 그 무엇보다도 발렌타인의 뱃속에 있는 아이를 소중히 여기고 있다.

그렇지만 자신은 자신의 소망을 끝까지 말하지 않을 것이다… 왜냐하면 게임이 벌어지고 있으니 말이다… 그의 게임이, 아니, 그들의 게임이 벌어지고 있으니 말이다! … 그리고 태어나지도 않은 아이가 소망이 충족되지 않는 엄마를 갖는 것과 게임에서 패배한 아버지를 갖는 것 중 어느 것이 더 나쁜지 생각해 봐야 한다… 아니, 그걸 게임이라고 하면 안 된다. 다른 수탉에게 진 수탉은 남성성을 상실한다… 수탉처럼, 사람도… 그렇다면, 공작과 지구의가 그려진 커튼과, 가느다란 침대기둥, 그리고 엄지손가락 자국이 있는 낡디 낡은 텀블러 잔 때문에 남성성이 결여된 아버지를 갖는다는 것은…

하지만 아기 엄마한테는 그러한 것들이 포근한 느낌을 준다! … 방의 원통 모양의 천장은 지붕 선을 따라 거의 마룻대까지 이어졌고, 어두운 색의 오크 나무 기둥엔 밀랍이 발라져 있었다! 작고 낮은 창문은 오크 나무로 된 마룻바닥 가까이에 있었다… 너무 전시장 같다고 말할지도 모르겠다. 하지만 우리는 그 안에 들어가 생활한다. 미국인들이 현관문에서 때때로 당황스러워하면서, 힐끗 엿보는데도, 우리는 그 안에서 생활한다.

그들에게 아이 방도 보여주어야 하나? 맙소사, 누가 알겠는가? 크리스토퍼가 어떤 결정을 내릴까? 사방에 미국인들이 있는 곳에서 살아가는 건 보통 일이 아니다. 그들은 비행기에서 내리고, 땅 속에서 튀어나오는 것 같다… 그들은 갑자기 여기 나타났다. 어떻게 그렇게 할 수 있는지 모르겠다…

창문 아래에 있는 저 여자도 그렇다. 도대체 저 창문 아래까지 어떻게 왔을까? … 하긴 출입구가 너무 많다. 덤불을 지나 올 수도 있고, 14에이커 땅을 지나 공유지를 통해서도 올 수 있다. 그리고 저 아래에 있는 길을 통해서도 들어올 수 있다… 누가 들어오는지도 알 수가 없다. 그건 참 소름 끼치는 일이다. 그 때문에 몸서리가 쳐진다. 온갖 통로로 기어오는 알 수 없는 사람들로 포위당한 것 같으니 말이다…

어린 하녀는 이 집안사람들의 친구이기 때문에 자신을 "마님!"이라고 부르라고 요구하는 저 미국인 여자의 권리에 대해 반박하는 중이다. 저 미국인 여자는 자신이 맹트농 후작부인의 후손이라고 주장하고 있다… 모든 사람이 후손을 갖고 있다니 참 놀랍다! 발렌타인은 헨리 거시기라는 이름의 헨리 7세의 수석 주치의의 후손이다. 물론 모든 여성교육자의 사랑을 받고, 직접 교육했던 여자들의 사랑을 받았던 위대한 워놉 교수의 후손이기도 하다… 그리고 크리스토퍼는 그로비의 열일곱 번째 티전스다. 티전스 중에는 스헤베닝언[210] 시장 혹은 어떤 시대, 어떤 장소에서 시장을 하던 사람도 있었다. 그건 알바레스 장군[211]이 있던 시대였다. 1대 티전스는 신교도들의 영웅인 네덜란드의 윌리엄과 함께 넘어왔다! … 만약 그가 넘어오지 않았고, 아버지인 워놉 교수가 자신을 가르치지 않았다면, 자신은 (혹은 좀 다르게 교육받았더라면)… 그러지 않았을지도… 아, 하지만 그랬을 것이다! 이 위대한 네덜란드인 같은 그런 사람이 없었다면, 대놓고 죄를 지으며 살아가기 위해서 그런 사람을 만들어내야 했을 것이다. 하지만 아버지는 최소한 부끄럽지 않은 속옷을 입도록 교육시켰을 것이다…

---

[210] Scheveningen: 네덜란드 남서부, 헤이그(Hague) 해안에 있는 휴양지.
[211] 스페인의 페르난도 알바레스 데 톨레도(Fernando Alvarez de Toledo, 1508~1582) 장군으로 네덜란드의 신교도 반란을 탄압했다(1567).

아버지는 발렌타인이 이렇게 말할 수 있을 정도로 교육을 시켰을 것이다.

"여기요… 내… 속옷 좀 보세요?"

크리스토퍼는 발렌타인의… 속옷을 보지 않았다. 하지만 마리 레오니는 그랬다!

마리 레오니는 발렌타인이 우비강[212] 향수를 듬뿍 뿌리고 분홍색 비단 속옷을 입지 않으면 크리스토퍼를 놓칠 거라고 생각한다. 더 이상은 필요 없다고 생각한다. 하지만 마리 레오니에게 이십 파운드를 빌릴 수 없었다. 더더군다나 사십 파운드는 절대 빌리지 못할 것이다… 크리스토퍼가 내 순모 옷이 어떤 상태인지 결코 눈치 채지 못한다 해도 듬뿍 뿌린 우비강 향수와 분홍색 속옷에 분명히 감명받을 것이기 때문에…어떻게 해서든지 그것들을 구해야겠다… 하지만 크리스토퍼는 눈치 챌 것이고, 사십 파운드를 빌렸단 이유로 난 그의 사랑을 잃게 될 지도 모른다. 반면에 순모 옷 때문에, 크리스토퍼의 사랑을 잃게 될지도 모른다. 크램프 부인이 세탁한 뒤, 그 옷들이 어떻게 될지 아무도 모를 테니 말이다… 순모 의류는 끓는 물에 절대 넣어서는 안 된다고 크램프 부인에게 아무리 말해도 통하지 않으니 말이다!

난 크리시를 분홍색의 부드러운 속옷을 입은 내 몰캉몰캉한 가슴 위에 올려놓고 라벤더 향이 나는 침대 시트를 덮고 누워 있어야 한다… 귀여운 크리시는 수석 주치의 (정확히 말하자면 수석 이발사!)

---

[212] Houbigant: 1775년에 설립된 프랑스의 향수 제조 회사.

와 시장의 후손이며, 세계적으로 유명한 워놉 교수의 후손이니 말이다… 이 아이는 장차 어떤 사람이 될까, 내 바람대로라면…

하지만 영국이나 세상이 어찌될지 알 수 없으니, 내가 무엇을 바라는지 나도 모르겠다… 하지만 아기가 크리스토퍼가 바라는 사람이 된다면, 아이는 자신의 땅을 가꾸면서 겨드랑이에는 전지 2절판의 그리스 성경을 끼고 사색하는 목사가 될 것이다… 셀본[213]출신의 화이트[214] 목사처럼 말이다… 셀본은 겨우 사오십 킬로 떨어진 곳이지만 거기에 갈 시간이 없다… "쥬 네 자메 뷔 꺄르꺄손느"[215]라고 말하는 것처럼 말이다… 심장이 뛸 때마다 움직이는 부드러운 머리와 실크처럼 보드라운 머리털, 빠르게 움직이는 암청색 눈을 가진 크리스가 이 세상에 오기도 전에, 돼지와 암탉을 키우고, 완두콩에 막대를 세워주고, 가구를 판매하고, 순모 속옷을 수선하며, 마크를 돌보는 일로 시간이 전혀 없다면, 앞서 일을 모두 하고, 여기다 아이에게 젖을 먹이고, 기저귀도 갈고, 사랑스럽고 사랑스러운 팔 다리를 비눗칠을 잔뜩 한 플란넬 천으로 밀며 따뜻한 물로 벽난로 앞에서 목욕도 시켜야 할(크리스토퍼는 보고만 있으면서…), 시간이 어떻게 있을 수 있겠는가? 크리스토퍼는 셀본에 갈 시간이 절대 없을

---

[213] Selborne: 잉글랜드 남부 햄프셔(Hampshire)에 있는 길버트 화이트의 탄생지.
[214] Gilbert White(1720~1793)를 지칭. 18세기 영국의 박물학자겸 목사로 일생을 고향인 셀본(Selborne)의 목사보(牧師補)로 지냈다.
[215] Je n'ai jamais vu Carcassonne: (프랑스어) "나는 카르카손을 본 적이 없다." 카르카손은 프랑스 남부 오드(Aude)의 주도(主都)로 중세의 성채로 유명하다.

것이다. 저 낯선 여자가 온 후론, 아룬델[216]이나 카르카손에도 갈 시간이 없을 것이다… 절대, 절대로 없을 것이다!

크리스토퍼는 지금 하루하고 한나절 나가 있다. 서로 말은 안 했지만 그는 절대로 하루하고 한 나절동안 나가있지 않기로 되어 있었다. 산통이 시작되기 전에 크리스토퍼는… 기회를 잡아야 한다! 아니 이미 기회를 잡았다… 하루하고도 한 나절 동안! 윌브라함 장에 갈 기회 말이다! 자신들이 원하는 것은 그다지 많지도 않았기에… 크리스토퍼가 비행기를 타고 그로비로 갔다고 생각했다… 크리스토퍼는 그 이야기를 한 적이 한 번 있었다. 아니면 크리스토퍼가 그 생각을 했다는 것을 자신이 알아서인지도 모른다. 그저께 그로비를 세놓는 문제 때문에 크리스토퍼가 거의 정신이 나가 있었을 때, 크리스토퍼는 갑자기 비행기를 올려다보더니 오랫동안, 아무 말 없이, 바라보고만 있었으니 말이다… 또 다른 여자 때문일 리는 없다.

크리스토퍼는 그 사진들에 대해 잊어 버렸다. 그건 참 끔찍하다. 자신은 크리스토퍼가 그것들에 대해 잊고 있다는 것을 알았다. 크리시를 위해 좋은 영국인 고객이 필요한 이때, 어떻게 크리스토퍼가 그럴 수 있나? 어떻게 그럴 수 있나? 어떻게 그가? 크리스토퍼가 그로비와 그로비의 거대한 나무 때문에 거의 얼이 빠졌다는 건 사실이다. 몇 년 동안, 수차례에 걸쳐 크리스토퍼는 잠을 자면서 이렇게 이야기했다.

"브링트 뎀 하웁트만 아이네 케르쯔[217]… 소령님께 촛불을 갖다

---

[216] Arundel: 영국 잉글랜드 서서식스 카운티에 있는 도시.

드려." 옆에서 자고 있던 크리스토퍼는 어둠 속에서 끔찍하게 이렇게 소리치곤 했다. 그때 자신은 그가 참호 아래 지하에서 곡괭이질하는 소리를 떠올리고 있는 중이라는 사실을 알았다. 크리스토퍼는 신음소리를 내며 땀을 엄청나게 흘렸지만, 그를 깨울 엄두를 내지 못했다… 아랑헤스의 눈에 관한 사건도 있었다. 아랑헤스는 포탄이 터져 그 모양이 수시로 바뀌는 땅 위를 손으로 눈을 감싼 채 비명을 지르며 뛰어갔다고 했다. 크리스토퍼가 아랑헤스를 참호에서 꺼내 옮긴 후 말이다… 정전협정 날에 아랑헤스 부인은 자신에게 무례하게 굴었다… 자신의 인생에 있어서 처음으로 누군가가, 물론 이디스 에텔을 빼고, (물론 이디스 에텔 두쉬민, 맥마스터 여사는 계산에 넣지도 않을 것이다[218]!) 자신에게 무례하게 굴었다… 그건 참 이상한 일이다. 남자가 목숨을 걸고 한 청년의 생명을 구해주었다. 구해주지 않았다면 아랑헤스 부인도 있을 수 없을 터인데, 아랑헤스 부인이 나에게 처음으로 무례하게 대한 사람이라니 말이다. 그 끔찍스러운 눈은 여전히 밤에 몸서리치는 기억을 남긴다.

그렇지만 기적이 없었다면 크리스토퍼도 없었을는지 모른다! 아랑헤스 부인이 나에게 무례하게 군 것은 아랑헤스가 나에게 크리스토퍼를 칭찬하면서 오랫동안 이야기를 했기 때문이다. 아랑헤스는 독일군이 쏜 총알이 엄청나게 많이 머리 위로 지나갔다고 했다. 거닝이 낫으로 벌집의 버팀 기둥을 잘라냈을 때 튀어나온 벌 떼만큼

---

[217] 소령님께 촛불을 갖다 주라는 의미.
[218] 발렌타인이 자신에게 모욕을 준 사람에 이디스 에텔은 아예 고려도 하지 않는다는 것은 궁극적으로 이디스를 인간으로도 생각지 않는다는 말이다.

이나 많았을 것 같다! … 크리스토퍼는 살아 돌아오지 못했을지도 모른다. 그러면 발렌타인 워놉도 없었을 것이다! 그 없이는 살 수 없었을 테니 말이다… 하지만 아랑헤스 부인은 나에게 무례하게 굴어선 안 된다. 그 여자는 내가 크리스토퍼 없이는 살 수 없을 거라는 사실을 틀림없이 금방 눈치 챘을 것이다… 그런데, 왜 그 가여운, 애원하는 듯한, 눈이 하나 없는 청년 군인을 두려워해야 하는가!

기이하다. "그렇지 않았다면…"이라는 식으로 말하는 것은 신은 인간을 괴롭히는 것을 즐기는 것 같다고 말하는 것과 다를 바 없을 것이다. 크리스토퍼는 신의 섭리가 있다고 믿는 것 같다. 그렇지 않다면 크리시가 시골 목사가 되는 것을 바라지 않았을 것이다… 크리스토퍼는 돈을 벌면 아이에게 성직록을 사주겠다고 했다. 가능하다면 솔즈베리 근처에… 거기 이름이 뭐였더라… 예쁜 이름이었는데? … 조지 허버트가 목사로 있었던 곳에 성직록을 사줄 거라고 했다…

마리 레오니에게 인디언 러너[219]가 낳은 알을 넣어둔 곳은 레드 오핑턴 16이 아니라 42라는 라벨이 붙은 블랙 오핑턴[220]이라고 잊지 말고 말해야 겠다. 레드 오핑턴 16이 나중에 온 닭이지만 알을 품고 싶어 하지 않는다는 것을 알게 되었기 때문에 블랙 오핑턴에 넣은 것이었다. 마리 레오니는 닭들이 쪼아 댈까봐 알을 품고 있는 암탉 아래에 알을 넣을 용기가 없고, 나는 둥지 안에 있을지 모를 달걀

---

[219] Indian Runners: 집오리의 한 품종.
[220] Black Orpington: 닭 품종의 하나로 영국의 켄트(Kent) 주에 있는 오핑톤(Orpington) 마을에서 유래되었다.

껍질이나 점액질 때문에 부화된 병아리를 꺼낼 용기가 없다는 사실은 참 기묘하다… 하지만 우리 두 사람 그 누구도 용기가 부족하진 않다… 제기랄, 우리 둘 중 어느 누구도 절대 용기가 부족하진 않다. 그랬다면 우리 둘 다 티젠스가 사람들과 살지 않았을 것이다. 그들과 같이 사는 건 버팔로에게 묶여있는 것 같으니 말이다!

하지만… 어떻게 그들이 바뀌기를 기대할 수 있겠는가!

브레머사이드… 아니, 그건 헤이그가의 고향이다… 무슨 일이 일어나든 브레머사이드에는 헤이그가가 있을 것이다[221]… 어쩌면 버머사이드인지도 모르겠다! … 아니면, 버멀튼이거나. 솔즈베리의 월튼 인근에 있는 버멀튼의 주임목사 조지 허버트… 크리시가 닮아야 할 사람이다… 발렌타인은 크리시의 부드러운 머리 위에 자신의 뺨을 올려놓은 채 앉아서 타는 석탄을 바라보며, 경지 옆 느릅나무 아래에서 크리시가 걷고 있는 모습을 상상해보았다. 정말이지 더 이상 바라는 것은 없었다!

이 나라가 견디어 낸다면 말이다! …

크리스토퍼는 신의 섭리를 믿듯이 영국이란 나라를 믿는 것 같다. 영국의 땅은 기분 좋고 푸르며 아름답기 때문이리라. 영국은 변함없을 것이다. 티글라트 필레세르[222]와 엘리자베스 여왕[223]의 후손들로

---

[221] Tide what will and tide what tide, there shall be Haigs at Bremersyde: 이 구절은 "무슨 일이 일어나도, 어떠한 일이 벌어져도, 헤이그는 브레머사이드의 헤이그다"(Tyde what may, what'er betide, Haig shall be Haig of Bemersyde)를 약간 변형시킨 구문이다. 이 구절은 토머스(Thomas)라는 시인이 13세기에 한 예언으로, 800년 동안 스코틀랜드에 있던 브레머사이드는 헤이그가의 소유물이었다.

구성된 미국인들이 물밀듯이 쏟아져 들어오고, 산업 체제가 정점에 다다르며, 선박 무역이 최고치에 다다른다 해도, 영국은 기분 좋고, 푸르른 아름다움을 간직한 채, 조지 허버트 같은 사람들과 그들을 보살필 거닝 같은 사람들을 계속 낳을 것이다…

이 나라에 있는 거닝 같은 사람들은 등대를 받치고 있는 바위와 같은 존재다. 크리스토퍼가 보기엔 그랬다. 그리고 크리스토퍼는 항상 옳았다. 어떨 땐 조금 미리 내다보긴 하지만 항상 옳았다. 항상 옳았다. 그 바위들은 등대가 세워지기 수백만 년 전부터 거기에 있었다. 움직이는 불빛 두 개로 이루어진 등대는 사실 일시적인 존재다. 그 바위들은 등대의 불빛이 완전히 꺼진 후에도 수백 만년 동안 거기 있을 것이다.

시간이 지나면 거닝 같은 사람들은 온몸을 파랗게 칠한 드루이드[224] 숭배자가 될 것이다. 그러곤 그 후 마을을 마구잡이로 태우고, 사생아를 낳게 하는 노르망디의 로버트 공작 같은 사람이 될 것이다. 사실 그 공작은 궁극적으로, 또한 실제적으로 잡역부 같은 사람이다. 반쯤 충실하고 또 반쯤은 떠들썩한 온갖 일을 다 하는 털투성이의 사람 말이다. 번창한 가운데, 종복들에게 강한 사과주를 나누어 주고, 종복들이 여자들과 저지르는 사소한 잘못을 용서해 준다면 우리는 종복도 거느릴 것이다. 크리스토퍼는 이런 식으로 이야기를

---

[222] Tiglath Pileser: 티글라트 필레세르 3세(746~727 B.C.)로 아시리아의 왕이다.
[223] Queen Elizabeth: 1558년부터 1603년까지 영국을 통치했던 엘리자베스 1세를 지칭.
[224] Druid: 고대 켈트족 종교.

계속했다.

　문제는 또 다른 버멀튼의 허버트가 나타날 시간이 도래했는가 하는 것이다. 크리스토퍼는 그렇다고 생각했다. 그는 항상 옳았다. 늘 옳았다. 하지만 조금 이르다. 그는 미국인들이 벌떼같이 몰려와 오래된 물건들을 다 사갈 것이라고 했다. 엄청난 금액을 제안하면서 말이다. 그가 옳았다. 문제는 그들이 엄청난 액수를 제안하고는 그 돈을 주지 않는다는 사실에 있다. 돈을 주더라도 그들은 (발렌타인은 욥[225]이라고 말하려 했다) 누구만큼 인색했다. 하지만 욥이 유별나게 인색하였는지는 모르겠다. 창문 아래에 있는 저 여자는 1762년도의 바커의 서명이 들어간 책상을 공장에서 막 만들어 뉴욕 백화점에서 판매하는 책상의 절반 가격에 사려고 들 것이다… 그리고 심지어 (웃기지도 않는 얘기지만) 본인이 원하는 가격에 가져가라고 말한다 해도, 나에게 남의 고혈을 빠는 사람이라고 말할 것이다. 반면에 샤츠바일러 씨는 엄청난 가격을 제시했다…

　샤츠바일러 씨, 샤츠바일러 씨, 우리에게 주기로 한 돈의 십 퍼센트만 준다면, 난 분홍색 솜털로 만든 옷과 가운 세 개를 사고, 크리시에게 줄 작은 레이스도 준비할 수 있을 거예요. 그리고 젖산양유산양(乳山羊)이 아니라 진짜 젖소도 키우고, 돼지들 때문에 생긴 손실도 줄이고, 침상화단(浸床花壇)에 유리를 세워 흉물스럽지 않게 할 수 있을 거예요… 동화의 시대는 물론 아직 끝나지 않았다. 우리는 뜻밖의 횡재를 했다. 앞으로 편안하게 쭉 살 수 있을 것 같았

---

[225] Job: 구약성서 「욥기」에 나오는 히브리의 족장으로 온갖 수난을 겪는다.

을 때 아주 큰 횡재를 했다… 이곳을 샀을 때 엄청난 횡재를 했다. 그리고 돼지와 늙은 당나귀로 조그마한 횡재도 했다… 크리스토퍼는 그런 사람이다. 그는 황금 이삭을 너무도 많이 뿌려 늘 회오리바람만 거두어들이진 않았다[226]. 평온한 날도 분명 있을 것이다…

지금은 지독하게 어려운 상황이다. 크리시 출산은 다가오고, 마리 레오니는 내 몸매가 망가지고 있기 때문에, 치마에 묻은 기름얼룩을 없애지 못한다면 크리스토퍼의 사랑도 잃을 수 있다고 끊임없이 말하고 있다. 그런데 우리는 돈 한 푼 없다… 크리스토퍼는 샤츠바일러에게 전보를 쳤다. 하지만 그게 무슨 소용 있겠는가? …내가 크리스토퍼의 사랑을 잃는다면 샤츠바일러도 낭패를 보게 될 것이다. 가련한 크리스토퍼는 나 없이는 이 골동품 가게를 운영할 수 없을 테니 말이다! … 내가 직접 샤츠바일러에게 전보치는 것도 생각해 보았다. 스커트에 묻은 네 개의 얼룩과 출산 후에 입을 우아한 가운 때문에 말이다. 그렇지 않으면 샤츠바일러도 크리스토퍼의 도움을 받지 못하게 될 것이다…

아래에서 벌어지는 대화의 톤이 높아져 갔다. 어린 하녀가 미국인 여자에게 크리스토퍼 집안과 친구사이라면 왜 "저짝 계신 마님"을 못 알아보는지 묻는 소리가 들렸다. 물론 이 상황은 어렵지 않게

---

[226] 본문에는 "sowed so many golden grains that he could not be always reaping whirlwinds"으로 되어 있다. 이 말은 "sow the wind and reap the whirlwind" (바람을 뿌리고 회오리바람을 거두어들인다)의 변형. 이 말을 우리말식으로 표현하면 "되로 주고 말로 받는다." 즉 부주의한 행동으로 중대한 결과를 초래하다는 의미인데, 본문은 너무나도 여러 군데 투자를 하여 늘 엄청난 이득을 얻지는 못했다는 의미다.

이해할 수 있었다. 이 사람들은 모두 샤츠바일러의 소개장을 가지고 왔기 때문에 이 집안의 친구라고 이야기했을 것이다. 대부분의 영국인은 고가구 판매상과 알고 지내는 사이라고 말하고 싶어 하지 않았기 때문에, 이렇게 말하는 것을 좋게 볼 수도 있을 것이다.

아래에 있는 미국인 여자가 목소리를 높여 소리쳤다.

"저 사람이 레이디 마크 티전스라고! 맙소사, 난 요리사라고 생각했는데!"

아래로 내려가 마리 레오니를 도와줘야 한다. 하지만 그렇게 하지 않을 것이다. 적대적인 사람들이 길을 따라 올라오고 있다는 느낌이 들었고, 게다가 마리 레오니가 오늘 오후는 쉬라고 했으니 말이다… 앞으로를 위해서 그러라고 했다. 마리에게 에게해 옆에서 아이스킬로스를 읽는 미래의 내 모습을 생각해 본 적이 있다고 말하자, 마리 레오니는 나에게 키스하고는, 마크가 죽고 난 다음 내가 자신의 재산을 빼앗지 않을 거라는 사실을 알게 되었다고 했다!

그건 청하지 않은 증언 같았다. 물론 마리 레오니는 내가 크리스토퍼의 애정을 잃기를 바라진 않는다. 그렇게 된다면 크리스토퍼는 마크가 죽고 난 다음, 마리의 재산을 빼앗으려는 여자와 가까워지게 될지도 모른다는 생각에서였다.

저 아래에 있는 여자는 자신을 맹트농 후작부인의 후손인 드 브레이 페이프 부인이라고 말하고 나서는 저택위에 드리워진 나무를 자르는 것을 마리 레오니는 합리적이라고 생각하는지 알고 싶다고 했다. 창가로 달려가고 싶었다. 낡은 패널을 씌운 문으로 달려가, 자물쇠에 열쇠를 넣고 격하게 돌렸다. 하지만 열쇠를 그렇게 아무렇게나 돌리지 말아야 했다. 문을 다시 열기 전, 오 분이나 십 분 정도 조심스럽게 열쇠를 다루었어야 했다… 창가로 달려가, 드 브레이 페이프 부인에게 이렇게 소리쳤어야 했다.

"그로비 저택의 그 커다란 나무의 잎사귀 하나라도 건드리면, 법원의 강제명령으로 당신들은 반평생의 시간과 돈을 써야 할 거예요!"

크리스토퍼를 미치게 하지 않기 위해선 그렇게 해야 한다. 하지만 그럴 수 없었다. 그렇게 할 수 없었다! 죄를 지으면서도 양심의 가책 없이 사는 것과 그 사실을 알고 있는 나이 든 미국인과 대면하는 것은 별개의 문제이니 말이다. 그래서 여기 가만히 있기로 마음먹었다. 영국 남자의 집은 더 이상 그의 성이 아니다. 하지만 영국 여자의 성은 분명히 자신의 침실이다. 넉 달 전쯤 사랑스러운 크리시가 뱃속에 들어선 것이 확실했을 때, 더 이상 궁핍하게 살면 안 된다는 생각을 크리스토퍼에게 전했다. 상황이 너무도 심각했기 때문이었다. 그리고 그로비 유산을 어느 정도 받아야 한다고 말했다. 앞으로 태어날 아이를 위해서라도…

몹시 지쳤다… 분만의 이 단계에 와 있는 여자는 몹시 지쳐 결국 히스테리를 부리게 된다… 아이를 낳을 여자는 분홍색 솜털 옷을 입어야 하고, 어깨와 머리에 우비강 같은 향수를 뿌려야 한다. 아이의 건강을 위해서 말이다.

그래서 자신의 신들을 부정해야 할 필요에 직면한 불쌍한 크리스토퍼를 향해 격하게 소리를 지른 다음, 문을 쾅 닫고 미친 듯이 잠갔다. 당시 나의 성은 나의 침실이었다. 크리스토퍼가 이 침실로 들어오거나 나 자신도 여기서 나갈 수 없었기 때문이었다. 크리스토퍼는 항복한다고 열쇠 구멍을 통해 속삭일 수밖에 없었다. 크리스토퍼는 내 걱정을 몹시 했다. 그는 내가 조금만 더 버텼으면 좋겠다고 했다. 하지만 그렇게 하지 않겠다면, 형의 돈을 받겠다고 했다.

물론 크리스토퍼가 그렇게 하도록 하진 않았다. 하지만 마크 대신 마리 레오니와의 조율을 통해 숙식비로 마크가 주당 2파운드 더 내게 했다. 마리 레오니가 어쩔 수 없이 집안 관리를 맡았기 때문에 일이 조금 더 수월해졌다. 마리 레오니는 이제껏 했던 것보다 주당 30실링 덜 들여 살림을 꾸려나갔다. 게다가 살림도 훨씬 더 잘했다. 훨씬 더 말이다! 그래서 리넨으로 된 탁자보와 갓난아기 용품을 거의 다 갖출 정도의 돈을 갖게 되었다… 그걸 다 말하자면 참 길고 복잡한 이야기다!

크리스토퍼만큼이나 내가 그가 하는 게임에 많이 관여하는 건 기이한 일이다. 전업주부로서 나에게는 한 푼이 아쉬웠고, 살아가는 것도 힘든데 말이다. 그런데 왜 여자는 자신의 남자가 황당한 낭만적 게임을 하도록 도와주는 것일까? 자기 남자가 싸움에 진 수탉처럼 남성성이 감소하면 여자 자신도 애정관계에 있어서 피해를 입게 될 것이기 때문이라고 말할지도 모르겠다… 하지만 그건 아니다! 자신과 묶여있는 버팔로가 돌진하기를 바라기 때문도 아니다.

자신은 자기 남자의 복잡한 생각을 이해했고 그 생각을 열렬히 옹호했다. 크리스토퍼가 그런 것처럼, 자신은 부와 부자들, 부자들의 사고방식을 용납하지 않았다. 전쟁이 우리 두 사람에게 달리 해준 것은 없다 해도, 최소한 검소하게 사는 것을 신성시하도록 해주었다. 설령 전쟁이 고귀한 생각을 할 여유를 앗아갔다 해도, 우리는 힘들게 살기를 원했다! 자신은 지배층이 지배할 능력, 혹은 지배할 욕망을 상실한다면, 그 특권을 버리고 지하로 들어가야 한다는 크리스토퍼의 생각에 찬성한다.

그것을 하나의 원칙으로 받아들이게 되자, 크리스토퍼의 알 수 없는 집착과 고집을 이해하고 받아들일 수 있었다.

크리스토퍼와 마크가 가장 중요시 하는 것이 고귀하게 사는 것이란 사실을 고려하지 않았더라면, 크리스토퍼가 마크와 벌이는 그 긴 싸움에서 크리스토퍼를 지지하진 않았을 것이다… 창문이 아니라 문으로 달려간 이유는 그 긴 체스 게임에서 크리스토퍼 대신 규정을 어기며 체스의 말을 옮기는 짓을 하고 싶지 않았기 때문이었다. 만약 자신이 드 브레이 페이프 부인을 만나야 하거나 그녀에게 말을 해야 했다면, 왕의 동반자의 후손[227]은 마치 "당신은 결혼하지도 않고 남자와 같이 살고 있군요!"라며 질책하는 눈빛으로 기분 나쁘게 자신을 바라보았을 것이다. 드 브레이 페이프 부인의 여자 선조는 왕이 자신과 결혼하도록 강요할 수 있었다… 자신도 한번 시도해 보려 한다. 자신들은 클럽의 규칙을 어겼다는 이유로 충분한 대가를 치렀다. 그래서 자신은 머리를 치켜들고 다닐 수 있다. 보기 싫을 정도로 높이는 아니지만, 충분할 정도로 말이다! 크리스토퍼는 나와 함께 살기 위해 사실상 그로비를 포기했고, 나는 크리스토퍼를 살리고 미치지 않게 하려고, 정원 울타리 너머로 계속 들려오는 중상모독을 견디어 왔으니 말이다.

---

[227] 맹트농 후작부인을 지칭.

드 브레이 페이프 부인과 맞서고 싶었다. 하지만 그렇게 되면 크리스토퍼가 반쯤 제 정신이 아니게 될 거란 사실에, 그로비의 거대한 나무를 건드리면 무서운 법적 책임을 물을 것이라고 페이프 부인을 협박하지 않을 수 없었을 것이다. 하지만 정말로 그렇게 하지는 않았을 것이다. 그것은 북쪽 지방 출신 형제들이 벌이고 있는 말없는 싸움에 개입하는 셈이 될 테니 말이다. 크리스토퍼가 미치지 않게 하기 위해서라도 절대 그렇게 하지는 않을 것이다. 페이프 부인이 그 나무를 어떻게 하든 마크는 간섭할 의도가 없다는 것을 알고 있다. 페이프 부인의 편지를 마크에게 읽어주었을 때 마크는 눈빛으로 그런 자신의 의사를 충분히 전했기 때문이다… 마크를 사랑하고 존경한다. 마크는 소중한 사람이며, 또한 어떠한 고난이 있어도 자신을 지지해줬기 때문이다. 그가 없었다면… 그 끔찍한 밤에 어떤 일이 벌어졌다… 자신은 그 끔찍한 밤을 다시는 생각하지 않게 해달라고 신에게 기도했다… 실비아를 다시 봐야 한다면 자신은 미쳐버릴 것이고, 뱃속에 있는 아기는… 자신의 몸 깊숙이 있는 그 가녀란 아이의 두뇌에 재앙이 닥칠 것이다!

드 브레이 페이프 부인은 재밋거리를 제공했다. 모르는 척할 수 없을 정도로 기이하게 프랑스어를 말했다.

창밖을 내다보지 않고도, 마리 레오니의 무표정한 얼굴과 알아듣고 싶지도 않다는 식의 태도를 볼 수 있을 것 같았다. 그리고 삼각모자를 쓴 채 말을 더듬고 있는 여자 앞에서 앞치마를 두르고, 꼼짝도 하지 않고 서 있는 마리의 모습을 떠올렸다.

"레이디 티젼스, 드 브레이 페이프 부인이 라 아브르[228] 비용을

치르고 싶어 하…'

마리 레오니의 냉담한 목소리가 들렸다.

"일반적으로 '라브르'²²⁹라고 말합니다. 부인!"

이어서 어린 하녀의 높은 톤의 목소리가 들렸다.

"우리를 '없이 사는 것들'이라 캤어예, 마님… 우리한테 왜 즈그들을 본받지 않는가 물었고예!"

그다음엔 이런 사람들치고는 부드러운 목소리가 들려왔다.

"마크 경께서 땀을 엄청나게 흘리시는 것 같습니다. 그래서 주제넘지만 제가 닦아드렸습니다…"

그런 대화들이 오고가는 동안 위에서 발렌타인이 "맙소사!" 하고 소리치자, 마리 레오니는 "몽 디유!"²³⁰라고 외쳤다. 그러곤 치마와 앞치마를 두른 사람들이 황급히 움직였다.

마리 레오니는 흰 바지를 입은 사람을 지나치면서 이렇게 말했다.

"부, 쥔느 에뜨랑제레, 아베조제…"²³¹

상기된 뺨의 어린 청년이 마리 앞에서 약간 비틀거렸다. 그는 마리의 등 뒤에서 소리쳤다.

"로우더 부인의 손수건이 가장 작고 부드럽습니다…" 이렇게 말

---

²²⁸ la arbre: (프랑스어) la는 정관사이고, arbre는 '나무'란 의미. 즉 '나무 값을 치르고 싶다'는 문장이다. 그런데 정관사 la와 arbre를 같이 쓸 경우 축어로 l'arbre로 표기하는 게 원칙인데 페이프 부인은 이를 몰라 잘못 발음한 것이다.
²²⁹ l'arbre: (프랑스어) '나무'의 의미.
²³⁰ Mon Dieu: (프랑스어) '맙소사'라는 의미로 영어의 'My god'에 해당한다.
²³¹ Vous, une étrangère, avez osé: (프랑스어) '거기 낯선 양반, 혹시 가지고 있어요?'의 의미.

하곤 그 어린 청년은 하얀 옷을 입고 있는 젊은 여자에게 이렇게 말했다. "가는 게 좋겠어요… 제발 가자고요… 이건 정당하지 않아요…" 아주 익숙한 얼굴, 아주 애처로운 목소리였다.

"제발, 가자니까요…"

누가 "제발!"이라는 말을 저렇게 말할 수 있겠나, 파란 눈으로 응시하면서 말이다.

발렌타인은 커다란 금속 열쇠를 미친 듯이 돌리려 하였다. 자물쇠는 망치로 쇠를 두드려서 만든 아주 오래된 것이었다. 의사에게 전화해야 한다. 마크가 열이 나거나 땀을 많이 흘리면 곧바로 전화하라고 의사가 말했었다. 마리 레오니는 마크와 같이 있을 것이다. 전화는 자신이 할 일이다. 그런데 열쇠가 돌아갈 생각을 안 한다. 열쇠를 돌리다 손을 다쳤다. 하지만 지금 드는 감정의 일정 부분은 뺨이 상기된 어린 청년 때문이었다. 그는 왜 자신들이 여기에 있는 게 정당하지 않다고 했던 걸까? 왜 그는 제발 가자고 소리친 것일까? 열쇠가 돌아갈 생각을 안 한다. 열쇠는 오래된 자물쇠처럼 단단하게 고정되어 있었다… 그 어린 청년은 누구일까? 발렌타인은 꿈쩍도 하지 않는 문에 어깨를 대고 밀었다. 하지만 그렇게 하면 안 된다. 발렌타인은 소리를 질렀다.

하녀에게 창가에 사다리를 세워 달라고 말하려고 창가로 갔지만, 하녀에게 전화를 걸어달라고 말하는 게 더 나을 것이다! 드 브레이페이프 부인이 보였다. 여전히 하녀에게 일장 연설을 하고 있었다. 그런데 양상추 밭과 완두의 지주를 세워놓은 곳 너머에 있는 저 길 위에 아주 키가 큰 사람의 모습이 보였다. 아주 키가 크고 마른 사람이었다. 불길한 느낌이 들었다. 비탈진 곳이었기 때문에 저쪽에 있는 사람들은 아주 키가 커 보였다… 그 사람은 느긋해 보였다. 아니 머뭇거리는 것 같았다. 『돈 주앙』[232]에서 유령처럼 나타난 사령관의 동상처럼 말이다. 그런 느낌이었다. 그 사람은 장갑에 신경 쓰는 것 같았다. 지금 장갑을 벗고 있다…

키는 아주 컸지만 다리는 너무도 가늘었다… 승마용 바지를 입은 여자였다! 덤불에 있는 키 큰 물푸레나무를 뒤로 하고 서 있었다. 자신은 위쪽 창문에서 내려다보고 있었기 때문에 그 여자의 얼굴은 볼 수 없었다. 게다가 그 여자는 머리를 숙이고 있었다! 제발! …

그 끔찍했던 날 밤, 그레이즈인 법학원에 있던 그 오래된 집의 그 끔찍한 어둠이 떠올랐다… 자신의 뱃속에 있는 사랑스러운 크리시 때문에라도 그 끔찍했던 밤에 대해 생각하면 안 된다. 자신이 마치 아이를 팔에 안고, 아이 쪽으로 몸을 구부린 채, 위쪽을 쳐다보고 있는 것 같은 기분이 들었다. 하지만 사실 자신은 아래를 내려다보고 있었다… 당시에 자신은 위쪽을 바라보고 있었다. 어두운 계단 위를 바라보고 있었다. 대리석 조각상 같은 여자의 흰 형상이 보였다. 니케[233] 여신… 날개 돋친 승리의 여신상 같았다. 루브르 박물관 계단[234]에 있는 그 조각상 말이다. 자신은 그레이즈인 법학

---

[232] *Don Juan*: 돈 주앙은 스페인의 전설적인 호색가로 도나 아나(Dona Ana)란 여자를 겁탈하려다 이를 저지하려는 그녀의 부친 돈 곤잘로(Don Gonzalo)와 결투를 벌이다 그를 죽이는데, 유명한 마지막 저녁 만찬 장면에서 돈 주앙은 돈 곤잘로의 동상을 초대한다.
[233] Nike: 그리스 신화의 승리의 여신으로 로마 신화의 빅토리아(Victoria) 여신에 해당한다.

원이 아니라 루브르 박물관을 생각해야 한다. 폼페이[235] 전시관 맨 앞에 있는 방에는 고대 에트루리아 무덤[236]들이 있었다. 뒷짐을 진 정복 입은 경비들이 우리가 무덤을 훔칠 것처럼 그 방을 어슬렁어슬렁 돌아다니고 있었다…

자신은 아니 자신들은 계단을 올려다보았다. 자신들이 들어왔을 때 집은 이상하리만치 조용해 보였다. 이상하리만치… 어떻게 실제로 조용한 것보다 더 조용해 보일 수 있을까. 하지만 그럴 수 있다! 자신들은 발끝으로 걸은 것 같았다. 적어도 자신은 그랬다. 그때 저 위 열려진 문에서 빛이 새어나왔다. 그 빛을 받으며 하얀 형상은 자신이 암에 걸렸다고 말했다!

이런 일들에 대해 생각해서는 안 된다!

자신은 이전엔 전혀 느끼지 못했던 분노와 절망에 휩싸였다. 자신은 당시 옆에 있던 크리스토퍼에게 암울하게 소리쳤다. 저 여자가 거짓말하고 있다고. 그 여자는 암에 걸리지 않았다고…

이런 일들에 대해 생각해서는 안 된다!

회색 승마복을 입고 길 위를 걷고 있던 여자가 천천히 다가왔다.

---

[234] Louvre: 이곳 계단에는 에게해 동북부에 있는 사모트라케 섬에서 출토된 니케의 조각상이 전시되어 있다. 이 조각상은 기원전 220년에서 190년 사이에 제작된 것으로 추정되는데, 니케는 날개를 달고, 양손에 종려나무 가지와 월계관을 들고 있다.

[235] Pompei: 남이탈리아의 캄파니아 지방에 있는 고대 도시. 기원 79년 베스비오 산 분화로 매몰됐지만, 1748년 발견된 이래로 발굴이 진행되어 지금은 전모가 거의 드러났다.

[236] Etruscan tombs: 기원전 800년경에 에트루리아인들은 이탈리아 중앙 부분에 문명을 형성하여 살았으나 기원전 100년경 로마제국에 완전히 병합되었다.

여전히 머리는 숙이고 있었다. 분명히 그 여자는 그 회색 승마복 아래 비단 속옷을 입고 있을 것이다… 그래, 우리가, 그러니까 크리스토퍼와 내가 그 여자에게 준 속옷이다.

그 여자는 이상할 정도로 조용했다. 물론 그 여자는 실비아 티젼스였다. 그러라지. 나는 내 남자를 놓고 그 여자와 싸웠다. 그리고 또다시 그럴 수 있을 것이다. 러시아인들은 절대… 잔잔하던 머리에서 오래된 방울소리가 나는 것 같았다…

자신 또한 몹시 불안했다. 그 끔찍했던 밤이 생각나 온몸이 떨렸다! 크리스토퍼는 실비아가 계단 아래로 넘어진 후, 실비아와 같이 가려고 했다. 넘어지는 연기가 멋지긴 했지만 훌륭하진 않았다. 그때 난 소리쳤다. 안 돼요! 다시는 그를 실비아에게 보내지 않을 작정이었다. 실비아는 이제 끝장이다. 그 어두운 밤에… 폭죽이 계속 터지고 있었다. 우리는 폭죽 소리를 들을 수 있었다!

그래, 나는 평온하다. 그 여자의 모습을 본다고 해서 내 자궁 깊숙한 곳에서 움직이고 있는 그 자그마한 두뇌가 손상되지는 않을 것이다. 팔다리도 손상되지 않을 것이다! 비누를 묻힌 따스한 무명천으로 커다란 화로의 온기를 받으며 그 작은 다리를 문지를 것이다… 벽난로 굴뚝에는 햄 아홉 개를 걸어놓을 것이다! 크리시가 올려다보며 웃을 것이다… 저 여자가 다시는 그런 짓을 하지 못하게 할 것이다! 크리스토퍼의 아이에게 그렇게 하지 못할 것이다! 아니 그 누구의 아이에게도 그렇게 하지 못할 것이다!

하얀 승마용 바지를 입고 있는 저 여자와 같이 있는 저 어린 청년은 실비아 티젼스의 아들이다! … 그래, 아들이 아버지를 보겠다는

데 누가 막을 수 있겠는가? 팔 안에 아들의 무게가 느껴지는 것 같았다. 아들과 함께 있다면 세상과 대적할 수 있을 것이다!

이상하다! 저 여자의 얼굴이 온통 얼룩졌다… 울어서 그런 것 같다! 얼굴은 부었고 눈은 충혈되었다! … 아하, 저 여자는 정원과 적막한 풍경을 바라보며 이렇게 생각했을 것이다. "내가 크리스토퍼를 가져야 한다고 그에게 알려주었더라면!" 하지만 그 여자는 절대 크리스토퍼를 갖지 못할 것이다. 이 세상에 그 여자 하나밖에 없어도, 크리스토퍼는 그 여자를 절대 쳐다보지도 않을 것이다. 그가 발렌타인 워놉을 본 이후로는 말이다!

실비아는 생각에 잠긴 듯 위를 올려다보았다. 마치 창문 안을 들여다보려는 듯이 말이다. 하지만 창문 안을 들여다 볼 수는 없을 것이다. 실비아가 드 브레이 페이프 부인과 어린 하녀를 발견한 게 분명하다. 장갑을 벗은 이유가 바로 그거다. 실비아는 금으로 된 화장품 케이스를 들고 있었다. 거울을 들여다보면서 오른손을 얼굴 앞에서 재빠르게 움직였다… 명심해야 한다. 저 여자에게 저 금으로 된 화장품 케이스를 준 사람은 바로 우리란 사실을 말이다. 명심해야 한다! 확실히 명심해야 한다!

갑작스럽게 분노가 치밀었다. 사랑스러운 크리시를 목욕시킬 때 타고 있을 벽난로가 있는 자신들의 보금자리에 절대로 저 여자가 오면 안 된다. 절대로 안 된다! 절대로! 그러면 여기는 오염될 것이다. 이 사실을 통해 이제 알게 되었다. 자신이 저 여자를 얼마나 혐오하고 있는지, 그리고 저 여자를 보면 얼마나 움찔하게 되는지를 말이다.

지금 자신은 자물쇠 앞에 서 있다. 열쇠가 돌아간다… 태어나지도 않은 아이에게 해가 미칠지도 모른다는 생각에 무엇을 할 수 있는지 한번 보라! 무의식적으로 오른손으로 열쇠를 돌릴 때 어떻게 열쇠를 위쪽으로 밀었는지 무의식적으로 기억해냈다… 좁은 계단을 뛰어 내려가면 안 된다. 전화기는 커다란 벽난로가 있는 곳 안쪽으로부터 움푹 들어간 곳에 있다. 방은 어두웠고 아주 길었으며 천장은 낮았다. 바커가 만든 모형 수납장은 녹색, 노란색, 그리고 자주색 상감 세공으로 아주 호화스러웠다. 커다란 벽난로와 벽 사이 구석진 곳에 비스듬히 기대며, 수화기를 귀에 갖다 대었다. 그리고 자신의 기다란 방을 내려다봤다. 방은 식당으로 이어졌고, 그사이에 커다란 기둥이 있었다. 이곳은 어두웠고 밀랍을 바른 오래된 나무들로 반짝거렸다… 엘 느 드망데레 빠 미유[237]… 마리 레오니가 하던 말이 갑자기 떠올랐다. 자신도 더 이상 바라지 않는다. 저것들이 자신들의 것이기만 하면 된다! 온갖 것들이 자신들 앞에 조용히 펼쳐지는 먼 미래를 생각해보았다. 자신들은 약간의 돈과 평화를 얻게 될 것이다. 온갖 것들이 펼쳐질 것이다… 언덕 위에서 바라보는 평원처럼. 그동안 자신들은 계속해 나아가야 한다… 사실상 자신은 거기에 대해 불만이 없다… 힘과 건강이 유지되는 한 말이다.

의사는 (발렌타인은 그를 길고 엷은 갈색 머리에 아주 유쾌하지만, 불치병과 빚으로 고통받는 사람으로 상상해 보았다. 원래 인생이 그런 것이니 말이다!) 전화로 마크가 어떤지 쾌활하게 물었다.

---

[237] Elle ne demandait pas mieux: '그녀는 더 이상 바라지 않는다'라는 의미의 프랑스어.

이에 자신은 보지 않아서 모르지만, 마크가 땀을 엄청나게 많이 흘린 것을 들었다고 말했다.… 마크가 불쾌한 사람들을 보아서 그랬을 수도 있었을 거라는 생각이 들었다.

"쯧! 쯧! 그런데 발렌타인은 어때요?" 엷은 갈색 머리의 의사는 스코틀랜드 억양으로 말했다… 발렌타인은 의사에게 진정제를 챙겨 와야 할지도 모르겠다고 물었다. 그가 말했다. "사람들이 발렌타인을 귀찮게 하고 있군요. 그러지 못하게 하세요!" 발렌타인은 자신이 잠을 자고 있었는데, 사람들이 그렇게 했는지도 모르겠다고 말했다. 그러곤 이렇게 말을 이었다. "서두르셔야 할 것 같아요!"… 앤 수녀님! 앤 수녀님! 제발, 앤 수녀님! 수녀님이 진정제를 준다면, 이 일이 꿈처럼 지나갈 거예요.

이 일은 꿈처럼 지나가고 있었다. 어쩌면 성모 마리아가 존재할지도 모른다… 존재하지 않는다면, 산모들을 위해 성모 마리아를 만들어내야 한다… 하지만 자신은 할 수 있다! 발렌타인 워놉은 할 수 있다!

정원 쪽으로 나 있는 문에서부터 들어오는 빛이 어두워졌다. 패니어가 든 스커트를 입은 노상강도 같은 사람이 빛을 등지고 방 안에 서 있었다. 그 사람이 말했다.

"당신이 판매원이겠군요. 여기는 정말 비위생적인 곳이네요. 듣기로 여기는 욕조도 없다지요. 물건 좀 보여주세요. 루이 캬토즈[238]

---

[238] Louis Quatorze: 루이 까또즈. 즉 '루이 14세풍으로'라고 해야 하는 데 프랑스어 발음을 잘못해 '캬토즈'(Kaators)라고 발음하고 있다.

스타일로 된 거 말이에요." 그 사람은 그로비를 루이 캬토즈 스타일로 재단장할 생각이라고 하면서, 가게 주인이 자신이 제시하는 가격을 받아들일 것 같냐고 발렌타인에게 물었다. 그 사람은 페이프씨가 마이애미에서 심각한 손실을 입었다며, 페이프 집안사람들에게 돈을 짜낼 수 있을 때까지 짜내도 된다고 생각하면 안 된다고 했다. 그리고 여기는 사람이 살기에 적합하지 않으니 철거하고, 대신 이 자리에 일꾼들이 지낼 오두막집을 세워야 한다고 했다. 그러곤 이 나라에서 돈 많은 미국인에게 물건 파는 사람은 모두 사기꾼이라고 했다. 그리고 자신을 맹트농 후작부인의 정신적인 후손이라고 소개한 뒤, 마리 앙투아네트가 맹트농 후작부인을 좀 더 잘 대우해줬다면 상황이 아주 달라졌을 거라고 했다. 그러곤 자신은 마땅히 가져야 할 권위를 갖게 될 것이라고 말하곤 그로비의 거대한 나무를 잘라낸 데에 대해 엄청난 비용을 치르게 될 거라는 말도 들었다고 했다. 작업 도중 그로비 저택의 측면이 무너졌는데, 이런 오래된 집들은 현대식 기계로 하는 작업을 버틸 수 없어서 그런 것이라고 했다. 그러곤 위 윙 쾅이라고 불리는 가장 최신식 오스트레일리아산 나무 그루터기 제거기를 사용했다고 했다. 그러곤 이곳 지역에 대한 평판으로 미루어 봤을 때, 물건 판매하는 종업원으로서 필요 이상으로 고용주와 가까울 게 분명하다면서 발렌타인에게 혹시 생각해본 적은 없는지 물었다…

발렌타인은 깜짝 놀랐다. 문 입구 쪽에서 흘러나온 빛이 다시 한 번 일렁거렸다. 마리 레오니가 헐떡이며 뛰어 들어왔다. 사실상 앤 수녀와 같은 마리였던 것이다! 마리가 말했다. "르 뗄레폰! 비뜨!"[239]

발렌타인은 이렇게 대답했다.

"제 데자 뗄레폰… 르 독뙤르 쎄라 이씨 당 껠께 미뉘뜨… 쥬 또 프리 드 레스떼 아 꼬떼 드 무아!"²⁴⁰… "제 옆에 좀 있어주세요!" 이기적이다! 이기적이다! 하지만 뱃속엔 태어날 아이가 있다… 어쨌든 마리 레오니는 저 문으로 나갈 수 없을 것이다. 누가 그 문 앞에 서 있으니 말이다… 아! …

실비아가 발렌타인을 내려다보고 있다. 역광이어서 실비아의 얼굴을 거의 볼 수 없었다… 하지만 그 이상은 아니었다… 키가 아주 커서 내려다보고 있는 것처럼 보였을 뿐이었다. 역광이어서 실비아의 얼굴을 볼 수가 없었다. 드 브레이 페이프 부인은 '대단한 사람'의 정신적 후손이 우리를 위해 무엇을 할 수 있는지 설명하고 있었다…

실비아는 발렌타인에게 시선을 집중했다. 실비아는 드 브레이 페이프 부인에게 이렇게 말했다.

"그 망할 놈의 입 좀 다물고, 당장 나가요!"

드 브레이 페이프 부인은 이해할 수 없었다. 그 일에 관해서는 발렌타인도 이해할 수 없었다. 멀리서 가느다란 목소리가 떨리듯이 들려왔다.

"어머니! … 어머…니!"

그 여자, 아니 그것은 (사람이라기 보단 조각상 같았다)… 경이로

---

²³⁹ Le téléphone! Vite: (프랑스어) '전화 좀 해요, 빨리'의 의미.
²⁴⁰ 'J'ai déjà téléphoné… Le docteur sera ici dans quelques minutes… Je to prie de rester à côté de moi!': (프랑스어) "내가 이미 전화를 했어요. 의사가 수분 내에 여기 온다고 했어요. 제발 내 옆에 있어주세요."

울 정도로 얼굴을 바꾸었다… 3분 전만 해도 "그것"은 온통… 울어서 얼굴이 부었었는데 말이다! 지금은 말끔하다. 눈 밑이 거뭇해졌을 뿐이었다. 슬픈 표정이었지만 거기에는 어마어마한 위엄이 있었다. 게다가 '친절했다'! 빌어먹을!

발렌타인은 그 얼굴을 본 게, 겨우 두 번째라는 사실이 떠올랐다. 지금 그 미동도 하지 않는 얼굴은 끔찍스러웠다!

두 사람이 헤어지기 전, 두 사람 모두 하게 될 욕설을 시작하기 전, 실비아는 무엇을 기다리고 있는 것인가? 벽에 등을 기대고 있던 발렌타인은 이렇게 말했다.

"당신이 망쳐버렸어요…"

발렌타인은 말을 이을 수 없었다. 혐오스러운 사람에게 그 사람의 혐오스러움이 너무도 전염성이 강해 아기의 욕실을 망쳤다고는 말할 수 없으니 말이다. 그렇게 할 수는 없었다!

마리 레오니는 프랑스어로 드 브레이 페이프 부인에게 마담 티전스는 페이프 부인이 여기 있는 걸 필요로 하지 않는다고 말했다. 드 브레이 페이프 부인은 그 말을 이해하지 못했다. 맹트농 후작부인 같은 사람은 자신이 여기 있을 필요가 없다는 말을 이해하기 어렵기 때문이었으리라.

이디스 에텔의 거실에서 실비아의 얼굴을 처음 봤을 때, 발렌타인은 정말 온화하다고, 정말 굉장히 온화한 얼굴이라고 생각했다. 그 얼굴의 입술이 어머니 뺨에 닿았을 때 자신의 눈에는 눈물이 고였다. 조각상 같은 저 얼굴이 말했다. 크리스토퍼에게 친절하게 대해 줘서 워놉 부인에게 키스를 해야겠다고 말이다. 빌어먹을, 그 여

자는 이제 나에게 키스해야 할 것이다. 자신이 없었다면, 크리스토퍼도 없었을 테니 말이다.[241]

"빌어먹을"이라는 말을 해서는 안 된다. 전쟁이 끝났으니 말이다… 아, 하지만 이건 전쟁이 끝난 뒤에 남은 여파 때문이다.

그것은 (그 여자의 목소리는 너무 완벽할 정도로 아무 감정이 느껴지지 않았기 때문에 "그것"이라고 부르는 것이 합당할 것이다) 드 브레이 페이프 부인에게 차갑게 말했다.

"똑바로 들어요! 이 집 안주인이 당신을 보지 않겠다고 했으니, 이제 그만 가세요."

드 브레이 페이프 부인은 그로비를 루이 14세풍으로 재단장할 거라고 말하고 있었다.

발렌타인은 이 상황이 우스꽝스럽다는 사실을 퍼뜩 깨달았다. 드 브레이 페이프 부인은 발렌타인이 누군지 모르고, 마리 레오니는 그 조각상 같은 얼굴의 여자가 누군지 모르니 말이다.

그들은 이 재미있는 상황을 놓칠 수 있다… 내일 잼, 어제 잼[242]… 잼은 어디에 있는가? … 그 조각상 같은 사람은 "이 집 안주인"이라고 말했다. 우아하게. 아주 우아하게 말이다!

하지만 비난조로 말한 것 같지는 않았다. 실비아는 옆으로 물러섰다. 생각에 잠긴 채, 마치 신의 섭리에 어리둥절한 듯 그랬다. 신

---

[241] 발렌타인이 없었다면 크리스토퍼는 죽어서 이 세상 사람이 아니었을 거란 의미. 그러니 실비아는 발렌타인에게 고마워 키스해야 한다는 뜻이다.
[242] Jam tomorrow, jam yesterday: 이 다음 구절로 "하지만 오늘은 절대 잼이 없다."(but never jam today)라는 말이 온다. 즉 '바라는 것은 결코 일어나지 않는다'는 의미의 속담이다.

에게 고통받고, 신의 섭리에 당황한 것처럼 말이다… 실제로 그런지도 모른다.

전화기가 놓인 선반을 움켜쥐었다. 아이가 뱃속에서 움직였던 것이다. 뱃속의 아이는 자신의 어머니가 자신의 집에서 티전스 부인이라고 불리길 원한다. 그런데 이 여자가 그걸 막고 있다. 자신은 아이에게 아버지의 성을 줄 수 없다. 그래서 아이는 뱃속에서 항의를 하는 것이다. 아이의 상태가 나빠지고 있었다. 버티어 다오.

누군가 "발렌타인!" 하고 불렀다.

어린 청년의 목소리가 들렸다.

"어머니! 어머니!"

부드러운 목소리가 들린다.

"티전스 부인!"

아이가 듣고 있는데 무슨 말을 해야 할까! … 어머니! 어머니! … 어머니는 검은 알파카[243] 털로 된 옷을 입은 비서와 스위스의 폰트레시나[244]에 있다… 이탈리아의 알프스라는 곳에 말이다!

어두웠다! … 마리 레오니는 귀에 대고 이렇게 말했다. "띠엔 뚜 아 드부, 마 셰리!"[245]

어둡고, 어두운 밤. 차갑고 차가운 눈. 모질고도 모진 바람. 아! 우리 양치기들은 어디로 가야 하나이까. 하나님의 아들은 어디서 찾나이까?

---

[243] alpaca: 남아메리카 안데스 산악 지대에 서식하는 낙타과의 초식동물.
[244] Pontresina: 스위스 남동부에 있는 도시.
[245] Tiens toi debout, ma chérie: (프랑스어) 계속 버티라는 의미

이디스 에텔은 드 브레이 페이프 부인에게 편지를 읽어주고 있었다. 에텔이 말했다. "교양있는 미국인으로서 부인께서는 흥미를 느끼실 겁니다… 위대한 시인이 쓴!"… 신사 한 명이 마치 교회에 있는 것처럼 실크 모자를 자신의 얼굴 앞에 들고 있었다. 깡마른 몸의 그는 흐릿한 눈에 유대인식 수염을 하고 있었다! 유대인은 교회에서 모자를 쓰는데 말이다…

분명히 자신은 사람들이 모인 자리에서 비난을 받을 것이다! 그들은 주홍 글자[246]를 가져왔는가? … 자신과 크리스토퍼는 청교도라 할 만하다. (이때 실비아 티전스는 이디스 에텔의 손에서 편지를 뺏었다… 이디스 에텔은 별 다른 반응이 없었다! 얼굴에 주름이 조금 생기고, 창백해지면서, 갑자기 아무 말도 하지 않았을 뿐이었다) 갑자기 정적이 찾아오고 유대인 수염을 한 남자가 말했다.

"어쨌든! 이제 상황이 달라졌군요. 그는 사실상 티전스…" 그는 뒤쪽으로, 바깥쪽으로 사람을 밀치며 나아가기 시작했다. 교회 입구에서 사람들을 뚫고 지나가려는 사람처럼 그랬다. 그는 발렌타인에게 묻듯이 말했다.

"티전스… 부인!" 그러고 나서 "실례했소!"라고 프랑스 억양으로 말했다.

이디스 에텔이 말했다.

---

[246] scarlet letter: 간통한 사람의 가슴에 붙인 간통(adultery)이란 단어의 머리글자 A를 말한다. 여기서 발렌타인은 크리스토퍼와 결혼을 하지 않은 상태에서 동거하고 있기 때문에 자신을 간통을 저지르고 있는 사람으로 볼 수 있다는 사실을 말하고 있는 것이다.

"발렌타인과 이야기하고 싶어요. 만약 제가 개인적으로 이 거래를 성사시켰다면, 수수료를 지급할 필요가 없을 것 같군요."

실비아 티전스는 그 문제에 관해서는 밖에서 이야기할 수 있을 거라고 말했다. 어린 청년이 "어머니, 이게 정당한 거예요?"라고 말하기 전, 발렌타인은 사람들이 실비아 티전스의 앞에서 자신을 "티전스 부인"이라고 부르는 것이 정당한지 한번 생각해 보았다. 물론 하인들 앞에선 자신을 티전스 부인이라고 불러야 한다. 발렌타인이 말했다.

"부인 앞에서 러글스 씨가 저를 티전스 부인이라고 부른 점에 대해 죄송하게 생각해요!"

그 조각상 같은 사람의 두 눈은 두 배로 (그게 가능하다면) 발렌타인에게 집중됐다!

실비아는 경직된 입술로 이렇게 쓰라린 대답을 했다.

"나의 왕이 내 목을 원한다면, 그가 날 어떻게 하든 상관하지 않아요…"

그 말은 고통스러울 정도의 질투심을 유발하며 발렌타인의 기분을 상하게 했다. 그 말은 실비아가 이렇게 말하는 것 같았다. "당신이 내 남자를 가졌으니, 그의 이름도 가져도 돼요." 하지만 크리스토퍼가 습관적으로 인용하던 속담을 언급함으로써, 그리고 말을 할 수 있었을 때 마크도 습관적으로 말하던 속담을 언급함으로써, 즉 티전스가 사람들이 습관적으로 말하던 속담을 언급함으로써, 실비아는 자신도 티전스 집안에 속해 있으며, 포화상태가 될 정도로 그들이 하는 말에 물들었다는 사실을 자신에서 알려준 것이었다.

그 조각상은 계속 말을 이었다.

"저 사람들을 내보냈으면 좋겠어요… 그리고 알고 싶어요…" 그것은 아주 느리게 말했다. 대리석같이 말이다. 팔걸이 없는 의자 위에 놓인 손잡이 달린 항아리에 담긴 꽃들에 물을 더 줘야 한다. 천수국. 오렌지 말이다… 뱃속의 아기가 움직일 때 당혹스러웠다. 아이는 어떨 땐 많이, 어떨 땐 적게 움직였다. 자신은 몹시 당혹스러웠다. 방에는 많은 사람이 있었다. 그들이 어떻게 들어오고 또 어떻게 나갔는지 알 수가 없었다. 마리 레오니에게 이렇게 말했다.

"스판 의사 선생님이 진정제를 가져올 거예요… 어디에 있는지 찾을 수가 없어서…"

마리 레오니는 그 조각상을 바라보고 있었다. 마리의 눈은 크리스토퍼의 눈처럼 튀어나왔다. 마리는 쥐를 보고 있는 고양이처럼 조용히 말했다. "뀌 에스뜨 엘르? 쎄 비엥 라 팜므?"[247]

그 조각상같은 사람은 무용극에 나오는 순례자처럼 기묘해 보였다. 빛을 등지고 있는 그 여자의 살짝 굽은 긴 다리가 그런 인상을 주었다. 사실 자신이 그 얼굴을 본 것은 이번이 세 번째였다. 하지만 어두운 집 안에서였기 때문에 실제로 얼굴을 보지는 못했다… 그때의 이목구비는 뒤틀려 있어서 실제 모습은 아니었기 때문이다. 지금 이것이 진짜 그 여자의 모습이다. 그 형상에는 뭔가 겁을 먹은 모습이 있었다. 그리고 고귀한 무엇도 있었다. 그 형상이 말했다.

"정정당당하세요! 마이클이 이렇게 말해요. '정정당당하세요, 어

---

[247] Qui este elle? C'est bien la femme?: (프랑스어) "이 여자는 누구야? 이 사람이 바로 그 여자야?"

머니!'라고요… 하지만 정정당당한 것은…" 그 형상은 하늘에 주먹질 하듯 손을 들어올렸다. 그 손은 천장에 가로질러 있는 목재에 부딪쳤다. 천장이 너무 낮아서였다. 맙소사! 하고 그것이 말했다.

"정말로 콘셋 신부님이었어요… 이제 곧 사람들은 당신을 티전스 부인이라고 부를 수 있을 거예요. 하나님께 맹세코 나는 저 사람들을 쫓아내려고 왔어요… 하지만 당신이 어떻게 그 사람을 당신 사람으로 만들었는지 알고 싶었어요…"

실비아 티전스는 고개를 떨구며 머리를 돌렸다. 눈물이 나오는 것을 감추려는 것이 분명해 보였다. 실비아는 바닥을 보며 말했다.

"다시 말하죠. 신에게 맹세코, 난 절대로 당신 아이에게 해를 끼칠 생각은 없어요… 그 사람의 아이, 그 어떤 여자의 아이에게도 해를 끼칠 생각은 없어요. 나도 훌륭한 아이가 있어요. 하지만 하나 더 원했죠…… 그런데 승마를 하는 바람에 그 작은 애가…" 누군가 흐느꼈다!

그리곤 실비아는 침울한 표정으로 발렌타인을 바라보았다.

"하늘에 계신 콘셋 신부님이 이렇게 했어요. 성자이자 순교자이신 신부님은 부드럽게 일처리하는 것을 좋아하시죠! 이제 점점 어두워지니까 이 벽에 비친 신부님의 영혼이 보이네요. 당신들이 신부님을 교수형 시켰어요. 나를 위해서라도 총살시켜 달라고 했는데 그렇게 하지 않았어요… 그리고 앞으로 살아남을 사람도 당신들일 거예요…"

실비아는 손에 들고 있던 자그마한 손수건을 물었다. 그러곤 이렇게 말했다.

"이런, 내가 그로비의 티전스에게 뚜쟁이 짓을 하고 있군요. 내 남편을 당신에게 넘기다니! …"

누군가가 다시 흐느꼈다.

크리스토퍼가 그 사진들을 헌트 장터에 있던 항아리에 넣어두었다는 사실이 떠올랐다. 자신들은 항아리를 원하지 않았다. 그 때 크리스토퍼는 허드넛이란 거래인에게 그 항아리를 가지고 가겠으니, 다른 사람들이 가져가지 못하게 하라고 했다… 크리스토퍼는 돌아올 때 피곤한 상태일 것이다. 하지만 허드넛의 가게로 가야 한다. 거닝은 신뢰할 수 없으니 말이다. 또 로빈슨 여사를 실망시켜선 안 된다…

마리 레오니가 말했다.

"쎄 라망따블르 깡 쐴롬므 쀠쎙스삐레 드 빠씨옹 빠레이 당 드 팜므… 쎄 르 마띠르 드 노트르 비!"[248]

그렇다, 한 남자가 두 여자에게 그런 두 가지 열정을 불어 넣었다는 것은 참 한탄스러운 일이다. 마리는 마크를 돌보러 갔다. 실비아 티전스도 가버렸다. 사람은 절대 즐거워서 죽지는 않는다고 한다. 자신은 바닥으로 그대로 쿵 하고 쓰러졌다… 바스라[249]산 양탄자가 깔려 있어서 정말 다행이다. 그렇지 않았다면 크리시는… 자신들은 돈도 없다… 가난하고… 가난했다…

---

[248] C'est lamentable qu'un seul homme puisse inspirer deux passions pareilles dans deux femmes… C'est le martyre de notre vie: (프랑스어) "한 남자가 두 여자에게 그런 두 가지 열정을 불어 넣었다는 것은 참 한탄스러운 일이야… 그게 바로 우리 인생의 고통이야."
[249] Bussorah: 이라크 남동부 주의 주도.

4

마크 티전스는 최근에 자신이 보냈던 그 위대한 밤에 느꼈던 만족에 대해서 생각하면서 누워있었다. 최근이 아닐지도 모른다. 하여튼 언젠가 그랬다.

어두운 밤 거기 누워서 보니 하늘은 거대해 보였다. 누워서 보니 그 하늘 어딘가에 천국이 감추어져 있을 거라는 걸 이해할 수 있었다. 때로 그곳은 아주 고요했다. 그럴 때면 지구가 영원 속에서 돌고 있다는 것을 느낄 수 있었다.

밤새들이 저 위에서 울고 있었다. 왜가리, 오리, 심지어 백조도 울고 있었다. 올빼미는 울타리를 따라 날갯짓하며 땅 가까이 내려왔다. 동물들은 키 큰 풀 속에서 바삐 움직였다. 바삐 바스락거리며 움직이다가 오랫동안 멈추었다. 토끼가 달려가다 멋진 질경이를 발견하곤 소리 나지 않게 움직이면서 오랫동안 질경이를 뜯어먹고 있는 중일 것이다. 이따금 소들이 울었다. 많은 양들도 울었다. 여우가 무서워서일 것이다…

하지만 오랫동안 정적이 흐를 것이다… 족제비는 토끼의 냄새자국을 찾아낼 것이다. 토끼는 키 큰 풀 사이를 달리고 달릴 것이다.

그러곤 목초지에 도착해서 빙빙 돌 것이다. 그런 다음 비명을 지를 것이다. 처음에는 아주 크게.

희미한 야간등 불빛 아래 겨울잠 쥐가 자신이 있는 집 기둥을 기어 올라갔다. 그 쥐들은 동그란 눈으로 자신을 쳐다볼 것이다. 토끼가 끽끽 울 때 겨울잠 쥐들은 한데 모여 몸을 웅크리고 떨 것이다. 쥐들은 그게 바로 족…제…비를 의미한다는 사실을 알고 있으며 곧 자기 차례가 될 거라는 것도 알고 있기 때문이다!

마치 어린아이에게 이야기하는 것처럼, 이런 세세한 것에 관심을 기울이는 자신이 조금은 경멸스러웠다… 이 지역에 있는 모든 가축이 공포에 사로잡혔던 그 거대한 밤에 가축들이 울타리를 뚫고 몇 킬로를 돌진하여 조용한 계곡까지 달려가는 소리를 들을 수 있었다.

아니다! 자신은 작은 포유류와 작은 새에 시간과 정신을 낭비하는 사람이 절대 아니다 … 거 뭐시기 지역의 동식물에 대해 신경을 쓰다니! … 자신이 그럴 일은 없을 것이다. 자신의 관심을 끄는 것은 거대한 움직임이다. "그곳엔 신의 목소리가 나타나 있기 때문이다"… 십중팔구 그럴 것이다. 전 지역에 있는 가축들이 느끼는 공포, 전 대륙에 있는 사람들이 느끼는 공포 속에 말이다!

아주 오래 전, 그러니까 자신이 12살이었던 해, 할아버지 집에 간 자신은 총을 들고 그로비를 출발해 황야를 지나 레드카 샌즈[250]로 사냥을 나갔다. 자신은 총 한 발로 제비갈매기 두 마리와 도요새 한 마리, 그리고 재갈매기를 맞추었다. 할아버지는 내 총 솜씨에 너

---

[250] Redcar Sands: 영국 노스 요크셔(North Yorkshire)에 있는 지역.

무나도 기뻐하면서(물론 그것은 요행이었지만) 그 새들을 박제해 그로비 저택의 아이들 방에 두어 지금까지 내려오고 있다. 박제된 재갈매기는 이끼 낀 바위에 올려놓았고, 박제된 도요새는 그 앞에서 경의를 표하는 자세로 세워두었으며, 제비갈매기는 양쪽에서 각각 나는 모습으로 배치하였다. 아마도 그것은 그로비의 마크 티전스에게 유일한 기념비적인 것이었다. 그 후 오랫동안 동생들은 그것을 가리키며 "마크의 사냥물"이라고 경탄했다. 바다 거품과 푸른 하늘을 배경으로 한 밤버러 성[251]이 그려진 그림을 배경 그림으로 삼았다. 레드카에서 밤버러 성까지는 상당한 거리지만 미들즈브러에 있는 새 박제사가 바닷새가 있을 곳으로 그릴 수 있는 유일한 배경 그림이었다. 종달새와 그와 비슷한 새들의 배경 그림으로는 베일 오브 요크[252]에 있는 밀밭, 나이팅게일의 배경 그림으로는 포플러나무… 등을 그는 그렸다. 하지만 나이팅게일이 포플러나무를 특별히 좋아한다는 말은 들어본 적 없었다!

… 나이팅게일은 거대한 밤의 장엄함을 저해한다. 1년에 두 달 정도, 특정 계절에 말이다. 자신은 나이팅게일의 아름다운 소리를 탓하지 않았다. 그 소리를 듣노라면 좋은 경주마가 세인트레저 경마대회[253]에서 우승하는 것을 보는 것 같은 느낌이 들었다. 이 세상에 그 어떤 것도 그렇게 할 수는 없다. 산들바람이 부는 날 뉴마켓 히

---

[251] Bamborough Castle: 잉글랜드 동북부 노섬블랜드(Northumberland) 카운티 밤버러 해안가에 있는 성.
[252] Vale of York: 영국 북동쪽에 있는 평평한 지대.
[253] St. Leger: 매년 9월에 잉글랜드 사우스 요크셔(South Yorkshire)의 돈카스터(Doncaster)에서 개최되는 경마대회.

스[254]만한 곳이 이 세상에 없듯이 말이다… 하지만 나이팅게일은 밤을 제한하였다. 거닝의 오두막(여기서 400미터 떨어진) 근처에 있는 덤불 깊은 곳에 있는 나이팅게일의 노래 소리는 깊은 숲속에서 메아리쳐, 아주 먼 곳에 있다고 생각하게 만든다는 것은 사실이다. 달빛 아래, 이슬이 떨어지는 숲속에서… 공습이 끝난 지 얼마 안 된 때에 말이다! 달은 공습을 불러와, 밝은 달빛이 원망스러웠다… 그래, 나이팅게일은 거리를 생각하게 한다. 황혼 무렵부터 새벽까지 딱딱 소리를 내는 쏙독새가 영원의 일부를, 단지 일부분을 나타내듯이 말이다… 거대한 밤, 그 자체가 영원이고 무한이다… 신의 성령이 천상을 걷는다.

나이팅게일은 잔인한 가난뱅이 같다. 밤새 내내 나이팅게일은 오랫동안 노래를 하여 서로를 괴롭힌다. 돌풍이 부는 사이사이에 나이팅게일의 울음소리를 들을 수 있다. 나이팅게일은 알을 품고 있는 암컷에게, 자신은 멋지지만 거닝의 오두막 옆 언덕 아래에 사는 다른 나이팅게일은 후줄그레하고 이가 득실거리는 허풍장이라고 말한다… 성욕에 의한 흉포한 행동이다!

거닝은 저 아래 공유지 무단 거주자들이 사는 오두막에 살고 있다고 한다. 로빈슨 크루소 스타일의 굴뚝 덮개가 달린 초가집에서 말이다. 거기는 산파가 사는 오두막이기도 하다. 거닝은 얼굴이 몹시 흰 행실이 안 좋은 산파와 … 그리고 산파의 손녀와 같이 산다.

---

[254] Newmarket Heath: 서포크(Suffolk)에 있는 뉴마켓이란 도시 중 경마 코스로 유명한 지역.

교구에서는 언청이인데다 저능아인 산파의 손녀를 반은 동정심에 반은 돈을 절약하기 위해 언덕 위에 있는 학교의 선생으로 지명했다고 한다. 거닝이 산파와 같이 잤는지, 아니면 산파 손녀와 같이 잤는지는 아무도 모른다. 그 둘 중 한 사람 때문에 거닝이 자기 아내를 떠났기 때문에 피틀워스 경은 그를 호되게 두들겨 패고 오두막에서 내쫓았다. 피틀워스는 토요일 밤마다 사냥채찍으로 그 두 사람을 공평하게 때렸다. 피틀워스를 위해 30년 동안 일한 하인들에게 피틀워스가 매주 주었던 10실링의 돈과 거닝이 살았던 오두막을 빼앗은 것이 바로 그 때문이라는 사실을 가르쳐주고, 또한 상기시키기 위해서였다… 이게 다 성욕에 의한 흉포한 행동 때문에 벌어진 일이다!

그런데 진실한 사랑과 그렇지 않은 사랑을 어떻게 구분할 수 있겠는가?

주름진 모자와 지팡이, 샌들[255]을 통해 구분할 수 있다!

순례자를 보았을 때 마크는 이 구절들을 떠올릴 수밖에 없었다!… 당연히 그건 그 못된 실비아였다. 실비아의 눈은 눈물로 젖었다!… 그렇다면 정신적인 위기를 겪고 있는 게 틀림없다. 그건 그 여자에게 좋은 일이다.

그건 발[256]과 크리스에게도 좋은 일일 것이다. 물론 진짜로 알 수 있는 것 아니지만… 아, 하지만 알 수 있다. 그 못된 여자가 하는

---

[255] 과거 순례자들의 옷차림새다.
[256] Val: 발렌타인의 애칭.

말을 들어보자! 그 여자는 자신이 그로비의 거대한 나무를 베었지만… 하느님은 자신의 창조주이기 때문에, 다른 여자의 아이에게 해를 끼치지는 않을 거라고 했다…

땀이 나기 시작하는 게 느껴졌다… 실비아가 이렇게 변했다면, 자신이 할 일은 사라진 것이다. 더 이상 실비아와 맞설 필요가 없어졌으니 말이다. 실비아는 우리 가족의 뒤를 이어 바다로 뛰어들어 시야에서 사라지게 될 것이다… 빌어먹을, 그런 극한 상황까지 간 것으로 보아 실비아도 많은 고통을 겪은 게 분명하다… 가련한 여자! 가련한 여자! 승마 때문에 그렇게 된 것이었다… 실비아는 손수건으로 눈물을 닦으면서 달아났다.

만족스러우면서도 조바심이 났다. 자신에게는 돌아가고 싶은 곳이 있다. 하지만 해야 할 일, 혹은 생각해야 할 일이 있다… 신이 털을 막 깎은 양에게 모진 바람을 보내시지 않기 시작했다면… 그렇다면… 자신이 무엇에 대해 생각하고 싶은지 기억할 수가 없었다… 그것은, 아니다, 분통터지는 일은 아니다. 단지 아무런 느낌이 없다! 자신이 그들의 행복을 책임져야 한다고 느꼈다. 그들이 힘든 것을 잘 이겨내며 그럭저럭 오랫동안 살아가면 좋겠다는 생각이 들었다… 발렌타인이 애를 낳을 때까지 마리가 같이 있다가 그로비에 있는 미망인 주거로 가면 좋을 것 같다. 마리는 이제 레이디 티젠스다. 마리는 자신이 레이디 티젠스라는 사실을 알고 있었고, 또 자신이 레이디 티젠스란 것을 좋아했다. 게다가 마리는 무슨 부인이라는 그 누구에게 가시 같은 존재가 될 것이다… 그런데 그 이름이 기억나지 않는다…

크리스토퍼가 약간의 돈이라도 벌기 위해 시작한 유대인 동업자와의 거래를 그만 두었으면 좋겠다. 아첨꾼을 좋아하는 것은 티전스가 사람들의 약점이다. 자신은 오래전에 러글즈라는 자와 방을 같이 쓰면서 가족들의 삶을 망쳐버렸다. 같은 계층의 사람과 방을 같이 쓰는 것은 참을 수 없었기 때문에 반은 유대인이며 반은 스코틀랜드인인 러글즈와 방을 같이 썼던 것이다. 크리스토퍼에게는 처음에 맥마스터란 스코틀랜드 아첨꾼이 있었고 다음에는 미국 국적의 유대인이 있다. 그렇지 않았다면 자신은 현 상황과 타협을 하였을 것이다. 크리스토퍼는 분명 현명한 선택을 했다. 그는 자신에게 주어진 시간이 다할 때까지 그럭저럭 살아갈 위치를 확보했고, 자신의 후손이 허세 부리지 않고 시골의 전통을 이어갈 수 있도록 했으니 말이다.

고통스러운 사실이 떠올랐다. 자신은 마크를 자신의 조카로 받아들였다. 아주 강하고 괜찮은 아이다… 하지만 중요한 점이 하나 있다… 조카가 제대로 된 바지를 입었다는 점이다… 하지만 근친상간이 벌어졌다면…

토끼를 쫓아 울타리 밑을 기어들어간다는 것은 생각해볼 수 있는 일이다. 아버지는 목사를 즐겁게 해주기 위해 토끼를 사냥하러 교회 묘지에 가신 적도 있었다. 거기에 대해선 의심의 여지가 없다. 아버지는 토끼를 원하지 않으셨으니 말이다… 하지만 아버지가 쏜 총이 토끼를 빗맞혔다면, 그 작은 동물은 산울타리 반대편에서 곡예를 부리듯 몸을 움직이고 있었을 것이다. 아버지는 교회묘지 입구의 지붕 달린 문까지 간 다음 거기서 돌아가느니, 차라리 울타리를 기어가는 것을 선택하셨을 것이다. 제대로 된 사람이라면 총에 빗맞은 동물을 가능한 한 빨리 고통에서 벗어나게 해주어야 하니 말이다. 그렇다면 분명 거기엔 이유가 있을 것이다. 산울타리 밑을 기어가기 전에 총이 발사되지 않도록 하지 않은 이유 말이다… 훌륭하고 용기 있는 많은 사람들이 그렇게 죽었다… 아버지는 정신이 멍한 상태이셨을 것이다! … 로우더 농부도 그렇게 죽었다. 그리고 롭홀의 피스와 컬러코트[257]의 피스도 그렇게 죽었다. 용감한 모든 농부가 그랬다… 돌아가느니 공이치기를 완전히 당긴 채 총을 들고 울타리를 기어갔다. 정신이 멍한 상태가 아니었던 사람들도 그랬다… 하지만 기억이 난다… 지금 막 기억이 났다. 아버지가 당시에 정신이 멍한 상태였다는 것 말이다. 아버지는 조끼 호주머니에 종이를 넣고는 잠시 뒤 그 종이를 찾으러 다른 호주머니를 뒤지셨다. 어떨 때는 안경을 이마에 올리시고는 안경을 찾으러 온 방을 뒤지셨다. 그리고 나이프와 포크를 접시위에 올려놓고 이야기하시다가 그 옆에 있는 다른 나이프와 포크를 집고 식사를 다시 하시기도 했다… 아버지와 같이 한 마지막 식사 때 아버지가 그렇게 두 번이나 한 것이 기억난다. 크리스토퍼의 악행에 대해 러글즈란 자가 한 말을 아버지에게 전할 때였다…

천국에 있는 아버지에게 가서 "아버지가 친한 친구의 부인에게서 딸을 얻으신 걸로 알고 있습니다. 그런데 그 딸이 지금 아버지 아들의 아이를 임신했습니다."라고 말할 의무가 자신에게는 없다. 아버

---

[257] Cullercoats: 북동 잉글랜드의 도시 지역.

지 유령에게 자신을 소개하는 것은 참 끔찍한 일일 것이다… 물론 그 자신도 그때는 유령일 테지만 말이다. 하지만 중절모자를 쓰고 우산과 경마용 소형 쌍안경을 든 끔찍한 유령은 아직 아니다! … "아버지께서 자살하신 걸로 알고 있습니다."라고 말해야 할 유령은 아직 아니다!

그것은 클럽의 규칙에 위배되는 것이다… 많은 위대한 사람들이 나보다 먼저 간 그곳으로 가는 건 슬픈 일은 아닐 것이다. 그건 아마 소포클레스[258]가 한 말이었을 것이다. 그에 따르면 그건 아주 좋은 클럽이라고 한다.

하지만 그 괴로운 순간을 맞게 될 거라고 예단할 필요는 없다. 아버지는 분명 자살하지 않으셨다. 자살할 분이 아니다. 그러니 발렌타인도 아버지 딸이 아니며, 따라서 근친상간도 벌어지지 않았다. 그러니 근친상간에 대해 신경 쓸 필요는 없을 것이다. 그리스인들은 근친상간에 대해 너무 비관적으로 소동을 피웠다… 확실히 마음의 짐이 덜어졌다. 자신은 항상 크리스토퍼의 눈을 바라볼 수 있었다. 하지만 이제는 전보다 더 잘 그럴 수 있을 것이다. 아주 편안한 마음으로 말이다! 사람의 눈을 보면서 "너는 근친상간을 저지르고 있어."라고 생각하는 것은 마음 불편한 일이니 말이다.

그렇다면 그건 끝이 났다. 최악의 상황이라고 생각했던 것의 전모가 드러났다. 아버지는 자살을 하신 것도 아니고, 근친상간도 없었다. 그로비에는 사생아가 없다… 단지 교황주의자가 있을 뿐이

---

[258] Sophocles (496(?)~406(?) B.C.): 그리스의 비극 시인.

다… 교황주의자이면서 마르크스주의를 신봉하는 공산주의자가 될 수 있다는 것이 자신으로서는 이해할 수 없지만 말이다… 티전스가에 내린 저주가 사라진 것이다!

이런 식으로 생각하는 건 미신적이다. 하지만 해석하려면 해석의 근거가 될 패턴이 있어야 한다. 패턴 없이는 생각할 수 없기 때문이다. 대장장이는 이렇게 말한다. 망치와 손으로 모든 예술은 이루어진다고 말이다. 자신은 오랜 세월동안 모든 인생을 수송의 관점에서 보았다. 수송은 자신의 신이다… 아주 대단한 신이다… 그리고 결국에는 많은 생각과 많은 일을 한 자신의 묘비명은 이렇게 써야 옳을 것이다. "여기 자신의 이름을 바닷새로 새긴 사람이 잠들어 있다."259 아주 좋은 묘비명이다.

크리스토퍼에게 말해 마리 레오니의 그로비 저택의 미망인 주거 침실에 밤버러 성 배경 그림과 박제된 새를 갖다 놓도록 해야겠다. 그것은 마리의 남자에 대한 마지막 영원한 기록이다. 하지만 크리스토퍼는 알 것이다…

그것이 돌아오고 있다. 많은 것이 돌아오고 있다… 회색의 선덜랜드260로 이어지는 레드카 해변이 보였다. 당시에는 공장 굴뚝이 그렇게 많지 않았다. 그렇게 많지 않았다! 도요새가 밀려오는 얕은 바닷물 속에 고개를 숙이며 달리고 있었다. 넓적부리는 돌을 뒤집고

---

259 Here lies one whose name was writ in sea-birds!: 19세기 영국의 낭만주의 시인 존 키츠(John Keats, 1795~1821)의 묘비명을 패러디한 것이다. 키츠의 묘비명은 다음과 같다. "여기, 이름을 물 위에 새긴 사람이 잠들다."(Here lies one whose name was write in water)
260 Sunderland: 영국 잉글랜드 동북부의 항구 도시.

있었고, 제비갈매기는 끈적끈적한 바다 위에 떠 있었다…

그것은 자신이 관심을 기울이지 않으려 했던 거대한 밤이었다. 자주색 황야 위에 펼쳐진 거대한 검은 밤… 마리 레오니가 살았던 에지웨어 로드 위로 펼쳐진 거대한 검은 밤… 아폴로 상의 정면에서 나오는 눈부신 불빛위로 거대한 밤이 펼쳐진 것을 느낄 수 있었다.

자신이 땀을 많이 흘린다고 누가 말했나? 그래, 자신은 땀을 흘리고 있었다!

마리 레오니가 내 쪽으로 몸을 수그렸다… 처음 나를 코벤트 가든 무대에서 보았을 때 마리는 젊었다.… 당시 마리는 흰옷을 입고 있었다! … 천상의 향수 같은 것으로 나를 기분 좋게 해주었다… 중절모자를 쓰고 우산을 든 채 마리 레오니 앞에 모습을 나타냈을 때, 마리는 고개를 옆으로 돌리고 웃었다! … 아주 멋진 금발이었다! 목소리도 부드러웠다!

하지만 이건 어리석다… 그것은 체리처럼 붉은 얼굴과 응시하는 듯한 눈을 지닌 조카 마크였다… 그리고 이것은 그의 사랑의 빛이다! … 당연하겠지만 말이다. 그 삼촌에 그 조카다. 그는 자기 삼촌처럼 같은 유형의 여자를 선택할 것이다. 그러니 그는 사생아가 아니다! 사과나무 가지를 등지고 서 있는 그 녀석은 아주 멋졌다!

당시 자신은 거대한 밤을 원했다! 하지만 조카는 자신보다 나이 많은 여자를 선택해선 안 된다. 그렇게 한 크리스토퍼를 한번 보라!

상황은 나아지고 있다! … 아라랏산 꼭대기[261]에서 턱을 물 밖으로 간신히 내밀고 서 있던 요크셔 사람이 노아가 다가오자 이렇게 말했다고 한다. "이제 나아질 것이오. 틀림없이 날이 갤 것이니 말이오!"

별로 선경지명이 없는 우리의 눈으로는 보이지 않는 천국이 들어 있을 정도로 거대한 밤이다… 우리 인간은 인지할 수 없는 지진의 여파로 가축과 양과 말, 돼지들은 울타리로 돌진한다고 한다. 그건 참 기묘하다. 동물들이 소리를 내며 움직이기도 전에 자신은 무엇인가 돌진하는 소리를 들었으니 말이다. 못 들었을 수도 있다! 스스로를 기만하는 건 아주 쉬운 일이니 말이다! 가축들은 전능한 신이 창공을 걷고 있다는 것을 알고 공포에 사로잡혔던 것이다…

빌어먹을, 많은 것이 돌아오고 있다. 러글스가 이렇게 말하는 것을 분명히 들었다. "결국 그는 실질적으로 그로비의 티전스네! … 자네 잘못 때문은 아니네! 하지만 이제 자네는 그에게 구걸해야 하는 신세가 될 걸세…" 이디스 에텔 맥마스터도 말했다! 많은 사람의 목소리가 들렸다. 빌어먹을, 그들 모두 바람에 내몰리고 있는 유령들인가! … 아니면 내가 죽은 것인가! … 죽었을 때는 신성 모독죄가 성립되지 않을 것이다.

자리에서 일어나 고개를 돌려 볼 수만 있다면 무엇이든지 할 용의가 있다. 물론 그렇게 할 수는 있다. 하지만 그렇게 한다면 내 비밀을 누설하게 될 것이다! 나는 늙은 여우처럼 교활하기 때문에 그렇게 하지는 않을 것이다! 이 오랜 세월동안 그들을 속여 왔으니 말이다! 사실 나는 껄껄 웃을 수도 있다!

---

[261] Ararat Top: 아라랏산. 터키 동부의 화산으로 노아의 방주가 닿았다고 한다.

피틀워스도 과수원으로 내려 온 것 같았다. 그자는 도대체 뭘 원하는 것일까? 그건 마치 팬터마임 같았다. 피틀워스는 실제로 나를 바라보며 이렇게 말했다.

"이보게나…" 마리 레오니는 그의 옆에서 바라보고 있었다. 그가 말했다. "내가 자네 닭장에서 이 염소들을 몰아냈네…" 멋진 친구다, 피틀워스는. 그의 부인 로라 비바리아는 아름다운 여자였는데, 아이를 낳다가 세상을 떠났다. 피틀워스가 수고를 마다하지 않고 여기 온 이유는 분명 그 때문일 것이다. 피틀워스는 자기 아내인 캐미가 나에게 안부 전해달라고 했다고 말했다.

이 빌어먹을 놈의 땀. 이렇게 땀이 마구 쏟아지면 얼굴을 찡그리게 돼 내 비밀이 탄로 날 것이다. 마리 레오니가 피틀워스의 집으로 갔으면 하는 생각이 들었다. 마리 레오니는 피틀워스에게 뭔가 이야기했다.

"그래요, 그래요, 부인!" 피틀워스가 말했다. 빌어먹을, 이 친구는 사람들 말대로 원숭이처럼 생겼다… 하지만 우리의 조상인 원숭이가 이 친구처럼 잘 생겼다면… 이 친구의 다리도 멋지게 생겼을 것이다… 그러니 시온산[262]에서 좋은 소식을 전하는 사람의 다리는 얼마나 멋졌겠는가! …

피틀워스는 실비아가 자신이 그 바보 같은 무리들을 여기로 오게 한 것이 아니라고 나에게 알려주라고 간청했다고 아주 분명하게 말했다. 실비아는 또한 크리스토퍼와 이혼할 것이며 로마 교황의 승인

---

[262] Zion: 예루살렘 성지의 언덕.

을 받아 결혼도 무효로 할 작정이라고 말했다고 그는 전했다… 그래서 그들은 여기서 행복한 가정을 꾸리게 될 거라고 했다. 캐미도 무엇이든 다 하겠다고 했다고 한다. 국가에 잊을 수 없는 봉사를 한 나를 생각해서라도 말이다…

… 당신의 종이… 평화로이 이혼할 수 있게…허락하소서!

마리 레오니는 피틀워스에게 이제 가 달라고 했다. 피틀워스는 그러겠다고 말했다. 하지만 사람은 즐거워서 죽지는 않는다! 안녕… 친구! 우리가 같이 있던 클럽은…

하지만 자신은 그보다 훨씬 더 좋은 클럽에 갈 것이다… 숨 쉬는 게 조금 힘들어졌다… 조금 어두워졌다가 다시 밝아졌다.

크리스토퍼는 침대 발치에 있었다. 그는 손에 자전거와 나무토막을 들고 있었다. 나무를 잘랐을 때 나는 향기가 나는 나무토막이었다. 그의 얼굴은 창백했고 눈은 튀어나왔다. 마치 푸른 조약돌 같았다. 크리스토퍼는 나를 바라보며 이렇게 말했다.

"그로비 저택의 벽이 반은 무너졌어. 형 침실도 부서지고 돌무더기 속에서 형의 박제된 바닷새가 들어있는 상자를 찾았어."

잊을 수 없는 봉사를 한다는 것은 좋은 일이다!

발렌타인은 마치 뛰어온 것처럼 숨을 헐떡이며 거기에 있었다. 발렌타인이 크리스토퍼에게 말했다.

"레이디 로빈슨에게 줄 사진들을 허드넛에게 준 항아리에 넣었더군요. 어떻게 그럴 수가 있어요? 도대체 어떻게 그럴 수가 있느냐 말이에요? 그런 식으로 일을 하면 우리 아이를 어떻게 먹이고 입힐 수 있겠어요?"

크리스토퍼는 피곤한 듯 자전거를 들어올렸다. 동생은 몹시 지쳐 보였다. 불쌍한 녀석 같으니. 자신은 이렇게 소리치려 했다.

"그 녀석을 그만 내버려두시오. 그 불쌍한 녀석은 이미 너무 지쳤소!"

기가 죽은 불독처럼, 육중한 몸을 이끌고 크리스토퍼는 문을 향해 갔다. 그가 울타리 너머 푸른 길을 따라 올라갈 때 발렌타인은 흐느끼기 시작했다.

"우린 이제 어떻게 살아가야 해요? 우린 어떻게 살아가야 해요?"

"이제는 말을 해야 한다." 마크는 중얼거렸다.

마크가 말했다.

"아라… 아라… 산에서 요크셔 사람이 했다고 하는 말을 들어 본 적 있소?"

마크는 오래 이야기하지 않았다. 혀가 입안을 가득 매운 것 같았고, 입은 한쪽으로 틀어졌다. 점점 어두워지고 있었다. 그가 말했다.

"귀를 내 입 가까이 대 봐요…" 발렌타인이 소리쳤다!

그는 속삭이듯 말했다.

"한밤중이었제. 제비가 인사하고 땅 속의 어무이는 그 소리를 들었제."

"오래된 노래요. 우리 유모가 불러주었소… 절대로 당신의 남자에게 당신이 퍼부은 독설 때문에 제비가 울게 하지는 마시오… 그는 좋은 사람이오! … 그로비의 거대한 나무가 베어졌소…"

마크가 말했다. "내 손을 잡아요!"

발렌타인은 이불 시트 밑에 손을 넣었다. 마크는 자신의 뜨거운 손으로 발렌타인의 손을 꼭 잡았다. 그러곤 꽉 쥔 손이 느슨해졌다.

발렌타인은 마리 레오니를 부르려 거의 소리칠 뻔했다.

키 큰, 엷은 갈색 머리를 한 호감을 주는 인상의 의사가 문으로 들어왔다.

발렌타인이 말했다.

"방금 전 말을 했어요… 아주 힘든 오후였어요… 그런데 시아주버니가…"

의사는 시트 밑에 손을 넣고는 몸을 숙이며 말했다.

"침대에 가 누우세요… 내가 가서 진찰을 한번 해줄 테니…"

발렌타인이 말했다.

"레이디 티전스에게 시아주버니가 말을 했다는 사실을 알리지 않는 게 좋을 것 같아요… 레이디 티전스도 시아주버니의 마지막 말을 듣고 싶어 했을 테니까요… 하지만 나만큼 그 말이 필요하진 않았을 거예요."

지은이 **포드 매독스 포드**

포드는 1873년 영국에서 출생하여 1939년에 사망한 영국의 소설가이자 시인, 비평가이다. 본명은 포드 매독스 휴이퍼(Ford Madox Hueffer)였지만 자신의 이름이 독일인 이름처럼 들려서 1919년 포드 매독스 포드(Ford Madox Ford)로 개명했다.
대표적인 소설로는 『훌륭한 군인』(The Good Soldier)과 『퍼레이즈 엔드』(Parade's End)가 있다.

1915년 군대에 지원해 프랑스로 파병.
        이때의 경험을 『퍼레이즈 엔드』의 티젠스를 통해 제시. The Good Soldier 출판.
1908년 ≪잉글리쉬 리뷰≫(The English Review)를 창간.
1924년 현대문학에 지대한 영향을 미쳤던 ≪트랜스아틀란틱 리뷰≫(The Transatlantic Review)를 창간.

옮긴이 **김일영**

성균관 대학교 영문과를 졸업하고 University of Georgia 영문학 석사 학위, University of South Carolina 영문학 박사 학위를 취득했다. 한국 영어영문학회 연구이사, 한국 18세기 영문학회 회장, 한국 근대영미소설 학회 회장을 역임했고, 현재 성균관 대학교 영문과 교수로 재직 중이다.

논문: 「로렌스 스턴의 축소와 확대의 미학」, 「광대의 웃음: 『트리스트람 샌디』에 나타난 스턴의 샌디이즘과 스턴의 탈(반) 도그마적 사고」, 「선정소설에 나타난 여성의 광기와 빅토리아 사회: 오드리 부인의 비밀을 중심으로」, 「필딩의 새로운 글쓰기와 이중적 재현: 조셉 앤드류즈를 중심으로」, 「레베카에 나타난 금지된 지식/실재의 귀환과 가부장제의 비밀」, 「House of Words and Home of Friday」, 「『속죄』에 나타난 트라우마적 오독/"놓친 읽기"와 트라우마에 대한 (미완의) 증언으로서의 글쓰기」, 「Stoker's Dracula as a figure of pharmakos/scapegoat」 외 다수
역서: 『업둥이 톰 존스 이야기』, 『주석달린 드라큘라』 외 다수
저서: 『18세기 영국소설 강의』, 『영미소설 해설 총서: 로렌스 스턴』, 『영국소설과 서술기법』, 『상처와 치유의 서사』, 『기억과 회복의 서사』, 『공포와 일탈의 상상력』 외 다수